End game

End game

Cristina Prada

matchstories

Obra editada en colaboración con Editorial Planeta – España

Composición: Realización Planeta

Bajo el sello editorial ESENCIA M.R.
Avenida Presidente Masarik núm. 111,
Piso 2, Polanco V Sección, Miguel Hidalgo
C.P. 11560, Ciudad de México
www.planetadelibros.com.mx

Primera edición impresa en España: julio de 2024
ISBN: 978-84-08-29015-5

Primera edición impresa en México: octubre de 2024
ISBN: 978-607-39-1915-9

Impreso en los talleres de Impregráfica Digital, S.A. de C.V.
Av. Coyoacán 100-D, Valle Norte, Benito Juárez
Ciudad De Mexico, C.P. 03103
Impreso en México - *Printed in Mexico*

Para las que se topan con el príncipe encantador
y no pueden dejar de pensar qué es lo que oculta
el villano de ojos misteriosos e infinitamente azules.
Bienvenidas, este es vuestro sitio.
P. D.: Hasta el Capitán América molaba más
cuando era un antihéroe.

Aviso de contenido (*trigger warnings*)

Esta novela contiene comportamientos y actitudes que pueden ser considerados tóxicos.

Hay escenas de alto contenido sexual.

Pero, ¿sabes qué?, prometo que no vas a poder dejar de pensar en él...

Atrévete.

Playlist

Benson Boone. *Beautiful things*
Taylor Swift con la colaboración de Bon Iver. *Exile*
Tom Odell. *Another love*
Tate McRae. *Greedy*
Bryan Adams. *Let's make a night to remember*
Tate McRae. *You broke me first*
Arctic Monkeys. *I wanna be yours*
Lana del Rey. *Say yes to heaven*
Normani. *Motivation*
Kings of Leon. *Use somebody*
Sia. *Unstoppable*
Matt Hansen. *Something to remember*
Selena Gomez. *Hands to myself*
OneRepublic. *Runaway*
Dean Lewis. *Hurtless*
Benson Boone. *In the stars*
OneRepublic. *I ain't worried*
Selena Gomez. *The heart wants what it wants*
Ellie Goulding. *Here's to us*
Ariana Grande. *Into you*
Taylor Swift, Ed Sheeran & Future. *End game*

Con

Dean Martin. *Ain't that a kick in the head*

&

Cyndi Lauper. *Girls just want to have fun*

1

Maya

—Ella era una canción pop y él, rock. Ella creía en el poder de las sonrisas y él, en el de gruñir con un cigarrillo en los labios —recita Marlow completamente ensimismada en su libro.

—Me estoy muriendo de calor —lloriquea Andie, abanicándose con un *flyer* del restaurante chino y la mirada en el techo de su apartamento diminuto y sin aire acondicionado, como si así fuese a conseguir que mágicamente el techo desapareciese y una brisa, actualmente no existente, bajara la temperatura quince grados.

—No me interrumpas —protesta Marlow.

—Es que tengo mucho calor —parafrasea su queja—. Además, ya sabemos cómo va a acabar: él se enamorará perdidamente de ella, aunque jurase no hacerlo, porque ella es diferente y cambiará por ella y la prota, que ha sido la única que ha sabido ver que él en el fondo tiene un corazón enorme, dejará de sufrir por amor —sentencia melodramática, incluso se lleva las manos al pecho, *flyer* incluido, y aletea las pestañas—. Son todos iguales —apostilla volviendo a su postura «el calor en Dallas es insoportable».

—No te atrevas —la riñe Marlow indignadísima, lo que me hace sonreír—. Los libros son flipantes y los libros románticos son aún mejor, como ser millonaria y de repente convertirte en billonaria, con be —hace hincapié en el mensaje.

Andie la mira mal, parece que no la ha convencido, y yo rompo a reír.

—Maya, ayúdame —me pide.

—No, ayúdame a mí —interviene veloz Marlow—. A ti te encantan las historias románticas.

Es verdad, me gustan mucho, pero, sobre todo, lo que me encantan son los finales felices. Por eso antes de comprarme un libro o ver una peli siempre me voy al final para echar un vistacito y asegurarme de que lo tiene. Soy la versión optimista de Harry en *Cuando Harry encontró a Sally*.

Tuerzo los labios divertida mientras finjo pensar cuál es mi bando y mis amigas me observan expectantes.

—Sí, me gustan —contesto encogiéndome de hombros—. En los libros el amor siempre logra superar cualquier barrera.

Marlow suspira enamoradísima, seguro al cien por cien que pensando en el *crush* que le ha proporcionado su nueva novela, el del cigarrillo en los labios. Andie me mira aún peor y no me queda otra que volver a sonreír. Si no la conoces, puede resultar un poco amenazante cuando se pone en plan «todos me sobráis», pero, cuando la conoces, lo sabes. Es Joe de *Mujercitas*, todo alma, corazón y principios.

—Además, los protas siempre están cañón —añado.

Tan pronto como lo digo me da la risita tonta. A Marlow también.

—Ni siquiera los veis —nos recuerda Andie.

—La imaginación es muy poderosa —replico entre risas.

Muy muy poderosa.

—¿Una Bud? —pregunta Marlow levantándose y yendo hacia la cocina.

Las dos asentimos.

—Esto es un horno —me quejo dejando caer la cabeza contra el sofá.

Estoy sentada en el suelo, me ha parecido el lugar más fresquito de la casa, pero con la espalda apoyada en el tresillo. La noche de hoy está siendo insoportable. Cuarenta y dos grados. Creo que no había tenido tanto calor en mis veinticinco años de vida. Estamos en Dallas y en agosto, es obvio que iba a hacer calor, pero debemos estar batiendo algún tipo de récord intergaláctico.

El teléfono de Andie comienza a sonar en la mesita. Ella maldice, hace demasiado calor para moverse, y lo coge. En cuanto ve la pantalla, sonríe de oreja a oreja y descuelga veloz.

—Dime que sí. Dime que sí —suplica con el mismo gesto en los labios, recolocándose hasta estar perfectamente sentada en el sillón.

Yo frunzo el ceño, como Marlow, que acaba de volver con tres botellines helados.

—Prometido —responde rápido Andie a lo que sea que le hayan contestado—. Prometido.

—¿Quién es? —me pregunta Marlow en un susurro.

—No tengo ni idea.

Marlow entorna los ojos sobre Andie tratando de adivinar de qué va todo esto.

—Le está prometiendo demasiadas cosas para que sea un tío —llega a la conclusión.

Me hace sonreír otra vez.

—Prometido —vuelve a responder Andie—. Vamos para allá —se despide.

—¿Quién era? —inquiere Marlow con demasiada curiosidad y ganas de que sea un cotilleo de los buenos.

—¿Y a dónde se supone que vamos? —planteo.

—Mi amigo Louis trabaja de portero en un edificio alucinante —nos explica buscando y sacando sus sandalias de debajo del sofá y calzándoselas—. Tiene piscina en la azotea y nos deja colarnos —anuncia con una sonrisa enorme.

Piscina. Suena a paraíso. Colarse en un edificio de ricos... no tanto.

—No es como si fuéramos a atracar un banco —añade resuelta Andie. Mi amiga, cuando se propone algo, no tiene piedad—. Louis es colega y él nos deja pasar. Nos damos un bañito y nos relajamos un poco. Si hubiese algún problema, que no va a haberlo —especifica—, nos largamos discretamente.

Le sostengo la mirada estudiando la situación, básicamente manteniendo una lucha interna entre que, claramente, no es una buena idea y los cuarenta y dos grados a las once de la noche... Es una lucha muy desigual.

—Discretamente —repito señalándola. La discreción nunca ha sido nuestro fuerte como pandilla.

Andie asiente entusiasmada y yo tardo algo así como medio segundo en sonreír. ¡Lo vamos a pasar de cine!

2

Maya

—Esto es una pasada —digo dejando que mi cuerpo flote a la deriva.

Andie no ha exagerado ni un poquito. La piscina es una pasada y, sí, está en el techo del edificio más lujoso de Dallas, el Endeavor, sin duda alguna un nombre muy de pijo. Tiene sesenta y cuatro plantas, lo que también lo convierte en uno de los rascacielos más altos de la ciudad y, como nos ha explicado mi amiga, a quien previamente se lo había explicado Louis, nuestro infiltrado, el más caro.

—Creo seriamente que podría acostumbrarme a esto —comenta Marlow desde su tumbona.

—Pues busca un conjuro en Internet y haz que uno de los *crushes* de tus libros cobre vida y te compre un apartamento aquí.

Si esos conjuros fuesen verdad, ¿sabes cuántos Garrett Graham habría en el planeta? —replica.

—Garrett... ¿qué? —pregunta Andie con el ceño fruncido.

—Ni siquiera sé cómo podemos ser amigas.

Sonrío mientras las escucho con los ojos cerrados y sigo flotando. La verdad es que sería una pasada... Vivir aquí, quiero decir. Bueno, lo de Garrett Graham también, pero lo veo un pelín más complicado... Rectifico y solo he necesitado pensar en mi actual apartamento y en mi estabilidad económica un segundo para entender que es igual de difícil que una bruja consumadísima se abra un sitio web con hechizos y consejos que yo acabe viviendo en el Endeavor.

No me importa. Puede que mi vida no esté llena de lujos, pero tengo todo lo que necesito y sé que algún día conseguiré cumplir mi sueño: un pasaporte lleno de sellos.

Sonrío. Va a ser increíble.

—Andie —grita en un susurro Marlow algo inquieta.

La palabra se cuela en mi burbuja al mismo tiempo que el ruido de pasos y voces. ¡Alguien viene!

Dejo de flotar plácidamente y vuelvo a la verticalidad. Un par de chicos y dos chicas aparecen desde el vestíbulo que da acceso a la azotea.

Mis amigas y yo intercambiamos una mirada. Sobre todo, un mensaje telepático para Marlow: «No te pongas nerviosa, la clave es fingir normalidad».

Al reparar en nosotras, hay una ronda de saludos desinteresados mientras caminan hacia una de las zonas de tumbonas de diseño. Suspiro mentalmente. Han hecho lo que harían con cualquier vecino. Ha colado...

—Perdonad, ¿acabáis de mudaros? —pregunta una de las chicas con manicura perfecta en rojo fuego y... ¿Donna Karan diseña bikinis?, acercándose a la piscina.

Las tres nos miramos antes de contestar, algo que claramente no debes hacer si no quieres levantar más sospechas.

—No —responde Andie—, hemos venido por un amigo.

La morena enarca las cejas diciéndonos sin palabras lo poquísimo que nos cree y me siento un pelín ofendida: que mi bikini sea prestado y me pinte yo misma las uñas mientras escucho música no significa para nada que no pueda permitirme un chiringuito como este.

—¿Quién? —pregunta la mujer aún más hostil cruzándose de brazos.

Suficiente.

—Estamos pasando unos días en casa de Raymond Casalengo

—contesto saliendo de la piscina y cogiendo mi toalla, también prestada—. Vive en la vigésima planta.

Mis amigas se contienen para no mirarme como si me hubiese vuelto loca y yo nunca me había alegrado tanto de haberme aburrido mientras Louis y Andie charlaban y haberme fijado en el nombre de un paquete que había sobre el mostrador de mármol del conserje.

—Venimos muy a menudo —continúo— y nosotras tampoco te hemos visto a ti. Eres...

La morena me mira aturdida. Esperaba humillarnos, pero el tiro le ha salido por la culata.

—Estoy con él —responde señalando al chico a su espalda—. Su amigo vive aquí.

No sé qué pasa antes, que sus amigos lo jaleen o que él aparezca desde el mismo vestíbulo que ellos hace solo unos minutos. Lleva un pantalón corto azul marino que descansa sobre las caderas que su camisa blanca de mangas cortas abierta deja ver. No se ha molestado en calzarse. El pelo rubio peinado con las manos cayéndole indomable sobre la frente, los ojos azul eléctrico, salvajes, y la pequeña cicatriz sobre la ceja izquierda.

Esa cicatriz.

—Troy —murmuro sin poder creerme que lo tenga delante.

Nuestras miradas se encuentran. Olas chocando implacables contra un acantilado, la lluvia empapándote entera, cada sinapsis nerviosa acatando una orden, recordando, tarareando, viviendo, reviviendo. Sintiendo.

Pero él aparta la mirada sin dejar de caminar hacia sus amigos. La chica pelirroja que lleva colgada del cuello y que pasea los dedos por sus abdominales tampoco.

—Ostras —dice Marlow a punto del desmayo por la sorpresa—, es Troy Carson, el quarterback de los Cowboys.

Sí, es él, pero yo no lo conozco por eso y, me guste o no, llevo ocho años sin poder dejar de pensar en él.

3

Maya

Ocho años antes

—¿Qué clase tienes ahora? —pregunté abriendo mi taquilla.

El ruido de los candados cediendo y los casilleros abriéndose y cerrándose dominaba el pasillo entremezclándose con voces hablando, quejándose y riendo. Era hora punta en el Theodore Roosevelt.

—Cálculo —respondió Tate— y no sé por qué tenemos que seguir yendo a clases que claramente no nos van a valer de nada en la universidad. Estamos en el último curso. Yo voy a ser artista, no necesito las mates.

—Bueno, cuando quieras vender uno de tus cuadros, quizá te ayuden —respondí divertida buscando mi libro de historia.

—Un millón de pavos —sentenció—, precio mínimo.

Nuestras sonrisas se ensancharon. Las dos teníamos muy claro lo que queríamos de nuestro futuro, aunque de maneras muy diferentes. Tate iría a Yale, donde tenían uno de los programas de arte más importantes del país, y después se mudaría a Nueva York para convertirse en una pintora famosísima y vivir en un *loft* lleno de *glamour* en el SoHo. Yo, en cambio, esperaba una beca completa para la Universidad de Texas en Dallas y solo podía pensar en una cosa: esforzarme y conseguir un buen trabajo que me permitiese poder cuidar de mí misma y viajar por todo el mundo. Mis aspiraciones: un hogar y tener un pasaporte lleno de sellos.

Metí el cuaderno en la bandolera que llevaba colgada del hombro y echamos a andar esquivando alumnos hacia la clase de la señorita Fitzpatrick.

Una de las chicas con la que nos cruzamos se quedó observando mi abrigo. No le di la más mínima importancia, pero Tate, sí.

—Tienes que cambiar de abrigo, en serio, Maya.

Yo sonreí y me encogí de hombros.

—Me encanta este.

Era calentito y de un verde claro muy chulo decorado con varios parches. Además, era de mi madre. No me quedaban demasiados recuerdos de ella o de mi padre, así que las pocas cosas que conservaba, básicamente esa prenda y una foto de los tres, eran muy importantes para mí.

—Lo sé y a mí —replicó—, pero podría encantarnos en tu habitación, donde solo nosotras lo veamos.

—Creo que vas a tener que verlo durante mucho más tiempo —contesté con ese punto insolente y divertido que ya formaba parte de mi voz.

Las dos nos miramos y sonreímos. Tate y yo habíamos sido mejores amigas desde... siempre. Nos conocimos en la escuela primaria y no nos habíamos separado nunca, lo que incluía el instituto, pasar la tarde juntas y acabar cenando en su casa. A mi tía no le importaba que pasase tanto tiempo con Tate, creo que incluso le aliviaba. Tuvo que hacerse cargo de mí cuando yo tenía ocho años y ella, veintidós. No había sido fácil para ninguna de las dos.

—Hola, chicas —nos saludó Anthony deteniéndose a un par de pasos que Tate recorrió contentísima para lanzarse en sus brazos y comerlo a besos.

Volví a sonreír. Me hacía feliz que mi mejor amiga lo fuese y su novio cumplía a la perfección con esa misión. Llevaban saliendo casi un año, pero él había sido su *crush* creo que desde siempre.

—¿Qué tal la mañana? —preguntó Anthony.

—No va mal —respondió Tate—. He intentado convencer a Maya de que se deshaga de su abrigo, pero no ha habido manera —añadió burlona y puse los ojos en blanco fingiéndome hastiada.

Además, siendo sincera tampoco es que estuviese siguiendo su conversación con todo el interés del mundo. Mi atención estaba puesta en otro sitio.

—¿Lista para Cálculo?

Su voz hizo saltar las mariposas. Kyle y yo llevábamos saliendo juntos dos meses, tres semanas y dos días, pero en realidad éramos amigos desde primer curso. Nuestro propio *friends to lovers* y me encantaba.

Tate siempre me ponía en situaciones imaginarias supercomplicadísimas, tipo «Si él y yo nos estuviésemos ahogando y solo tuvieras un flotador, ¿a quién salvarías?». Esas preguntas eran una putada y me hacían pensar respuestas superenrevesadas del estilo «Obligaría al capitán del barco a dar media vuelta y recogeros» o «Construiría un segundo flotador con cuerdas y un montón de botellas vacías de Gatorade».

—Claro —respondí.

Él me devolvió la sonrisa y las mariposas hicieron triples mortales.

Me había convertido en una especie de ninja observadora, así que era capaz de memorizar cada pequeño gesto de Kyle, como cómo fruncía suavemente el ceño cuando estudiando perdía el hilo y cómo sonreía, una sonrisa pequeñita, cuando conseguía retomarlo después. Me gustaba el color castaño de su pelo y cómo lo llevaba rapado o la manera en la que se mordía la cadena de plata que siempre llevaba al cuello.

Era genial que fuésemos amigos y que todo fuese suave y despacio.

—Pon algo de música —me pidió Tate mientras salíamos del aparcamiento del instituto y nos incorporábamos al tráfico.

Íbamos en la vieja ranchera de la madre de Kyle. Nuestro transporte oficial, sobre todo para ella, solía ser el coche de Anthony, pero él era un hawk —los Hawks eran el equipo de fútbol del instituto, pero estábamos en Texas, así que también eran deleite y gloria absoluta de la ciudad— y los Hawks tenían entrenamiento.

Conecté mi móvil con el cable USB, abrí Spotify y una canción empezó a sonar, pero apenas habían pasado unos segundos cuando Tate se coló entre los asientos delanteros, cogió mi teléfono y abrió la lista que ella misma había creado.

Al empezar a cantar, Kyle negó con la cabeza y yo sonreí. Cuando mi mejor amiga era fan, era muy fan.

A pesar de que estaba más que acostumbrada no podía evitar sonreír admirada cada vez que entrábamos en su barrio. Las casas eran preciosas, como de postal. Todas de colores muy elegantes, con frondosos árboles en el jardín y la mayoría con piscina. Yo vivía casi en las afueras, en un bloque de apartamentos de esos con piscina comunitaria que nunca llenaba nadie.

—Date prisa —me azuzó Tate cuando se bajó delante de su casa.

Aquella tarde, como muchas, iba a pasarla con ella y, con toda probabilidad, me quedaría a cenar.

—Gracias por traernos —le dije a Kyle a la vez que sonreía nerviosa.

No sabía por qué todavía me sentía insegura con él. Tate siempre decía que era una cuestión de tiempo. Estábamos en transición de amigos a novios y a veces al cerebro le cuesta pillar las nuevas dinámicas.

—No es nada.

—Genial —murmuré.

Nos miramos a los ojos, otra sonrisa se me escapó y Kyle se inclinó para besarme. Me gustaban los besos, la sensación de tenerlo cerca. Era verdad que aún no había sentido toda esa locura que se suponía que debía sentir, ni siquiera después de acostarme con él por primera vez, pero estaba convencida de que llegaría. Kyle era mi historia de amor.

—Tengo que irme ya —me recordó.

Asentí.

Kyle volvió a besarme. Yo salí de la ranchera y él se marchó.

—Sí, acabamos de llegar —la voz de Tate me alcanzó desde la cocina. Debía de estar hablando con Anthony por videollamada—. Vamos a terminar el trabajo de Historia y después a ver una peli.

Yo dejé la mochila en el mueble del vestíbulo, me quité mi abrigo y lo colgué con cuidado en el perchero. Me conocía ese sitio como la palma de mi mano y me sentía muy cómoda allí.

Tate me indicó la nevera con un golpe de cabeza para que sacara un par de zumos mientras ella rebuscaba en el armario algo para picar.

El trabajo de Historia era muy importante y quería asegurarme una buena nota. No era un gusanito de biblioteca ni estaba en el cuadro de honor, pero me tomaba mis estudios en serio. Si quería ir a la universidad, necesitaba una beca completa.

Tate se giró hacia mí victoriosa con una bolsa gigante de Cheez it cuando su madre apareció en la cocina.

—Nada de eso, chicas. —Le arrebató el botín. Mi amiga lloriqueó, pero las dos sabíamos que no había nada que hacer—. Cenaremos en veinte minutos. Hola, Maya —me saludó con una sonrisa amable—. Te quedas, ¿verdad?

Asentí y le devolví la sonrisa.

—Hola, señora Carson.

De pronto recordé que me había dejado el móvil en el abrigo.

Regresé al vestíbulo y sonreí cuando vi la esquina de mi carcasa verde agua. Con él en la mano, me giré como el agente secreto que acaba de cumplir una misión y justo entonces estuve a punto de chocarme con alguien que iba a salir.

—Perdón —dije por inercia antes de levantar la cabeza y toparme con él, con Troy, el hermano de Tate.

Sin quererlo, me quedé enganchada a sus ojos. Siempre conseguían llamar mi atención. Eran de un azul que no había visto en ninguna otra persona, como si alguien hubiese cogido el rotulador azul eléctrico y los hubiese coloreado con él.

Además, tenían algo más, estaban llenos de intensidad, salvajes, como una señal de advertencia de que Troy era peligroso.

En cuanto racionalicé que era él a quien tenía delante todo mi cuerpo se tensó y se llenó de desprecio. Tenía diecisiete años y Troy era la única persona a la que odiaba de verdad.

Él no dudó, me esquivó como si hubiese dejado de existir para él en el momento en que había comprendido que era yo y se marchó, imaginé que con los chicos del equipo de fútbol. Troy era su quarterback y capitán y la estrella. Ese deporte era lo único que le importaba. Las personas no valían nada para él.

La puerta sonó a su espalda cuando se largó sin ni siquiera despedirse.

Para el instituto y la ciudad entera, Troy era el chico de oro. Nadie dudaba de que triunfaría como profesional y puede que su futuro brillante en la NFL fuese cierto, pero ninguno de ellos lo conocía realmente. Tate sí, y nosotras nos lo contábamos todo. Además, yo pasaba mucho tiempo en casa de los Carson y había cosas que me resultaban obvias.

Troy era despreciable, cruel, odioso y arrogante.

Tres años atrás había decidido conducir borracho de vuelta de una fiesta y tuvo un accidente. Él salió ileso, magulladuras y poco más, pero uno de sus amigos murió al día siguiente por una hemorragia tardía. Anthony también iba en ese coche y Tate nunca le perdonó que lo hubiese puesto en peligro de esa manera. No se trataba de haber sido un inconsciente o de cometer un error. Troy pensaba que estaba por encima de todo y un chico había fallecido por su culpa.

Yo sabía demasiado bien lo que significa perder a alguien por las decisiones que otro tomaba al volante porque así había perdido a mis padres.

Dripping Springs perdonó rápido a su héroe, gracias al acuerdo extrajudicial se libró del correccional y las chicas, a las que solo utilizaba y ni siquiera se molestaba en aprenderse sus nombres, siguieron tirándose a sus pies.

No estaba ciega. Admitía que era guapísimo, tenía un cuerpo increíble y ese magnetismo casi animal, pero no me interesaba. Tate y yo incluso hicimos un juramento: nunca me colaría por Troy.

—Ey —llamé a Kyle sentándome en la mesa junto a la suya en clase de la señora García—. Me he quedado esperándote a la hora del almuerzo. ¿Qué te ha pasado?

—Nada —gruñó.

Fruncí el ceño. Estaba raro.

—¿Te encuentras bien?

—Sí.

—¿Seguro? No tienes buen aspecto.

—Vaya, muchas gracias, Maya —contestó irónico y molesto sin ni siquiera mirarme.

Torcí los labios. Se estaba comportando como un crío. Yo solo quería ayudarlo.

—Kyle...

—Han sido los hawks —estalló al fin.

Arrugué aún más la frente.

—¿El equipo de fútbol?

—¿A cuántos más hawks conoces? —replicó y resopló—. Me han acorralado en el puto pasillo y se han comportado como unos capullos. Siempre son una pandilla de imbéciles, pero esta vez se han superado.

—Pero ¿por qué lo han hecho?

Es cierto que la mayoría de los hawks eran unos capullos y se comportaban como si todo les perteneciese, pero no iban por ahí pegando a nadie por nada.

—¿Crees que necesitan un motivo? —respondió aún más cabreado. Por un momento tuve la sensación de que lo estaba conmigo, pero me obligué a descartarlo.

—¿Quieres que vayamos a la enfermería?

—No.

—Podemos hablar con el orientador...

—Ni de coña, Maya —ladró clavando sus ojos en los míos—. Esto se queda aquí. No pienso dejar que todo el mundo se entere y encima piensen que no puedo resolver mis problemas solo.

No estaba de acuerdo. Pasar de los problemas no hacía que se resolvieran por arte de magia, pero era verdad que a veces el instituto podía ser muy complicado y, si él ya había tomado una decisión, a mí me tocaba respetarla.

Aunque eso no significaba que no estuviese preocupada y que no odiase todavía más a Troy. Él era el capitán y todos los hawks sin excepción lo obedecían. Si de pronto la habían tomado con Kyle, él estaba detrás.

Sin embargo, cuando dos días después Kyle faltó a tercera hora y lo encontré en el baño intentando que la nariz dejara de sangrarle, decidí pasar de la preocupación a la acción y Troy Carson me las iba a pagar.

Sabía perfectamente dónde estaba a esa hora porque, por mucho que el director Becker fingiese que el fútbol no daba privilegios en su centro, todos teníamos claro que los jugadores podían saltarse las clases cuando quisiesen.

—Tenemos que hablar —le dije deteniéndome a unos pasos de él y cruzándome de brazos.

Troy estaba sentado en el banquillo, ajustándose las vendas que le cubrían de la muñeca a los nudillos, preparándose para seguir entrenando.

—¿Desde cuándo hablamos tú y yo?

—Desde ahora. Dejad en paz a Kyle.

—¿Quién coño es Kyle?

—Lo sabes de sobra.

Troy esbozó su estúpida y engreída media sonrisa.

—Es un poco triste que tengas que venir a arreglar sus asuntos.

—Eres un capullo —le solté exasperada. ¿Cómo podía ser tan chulo?—. ¿Por qué la has tomado con él?

—Tengo mis motivos.

—¿Y son?

—Un asunto entre él y yo.

—Puedes, por favor, dejarlo tranquilo —mascullé obligándome a sonar amable. No estaba muy segura de haberlo conseguido.

Troy simuló meditar mis palabras.

—No creo —contestó al fin sin una pizca de arrepentimiento.

¡No lo soportaba!

—¿Qué quieres que haga para que te olvides de él?

—¿Perdón? —fingió no entender a qué me refería con malicia.

—Te haré los deberes del próximo mes y también el trabajo de Historia. Así tú podrás dedicarte a lo único que te importa.

—¿Y qué se supone que es?

—El fútbol —sentencié sin dudas. No las tenía.

Troy se agarró al borde del banquillo, se echó hacia delante y se tomó unos segundos para estudiarme con la mirada.

—Eres un bicho raro, ¿sabes?

Negué con la cabeza por su apelativo. Era tan tíííípico de los tíos como él. Sí, yo era un poco rara, pero me gustaba. Sin embargo, él no lo decía por eso porque Troy Carson, estrella de los Hawks, el Roosevelt High y la ciudad entera no me conocía para nada. Solo me llamaba así porque no era animadora, ni me vestía cada día como si fuera a una fiesta en casa de las Kardashian y tampoco me interesaban las mismas cosas que a ninguna de esas chicas.

—Mejor ser un bicho raro que parecerme en algo a ti —le dejé claro con mi mejor sonrisa falsa.

Esa media sonrisa engreída volvió a su boca.

—Vienes aquí a ofrecerme un trato y ni siquiera te molestas en ser amable —me picó.

—¿Aceptas o no?

—Y tampoco me conoces una mierda —añadió levantándose. Su uno ochenta y tres me pilló por sorpresa e hizo que tuviera que levantar la cabeza para seguir mirándolo a los ojos—. Si lo hicieras, sabrías que, si quieres que deje en paz a ese gilipollas, tienes que ofrecerme otra cosa.

—¿Qué cosa?

Se comió la distancia que nos separaba y su olor inundó mis fosas nasales. Sin que pudiese controlarlo, mi cuerpo se hizo hiperconsciente del suyo e inmediatamente perseguí sus ojos azules casi por instinto de supervivencia, buscando esa advertencia de peligro.

—¿Por qué? ¿Ibas a ser capaz?

Solo sabía comportarse como un bastardo arrogante.

—Lo soy —sentencié sin achantarme ni siquiera un poco. No iba a poder conmigo. Punto final.

Él me mantuvo la mirada y la advertencia que había allí pareció hacerse más grande.

—No sabes lo poco que te conviene, ¿no? —respondió y él tampoco dudó ni siquiera un poco.

—No soy ninguna cobarde.

—Lo que eres es una niña buena que siempre hace lo que debe —se rio de mí.

—Eres un imbécil y te odio más que a nada.

La media sonrisa de Troy brilló en sus labios más engreída que nunca. Lo único que quería era sacarme de mis casillas.

—Te quiero de rodillas delante de mí —dijo con una seguridad infinita—, que me mires a los ojos cuando dejes que entre entera y que me des las gracias cuando me haya corrido en tu boca.

4

Maya

Ni siquiera me ha reconocido. Algo dentro de mí se rompe, algo que ni siquiera debería estar ahí pero está y se hace añicos y el enfado se vuelve una rabia que apenas puedo controlar.

—Me voy a casa —les digo a mis amigas yendo hacia la tumbona donde he dejado mi bolso, por suerte en la otra punta de la piscina.

Aun así y aunque no quiero, puedo ver cómo Troy se deja caer en una de las tumbonas de su zona. La pelirroja lo hace prácticamente encima de él, sin dejar de pasear las manos por su vientre firme y duro.

—¿Estás bien? —pregunta Andie—. No te preocupes por esa pandilla de pijos. Has estado genial con lo de Raymond no sé qué —añade orgullosa—. Seguro que no nos molestan más.

—No es por eso. Es que estoy cansada —miento mientras saco mi vestido y me lo pongo aunque mi bikini está muy lejos de estar seco. La tela se empapa en segundos y se me pega a la piel a parchetones— y todavía tengo que pillar el bus nocturno hasta mi apartamento.

—Te llevo —contesta resuelta Marlow, cogiendo la toalla para secarse.

—No —niego también con la cabeza—, vosotras quedaos y aprovechad la piscina.

No voy a dejar que también se les arruine la noche y no voy a dejar que Marlow me lleve hasta mi apartamento y vuelva sola.

Maldita sea. Tenía claro que vivía en Dallas porque no me he pasado los últimos años encerrada en un refugio nuclear y sé que es el quarterback y estrella de los Cowboys, que en Texas son algo por lo que das las gracias cuando bendices la comida, pero, con franqueza, esperaba no tener que encontrármelo y durante años, AÑOS, ha sido así. Yo no piso el estadio, él no aparece por sorpresa en la fábrica a empaquetar camisetas ni en un *diner* pequeño y destartalado a servir hamburguesas. Vamos, no llevo la manicura perfecta, ni bikinis de dos mil dólares, ¿qué posibilidades había de coincidir?

Hasta que decidí colarme en el edificio más caro de la ciudad, obviamente, ninguna.

Cojo mi bolso malhumorada tragándome el nudo de rabia de mi garganta y echo a andar.

—Adiós, chicas.

—Maya, espera —me pide Andie.

—Os llamo mañana —digo girándome y andando hacia atrás.

No quiero pasar ni un minuto más aquí.

Sigo mi camino, ya solo estoy a un par de tumbonas de distancia de él y puedo sentirlo físicamente, como si *Exile* estuviese sonando a todo volumen. Siempre he odiado esa canción. Siempre me ha recordado a él.

Lo miro. Sé por qué lo hago. Quiero que este sea el último día de los ocho años anteriores de mi vida. Porque quiero que se acabe.

Sus ojos azules coinciden con los míos por encima del hombro de la pelirroja que le devora el cuello como si le fuera la vida en ello y ese mismo algo que cayó destrozado los reconoce, la intensidad, lo salvaje.

Yo nunca voy a poder olvidarme de Troy Carson y él no recuerda ni mi nombre.

Esta noche lo odio un poco más, pero juro por Dios que va a ser la última que piense en él.

5

Troy

Respiro hondo.

El ruido es ensordecedor. Ochenta mil personas rugiendo al unísono, vitoreándonos, apostando toda su ilusión por nosotros, por mí. Creyendo en mí.

Doy una bocanada de aire. Ha llegado el momento de salir ahí, de darlo todo.

Miro al frente.

Ha llegado el momento de ganar. Cueste lo que cueste.

Avanzo por el túnel de vestuarios hacia el campo, mis compañeros me siguen. El fútbol es mucho más que un deporte. Es formar parte de algo. Es la adrenalina saturando tus venas. Romper las putas cadenas. Luchar. Ganar. Sobrevivir. Volverte invencible.

Piso la hierba. Los flashes, las luces, parecen crear nuestro propio cielo lleno de estrellas.

Ochenta mil personas gritando tu nombre.

—Capitán —me llama Nick colocándose a mi derecha.

—Demostrémosles a estos cabrones lo que significa jugar contra los Cowboys —dice East haciéndolo a mi izquierda.

Somos los putos Cowboys, esto es Texas y van a morder el polvo.

Nos dirigimos al centro del campo, donde nos espera el árbitro. Llegamos a la vez que el capitán y los lugartenientes de los Jaguars.

El árbitro lanza la moneda. Hoy debería importarme esto y nada más, pero no es así.

¿Por qué tuve que subir a la maldita piscina?

Tengo claro todos los putos motivos por los que mi vida es un desastre, no necesito que ninguno de ellos aparezca y se vuelva jodidamente real delante de mí.

Fingí que no la conocía. Tengo ganas de descojonarme de mí mismo y de aullar, joder. Llevo pensando en ella ocho malditos años. No podría olvidarla ni a ella ni aquella noche aunque quisiera, y quiero. Dios sabe cuánto lo sigo intentando.

Sale cruz. Escogen ellos. Empezamos atacando. Una media sonrisa arrogante y llena de alevosía se cuela en mis labios. No podrían haber elegido peor.

Volvemos a nuestro banquillo. Los técnicos se mueven rápido. Grito al ataque que salga al campo. Miro al entrenador y asiento. Sé lo que quiere que haga. Él, que nada va a impedírmelo.

Anoche bebí hasta caer rendido. Por suerte mi cuerpo tiene bien aprendida la lección: da igual cómo hayamos acabado, aquí solo podemos estar al cien por cien.

Cuando me he girado en mi cocina, después de la ducha y de vestirme para marcharme al estadio, y he visto a la misma pelirroja contoneándose solo con la lencería que ayer le arranqué antes de follármela en la encimera, he tenido que contenerme para no poner los ojos en blanco.

Me ha dicho cualquier estupidez con voz sexy, algo sobre que a dónde me creía que iba, que todavía no había acabado conmigo.

Yo ni siquiera me he molestado en contestarle, he cogido mi bolsa y me he largado. Siempre he sido muy claro. Lo que pueden esperar de mí es que me las folle hasta que se corran. No hay nada más.

East y yo chocamos el antebrazo.

—Hasta el final —me dice con una sonrisa, poniéndose el casco y colocándoselo bien tirándose de la defensa delantera.

Le devuelvo el gesto.

—Hasta el final —repito.

East es mi mejor amigo, él y Nick.

Son todo lo que tengo.

Antes de que pueda controlarlo, esa noche, el instituto, Dripping Springs, se pasean por mi mente como si fuese un jodido proyector y siento la rabia entremezclándose con mi sangre rápido, sin vuelta atrás. Fue el mayor error de mi vida. Ella lo fue.

Nos situamos en posición.

Por inercia me llevo la mano a la cicatriz sobre mi ceja izquierda justo antes de pasármela por el pelo. Me pongo el casco. Me lo bajo de un tirón. Las cosas fueron como tenían que ser y lo que pasó fue lo mejor para los dos...

El estadio enmudece. Canto la jugada.

—¡Hault! —grito.

Tengo la pelota entre mis dedos.

...pero eso no significa que no quiera vengarme de ella.

De Maya.

6

Maya

—Voy, voy, voy —aviso atravesando mi salón a toda velocidad, mojando el suelo y ajustándome la toalla a la cintura. Tendría que haberme llevado el teléfono a la ducha—. ¿Diga? —respondo casi sin aire.

—Maya, soy Roy.

Roy Henderson, el dueño del *catering* de eventos en el que a veces trabajo. Es mi curro número tres. El primero es la fábrica, la empaquetadora de camisetas que hay en el muelle; el segundo, el *diner* de la calle Patterson.

—Tengo curro para ti, esta noche, ¿te interesa?

Rápida, hago memoria de mi horario en mis otros trabajos. Estoy libre. Genial.

—Sí, claro que sí.

—Perfecto. Es una fiesta de las importantes. Uniforme habitual: camisa blanca, pantalones, chaleco y corbata negros.

—Sin problemas.

—Tienes que estar a las siete en el hotel Le Meridien. —Voy deprisa hasta la cocina y lo apunto en la pequeña pizarra que tengo en la puerta de la nevera. Ya he trabajado en otras fiestas en ese hotel. Es una pasada—. Quizá te encuentres con prensa en la puerta, ni siquiera te pares a hablar con ellos. No quiero que nadie pueda decir que vais a vender fotos o algo así.

Sonrío. Suena a gente muy famosa. Marlow va a morirse.

—¿Quién organiza la fiesta? —pregunto.

—Los Cowboys.

¿Qué?

—Para dar la bienvenida a los nuevos fichajes.

No. No. No.

—¿Maya?

¡No puede ser!

—¿Maya? —repite.

—Sí —respondo con voz acelerada—. Roy, yo...

—No irás a decirme ahora que no puedes venir.

¡Claro que no puedo ir!

No tengo ningún problema en gritarle a Troy todo lo que opino de él, pero no puedo hacerlo si estoy trabajando. Además, llevo esquivando con maestría todo lo que tiene que ver con los Cowboys los últimos tres años de mi vida. No pienso meterme en la boca del lobo a propósito.

—Lo siento muchísimo, pero... —me disculpo.

—El que lo siente soy yo, Maya —me interrumpe Roy—. Esta fiesta es con toda probabilidad una de las más importantes que tendré este año. Si me dejas tirado, te tacho de la lista para siempre.

¡Mierda!

—Está bien —claudico. No puedo permitirme perder ingresos extra.

—A las siete —me recuerda.

Asiento, aunque no puede verme, nos despedimos y cuelgo.

—¡Maldita sea! —mascullo en mitad de mi diminuto apartamento. ¿Qué demonios voy a hacer? Piensa, cerebro, piensa... ¡Lo tengo! Veloz, reactivo mi teléfono y llamo a Marlow.

—Necesito un favor —le explico en cuanto me saluda al otro lado.

—Claro, ¿el qué?

—Tienes que cubrirme con Roy.

No es la primera vez que lo hace. Eso me ahorra cantidad de detalles.

—Fiesta de *celebrities* —contesta cantarina—. Me apunto. ¿Quién la organiza?

—Los Cowboys —gruño.

—Qué casualidad —comenta divertida—. El otro día nos encontramos con Troy Carson y ahora una fiesta.

Ni que lo digas.

—El universo... —dejo en el aire malhumorada. Que es un cabronazo.

—¿Por qué no puedes ir tú? ¿Estás bien?

Generador automático de excusas activado.

—Sí, pero tengo turno en la fábrica.

No puedo decirle que es en el *diner* porque ella trabaja allí conmigo. Fue precisamente donde nos conocimos el primer año de universidad.

—No te preocupes, yo me encargo de la fiesta.

El cubrirnos en nuestros curros es algo a lo que estamos muuuuuy acostumbradas. Ella también tiene la suerte y diversión (léase como si una rana vestida de maestro de ceremonias lo estuviese gritando con un megáfono de cartón gigante, básicamente, con mucha ironía) de tener que pluriemplearse para llegar a fin de mes. No se puede decir que no a un extra, así que nos echamos un cable.

—Gracias, eres la mejor.

—A mandar.

Respiro aliviada y me dejo caer en el sofá. Cuanto más lejos tengas a la única persona que odias de verdad en el mundo, mucho mejor. Troy Carson, piérdete.

Valoro seriamente la posibilidad de quedarme tirada, incluso lo de vestirse está sobrevalorado, pero tengo un montón de tareas pendientes acechándome, así que no me queda otra que mover el culo.

Voy a hacer la compra, pongo una lavadora y recojo un poco mi habitación, incluido el sillón donde juro que la ropa va acumulándose sola. Me he portado muy bien, así que me merezco un premio: tirarme de vuelta en el sofá, oh, sí, con mi peli favorita y un cuenco de palomitas.

Lo que pasa es que, antes de darle al «play», mi móvil entra en mi campo de visión sobre la mesita de centro, llamándome bajito como si fuera la Sirenita versión tecnológica y yo, una Eric con malas ideas.

Lo pienso. Lo pienso un poco más y... dejo con cuidado las palomitas, cojo el teléfono a la vez que me incorporo hasta sentarme y abro Google. Vale. No pasa nada. Solo vas a echar un inocente vistazo. «Troy Carson», tecleo. Paso de las webs y voy directamente a las fotos. Ya sabéis, una imagen vale más que mil palabras. Supongo que no debería sorprenderme porque encuentro justo lo que esperaba: a él con mujeres, muchas. En clubes, en fiestas elegantes, en estrenos de cine... hasta en un rodeo. Todas son espectaculares y parecen querer decir «Haremos todo lo que quieras, rey de los Cowboys» con la mirada. Exactamente igual que en el instituto.

Paso de fotos. He tenido suficiente. Voy a la sección de noticias. «¿Tiene Carson un problema con el alcohol?» Ese es el primer titular, así, sin anestesia.

—Vaya —murmuro.

A partir de ahí hay una mezcla extraña entre los titulares que dicen que con cada partido demuestra que es el mejor jugador de su equipo y de toda la liga, con los que hablan de su vida sentimental (en realidad, sexual, no es que se corten mucho) y los que vienen a decir que su vida de excesos acabará pasándole factura. «¿Cuánto tiempo puede seguir rindiendo así en el campo, estando de juerga con chicas y alcohol hasta altas horas de la madrugada la noche antes de los partidos?» Inmediatamente recuerdo cuando lo vi en la piscina de la azotea. Estaba de fiesta, había chicas y, aunque ni lo vi ni dio ninguna prueba de ello, estoy segura de que había bebido. Al día siguiente los Cowboys ganaron a los Jaguars de Jacksonville por más de quince puntos; acabo de leer que Troy estuvo espectacular.

Tuerzo los labios. ¿Qué demonios le pasa?

¡ALARMA! ¡ALARMA! ¡ALARMA!

¿Y a ti qué demonios te importa lo que le pase?

Enfurruñada conmigo misma —he tenido claramente un momento de estupidez suprema—, dejo el móvil en la mesita, recupero las palomitas y vuelvo a tumbarme colocándomelas encima. Por mí, Troy Carson puede comprarse un globo aerostático y fugarse a vivir aventuras. Que le den.

Afortunadamente solo con ver los créditos comienzo a sonreír y desconecto rápido. Me encanta esta peli...

Mi teléfono. Otra vez. Ahora sonando.

Dejo la tele en pausa y me inclino hacia el pequeño mueble de centro sin soltar las palomitas que tengo literalmente encima. Tarea complicada. Tarea complicada... ¡Te cogí! ¡Ja!

Es Andie.

—Hola —respondo comiendo palomitas. Me siento muy orgullosa. ¿Lo que he hecho puede considerarse deporte?

—Estamos en el hospital.

—¿Qué? —pregunto incorporándome de golpe y haciendo volar las palomitas—. ¿Qué ha pasado? ¿Qué hospital? Voy para allá.

—No te asustes —me pide—. Marlow se ha resbalado al salir de la ducha y se ha torcido un tobillo.

—Me duele muchísimo —la oigo gimotear de fondo.

—Le he puesto hielo, pero lo tenía cada vez más hinchado, así que la he traído a Urgencias a que la vea un médico.

Capto un pequeño forcejeo y a Andie maldecir entre dientes.

—Lo siento muchísimo —es Marlow—, pero no voy a poder sustituirte con Roy.

¡Mierda! ¡La fiesta! ¡Ya la había borrado de mi mente! Cierro los ojos y tuerzo los labios.

—No te preocupes —respondo veloz. Las prioridades están claras—. Lo importante es que tú estés bien.

—Lo siento mucho, de verdad —se parafrasea.

—Deja de decir tonterías.

—Si encuentro a un médico guapo, le hablaré de ti.

Aunque es lo último que quiero ahora mismo, sonrío.

—Gracias.

Hay un nuevo forcejeo y oigo a Marlow quejarse sobre que ya nadie respeta a las personas gravemente heridas.

—Solo te has torcido un tobillo —le recrimina Andie de vuelta al teléfono.

—Me duele tanto que podría desmayarme.

—Por mí no te cortes.

—¡Ey!

—Maya —me llama centrándose de nuevo en mí—, sabes que yo iría a sustituirte, pero acuérdate de lo que pasó la última vez.

Hay personas que no han nacido para trabajar de cara al público y Andie claramente es una de ellas. Todo lo que tiene de guapa y eficiente, tanto en su vida personal como en el despacho donde trabaja como publicista júnior, lo tiene de mala leche e impaciente (si no le caes bien de entrada, nada, y nadie le cae bien de entrada). En resumidas cuentas: solo me ha cubierto una vez y casi me despiden. Tuve que jurarle a Roy que jamás de los jamases volvería a enviarla en mi lugar.

—No pasa nada —contesto, poniendo mi optimismo a trabajar, centrándome en lo importante y focalizando esfuerzos. Tres cosas que se me dan de miedo, qué remedio—. Cuida de Marlow.

—Ven a casa cuando termines.

—Claro.

Nos despedimos, cuelgo y resoplo mirando a mi alrededor. Las palomitas han acabado por todo el suelo del salón, pero no es nada comparado con que voy a tener que ver a Troy. En la piscina nuestro encuentro básicamente fue una mezcla de sorpresa y recuerdos que te pillan con la guardia baja y por un momento te inmovilizan como si tuvieses los pies pegados al suelo con cemento. Esta vez va a ser diferente. Sé que voy a verlo y los recuerdos pueden irse al cuerno. Lo odio. No tengo nada más que decir, señoría.

Miro el reloj. ¡Ya son las seis y cuarto! ¡Voy a llegar tarde!

Corro por toda la casa, pillo el uniforme, la mochila y me calzo mis Converse. En teoría, tendría que pillar el bus, pero hay un atasco brutal, lo que significa que, si me quedo a esperarlo, llegaré para los postres.

¿Qué opción me queda? Seguir corriendo. Menos mal que mi diminuto apartamento está en el centro (y que nadie ha visto como casi me chocaba con un policía a caballo).

Para cuando llego a Le Meridien me duele todo el cuerpo y es posible que haya perdido un pulmón, pero soy casi puntual.

—Maya —me reprende Roy cuando nos cruzamos en el pasillo de servicio.

Sí, puede que haya sido un poco benevolente con lo de «casi».

Yo me encojo de hombros con una sonrisa mitad de disculpas, mitad culpable y todo lo encantadora que soy capaz, mi mezcla patentada.

—¿Me explicas qué ha pasado? —me pide armándose de paciencia.

—Es una larga historia —respondo yendo directa a los ascensores. Todavía tengo que cambiarme y recogerme el pelo.

—Vas en Converse.

—¿Lo preguntas o lo afirmas? —replico pulsando el botón de llamada para ganar tiempo y no tener que dar explicaciones extra.

—¿Tú qué crees?

Que un día de estos Roy va a despedirme.

—Técnicamente, son mucho más negras que blancas —argumento metiéndome en el elevador, sabiendo perfectamente que él no puede subir hasta cerrar los últimos cabos con el gerente del hotel— y son muy cómodas. Con ellas podré ser un rayo atendiendo invitados.

—Maya, no puedes...

—Siento haber llegado tarde —me disculpo interrumpiéndolo, aprovechando que las puertas van a cerrarse y así no podrá terminar su frase.

Cuando se pone en marcha, suelto un suspiro de puro alivio. Salvada por la campana, una con forma de ascensor.

Tengo controlado dónde es el enorme salón en el que se celebrará la fiesta, el más caro y lujoso del hotel, en la tercera planta, y también que debo cambiarme en los vestuarios que tienen para el personal externo al fondo del pasillo, después de la escalera de huéspedes, todo madera noble y mármol, y la del personal, funcional acero. Si hubiese llegado puntual, habría accedido a los vestuarios directamente desde la escalera de los pobres mortales recorriendo el hotel por las catacumbas, pero, como no lo he hecho, tengo que cruzar la planta. Lo que me deja dos opciones: o hacerme invisible para que ningún huésped, invitado o jefe del hotel me vea, o fingir que pertenezco al primer grupo. La segunda posibilidad es mucho más divertida, además de que no tengo nada controlado lo de la invisibilidad todavía.

Discretamente, miro a ambos lados, antes de salir del ascensor. Vale. No hay nadie. Me cuelgo mi mochila al hombro y empiezo a caminar. Un metro, dos... Sin problemas. ¡Mierda! ¡Viene alguien! Alzo la cabeza y cuadro los hombros. El truco para pasar desapercibida en un sitio así es pasearte como si el lugar en cuestión te perteneciera, es el modo *pijus vivendi*.

Es un hombre, charlando con otro más o menos de su edad pero un poco más alto. Los dos van de esmoquin. Los esmóquines molan. Marlow estaría contenta.

Deben de ser dos invitados de la fiesta, supongo que jugadores de los Cowboys.

Me ven.

Mierda otra vez.

¡No flaquees, Smith!

—Hola —me saludan con una sonrisa.

—Hola —respondo.

Nos cruzamos. Ellos siguen su dirección y yo, la mía. Prueba superada.

—Perdona —me llama uno de ellos. ¿En serio? No me queda otra que detenerme. Odio no tener opciones—, ¿podrías echarnos un cable?

Aprieto los ojos mortificada justo antes de girarme.

—¿Con qué? —pregunto.

—Mi amigo es un torpe —me explica renovando su sonrisa y avanzando un par de pasos en mi dirección— y yo, con una sola mano, imposible.

Frunzo el ceño. ¿A qué se refiere? Él lee perfectamente mi gesto. Su sonrisa se ensancha y estira suavemente los brazos.

—Los gemelos de la camisa —me explica—. No es capaz de ponérmelos.

Sonrío al entender de qué va todo esto y doy el último paso que necesito para tener su muñeca a mano.

—La culpa no es mía —le recrimina el otro chico—. No haberte comprado esos chismes tan complicados. Los hay de los que no necesitas ser ingeniero de la NASA para abrocharlos.

El aludido pone los ojos en blanco mientras yo observo los gemelos para hacerme una idea de cómo van. Son de platino. Realmente bonitos. Unos segundos después, prueba superada.

—Gracias. Por cierto, soy Evan.

—De nada —respondo amable—. Ahora tengo que irme —anuncio dando media vuelta y echando a andar. Roy va a matarme si me retraso todavía más.

—Lo ha conseguido tan rápido porque es una chica. Ellas tienen maña para estas cosas —se defiende su amigo.

Pongo los ojos en blanco. Odio los estereotipos, de cualquier clase.

—No lo entiendo, ¿quién necesita ingenieros de la NASA teniendo un colega como tú? —me burlo sin detenerme ni girarme.

El chico de los gemelos rompe a reír mientras el otro farfulla algo, indignado.

—No me has dicho tu nombre —me recuerda.

—Ahí va —vuelvo a burlarme, pero esta vez, aunque no me paro, sí me vuelvo—, qué despiste...

Mi ingeniosa broma continuaba, pero, antes de que pueda verlo venir, me choco con algo... alguien... un torso duro y firme y sé que no es Roy porque huele rematadamente bien.

«Maya Smith, está usted despedida por hacer el tonto en las instalaciones del hotel Le Meridien en su tiempo de trabajo.»

—Vaya, vaya. ¿Otra vez colándote donde no debes?

No puede ser verdad.

7

Maya

Abro los ojos y me separo lo suficiente para poder fulminar a Troy con la mirada. Pero va de esmoquin y le queda demasiado bien y por un momento pierdo el hilo y me quedo observándolo más tiempo del estrictamente necesario. Estúpido esmoquin.

—Y das por hecho que me estoy colando, ¿por? —replico beligerante cruzándome de brazos—. Sea cual sea el motivo, no es uno bueno.

—Dejémoslo en que te conozco muy bien —contesta sin una mísera duda—. Mucho mejor de lo que tú conoces a Raymond Casalengo.

Los dos chicos, que ya no me queda ninguna duda de que son sus compañeros de equipo, se quedan a presenciar la escena.

—Otra vez te equivocas —digo todo lo insolente y molesta que sé ser, y sé serlo mucho—. Raymond y yo somos íntimos.

—Raymond tiene ochenta y dos años.

Maldita sea. Eso no me lo esperaba.

—Historias de la segunda guerra mundial, mis preferidas —contesto rápida.

Cosas que odio del estúpido capitán de los Cowboys: que el pelo siempre le quede echado hacia atrás de una manera perfecta y casual aunque solo se haya molestado en pasarse las manos, pero que en ocasiones como esta se peine como un maldito actor de Hollywood; que tenga un aspecto que claramente no se merece, y esa odiosa sonrisa que hace que las chicas se bajen las bragas pero que, en realidad, lo que dice es que se cree por encima de todos los demás.

Ahora está sonriendo así y yo tengo que recordarme que necesito este trabajo y el contrato que firmé no me autoriza a quitarme un zapato y pegarle en la cara con él a un invitado, aunque indudablemente se lo haya ganado.

—¿Qué estás haciendo aquí? —pregunta clavando sus ojos azul eléctrico en los míos castaños, me gusta pensar que casi verdes, pero es algo que solo pienso yo. La gente es muy estricta en cuanto a los colores.

—Trabajo aquí —respondo sin amilanarme.

—¿Tú vas a servirme el vino?

—Y a envenenarte con él —añado encogiéndome de hombros, como si no hubiese dicho nada fuera de lo común.

Otra vez esa sonrisa. ¿Le pagan por ponerla o qué?

—La fiesta para los idiotas que solo saben tirarse la pelota unos a otros está justo ahí —digo señalando a mi espalda.

—Y a esta tampoco te lleva nadie —suelta torciendo los labios como si la situación le provocase empatía—. Algunas cosas nunca cambian.

Le dedico mi sonrisa más inocentemente falsa.

—No te preocupes. Estoy muy contenta de ello. Me van los chicos más inteligentes y buenas personas —pierdo la mirada al vacío fingiendo recordar una lista casi interminable— y tenaces y divertidos. Básicamente, todo lo que no eres tú.

Troy suelta una risa aspirada que vuelve a transformarse en sonrisa. Es un bastardo engreído.

—Sigues igual de simpática.

—Y tú, igual de cabrón.

—¿Debería sentirme ofendido?

—¿Le preguntamos a la pelirroja de la otra noche?

—La pelirroja quedó más que satisfecha.

Nos quedamos mirándonos a los ojos y por un microsegundo ese detalle me gana un poco la partida. Como si las bombillas rotas de la conexión que teníamos hace tanto tiempo, hechas añicos en el suelo, estuviesen empezando a vibrar.

—Creo que ya es hora de que sepas algo —digo con mi tono más inocente, bajando la voz como si estuviera a punto de contarle un secreto, dando un paso hacia él para que estemos más cerca—: todas esas chicas... —alzo la cabeza y lo miro a través de las pestañas. Sus ojos se ven de un tono aún más azul a esta distancia—... fingían.

Troy tensa la mandíbula sin apartar los ojos de los míos, pero el gesto apenas dura un segundo y, sin problemas, lo esconde tras toda esa arrogancia.

—Además algunas tienen el listón muy bajo —añado de vuelta a mi tono normal, así, por seguir fastidiándolo.

Da un paso hacia mí. El esmoquin vuelve a pillarme por sorpresa y lo bien que huele, también. ¡Ya podría hacerme el favor de tener la cara desfigurada por un incendio en los sótanos de un viejo teatro, algo a lo fantasma de la ópera!

Y el muy malnacido se da cuenta y vuelve a sonreír y yo lo odio un poco más.

—Tú no tienes ni idea de dónde está mi listón —pronuncia cada palabra rezumando sexo, como si su *hobby* fuese utilizar ese cuerpo para el pecado para ir cumpliendo fantasías eróticas.

Otra vez, qué cabrón.

—Prefiero morirme antes que saberlo.

Nos miramos a los ojos un poco más. Más de desafío y de un odio infinito. De pronto y absolutamente en contra de mi voluntad, eso que quede claro, me siento expuesta, como si todavía pudiese leer en mí. Él también se da cuenta, así que lo fulmino con la mirada para borrar cualquier rastro de esa idea. Hay cosas con las que creo que no podría aguantar que jugase.

El caso es que no soy solo yo, es recíproco y extraño y los dos necesitamos volver a puerto seguro.

Troy frunce el ceño, pero otra vez el gesto solo dura un segundo —el gran quarterback nunca deja que nadie vea cómo se siente—, se rearma sobre sí mismo y de nuevo me dedica su irritante sonrisa justo antes de echar a andar hacia sus compañeros de equipo.

Sin embargo, justo cuando pasa por mi lado, se inclina sobre mí. Sus labios se quedan a mezquinos milímetros de mi oreja.

—El whisky lo quiero en vaso bajo y con mucho hielo, bicho raro —susurra.

Oficialmente, pienso envenenarlo.

Levanta la vista para asegurarse de que me ha hecho hervir de pura rabia y entonces suelta una suave risa, de verdad, realmente encantado por lo que acaba de hacer. Giro la cabeza para fulminarlo con la mirada, me las va a pagar, y él me la mantiene. Debería preocuparme que estamos en mitad de un pasillo donde yo no tendría que estar, los espectadores accidentales que podrían chivarse de todo, ¡él podría chivarse de todo solo para fastidiarme!, no puedo perder este curro, pero todo eso parece haberse diluido porque no puedo simplemente apartarme y seguir adelante con mi vida.

—Te odio —digo con saña.

—No tanto como yo a ti —responde exactamente igual.

—¿Apostamos algo? Vete al infierno.

Logro romper el hechizo y echo a andar con el paso malhumorado hacia los vestuarios.

8

Maya

Ocho años antes

Le crucé la cara con el bofetón que se había ganado a pulso con lo que había dicho.

Él se volvió despacio hasta que sus ojos atraparon de nuevo los míos, más salvajes que nunca, bañados en pura arrogancia.

—Eres despreciable, Troy.

—Y tú, la niña buena que ya sabía que eras, y ahora lárgate de mi estadio.

Apreté los dientes. Lo odiaba con todas mis fuerzas y quería que se tragara una a una todas sus estúpidas palabras.

—¿O vas a decir que sí? —volvió a desafiarme solo para reírse de mí.

Troy comenzó a caminar con esa seguridad y alevosía hacia el centro del campo dispuesto a seguir entrenando.

Yo eché a andar sin mirar atrás. Solo quería alejarme de él tanto como pudiera. Era un malnacido y lo único que buscaba era ponerme a prueba.

—Vete a la mierda —le dije al pasar a su lado.

—Ya lo imaginaba —contestó sin darle ninguna importancia, como si me tuviese calada hasta los huesos.

Sin detenerme, me giré porque necesitaba mirarlo para que supiese cuánto lo despreciaba.

Él miró hacia atrás por encima de su hombro; el flequillo rubio y desordenado le caía sobre la frente. Los ojos azules y salvajes otra vez. Nunca había conocido a nadie tan chulo y miserable.

Entré en el baño de chicas literalmente echando chispas. ¿Quién se creía que era? Troy no me conocía. Troy no sabía de lo que era capaz. Y podía meterse su estúpida seguridad donde le cupiese.

—Chica, ¿estás bien? —me preguntó Tilly nada más verme.

¡Estaba tan cabreada! Ni siquiera entendía cómo había conseguido enfadarme tanto, aunque, desde luego, si había alguien capaz de lograrlo, ese, sin duda, era Troy.

Aquel viernes, durante la asamblea para animar al equipo y después en el partido, sentía como si Troy y yo fuésemos dos imanes en el peor sentido. Tenía clarísimo dónde estaba en todo momento sin tener que esforzarme en buscarlo. Solo respiraba odio y, si no fuera una locura, diría que él lo estaba disfrutando.

No les hice mucho caso a Tilly ni a Tate y, cuando Kyle me preguntó qué me pasaba cuando me llevó a casa, me inventé una mentirijilla piadosa y me escabullí.

Mi tía me esperaba terminándose de arreglar frente al espejo del baño. Llevaba su vestido verde de la suerte, lo que significaba que había quedado con algún ligue de su app de citas.

—¿Qué tal estoy? —me preguntó dando una vuelta sobre sí misma.

Sonreí.

—Muy guapa.

Mi tía era hermana de mi padre. No se parecían demasiado, pero de alguna manera me recordaba a él y eso me gustaba.

—Gracias —contestó feliz dándose el último retoque en los labios en el baño—. Tengo que irme ya —me explicó cogiendo su bolso de encima del sofá y metiendo el *gloss* que acababa de utilizar en él—. Te haces tú la cena, ¿vale?

—Sin problemas. Además, hoy está la nevera llena, podré darme un festín.

Mi tía torció los labios.

—He olvidado ir al súper —anunció con voz de pena.

—No pasa nada. Puedo ir andando al Seven Eleven de la gasolinera.

—¿Segura?

Asentí.

Mi tía abrió de nuevo su bolso y me dio un billete de diez.

—Intenta que sobre algo.

Observé el billete resignada.

—Claro —respondí con una sonrisa obligándome a olvidar esa sensación.

—Eres la mejor —me dijo dándome un beso rápido en la cabeza.

Cuando me quedé sola, eché un vistazo a mi alrededor, valoré mis opciones y con un chute de optimismo hice lo que tocaba. Saludé a la señora Wong, que estaba en su ventana, me preguntó a dónde iba y, cuando le contesté, ella apretó los labios con desaprobación.

La gasolinera estaba a unas diez manzanas, así que tuve tiempo para pensar. Quería echar a Troy de mi cabeza y concentrarme en Kyle, pero, antes de que me diera cuenta, todavía me quedaban ocho manzanas y estaba más cabreada que antes. ¡No era ninguna niña buena! Que no fuera un proyecto de sociópata barra jugador profesional encantado de conocerse y con un instituto entero que me permitiese hacer lo que quisiera no me convertía en una.

Los siguientes días se parecieron muchísimo. El odio hacía que no pudiera quitarme a Troy de la cabeza y empezaba a preguntarme cosas que antes no me importaban, como si la cola de chicas dispuestas a tirarse a sus pies no se daba cuenta de que, por muy estúpidamente guapo que fuera, era un bastardo malnacido. No, ellas estaban en plan kamikazes sentimentales dispuestas a darlo todo por un cuerpo de escándalo fabricado a base de entrenamientos extenuantes y partidos que podían llegar a ser una batalla campal.

Que estaba rara ya me lo habían dicho Tate, Tilly, Kyle y Anthony, incluso mi tía me había preguntado si todo iba bien.

El jueves por la noche me quedé a dormir con Tate. Troy se había marchado con los chicos del equipo de fútbol. No es que él hubiese dado muchas explicaciones, básicamente usaba su casa como un hotel y nunca se molestaba en decir a dónde iba o qué hacía, pero Anthony estaba con él.

El hecho de saber que no tendría que aguantar su estúpida media sonrisa de chulo engreído me hizo relajarme un poco, pero, cuando después de ver una peli en Netflix nos fuimos a dormir, pillar el sueño parecía una misión imposible y a eso de las tres, con la casa en un absoluto silencio, cansada de dar vueltas en la cama, bajé a por un vaso de agua.

Casi tuve un microinfarto cuando al dar dos pasos en la cocina me encontré a alguien a la luz de la nevera, bebiendo agua helada.

Solté un «¡Dios!» entre susurros y el imbécil de Troy sonrió. Por supuesto le resultó divertido haberme dejado al borde de la muerte.

—¿Qué haces aquí?

—Vivo aquí —respondió señalando lo obvio.

—Me refería a aquí, en la cocina, a esta hora —me quejé a la defensiva.

—Podría preguntarte lo mismo, bicho raro.

—Y podrías irte al infierno.

—Ya he llegado —contestó volviendo a poner el agua en la nevera, cerrándola y dejándonos a oscuras salvo por las luces que llegaban desde la calle a través de las enormes ventanas del salón.

Fruncí el ceño por su respuesta porque parecía una broma pero creo que no lo era.

—Me largo —dijo echando a andar hacia las escaleras—. Que tu noche sea igual de emocionante que hasta ahora, niña buena.

Y el maldito retintín con el que lo hizo logró que todo el enfado y la frustración que llevaba masticando casi una semana estallasen.

—¿Sabes qué? Acepto, estúpido capullo. Voy a demostrarte de una maldita vez que soy capaz de hacer cualquier cosa que quiera hacer.

Troy se quedó muy quieto con el pie en el primer peldaño y se giró hacia mí. Nuestros ojos se encontraron enseguida, como si conociesen un camino que nadie les había enseñado.

Desanduvo lo que había avanzado y se detuvo tan solo a unos pasos.

—No quieres hacer esto —se burló.

—Tú no tienes ni idea de lo que quiero hacer o no. No me conoces.

Troy me estudió con la mirada como hizo en el estadio. Cada segundo que esos ojos azules estaban sobre los míos, sentía una pequeña chispa saltar y centellear y el corazón empezó a latirme deprisa.

Esbozó su media sonrisa y dio un paso más en mi dirección. Era como un león acorralando a un conejito que se había quedado en el último lugar en el que debería estar.

—Dime una cosa: ¿vas a hacerlo por lo mucho que quieres a Kyle o por lo mucho que me odias a mí?

Apreté los dientes porque me negaba a decir «por ti» incluso en ese contexto, pero él lo entendió a la perfección porque su media sonrisa brilló todavía más engreída.

Se inclinó sobre mí y muchas ideas me sacudieron a la vez. Volví a sentir su olor, no era a nada en concreto, era a él, pero podría reconocerlo en cualquier parte. La chaqueta de cuero le resaltaba sobre la camiseta blanca y los vaqueros rotos. Era como verlo con los nudillos vendados o con el uniforme de los Hawks. Esa maldita seguridad relucía, diciéndote bajito que tenía un ejército detrás dispuesto a morir por él.

No quería, pero todo eso me parecía sexy. Eso era Troy para mí, un chulo estúpidamente guapo, atractivo y sexy al que pensaba odiar hasta el día que me muriese.

—De rodillas —me desafió contra mis labios.

Quería darle otra bofetada, diez, pero no iba a dejarle ganar ese ridículo juego.

Despacio mis rodillas tocaron el suelo, levanté la cabeza y lo miré por debajo de las pestañas. Sus ojos ya me esperaban y Troy tragó saliva. Incluso el silencio de la casa desapareció. Las chispas se hicieron más fuertes y el fuego se prendió. Era una malísima idea. Estábamos en mitad de la cocina de sus padres. Podían pillarnos en cualquier momento. Pero no podía moverme porque, con franqueza, no quería. La sangre me corría húmeda y caliente, llena de adrenalina. Era emocionante, nuevo. MEJOR.

Troy movió la mano y, lentamente, sin apartar sus ojos de los míos, me acarició el labio inferior con el pulgar. La conexión fue brutal, como si hubiésemos sentido que un cable al rojo vivo nos atravesaba a los dos y nos unía.

Todas mis células despertaron de golpe, con hambre. El corazón me iba a toda pastilla, mi respiración era un caos y necesitaba apretar los muslos para volver a pensar con claridad. Nunca había sentido eso. Era deseo multiplicado por mil y calor y curiosidad y la poderosa sensación de que estar dispuesta a ir donde él quisiese llevarme me hacía poderosa a mí.

—Joder, Maya —gruñó con la voz ronca.

Mi nombre en sus labios sonó completamente diferente a cualquier otra vez que lo hubiese oído.

Pero sin decir nada más se marchó. El mundo volvió a girar de repente, el silencio lo engulló todo y me dio igual que ya estuviésemos en primavera porque me morí de frío.

A la mañana siguiente me levanté muy temprano y, con la excusa de haber olvidado algo en casa, salí de la de los Carson antes de que ninguno estuviera fuera de la cama. Con lo que no conté fue con que Troy estaría fuera arreglando algo en el motor de su camioneta. Vamos, ¿quién se levantaba tan pronto para hacer algo así?

Supongo que la misma clase de personas que olvidan cosas imaginarias antes de las seis de la mañana.

—Tengo que recoger algo en casa —aclaré y no sé por qué. Él no me había preguntado.

Nos quedamos mirándonos en silencio. La conexión empezó a latir con fuerza, sus ojos se oscurecieron aún más salvajes y lo que sentí volvió a arrasarlo todo dentro de mí.

Me obligué a apartar la mirada y empezar a caminar. Era, sin duda, lo más sensato.

Troy no dijo nada y eso unió la rabia al cóctel molotov que ya sentía porque, justo en ese momento, me desconcertó. ¿Qué demonios le pasaba? Dios, ¡¿y a mí qué me importaba?!

—Me largué porque jamás obligaría a una chica a hacer nada —dijo con voz clara. Yo me detuve en mitad del camino que conectaba su casa con la acera y me giré hacia él—. Lo de anoche solo fue un juego y no iba a permitir que se me fuese de las manos.

Le mantuve la mirada mientras literalmente podía sentir mi cabeza funcionando a toda velocidad. Me enfadaba lo que acababa de decir, como si él tuviese siempre el control, y me enfadó que me pareciera una especie de prueba de que Troy era diferente, que podía ser un capullo pero no era ningún cabrón.

—No te preocupes —contesté con desdén—. Yo tampoco habría permitido que se me fuese de las manos. Sé cuidar de mí misma.

Él también estaba cabreado. Lo tenía clarísimo.

El corazón me latía como un loco.

—Genial —gruñó.

—Genial —respondí.

Y me largué... y cómo me gustaría decir que todo acabó allí.

9

Troy

—¿Quién es esa chica? —pregunta Clarence, uno de los novatos.

Sigo observando a Maya alejarse por el pasillo, aunque lo más apropiado sería decir que no puedo levantar mis ojos de ella. Se detiene junto a la puerta de acceso a las escaleras de servicio, agarra el pomo con fuerza y tira de él. Antes de desaparecer en el interior gira la cabeza hacia mí y me fulmina con la mirada.

—Es una locura —contesta el otro tío. ¿Quién coño es?

Me odia. No es que acabe de descubrirlo, pero sigue tocándome los cojones, no ella, sino que me odie; bueno, y ella también. Solo hay que fijarse en nuestra última conversación. Es la persona más insolente y terca que he conocido. Eso tampoco acabo de comprenderlo, Maya sigue siendo exactamente igual que en el instituto. El envoltorio más jodidamente dulce y bonito del mundo con la chica más exasperante dentro. Y solo me odia a mí. Eso tampoco es nuevo.

La puerta se cierra a su espalda y aunque no hace ningún ruido yo lo siento como un maldito portazo.

—Nadie que os interese —les dejo claro con mucha mala hostia volviéndome hacia ellos— y ni una puta palabra de lo que habéis visto.

No sé qué han pillado o qué teorías están manejando ahora mismo, pero Clarence es un novato y para ellos cada segundo de cada día es como la mañana de Navidad y no pueden mantener la boca cerrada.

Los dos asienten pero no se mueven. Joder. Los fulmino con la mirada para que se larguen. Vuelven a asentir captando el mensaje y deprisa se dirigen hacia el salón principal.

De pronto estoy de un humor de perros y a la vez tengo un regusto divertido en la punta de la lengua. ¿Qué demonios hace ella aquí? Es lo primero en lo que pienso y quiero concentrarme en esa idea, pero antes de que pueda controlarlo una sonrisa se cuela en mis labios porque el universo acaba de darme la oportunidad de toda una noche para torturarla.

—Eso suena bien, joder —murmuro para mí.

Entro en el enorme salón y la busco con la mirada aunque sé que es imposible que haya entrado ya. Imagino que deberá ponerse el uniforme. Ese es el pensamiento lógico; aun así, recorro la estancia con la mirada ávido, incluso codicioso.

—Aquí estás —me llama Nick cuando nos encontramos junto a una de las elegantes barras.

Llego tarde. No me importa absolutamente nada. Estas fiestas son un coñazo. El viejo, el presidente de los Cowboys, quiere que el equipo sea una institución en la ciudad, un referente y blablablá. Nada de eso va conmigo. Yo solo estoy aquí para jugar, ganar y quedarme con todo lo bueno que va con el cargo: ser el héroe y las chicas que se me tiran encima sin que ni siquiera tenga que abrir la boca. No soy la mejor persona del mundo pero al menos soy sincero. Darle la mano al gobernador me la sopla.

—No me dejes solo —se lamenta mi mejor amigo—. East tampoco ha dado señales de vida. Sois unos cabrones.

Me aguanto la sonrisa, aunque no me esfuerzo mucho, mientras espero mi whisky. Nick, East y yo nos conocimos hace cuatro años cuando los tres llegamos a los Cowboys. Desde entonces somos inseparables. Los tres teníamos muy claro que queríamos ser los mejores.

Nos importaba una mierda ser novatos. Íbamos a liderar a los Cowboys, íbamos a comernos a los otros equipos e íbamos a ganar la Super Bowl. Lo conseguimos.

—Beth está aquí —le recuerdo—. No creo que veamos a East hasta el entrenamiento del lunes.

Beth es la novia de East y él está loco por ella. Trabaja en Chicago, así que no pueden verse todos los días, lo que automáticamente significa que, cuando consigue tiempo libre para venir hasta aquí, no salen de la cama de East. Ni siquiera creo que en estos tres años haya visto alguna vez la Reunion Tower de cerca.

Nick pone los ojos en blanco y yo vuelvo a sonreír.

—Déjale echar un polvo de vez en cuando —me burlo—. No va a dejar de quererte.

—Si dejara de querer a alguno de los dos sería a ti —me la devuelve y mi sonrisa se ensancha.

—Aquí tiene, señor Carson —dice el camarero dejando mi copa frente a mí.

El chico inmediatamente roba mi atención y mi buen humor aunque no ha hecho nada. Me ha servido lo que quiero y ha sido amable, pero no es Maya y quiero que lo sea.

Vuelvo a buscarla a mi alrededor, pero sigue sin haber rastro de ella. ¿Dónde coño se ha metido?

—¿A quién estás buscando? —me devuelve a la realidad Nick.

Lo miro como si hubiese dicho una chorrada enorme y ni siquiera me molesto en contestar. Lo último que necesito es a mi amigo metiendo las narices en mis asuntos. Le encanta hacerlo, igual que a East; casi agradezco que Beth haya decidido hacer acto de presencia justo hoy.

—Chicos —nos saludan acercándose a nosotros.

Es Gaz Harlesson, nuestro director deportivo. Todos nosotros podríamos distinguir su voz en cualquier lugar. Siempre nos habla con esa mezcla de condescendencia y paciencia que usan los padres.

—¿Todo bien?

—Todo bien —respondo. Nick, a mi lado, asiente.

—Troy, me gustaría que el lunes te pasaras por mi despacho. Tenemos que hablar.

Asiento.

—Claro.

Gaz me cae bien de verdad. Se preocupa por nosotros y eso no es precisamente lo más común en un director deportivo. Él es de los buenos.

—No quiero arruinarte la fiesta —continúa—, pero...

De pronto una puerta suena y unas zapatillas que se supone que deberían sonar muy sigilosas chirrían sobre el parquet. Me giro hacia el sonido sabiendo lo que voy a encontrarme y una media sonrisa se cuela en mis labios.

Ya se ha cambiado; lleva unos pantalones negros, una camisa blanca y un chaleco y una corbata también negras. Mira al frente valorando opciones y creando un plan en su cabeza y da una bocanada de aire dispuesta a cumplirlo. Lleva haciendo eso desde que éramos unos críos.

Camina decidida hacia una de las barras, toma una de las bandejas que han preparado repleta de copas de *champagne* francés y diligente empieza a pasearse entre los presentes.

Se ha hecho un moño alto de bailarina pero no le ha quedado lo que se dice perfecto y algunos mechones se escapan. Saluda con una suave sonrisa a un grupo de invitados y les ofrece de beber moviendo la bandeja.

Uno de esos mechones le acaricia el cuello, ella se roza justo esos centímetros de piel con los dedos y en contra de mi voluntad los sigo y la recorro de arriba abajo. El pelo castaño, los ojos marrones. Ni alta ni baja ni delgada ni con curvas. No es explosiva ni tiene cara de modelo. No estoy siendo un capullo. Lo tiene todo para pasar completamente desapercibida y, sin embargo, me encantaría saber por qué puta ley del universo no puedo apartar los ojos de ella. Es esa mezcla de ser jodidamente sexy sin ni siquiera proponérselo y adorable, aunque en el fondo sea la persona más insufrible del mundo... yo qué sé, joder.

Me obligo a apartar la vista de ella.

Tengo claro lo que debería hacer, prestarle atención a Gaz y después pasearme por la fiesta para que los políticos de turno puedan saludarme, pero está y ahora mismo tengo algo muy divertido que hacer.

La media sonrisa vuelve a mis labios. Va a arrepentirse muchísimo de tener que trabajar justo hoy.

Dejo mi copa y a Gaz con Nick sin dar explicaciones y me mezclo con la gente de la fiesta. La sigo con la mirada y anticipo cuál será el siguiente grupo al que se acerque; al fin y al cabo, me pagan mucho dinero por controlar qué será lo siguiente que pase.

—¿Desean una copa?

En cuanto se desliza para ofrecer la bandeja, levanta la vista y sus ojos despiertos y curiosos se encuentran de inmediato con los míos. Gruñe un juramento ininteligible entre dientes y yo ladeo la cabeza, irritante y con mi mejor sonrisa de tocapelotas, desafiándola a que sea lo que sea lo que me ha llamado interiormente lo haga en voz alta.

Se oyen algunos «gracias», aunque la mayoría toma su copa sin ni siquiera mirarla. Alzo la mano dispuesto a coger una, pero cuando voy a hacerlo Maya mueve la bandeja apartándola de mi alcance, fingiendo que no me ha visto. Yo entorno los ojos sobre ella y Maya se marcha con una sonrisa triunfal en los labios.

No deberías echar más leña al fuego, bicho raro.

Me aseguro de que volvemos a encontrarnos y, cuando lo hago, de que su jefe esté cerca. No es que haya preguntado quién es, pero obviamente el tío de traje que observa a los camareros como si fuera una pantera y que habla con ellos entre susurros debe serlo. Es eso o el peor acosador de la historia.

Al ver que estoy en el grupo hacia el que viene directa, de nuevo con Nick y Gaz, se contiene para no poner los ojos en blanco. Vuelvo a sonreír. Mitad porque torturarla me parece la hostia de divertido, mitad porque sé que le molesta y ¿quién soy yo para negarle nada?

—*¿Champagne?* —ofrece y suena dulce, aunque estoy segura de que, si pudiera evitarlo, lo haría.

—Gracias —contesta Nick cogiendo una de las copas, como Gaz.

Me mira de reojo esperando a que haga lo mismo, estoy seguro de que para volver a impedírmelo, pero no me muevo. Eso la desconcierta, pero no deja que lo vea y se gira para alejarse.

—Tomaré un whisky —digo con el tono más arrogante y chulo imaginable y lo suficientemente alto como para que su jefe, a unos metros, con las manos a la espalda, también me oiga—, ya sabes cómo me gusta —añado en clara referencia a nuestra conversación del pasillo con el objetivo de fastidiarla un poco más—, pero —sigo como si lo que voy a decir me preocupara sobremanera— hay un problema.

Espero a que se dé la vuelta. Maya me maldice unas diez veces antes de hacerlo con una sonrisa forzada. Sabe perfectamente dónde está su jefe.

—¿Qué problema?

Enarco las cejas esperando a que termine esa frase como debe. La sorpresa y la rabia cruzan sus preciosos ojos castaños a una velocidad de vértigo sin poder creerse lo que quiero pero teniendo cristalino lo que es.

Puedo esperar todo el tiempo del mundo, nena.

Maya aprieta los labios indignadísima y aún más cabreada por no poder gritarme a la cara lo idiota que le parezco.

—¿Qué problema, señor Carson?

—Sabía que tenías claro quién era. Después te firmo un autógrafo.

Va a acabar envenenándome esa copa, lo sé. Pero el riesgo vale la pena.

—El problema es que el whisky que tienen aquí no me va. Quiero Glenoack, veinticinco años.

—¿Y cómo pretendes... —la punta de la lengua escapa entre mis dientes viendo cómo ha estado a punto de perder los papeles. Su jefe la reprende con la mirada y ella me dedica una sonrisa a modo de disculpa— pretende —se corrige— que lo consiga?

Me encojo de hombros displicente.

Su jefe camina diligente hasta nosotros.

—No se preocupe, señor Carson. Lo tendrá —afirma sin dudar.

—Gracias, ¿señor...? —le doy pie a que diga su nombre, todo amabilidad.

—Fener, Roy Fener.

—Muchas gracias, señor Fener —añado desplegando todos mis encantos.

—Un placer ayudar con lo que sea a nuestro mejor jugador.

Un hincha de los Cowboys. Esto va a ser divertido.

—Maya, acompáñame —le ordena.

Ella me mira francamente mal, aprovechando que su jefe ya se ha dado media vuelta, justo antes de hacer lo mismo.

—Recuerda que lo quiero en vaso bajo y con mucho hielo.

Mis palabras la atraviesan y se gira como un resorte sin detenerse. Si antes me ha mirado mal, ahora le encantaría ser un X-men para lanzarme un rayo láser. Yo levanto suavemente la mano y agito los dedos como despedida, lo que obviamente la enfada todavía más.

Sí, definitivamente es la hostia de divertido.

Maya y su jefe se detienen junto a la puerta. Por los gestos, resulta obvio que él la está mandando a Dios sabe dónde a buscarme ese whisky. La verdad, bebo Glenoack, pero no tengo ni idea de si existe uno de veinticinco años. Y ella se está negando en redondo alegando que soy lo peor.

Antes de que pueda controlarlo, vuelvo a sonreír. No me importaría que la contrataran como camarera de todas estas estúpidas fiestas. Podría dedicarme a molestarla de manera habitual.

—¿Por qué estás torturando a esa pobre chica? —pregunta Nick colocándose junto a mí.

Me obligo a apartar los ojos de ella y los centro en mi amigo.

—Tenemos una cuenta pendiente.

Nick frunce el ceño esperando más detalles, pero no pienso dárselos.

—¿La conoces?

—Te gusta hacer demasiadas preguntas.

—Y a ti, hacerte el interesante.

—Puede ser —contesto cogiendo una copa de *champagne* cuando se acerca otro camarero.

Mi amigo me observa y sonríe al tiempo que cabecea.

—Eres imposible.

10

Maya

Ocho años antes

Intenté olvidar todo aquello, hacer como si Troy no existiese, pero el universo y el Roosevelt High pretendían ponérmelo difícil.

Lo veía más en casa de los Carson, cuando normalmente apenas pasaba tiempo allí, nos cruzábamos más veces en el instituto y Tate insistía para que fuéramos al *diner* con Anthony y los chicos del equipo, es decir, con Troy. Quizá siempre había sido así y no me había dado cuenta, pero no podía sacármelo de la cabeza ni de mi alrededor.

El gran problema: exactamente dos semanas después, cuando encontré a Kyle peleándose con su taquilla demasiado cabreado para respirar. El motivo: los capullos de los Hawks y el rey de todos ellos habían vuelto a molestarlo. Troy le había dado una paliza.

Ni siquiera lo pensé. Fui hasta el campo de fútbol; el entrenamiento ya había terminado, así que lo atravesé hecha una furia y, sin dudarlo ni un poco, entré en los vestuarios. Los jugadores me miraron con una mezcla de sorpresa y diversión, pero yo pasé de ellos y fui directa hasta su capitán.

—¿Cómo puedes ser tan despreciable, Troy? —le escupí plantándome delante de él.

Se oyeron un par de silbidos y risitas. Por Dios, eran como críos de cinco años.

Aún no se había duchado, pero ya solo llevaba los pantalones de chándal cortos negros y las vendas de las muñecas a los nudillos.

—No sé de qué me estás hablando —contestó, pero en el fondo lo que estaba era riéndose de mí porque tenía clarísimo a qué me refería.

No me amilané. No me rendí.

—Eres la peor persona que he conocido en mi vida —le recriminé dando un paso hacia él—. No tienes ni una pizca de humanidad y te mereces cómo te tratan en tu propia casa.

Que Tate lo odiase. Que sus padres ya no se esforzaran por que hiciera vida familiar.

Muchas emociones cruzaron sus ojos demasiado rápido, pero no fui capaz de distinguir ninguna porque la arrogancia lo anegó todo aún más veloz.

—Fuera todos. Ya.

Ni siquiera necesitó gritar. Todos los jugadores obedecieron sin una sola protesta y en cuestión de segundos nos dejaron solos.

El momento me intimidó y me excitó al mismo tiempo, realmente era el rey de aquel ejército.

Sus ojos azules volvieron a buscar los míos y una especie de trato se cerró, para bien o para mal.

—¿Qué coño haces aquí? —siseó dando un paso hacia mí.

—¿Por qué has vuelto a molestar a Kyle?

—Ya te lo dije. Es algo entre él y yo. No te metas en mis asuntos —me advirtió.

—Tú y yo hicimos un trato.

Su media sonrisa brilló en sus labios engreída.

—He cambiado de opinión —contestó sin arrepentirse ni siquiera un poco.

—¿Qué?

—Si quieres que deje en paz a ese gilipollas, tendrás que hacer algo por mí.

Dio un paso más. Empezaba a estar demasiado cerca y a mí empezaba a costarme que mi respiración no se convirtiese en jadeos. Me moría de ganas de saber cómo se sentirían esos abdominales perfectos bajo la yema de los dedos, y sus manos... ¿por qué me ponía tanto que las llevara vendadas? ¡¿Por qué me ponía él?! ¡Era Troy!

—¿El qué? —En contra de mi voluntad mi voz sonó diferente y los dos lo notamos.

Avanzó un paso más y yo levanté la cabeza para poder seguir mirándolo a los ojos justo después de perderme unos segundos en su boca.

Se inclinó sobre mí, sus labios buscaron los míos, pero se quedaron muy cerca y yo por fin entendí el significado de la palabra *tortura*.

—Vas a pedirme que te folle como te mueres de ganas que haga.

—Antes muerta.

—Ah, ¿sí? —Sus manos se anclaron en mis caderas y un gemido se escapó de mis labios—. Entonces, ¿no quieres que te folle?

Apretó un poco más, dio un paso hacia delante haciendo que yo lo diera hacia atrás y me llevó contra las taquillas.

—No —conseguí decir de puro milagro.

—¿No quieres que te bese?

Negué con la cabeza.

—No. —Pero tan pronto como lo dije mis ojos traidores volvieron a perderse en su boca.

Otra vez sonrió, claramente disfrutando de que me estaba derritiendo despacio. Movió una de sus manos de mi cadera a mi estómago incendiándome la piel que tocaba, iluminándola.

—¿No quieres que te acaricie? —preguntó contra mis labios.

—No —casi jadeé.

Noté parte del peso de su cuerpo contra el mío y fue como una promesa de todo lo que sentiría, de lo increíblemente alucinante que sería.

—¿No quieres que te levante a pulso y te folle con fuerza?

Negué con la cabeza. Hablar, imposible.

Su mano bajó un poco más y ya solo pude respirar placer. Desabrochó el botón de mis vaqueros. Gemí otra vez. Apenas podía controlar mis latidos. Todo era intenso y peligroso y sexy y una locura, pero es que no me importaba ABSOLUTAMENTE nada.

—Duro, demostrándote que solo puedo pensar en ti.

Deslizó sus dedos en mi sexo húmedo y resbaladizo. Mi cabeza chocó contra las taquillas cuando la eché hacia atrás tratando de digerir todo el placer. Maldita sea, era una pasada.

—Joder, Maya. —Otra vez mi nombre, otra vez su voz ronca, eran lo mejor de todo.

Movía los dedos, me acariciaba, me embestía con ellos, no sé qué demonios hacía pero era perfecto y yo... yo... Era como volar, joder, era como sentir todos los rincones de mi cuerpo despertarse a la vez, bailar, cantar a pleno pulmón, emborracharme de deseo, excitación y placer una y otra vez por segundo, un millón de veces por segundo. Mejor. Más. Para siempre.

Abrí los ojos. Necesitaba verlo. Me perdí en los suyos, en la pequeña cicatriz sobre la ceja, en sus labios entreabiertos por culpa de su respiración acelerada. ¿A él también le latía tan deprisa el corazón?

Su boca estaba muy cerca de la mía. Me moría por que me besara.

Moví la mano porque yo también lo quería todo de él. Deslicé los dedos por su estómago duro y perfecto.

Más círculos. PLACER. PLACER. PLACER.

Notar las vendas ásperas contra mi piel hacía que todo subiera un maldito escalón.

Un maldito movimiento perfecto.

—¡Troy! —grité.

Otro aún mejor y otro ¡y otro! ¡Y exploté! Con el placer recorriéndome a una velocidad de vértigo, haciendo que lo sintiera todo a la vez, en todas partes, sin medida, volando. ALUCINANTE.

Troy se detuvo lentamente. Ninguno de los dos se movió y nuestras miradas seguían enganchadas mientras el sonido de nuestras respiraciones jadeantes reinaba en el vestuario.

La conexión entre los dos se hizo más fuerte segundo a segundo.

Me moría por que me besara. No podía pensar en otra cosa.

—Fóllame, Troy.

Mi voz nunca había sonado tan trémula, tan entregada, tan valiente y tan libre al mismo tiempo.

Otra vez todos esos sentimientos corrieron como la pólvora en su mirada y aunque la arrogancia fue rápida, esa vez no llegó a tiempo de tapar las ganas.

Me miró a los ojos un poco más. El placer sonó como mi canción favorita.

Su media sonrisa.

—No —contestó con toda la alevosía del mundo—. Perdiste la oportunidad, bicho raro. Tendrías que habértelo pensado mejor.

Sin decir nada más, se apartó de mí y se fue a la ducha sin problemas. Nadie diría que había hecho que a una chica le temblaran las rodillas hacía cinco minutos.

Yo apreté los ojos con fuerza tratando de elegir uno de los doscientos insultos que me cruzaron la mente a la vez mientras intentaba que mi respiración se calmara ¡de una condenada vez!

—¡Muérete, Troy! —grité mientras me largaba pisando con rabia.

Lo último que oí antes de salir del estúpido vestuario de los estúpidos Hawks fue su estúpida risa.

11

Maya

No me lo puedo creer. No me lo puedo creer. ¡Es que no me lo puedo creer!

Miro a ambos lados, esquivo el tráfico y alcanzo la otra acera de una de las avenidas más concurridas de Dallas. ¿Por qué? Porque el bastardo del capitán de los Cowboys quiere un whisky imposible de encontrar. Llevo cuatro licorerías en una hora. Y no me importaría estar paseándome por la ciudad en lugar de estar sirviendo *champagne* a un puñado de pijos de no ser porque él me lo ha ordenado aprovechándose de que mi jefe estaba delante y no podía mandarlo al infierno, claramente el lugar donde acabará. Está usando esta situación para torturarme.

—Hola —saludo al entrar.

—¿En qué puedo ayudarte? —me pregunta una señora más cerca de ser anciana que de mediana edad con gorro de vaquera tras un mostrador impecable, casi reluciente.

—¿Tienen whisky Glenoack de veinticinco años? —Y un veneno indetectable en autopsia, por favor.

La mujer apoya una de las manos en el mostrador y se lleva la otra a la cadera.

—¿Tú bebes eso?

—¿Tengo pinta de poder permitírmelo? —digo señalando mi atuendo sin duda alguna de camarera.

—Pues pueden pasar dos cosas: o no tienen ni idea de lo que te han pedido, o te están tomando el pelo. Glenoack no comercializa ningún whisky de veinticinco años.

Sin duda alguna, la segunda opción.

—¿Está usted segura? —pregunto para cerciorarme.

—¿Tengo pinta de equivocarme?

Para nada.

Sonrío y niego con la cabeza.

—Gracias.

—No hay de qué, cielo.

Salgo de la licorería con la rabia al mil por mil. Debería haberle contado la historia completa, esa señora tenía pinta de guardar un arma debajo del mostrador; quizá me la habría prestado.

Me doy una carrera hasta el hotel porque no me queda otra y, discreta, regreso al interior del enorme y elegante salón. Solo necesito echar un vistazo a la sala para encontrarlo. De verdad que es injusto cómo consigue destacar. Está hablando con el mismo chico con el que lo hacía antes. Lo reconozco de mi búsqueda de Google. Es otro de los jugadores, Nick no sé qué. Por lo visto, él y Troy son muy amigos.

Precisamente ese tal Nick dice algo y Troy rompe a reír. No me lo esperaba y el sonido logra calentarme por dentro a pesar de estar separados. A veces pienso que es demasiado atractivo para ser real, como cuando ves a un actor en una peli y piensas «Es mentira, está maquillado hasta las cejas o lo han arreglado por ordenador», solo que no lo es.

Automáticamente siento el corazón latiéndome demasiado rápido y algo encendiéndose despacio y caliente.

Sacudo la cabeza y me obligo a enterrar todas esas ideas.

Voy hasta una de las barras, me deshago de mi compañero, diciéndole que otro de los chicos lo necesita, y empiezo a preparar mi cóctel especial para Troy. El señor Carson quería whisky y lo va a tener, pero también le vamos a echar un poco (mucho) de tabasco y sal, que no sé si con el alcohol será efecto café o chocolate, lo descubriremos juntos. También añado un poquito de vodka, para hacer la mezcla más explosiva, y tequila y el líquido del bote donde se guardan los jalapeños.

Lo remuevo todo muy bien asegurándome de que el color da el pego, vaso bajo y mucho hielo, por supuesto. Pongo la copa en la bandeja y camino directa hacia él.

A unos pasos sus ojos azules me buscan como si algo le dijese que debía girar la cabeza justo en este momento. Ese mismo «algo» lo traiciona y me recorre de arriba abajo con la mirada. Lo que sea también debe traicionarme a mí porque siento cómo sus ojos me abrasan y los músculos de mi vientre se estiran deliciosamente.

—Su whisky, señor Carson —digo y debo carraspear para que mi voz suene clara.

Él tarda un segundo de más en apartar su mirada de mí y volver a la realidad.

—Glenoack, veinticinco años —recito; la idea es hacerlo solícita, aunque no estoy segura de que lo haya conseguido—. Vaso bajo, mucho hielo.

Troy coge la bebida y yo tengo que aguantarme la sonrisa. No pienso darle ninguna pista.

Aparto la bandeja, me la llevo a la espalda y me quedo de pie, en teoría, esperando a que me pidan algo más o me digan que ya puedo marcharme, pero la práctica es que no me perdería lo que está a punto de pasar por nada del mundo.

Troy se lleva el vaso a los labios y da un trago.

Solo uno.

Y su expresión cambia por completo.

Me aguanto un ataque de risa en toda regla mientras él se traga el buche fingiendo que no pasa nada solo por no descubrir que ha caído en la trampa delante de todos, pero, si las miradas matasen, ya habría caído fulminada.

—¿Desean algo más? —pregunto increíblemente satisfecha conmigo misma y con la situación.

—Puedes retirarte —contesta Troy y por un momento le falta la voz.

Jó-de-te.

Regreso a la barra sintiendo la mirada de Troy taladrarme la nuca mientras me alejo, lo que multiplica mi sensación de victoria. Disfruta de tu Glenoack veinticinco, capitán.

De todas formas, tengo que admitir que me sorprende que no haya echado fuego por la boca directamente, supongo que está relacionado con que esté acostumbrado a beberse hasta el agua de los floreros.

—¿Has conseguido el whisky? —me pregunta Roy.

Paso al otro lado de la barra y comienzo a preparar una nueva bandeja de copas de *champagne*. Mesonero, no deje que sus majestades pasen sed.

—Desgraciadamente no existe —respondo compungida—, pero, no te preocupes, he conseguido algo que ha dejado al señor Carson muy satisfecho.

Roy mira a Troy con disimulo, se fija en su vaso y girándose de nuevo sonríe aliviado y orgulloso.

—Eres la mejor, Maya —me felicita.

Sonrío de nuevo.

—Hago lo que puedo para que los clientes estén satisfechos.

De reojo ahora soy yo la que mira a Troy y tengo que contenerme para no echarme a reír.

Uno de los camareros viene a buscar a Roy para solucionar algo en el otro extremo de la sala y yo sigo con mi tarea de rellenar copas a lo gran Gatsby. Un par de horas más y tendré un descanso. Pienso robar un paquete de patatas y beberme un refresco gigante.

Vaya, esta copa está sucia. Me agacho y cojo otra de la enorme cuba de plástico que acaban de subir de cocina con una nueva tanda de cristalería, limpia, seca y brillante.

—¿Puedo coger una? —pregunta amable una voz masculina.

Me incorporo y sonrío al descubrir a quién tengo delante.

—El chico de los gemelos —anuncio divertida.

—La chica que no me ha querido decir su nombre —responde contagiado de mi humor.

Definitivamente, es simpático. Me cae bien.

—¿Sabes? Tengo que reconocer que antes me la has colado. He dado por hecho que eras una huésped.

Me encojo de hombros, abriendo otra botella de Dom Pérignon Rosé y rellenando nuevas copas.

—Entiendo que mi deslumbrante aspecto haya podido engañarte —contesto toda ironía señalándome de arriba abajo—. El chaleco es de Stella McCartney.

Obviamente miento. Me lo compré en Walmart. Deletrear Stella McCartney ya es demasiado caro para mí.

—En el pasillo no llevabas puesto el uniforme —me recuerda.

Es verdad.

—Entonces, han sido las zapatillas.

El chico de los gemelos frunce el ceño un segundo sin entender del todo mi broma y finalmente se asoma para ver mis Converse. Yo sonrío.

—¿Jugador de fútbol? —pregunto.

—Casi —responde justo antes de beber de su copa—. Fan del fútbol. Trabajo con el gobernador. Y tú, ¿camarera a tiempo completo?

—No, mis otros dos trabajos se pondrían celosos.

12

Troy

Vuelvo a enjuagarme la boca y escupo en el lavabo. Es una salvaje. No hay otra maldita explicación. Bueno, sí, que está chalada. ¡¿Con qué demonios ha mezclado el condenado whisky?! Juraría que había tabasco y más alcohol.

Bebo más agua y escupo por última vez. No iba a darle el gusto de verme montar un espectáculo, por eso no he escupido lo poco que he bebido allí mismo, pero me las va a pagar. Si por un momento ha creído que las cosas van a quedarse así, no puede estar más equivocada.

Salgo del baño y, cuando alzo la cabeza, me encuentro con una chica rubia con un vestido largo pero con la tela retorciéndose y esquivando los lugares estratégicos, claramente esperándome. No es que sea un egocéntrico de mierda, es que está aquí, parada, cuando el baño de chicas está vacío, mirándome y sonriendo.

—Hola —dice separándose de la pared y dando un paso hacia mí—. Me llamo Nicole. He pensado que quizá te apetecería tomarte una copa conmigo.

Sonrío. Es un bellezón y tiene un cuerpo increíble y a mí me vendrá muy bien distraerme.

—Vamos a por esa copa.

Regresamos a la sala. No me apetece que ningún político ni directivo del club me moleste, así que me la llevo a un rincón un poco más apartado.

—Solo he venido a esta fiesta por ti —me confiesa sin dudar.

Yo me humedezco el labio inferior con una media sonrisa. Sé que hay tíos que necesitan sentir que se lo han currado, la conquista y todo eso; a mí sencillamente me da igual. Beber, follar, que a la mañana siguiente o justo después, mucho mejor, la chica se largue, jugar, ganar. No quiero más. Nunca prometo nada porque no estoy dispuesto a ofrecer y me aseguro de que sea quien sea a quien meta en mi cama lo tenga claro antes de que eso pase.

—Y ahora podríamos irnos a tu casa —propone. Sí, definitivamente, no duda.

Mi sonrisa se vuelve un poco más maliciosa. Voy a contestar, pero una bandeja llena de copas de *champagne* aparece en mi campo de visión.

Las sigo hasta toparme con quien las lleva y no sé qué cojones me pasa, pero me siento decepcionado porque no es... ella.

Muevo la mirada buscándola entre el centenar de personas que abarrotan la sala, pero algo me dice que podría ser capaz de encontrarla en cualquier parte.

Y lo hago.

Y, joder, no me gusta lo que veo. Está hablando con otro tío. Automáticamente me pongo de un humor de perros, pero, que conste en acta, no tiene nada que ver con ese imbécil. Casi me quema la garganta echándole a mi whisky Dios sabe qué y ahora está ahí, tranquilamente, charlando.

—Capitán —trata de llamar mi atención... mierda, no me acuerdo cómo se llama... la rubia del vestido estratégico.

—Ahora vuelvo —me disculpo, pero no oigo su respuesta porque ya estoy caminando.

—Creía que te marcharías con esa chica —dice Nick a modo de saludo cuando me cruzo con él, y no sé por qué ni si me estoy equivocando pero juraría que parece incómodo.

—Voy a hacerlo —le confirmo—. Es solo que necesito hacer algo antes. ¿Estás bien?

—Sí —responde veloz enderezándose y dándole un trago a su copa—. Es que estas fiestas son un coñazo.

—Siempre lo son —comento distraído volviendo a buscar a Maya con la mirada.

Sigue en una de las barras del fondo hablando con ese tío.

—Ahora vuelvo —repito—. Búscame si me necesitas.

Esquivo a un par de personas y voy directo hacia la barra. Doy una bocanada de aire cuando estoy solo a unos pasos. En ese momento, Maya parece reparar en que estoy cerca, mueve la mirada y sus ojos castaños chocan de lleno con los míos. Es una puta locura, pero de pronto me siento como en el instituto.

—Hola —saludo con mi mejor sonrisa, tirando de encanto personal; normalmente paso de usarlo, pero hay ocasiones como esta en las que me viene muy bien.

—Hola, señor Carson —responde fingidamente inocente y siendo terriblemente insolente en realidad—. ¿Viene a por otra copa? ¿Tanto le ha gustado la anterior? —se recochinea.

Le enseño mi media sonrisa. Este juego lo inventé yo y siempre gano.

—Joder, eres Troy Carson. Otra vez —dice el tío girándose hacia mí boquiabierto. Es el que estaba con Clarence antes en el pasillo. Maya pone los ojos en blanco y mi sonrisa se hace un poco más grande. Efectivamente, soy Troy Carson—. El partido contra los Jaguars fue alucinante, aunque mi preferido siempre será la Super Bowl que le ganasteis a los Ravens.

La mía también. Fue la primera. Un puñado de novatos comiéndose el mundo. Aunque ese detalle me lo reservo para mí.

—Lo cierto es que sí quería otra copa —le digo a Maya.

Ella me mira desconfiada. Yo, disfrutando de estar dejándola fuera de juego. Y mi fan, ajeno a todo, a los dos por turnos.

—Pero esta vez no es necesario que te esfuerces tanto. Glenoack.

—Está bien —contesta con cautela al cabo de un segundo, tratando de averiguar de qué voy.

Se gira hacia la estantería de bebidas, pero la botella con mi marca de whisky se ha acabado (ya me había fijado y por eso la he pedido).

—Voy a buscar una nueva botella —nos avisa y aún puedo notar el recelo en su voz—. No tardaré —anuncia.

Maya sale de detrás de la barra y se encamina hacia otra de ellas. Me quedo observándola unos segundos. Se gira desconfiada un par de veces hasta que finalmente se aleja sin mirar atrás.

—No me puedo creer que esté con el quarterback de los Cowboys —dice emocionadísimo este tío.

—Lo sé —contesto girándome hacia él con una sonrisa—. Mira —cambio mi tono de voz y mi expresión a unos muy preocupados—, lo cierto es que me he acercado hasta esta barra porque quería hablar contigo.

Él me devuelve la mirada confuso.

—¿De qué?

—Es por esa chica, la camarera.

Asiente.

—No es alucinante, pero no está mal y antes la he tenido muy cerca cuando me ha ayudado a ponerme los gemelos.

Y yo quiero partirle la puta cara aunque no tenga claro cuál de todas las estupideces que ha dicho me ha cabreado más.

Me llamo al orden.

—Sé que parece una monada, pero no es buena idea. Fuimos juntos al instituto.

La confusión se mezcla con la curiosidad y no sé exactamente cuál es la responsable ahora de que vuelva a arrugar la frente.

—¿En serio?

—Totalmente. Salió con un amigo y siento decirlo pero es un poco inestable.

—¿Qué?

—Rollo *Atracción fatal* —le meto el miedo en el cuerpo—. Mi amigo tuvo que acabar mudándose porque se coló en su casa vestida de novia, llorando y gritando que lo quería. Sé que estuvo internada un tiempo en un centro especializado y supongo que no te sueltan si no hay garantías, pero nunca se sabe. —Pronuncio eso último en un susurro para acojonarlo un poco más.

El color se esfuma de su cara y tengo que contenerme para no sonreír.

—Yo... —empieza a decir sin tener ni idea de cómo continuar esa frase.

—Deberías alejarte de ella. —Tengo que esforzarme para que esas palabras suenen como un consejo y no como una orden. Tengo que esforzarme de la hostia.

—Sí —contesta con una convicción total—. Le pondré una excusa.

—Que sea buena —digo iniciando el movimiento para marcharme y, aprovechando que estoy de espaldas, sonriendo.

—Gracias —responde—. Oye, ¿y tu copa? —me recuerda.

—Para ti —contesto sin detenerme ni girarme.

Probablemente esté envenenada con polonio 215.

—Te he echado de menos —ronronea la rubia poniéndome morritos cuando regreso.

Le dedico una media sonrisa por respuesta y le pido al primer camarero que se acerca que me sirva una copa.

—Este vestido me lo he puesto para ti, ¿sabes? —sigue contándome.

Yo suelto un distraído «Hummm». Toda mi atención está en el otro lado de la sala. Maya acaba de volver a la barra y frunce el ceño al no encontrarme allí mientras ese imbécil está sudando frío.

Sonrío mordiéndome el labio inferior. Apuesto a que están teniendo una conversación divertidísima.

—Sabía que vendrías y no estaba dispuesta a desperdiciar mi oportunidad.

Otro «Hummm» sin apartar mis ojos de Maya.

Él dice algo. Ella lo mira con cara de no entender nada. Él levanta las manos en señal de tregua o de «Por favor, no me claves el picahielos» y se marcha prácticamente corriendo mientras ella lo observa con el ceño fruncido. Mira a su alrededor y no necesita un segundo completo para entender lo que ha pasado.

Me busca entre las personas que abarrotan el espacio y como ha pasado antes no necesitamos más que un momento para dar el uno con el otro. En cuanto sus ojos furiosos se posan en los míos, levanto la copa a modo de brindis con mi sonrisa más insufrible.

—Donde las dan, las toman, nena —digo únicamente moviendo los labios.

Ella aprieta los suyos hasta convertirlos en una fina línea. Con toda probabilidad estoy tentando demasiado a la suerte, pero me importa una mierda. Esto es demasiado divertido para parar.

13

Maya

«Donde las dan, las toman, nena», vocaliza el muy cabronazo. ¡Nena! Voy a tener que matarlo y no hablo de una muerte amable, no, Troy Carson ya ha perdido esa oportunidad.

La rubia que tiene al lado babeando por sus músculos dice algo y él se gira hacia ella. Por favor, ¿podría ser más cliché? Rubia, con cuerpo de ángel de Victoria's Secret pre-*woke* y ese vestido de diseño que deja lo suficiente a la vista para que las intenciones queden claras. Y, para que conste, el cliché es él, no ella. El día que vea a un deportista de elite con una chica normal y corriente van a sonar las campanas.

Lo que no entiendo es qué hago aquí enfadándome y diciéndome verdades muy obvias cuando puedo devolvérsela. Sé lo de poner la otra mejilla y todo eso, pero también que ahora mismo Dios me entiende. Esta afrenta clama venganza divina.

Finjo que Troy no existe y sigo haciendo mi trabajo repartiendo copas de *champagne* y saludando con una amable sonrisa. Sé que no puedo perder mucho tiempo porque el señor mujeriego no va a quedarse mucho en la fiesta ahora que ya ha cazado a su presa. Sin embargo, quiero que se confíe y que piense que ha ganado. Quiero que el batacazo y el «Oh, Maya, acabas de dejar claro que no soy rival para ti» resuenen en su cabeza dos meses enteros.

Cruzamos la mirada un par de veces, bueno, puede que más de un par, pero ignorar a alguien a quien odias es muy complicado.

Me muevo sigilosa entre la multitud, esperando mi oportunidad. Está hablando con esa chica. Seguro que ese esmoquin es a medida porque le queda como un guante. No entiendo nada de moda, pero Andie sí y he visto los suficientes desfiles y revistas para saber que es un Valentino. Supongo que por eso es tan rematadamente bonito y le queda tan bien y hace que sus ojos sean tan azules.

Troy mueve la mirada y precisamente me encuentro con esos ojos de lleno. Joder, qué increíbles son y qué injusto. Los dos nos quedamos enganchados sin ser conscientes, yo al menos no lo soy, de cómo me he quedado quieta en mitad de la sala, de cómo mi cuerpo se está despertando despacio, de que sé, y aquí puedo ahorrarme el «creo», que nunca he visto a un hombre que transmita ese magnetismo.

Tampoco creo que él se dé cuenta de la bocanada de aire que da con los ojos fijos en mí.

El odio es muy poderoso.

—Troy, estás aquí —lo llama un hombre con el pelo negro salpicado de brizas grises y una mirada muy amable, haciéndome salir de inmediato de mi ensoñación—. Te presento a Marshall Aztocomus, trabaja en la delegación cultural del ayuntamiento.

Noto cómo Troy otra vez necesita un segundo de más para apartar su mirada de mí y ese hecho enciende mi piel aunque no entienda cómo ni por qué y no quiera que haya un cómo ni un porqué.

Finalmente les presta su atención y asiente apartándose unos metros con los dos hombres.

Yo me quedo mirándolo... ¡¿Por qué?! ¡Puto esmoquin! Mi plan. Cuadro los hombros y camino hasta la chica que resopla hastiada por no tener su trofeo... digo, a Troy... digo, su trofeo, cerca.

—¿*Champagne?* —le ofrezco con una sonrisa.

—Me viene de perlas —responde ella.

No hay nada de las sonrisas, el coqueteo o la caída de pestañas de antes y no puedo evitar pensar que debe de ser agotador estar todo el tiempo actuando para conseguir un fin. No la estoy juzgando. Solo estoy alabando sus capacidades.

—¿Puedo decirte algo?

Ella me mira con desconfianza. De hecho, no contesta.

Echo un vistazo a mi alrededor fingiendo que no debería tomarme estas confianzas, y, bueno, no debería, pero, admitámoslo, no es lo peor que he hecho hoy y Roy ya me conoce.

—Es importante.

La rubia sigue mirándome mal, pero supongo que le puede la curiosidad.

—¿Qué quieres?

—Es por el chico que estaba contigo.

—¿Vas a decirme que lo has visto primero o algo así? —me espeta marcando territorio—. Porque ni me interesa ni va a valerte para nada. No hay normas con los jugadores de fútbol.

Me guardo los doscientos comentarios que tendría que hacer a cada palabra que ha dicho. Tengo un objetivo.

—No, yo solo soy una simple camarera sin ningún encanto —música triste de violín aquí, por favor—, ¿cómo piensas que podría llegar a soñar con que el gran Troy Carson se fijara en mí?

Pongo una cara de pena y resignación cristiana digna de Oscar.

Ella asiente dando por válidas mis palabras y yo tengo que contenerme para no poner los ojos en blanco. Sabía que era la mejor manera de llevármela a mi terreno.

—El caso es que lo he oído hablar en el baño. Yo estaba limpiando justo al lado de la puerta —improviso sobre la marcha—. Él estaba con un colega y... bueno... —Un poquito más de suspense.

—Bueno, ¿qué? —pregunta sin poder contenerse.

Te pillé.

—Enfermedades venéreas —respondo torciendo los labios desolada—. Muchas.

A ella se le desencaja la mandíbula e incluso aspira un gemido de pura sorpresa.

—No puede ser.

—Resulta que le va el rollo de sexo sin protección y los clubes de intercambio y las orgías.

Aguanta la risa. Aguanta la risa.

—No puede ser.

—No he oído todos los detalles, pero parece ser que en los Cowboys les han hecho pruebas. El doctor mandó un contraanálisis porque no podía creer todo lo que habían encontrado.

Ella niega con la cabeza al tiempo que se lleva la palma de la mano a los labios.

—Ya no puedes fiarte ni de los guapos millonarios.

Abro la boca dispuesta a replicar esas palabras de muchas formas, pero finalmente resoplo y asiento.

La rubia otea el horizonte, elige su siguiente presa y se marcha. Corre, cervatillo, corre. En cuanto se olvida de mí, aproximadamente a los dos segundos y dos pasos, sonrío y doy una suave palmada e incluso levanto un poco la pierna.

—La venganza es un plato que se sirve frío condimentado con ETS —murmuro feliz.

Miro mi reloj. Creo que voy a tomarme ya ese descanso.

14

Maya

—¿Un cigarrillo? —me pregunta Mel antes de levantarse del borde del enorme macetero donde estaba sentada y sacudirse los pantalones.

—No, gracias —respondo.

Estamos en la puerta de servicio del hotel, es decir, en la parte de atrás y rodeadas de macetas llenas de arbustos con florecitas de colores. Tengo mi botín: un paquete de Cheetos y una cola con un montón de hielo y una pajita.

—Vuelvo al infierno —se despide mi compañera caminando con pies pesados de regreso a Pijolandia.

Yo sonrío y me dejo caer contra la pared. Supongo que es por corporativismo laboral o corporativismo de no llegar a fin de mes, pero la entiendo perfectamente.

—No puede ser verdad, joder.

Su voz arrasa el ambiente exactamente un minuto después, ronca, masculina y de mal humor.

Troy camina hasta quedarse casi frente a mí. Tiene las manos en las caderas, lo que le abre la chaqueta de una forma armónica y amenazante al mismo tiempo. Su respiración está suavemente agitada y esos ojos azul eléctrico ahora mismo parecen metálicos.

—¿Qué coño has hecho? —gruñe.

—¿Nada? —contesto fingidamente inocente, por lo tanto perfectamente insolente en realidad, con la boca llena de Cheetos. Tiene su mérito.

—La chica —especifica.

—¿Cuál de ellas? —sigo haciéndome la inocente.

—Sabes muy bien de quién estoy hablando.

—Puede que sí y solo quiera fastidiarte —me explico sin dejar de comer. ¿Por qué cuanto más radioactivo parece el naranja de los gusanitos más buenos están?—, o puede que no porque me importa una mierda tu vida.

Dos grandes opciones.

—Maya —ruge reprendiéndome.

—Troy —lo imito para molestar.

Él tensa la mandíbula al tiempo que ladea suavemente la cabeza. El gesto solo dura un par de segundos, pero tengo que reconocer que entendería que a cualquier otra persona le resultara intimidante. Finalmente, su media sonrisa va apoderándose de sus labios haciendo que su arrogancia brille con fuerza y vuelve a mirarme. Todo el proceso ha tenido un punto hipnótico, como si estuviese observando a un león a punto de rugir y relamerse. Otra cosa que tengo que reconocer: se le da bien ser un bastardo engreído.

—Mira, nena, creo que deberíamos empezar a dejar un par de cosas claras.

—¿Que, si vuelves a llamarme «nena», te disparo?

Otra vez esa estúpida e irritante sonrisa.

—Deja de hacer estas cosas —me advierte dando un relajado, como la calma que precede a la tormenta, paso hacia mí—, deja de colarte en mi edificio, de presentarte a trabajar justo en la fiesta a la que me obligan a ir. —Otro más—. Deja de molestarme y de intentar que no me vaya con una chica a casa. Siempre va a haber una chica —sentencia como el cabronazo que es con el último paso que da.

Es el colmo.

—¿De verdad estamos teniendo esta conversación? —pregunto entrecerrando los ojos al tiempo que me separo del muro de un suave gris.

—Puedes apostar a que sí.

¡Es el maldito colmo!

—Deja *tú* —hago mucho hincapié en esa palabra tan cortita— de intentar torturarme, de mandarme a recorrer la ciudad buscando un whisky que no existe solo porque tu vida de rubias y pelirrojas te aburre y deja de intentar que no me vaya con un chico a casa.

Quiero borrarle la sonrisa a golpes.

—Te equivocas en una cosa —lo miro esperando a que continúe—. También hay morenas.

Resoplo y miro a cualquier lugar excepto a él.

—Piérdete, Troy.

Y lárgate lejos. Que te fichen en Miami... o en Groenlandia. Hago el ademán de irme, ¡pero es que no me da la gana!

—¿Qué coño estás haciendo en Dallas? —plantea y el enfado está volviendo a ganar enteros en los dos. Los dos lo notamos.

—Vivo aquí —contesto a punto de estallar—. Llevo haciéndolo los últimos ocho años.

Mis palabras provocan que algo cruce su mirada, pero es demasiado rápido y no soy capaz de atraparlo.

—Genial, pero esta estupidez se acaba ahora. No te cruces en mi camino.

—¡Has empezado tú!

Creo... no estoy segura.

—No es verdad y, de todas formas, ¿tienes tres putos años o qué?

—Exactamente los que tienes tú.

Vamos a ganarnos un Nobel por la madurez de esta conversación... o una taza de Bob Esponja, todo es posible.

—Olvídame. Eres una superestrella de la NFL, ¿no? Déjame en paz y concéntrate en tu maravillosa vida. —Aleteo un poquito las pestañas para que le quede claro que con eso de «maravillosa» me estaba riendo de él. No es que sepa cómo le va o no, pero es que tampoco me importa.

—Te lo vuelvo a repetir, si estamos así es por tu culpa. —De pronto cae en la cuenta de algo y una sonrisa maliciosa se cuela en sus labios. Al verla, un sudor frío cruza mi espina dorsal de arriba abajo—. ¿Es que estabas celosa?

¿Qué? Suelto una risita de incredulidad porque es una tontería como un piano, pero él, lejos de borrar ese estúpido gesto de sus labios y sentirse horriblemente avergonzado por dar por supuesto semejante barbaridad, ¡sigue sonriendo!, ¡y asiente, completamente convencido de que tiene razón!

—Con quien decidas revolcarte es tu problema —sentencio—. Solo un consejo: asegúrate de que no te pinchan los condones porque esa rubia tenía demasiadas ganas de tener un cheque con tu número a la espalda. Espera, ¿he dicho cheque? —planteo haciéndome otra vez la inocente—. Quería decir niño.

Él se humedece el labio inferior.

—Me parte el corazón ver cuánto te preocupas por mí —se burla.

—Lo mismo digo porque si alguien estaba celoso aquí eres tú.

—Ni de coña —replica con una seguridad envidiable.

—¿Y el numerito que sea que le has montado al chico de los gemelos ha sido por...? —dejo en el aire avanzando en su dirección.

Puede que no tenga pruebas —porque el susodicho ha salido pitando balbuceando algo que sonaba a excusa—, pero tampoco dudas.

—Yo no he montado ningún numerito. Simplemente ha visto tu genuino encanto y se ha marchado.

Me encojo de hombros.

—Menos mal que ya tengo otro plan para esta noche.

Diez palabras y su mandíbula vuelve a tensarse. Yo sonrío victoriosa... aunque no es que me importe, vaya.

—Esto se acabó —sentencia.

Otro paso. No sé quién lo da.

—Por supuesto que se acabó —sentencio yo—. No quiero volver a verte nunca.

—Pues ya somos dos, joder.

Y un paso más y ocurre que se acaban los pasos que dar porque ya estamos tan cerca que cada vez que mi pecho se infla y se deshincha presa de un enfado infinito choca con el suyo y con ese esmoquin de Valentino que pienso darme el gusto de quemar antes de irme porque me hace pensar un montón de tonterías... como las ganas que tengo de que me bese ahora mismo.

15

Troy

Su mirada se desliza hasta mis labios y, maldita sea, no puedo evitar hacer lo mismo, morirme de las putas ganas al verla entreabrir los suyos suavemente; son carnosos y rosados, sin una pizca de maquillaje. Y vuelvo a mirarla a los ojos porque soy un idiota. No hay otra explicación, como tampoco la hay para que siga aquí sintiendo cómo las manos me arden por las ganas que tengo de hundir los dedos en sus caderas en lugar de marcharme. Dentro. Que es donde tengo que estar, joder.

Más cerca. Más jodidamente cerca.

—Troy —murmura tan bajito que apenas podemos oírlo ninguno de los dos.

El deseo salvaje se multiplica por mil. Quiero besarla.

Me ha puesto de los nervios, se ha comportado como la cría insufrible e insolente que tengo clarísimo que es y aun así quiero besarla. Quiero hacerlo para demostrarle que tengo razón y que estaba celosa, pero también porque sí, porque me da la gana, porque ahora mismo no existe nada más que no sea ella.

Definitivamente estoy perdiendo los putos papeles.

Un ruido tremendo justo al otro lado de la puerta, un montón de platos o vasos cayéndose, yo qué coño sé, le hace dar un respingo y volver de golpe a la realidad. Me mira, a los ojos, de una manera completamente diferente. Frunce el ceño levemente y se aleja un paso de mí.

Esa es mi patada para regresar al aquí y ahora.

¿Qué demonios ha estado a punto de pasar?

¿Qué demonios he estado a punto de permitir que pase?

¿Es que siempre tengo que cometer los mismos errores?

Una rabia dura y cortante va tomando cada centímetro de mi cuerpo.

Me inclino sobre ella y mis labios casi rozan la piel bajo su oreja. Huele demasiado bien y eso me complica la vida.

—Sigues siendo una cría patética buscando a alguien que te dé un poco de cariño —susurro con la voz ronca y fría.

Estoy cabreadísimo conmigo, pero lo pago con ella porque quiero alejarla y mantenerme a raya a mí y, más que nada, castigarme por haber dejado que lleguemos a este punto.

Maya me suelta la bofetada que me he ganado a pulso. Se le acelera la respiración y puedo ver en su mirada el daño que le he hecho.

Era lo que buscaba.

Pero algo dentro de mí no para de llamarme gilipollas.

No levanta los ojos de los míos porque siempre ha sido fuerte y valiente, mucho más fuerte y valiente de lo que ella piensa.

Da un paso atrás, otro. Está temblando suavemente. Los ojos se le llenan de lágrimas y los aparta sin fijarlos en ningún lugar en concreto. Un paso más atrás y se marcha casi corriendo de vuelta al interior del hotel.

Aprieto los dientes con rabia mientras el corazón me rebota como un loco protestando contra mis costillas.

16

Maya

Ocho años antes

Versión oficial, la que me repetía todos los días delante del espejo para ver si de una vez pillaba la indirecta, odiaba a Troy... pero la verdad es que no conseguía dejar de pensar en él.

Me había convencido de que lo que pasó en los vestuarios fue un error, una enajenación mental transitoria provocada por la mezcla de vapor de agua, espray para las contusiones y esas estúpidas vendas.

¿El problema? Kyle. Bueno, no él, el problema era yo. Debía fallarme alguna pieza, pero es que en situaciones similares, muy similares... no me sentía con Kyle como me sentía con Troy para nada, ni de lejos.

Me estaba volviendo loca.

Necesitaba hablar con alguien, pero no podía hacerlo con Tate porque no se conformaría con «He conocido a un chico» sin saber quién era el chico en cuestión y tampoco me sentiría cómoda hablando de Troy con ella, aunque no dijera su nombre y... yo qué sé, se lo conté a Tilly. Ella prometió guardar el secreto. No preguntó quién era el chico, me escuchó y llegamos a la conclusión de que había sido por la sensación de peligro, la posibilidad de que nos pillaran y todo eso. Troy no había tenido nada que ver en esa ecuación.

Y todo iba bien hasta que, un martes cualquiera en la cafetería, April Maguire, la chica más guapa de último curso, se sentó en el regazo de Troy.

Juro que no era una persona celosa, pero parece ser que todo podía cambiar muy rápido porque de pronto era incapaz de quitarles los ojos de encima y puede que hubiese deseado un par de veces que ella se atragantara con su teléfono móvil.

Esa tarde fui a casa de los Carson para quedarme a cenar y dormir porque habría sido demasiado raro decirle que no a Tate, aunque era lo último que quería... o lo quería con todas mis fuerzas... ¡Yo qué sé! ¡Estaba hecha un lío!

Mi amiga salió disparada de la cocina donde estábamos creando nuestro propio botín de galletas en cuanto Anthony la llamó para decirle que estaba fuera, lo que significaba que Troy también había llegado. No podía esconderme eternamente en la cocina y tampoco estaba dispuesta a hacerlo, muerta antes de que pensara que lo estaba rehuyendo, así que simplemente salí al pasillo que conectaba con el vestíbulo. Justo en ese momento, Tate cogió su chaqueta del perchero, tirando mi abrigo en el proceso. Ella lo vio, pero abrió la puerta y salió corriendo, dejándolo ahí en el suelo. Entendía las ganas que tenía de ver a Anthony, pero a veces me molestaba lo insensible que podía ser con ese tema. Sé que para los demás era solo un abrigo, pero para mí era demasiado valioso. Era como poder volver a sentir a mi madre... Suspiré. Supuse que era imposible de entender para cualquier otra persona.

Me equivoqué.

Di el primer paso para recogerlo, pero la puerta principal volvió a abrirse y Troy entró. Él no me vio a mí, pero sí mi abrigo. Lo cogió y lo colgó de nuevo en el perchero, pero no lo hizo como si fuera una prenda más, lo trató con cuidado, casi con mimo, como tratas algo que sabes que es importante.

Me fui sigilosa como un gato antes de que pudiera verme, pero de vuelta en mi escondite, oyendo cómo subía las escaleras, me sentí feliz y confusa al mismo tiempo y todo se hizo aún más intenso porque tenía que ver con él.

Me las apañé para que Tate y yo nos quedáramos en su cuarto hasta que tuviéramos que bajar a ayudar con la cena.

Cuando lo hicimos, la señora Carson me pidió que fuera a avisar al señor Carson a su despacho.

Aún estaba a unos metros del estudio, pero la puerta no estaba cerrada del todo y, aunque no era mi intención, distinguí claramente la voz de Troy.

—El ojeador de la A&M quiere hablar con mamá y contigo —le explicó orgulloso. No era para menos. Era una de las mejores universidades del estado y a nivel deportivo estaba en el pódium del país—. Me ofrecen una beca completa.

Se hizo un momento de silencio e imaginé que el señor Carson estaba corriendo a abrazarlo.

—¿No puede encargarse tu entrenador? —respondió frío, sin darle ninguna importancia.

—No. —La ilusión en su voz se apagó, pero tuve la sensación de que no quería dejar de pelear por su padre—. Son los padres los que suelen hacer esto.

¿Qué padre no querría estar allí para hablar con las personas que van a brindarle un futuro a su hijo? Lo lógico sería que estuviera dando saltos de alegría. Lo vi cuando Tate abrió la carta de admisión en Yale.

—No vamos a hacerlo, Troy. No vamos a dar la cara por ti.

—No. —Resultó obvio que le había dolido, era imposible que no lo hiciera algo así y yo estaba empezando a no entender absolutamente nada. Sí, puede que Troy fuese un poco a su aire y, sí, puede que sus padres lo hubieran dado un poco por perdido, pero eso era otro nivel—. Nunca os pediría que dierais la cara por mí. Solo tenéis que escuchar lo que quieren ofrecerme.

Sonó más serio, más herido, más triste.

—No.

Otra vez silencio.

—Papá, por favor, ¿podemos hablar?

Estaba claro que ya no se trataba del tema de la universidad y tuve la sensación de que lo necesitaba con todas sus fuerzas.

—No, Troy. —No dudó ni siquiera un poco.

Troy tragó saliva.

—Solo será un momento. Por favor.

—Nos decepcionas solo con estar aquí y una beca para la universidad no va a arreglarlo.

Me llevé la palma de la mano a la boca con una mezcla de sorpresa y empatía. ¿Cómo podía decirle algo así?

—Está bien —se rindió Troy en un murmullo.

Tendría que haberme marchado, pero estaba paralizada y, cuando la puerta se abrió, Troy me encontró justo allí, en mitad del pasillo.

Me miró, pero no dijo nada, me esquivó y se marchó.

Por primera vez la arrogancia se había esfumado. Troy estaba triste, vulnerable, solo. Y nunca me había arrepentido de nada tanto como de decirle en los vestuarios que se merecía cómo lo trataban en esa casa. Nadie se merece algo así.

Troy no bajó a cenar, su madre no preguntó por él y el señor Carson no mencionó ni una sola palabra de lo que había pasado en el despacho.

Yo pasaba mucho tiempo en esa casa. Sabía que, para sus padres, el accidente había sido un punto de inflexión y había convertido a Troy en la oveja negra. No es que me pareciese normal, pero podía entenderlo. Podía entender que Tate se sintiese dolida porque hubiese puesto en peligro a Anthony, que sus padres estuviesen enfadados por su irresponsabilidad y que el rey de la ciudad hubiese decidido pasar de todo, pero es que antes, en el despacho, no había habido nada de eso. Troy solo pretendía que su padre le prestase atención, estaba ilusionado por compartir lo de la beca con él y el señor Carson había sido frío, duro de la peor manera posible, incluso cruel. La señora

Carson ni siquiera había preguntado por él. Una cosa es que hayas dado a tu hijo por imposible en ciertos temas y otra que ni siquiera te preguntes por qué no está sentado a la mesa.

Nunca preguntaban por él...

Subí con Tate y estuve viendo tiktoks mientras ella y su chico se hacían una videollamada. Nos metimos en la cama temprano... pero no era capaz de dejar de darle vueltas a cómo estaría Troy.

Me levanté al baño y vi que, en su cuarto, aún había luz encendida. Resoplé. Pensé. Decidí. También dudé un poquito, pero todo pasó muy rápido.

Fui hasta su habitación y, dejando atrás lo que cualquier persona mentalmente estable hubiese hecho, me colé sin llamar, cerrando a mi espalda y quedándome junto a la puerta.

Él estaba sentado en el alféizar de la ventana y frunció el ceño al tiempo que se incorporaba y caminaba hacia mí.

—¿Qué coño haces aquí?

—Solo quería saber si estabas bien.

¡¿Qué demonios hacía en su dormitorio?! ¡Era una locura! No éramos amigos, ni siquiera nos llevábamos bien... Pero solo necesité mirarlo un segundo para que algo dentro de mí me dijera que había hecho bien en colarme. Troy estaba jodido de verdad, triste de verdad, y yo empezaba a comprender que solo de verdad.

—He oído lo que ha pasado con tu padre.

Él me mantuvo la mirada y pude ver cómo la impotencia pesó un poco más.

—Con mi padre no ha pasado nada nuevo.

Abrí la boca dispuesta a decirle que eso no podía ser, pero tuve que volver a cerrarla. Los señores Carson eran cariñosos con Tate, le preguntaban cómo le iba, se preocupaban por ella, pero, por mucho que busqué esos mismos recuerdos con Troy, no los encontré.

—Pero tu padre se ha comportado como si no quisiese tenerte cerca.

Troy apretó los dientes manteniéndome la mirada. Estaba más cerca y pude ver que tenía los ojos rojos.

Seguí dándole vueltas a todo a toda velocidad y comencé a llegar a conclusiones que me encogieron el corazón: Troy entraba y salía cuando quería no porque creyese que su casa era un hotel, sino porque a nadie le preocupaba dónde estaba. No hacía vida familiar no porque no quisiese, sino porque nadie lo incluía. Sus padres nunca preguntaban por él, si había cenado o si iría a dormir porque no les importaba. Sus padres prácticamente no le hablaban...

—¿Todo esto es por el accidente? —murmuré.

Yo misma había dicho que Troy había sido un irresponsable, pero habían pasado tres años, solo tenía quince cuando ocurrió. Ellos eran su familia.

—Nos decepcionas solo con estar aquí —repitió la frase de su padre y una sonrisa demasiado triste se escapó de sus labios—. ¿Qué clase de hijo decepciona a sus padres solo con estar vivo?

Una lágrima cruzó su mejilla mientras Troy apretaba aún más los dientes, mientras le dolía aún más, y no necesitaba que lo dijese. No necesitaba oír que esos tres últimos años habían sido los peores de su vida, aunque fuera todos lo adorasen, ganase campeonatos y las universidades se pelearan por él. No necesitaba que me dijese que llevaba todo ese tiempo sintiéndose solo.

—Troy...

Pero él me interrumpió acorralándome contra la puerta.

—¿Vas a salvarme, bicho raro? —dijo contra mis labios, provocándome, poniéndomelo difícil para que eligiera marcharme.

—Sí —me descubrí diciendo.

Troy me miró a los ojos. Otra vez esa tristeza, esa rabia, esa vulnerabilidad, pero también esa arrogancia, todo lo salvaje que lo hacía ser él.

—Nadie puede salvarme —sentenció justo antes de besarme con fuerza.

Lo recibí con la sed de quien por fin puede beber, con las ganas, el deseo, con la intensidad dejándome sin aliento. Sus labios exploraron los míos, su lengua jugó con la mía y sus manos en mis caderas hicieron cada vez su agarre más posesivo, más desesperado, porque para él, en ese momento, solo existía yo. La sensación me emborrachó, era como escribir la palabra *pasión* con las manos llenas de pintura, como tenerlo todo, como disfrutarlo todo, y al infierno quienes dijeran que era solo un beso porque yo lo estaba sintiendo todo.

Troy se separó, volvió a buscar mi mirada y esa conexión que no sabíamos apagar ni encender porque tenía vida propia, que jugaba con nosotros, que nos llenaba de luces, que me hizo entrar en esa habitación, volvió a brillar cegando todo a nuestro alrededor.

Troy me besó otra vez, me cogió a pulso y nos dejó caer sobre la cama. Sus caderas encajaron contra las mías como si fueran su lugar en el mundo.

No dejamos de besarnos, de acercarnos más. Sus manos se escondieron bajo mi camiseta. Perdí las mías en su pelo, en sus hombros, dibujé su espalda con los dedos.

Troy movió las caderas y sentí su polla grande y fuerte debajo de sus vaqueros chocar contra mi pijama y un puñado de besos se comieron un puñado de gemidos.

Era como descubrir la droga y que eras adicta en el mismo segundo, como entender lo que significa sentir de verdad y derretirte despacio sintiendo.

—Maya —pronunció contra mis labios con la respiración jadeante y yo podría haberme corrido en ese instante solo por su voz, por la sensación perfecta de tenerlo encima de mí—, dime que quieres hacer esto, pero dime que quieres hacerlo por ti, que no hay otro puto motivo.

Me estaba pidiendo que dijera que quedándome en esa cama me elegía a mí, no salvar a nadie, ni siquiera consolarlo a él.

—Quiero estar aquí, Troy —respondí.

—Menos mal —contestó con una sonrisa que le salió a trompicones— porque necesito follarte, Maya, más de lo que necesito respirar.

Nos deshicimos de la ropa. Un condón. Un millón de besos más y, maldita sea, me embistió hasta entrar entero dentro de mí. La sensación fue brutal. Todo se quedó en silencio una décima de segundo y después la música de Benson Boone pidiendo a gritos que, por favor, te quedes volvió mi mundo de colores brillantes cuando, sin saberlo, había estado viviendo en blanco y negro.

Troy empezó a moverse con fuerza, duro y delicioso a la vez, creando un ritmo alucinante sin dejar de hacerme gemir, sin dejar de besarme, sin dejar de hacer sonar guitarras eléctricas.

Apoyó el peso de su cuerpo en un codo, envolviendo mi cabeza con su antebrazo, haciendo que todo el aire entre los dos se fuese al diablo.

—Me gusta cómo me aprietas —dijo contra mi boca calentándome aún más—. Quiero ver cómo te corres gritando mi nombre.

—Troy —jadeé descontrolada.

—Eso no me vale, nena, quiero oírte gritar.

Aumentó el ritmo, lo volvió una locura demasiado buena para ser real. El placer se volvió fuego. ¡Y estallé!

Cuando fui a gritar, Troy me besó con fuerza llevándose su propio nombre, persiguiendo el camino al paraíso que acababa de tomar yo.

Me zambullí en sus ojos como si fueran el océano y nos quedamos hechizados por una porción de tiempo donde no mandaban los relojes.

Despacio, con una caricia en la punta de los dedos, Troy separó su antebrazo de mi cabeza.

Se dejó caer a mi lado y los dos nos quedamos tumbados con la mirada en el techo, pensando en lo que acabábamos de hacer.

Había sido una locura, pero nunca me había sentido tan cerca de nadie.

17

«La estrella de los Cowboys y una de las camareras de la fiesta a punto de hacer arder la entrada de empleados del hotel Le Meridien.»

«Troy Carson sabe cómo conquistar a las camareras con carácter.»

«Comerse con la mirada hasta quedarse muy muy a punto y una bofetada. Troy Carson, el quarterback estrella de los Cowboys, siempre sabe cómo hacer que las fiestas valgan la pena.»

18

Troy

—¡Joder!

Mi única palabra se mezcla con el ruido de mi casco plateado estrellándose contra el canto de mi taquilla y la de Devon y rebota en el suelo elegantemente enmoquetado.

Hemos perdido. Odio perder. Y lo peor de todo: lo hemos hecho por mi culpa.

Me ducho más rápido que en todos los días de mi vida y me largo. Ni siquiera espero a East o a Nick. Sé que lo entenderán. Fulmino con la mirada al jefe de prensa cuando adivino su intención de acercarse para que conceda alguna entrevista e ignoro el millón de preguntas que me llueven de todos lados cuando atravieso la nube de periodistas que hay instalados en las puertas del vestuario. Cómo me encantaría que esperar a los jugadores justo ahí dejara de ser una puta tradición.

No soy imbécil y oigo la mayoría de las preguntas que plantean: «¿Crees que la juerga que te corriste anoche te ha afectado en el campo?». «¿Son ciertos los rumores que dicen que acabaste en el hospital con un coma etílico?» «¿Cuántas mujeres había en tu cama anoche, Troy?»

Lo del hospital es una gilipollez y, en realidad, todas las demás también. Anoche bebí, solo, en mi puto apartamento. No hubo juerga ni ninguna chica... bueno, chica sí que hubo y fue el principal motivo por el que, de entre todos los que abarrotan mi vida, decidí beber hasta que pudiera dejar de pensar: no podía quitarme de la cabeza la imagen de Maya, mirándome después de darme la bofetada que me había ganado a pulso por decirle aquella cabronada. Lo hice porque no fui capaz de controlar las ganas que tenía de besarla. Y no ha sido la puta resaca lo que ha hecho que no haya podido concentrarme en el partido —francamente, las he tenido mucho peores—, ha sido que seguía sin poder sacármela de la cabeza.

Hace una semana de la puta fiesta en Le Meridien.

Por si fuera poco, las fotos de la bofetada y del momento justo anterior, cuando estuvimos a punto de besarnos, está por todo Internet. Imagino que debía de haber un *paparazzi* apostado en la acera de enfrente. Son como buitres esperando carnaza... Y yo, el idiota que siempre se la da.

Genial.

Llego a casa, dejo la bolsa en el vestíbulo sin preocuparme de dónde acaba y voy directo a la cocina. Saco un vaso, la botella de Glenoack que acabo de comprar y me sirvo una copa. Va a ser la primera de muchas porque necesito dejar de pensar. De verdad.

El zumbido del teléfono me atraviesa la cabeza de sien a sien. Estoy tumbado bocabajo en la cama sin deshacer. El sol entra infame porque ayer olvidé correr las cortinas. Ahora mismo odio mi vida.

El molesto ruido para, pero apenas dos segundos después vuelve a sonar. Abro un ojo y levanto la cabeza los tres centímetros que necesito para que el reloj entre en mi campo de visión. Son las siete de la mañana, así que me importa una mierda porque no tengo entrenamiento hasta esta tarde. Que le jodan.

Para. Mejor. Vuelve a empezar. Resoplo. Muevo el brazo que tengo colgando casi rozando el suelo y un dolor descomunal me hace gruñir entre dientes; debo de llevar horas en esta postura.

Me quedo bocarriba y por fin miro la pantalla. Resoplo de nuevo y cierro los ojos mortificado. Es Gaz.

—¿Qué quieres? —uso de saludo, aunque no lo hago con tan mala leche como si hubiese llamado cualquier otra persona.

—¡¿Cómo que qué quiero?! —Hemos pasado del tono suavemente condescendiente y comprensivo de padre que suele tener al de padre muy cabreado—. ¿Qué demonios pasó ayer, Troy? ¿Te paraste en una maldita licorería al salir del estadio? Las cosas se están yendo de madre.

—Gaz...

—No quiero escucharte.

«Entonces, ¿para qué me llamas?», estoy a punto de contestar, pero, gracias a Dios, controlo al amable tocapelotas arrogante que llevo dentro.

—Vas a darte una ducha, vas a tomarte un café y vas a venir a mi oficina.

—No creo...

—Ahora —me corta tajante.

Hay muy pocas personas que me importen en mi vida, pero este tío es una de ellas. Además, siendo justos, es el único que consigue que el viejo trague con lo de «son cosas de jóvenes» cada vez que saco los pies del tiesto, que son muchas.

Me ducho, pero paso del café y una hora después estoy atravesando las puertas de las oficinas del AT&T, nuestro estadio.

—Avisaré al señor Harlesson —anuncia su secretaria cuando me ve aparecer, descolgando el teléfono de su mesa, pero a mí no me apetece esperar, para qué mentir, como siempre, así que le dedico mi media sonrisa patentada y entro sin llamar. Un día lo pillaré echando un polvo y tendré que arrancarle los ojos. Por suerte, hoy no es ese día.

Gaz me echa una mirada de reprobación mientras camino hasta

el lateral del enorme despacho y me acomodo en el alféizar interior de la imponente ventana con vistas a toda la ciudad que, por algún motivo, no va del suelo al techo. Mi sitio favorito.

Su secretaria sigue intentando detenerme.

—Lo siento, señor Harlesson —se disculpa cuando se topa con su jefe.

Él le hace un gesto diciéndole que se olvide. Creo que ella es la única que todavía tiene fe en que vaya a quedarme esperando en la puerta a que me dé paso.

—Tráenos dos cafés, por favor —le pide Gaz.

—Por supuesto.

Le sonrío y ella me fulmina con la mirada, lo que hace que mi gesto se ensanche.

En cuanto nos quedamos solos, sé que ha llegado el momento del discurso acerca de que no puedo comportarme así, que voy a acabar teniendo un problema de los gordos con el alcohol o que voy a desperdiciar un futuro brillante como deportista de elite... pero no.

Gaz me mira, suspira y camina de vuelta a su mesa. Se sienta y continúa con su trabajo. Mi desconcierto se esfuma cuando entiendo lo que está haciendo.

—Pretendes castigarme con tu indiferencia. Ya soy mayorcito para esas tácticas, Gaz.

Puede que le encante hacer el papel de nuestro padre y se lo agradezco muchísimo, de verdad, pero no tengo quince años y esto no va a funcionarle.

—No pretendo castigarte con mi indiferencia, Troy.

Pero no dice nada más. Yo espero un segundo, dos, tres...

—¿Bebiste anoche?

Ahí está.

—Ya has visto la foto de la licorería.

¿Qué sentido tiene esconderse?

—Sí, te puedo asegurar que la he visto. Yo y todo Internet —continúa a punto de alzar la voz—. ¿Por qué demonios lo hiciste?

Suelto un suspiro. Esto no tiene ningún sentido. No me arrepiento.

—Porque quería beber.

—Pues haber mandado a alguien a comprarla y, en realidad, ese no es el maldito problema. Volviste a emborracharte. Jugaste un partido de mierda, Troy, y eso es porque también bebiste la noche anterior y la resaca no te dejó concentrarte.

Quiero contestarle que no, que no tuvo nada que ver con el alcohol y, sí, todo con Maya, pero no lo hago.

—¿Vas a decir algo?

—No voy a decir lo que tú quieres oír, Gaz, así que lo mejor es hacer esto lo más rápido posible.

Resopla. No se lo pongo fácil. Lo sé.

—El viejo —el dueño— está muy cabreado, Troy, nunca lo he visto así. Esta vez ni siquiera yo he conseguido calmarlo.

Aprieto los dientes y pierdo mi mirada en el enorme ventanal. Estoy a punto de soltar que si quiere despedirme está en todo su derecho, porque mi yo arrogante y bastante imbécil, soy consciente, nunca puede tener la boca cerrada, pero adoro jugar aquí y, si me marcho, no solo se acabaron los Cowboys, ya no podría estar con East ni con Nick, así que me callo por una puta vez. Lo mismo me muero.

—Así que he tenido que mentirle.

La manera en la que lo dice me hace fruncir el ceño. Me giro despacio hasta quedar sentado de cara a él.

—¿Con qué?

—Le he dicho que estabas atravesando un problema personal, pero que vas a sentar la cabeza.

Lo miro aún con más recelo.

—¿Con qué?

—Con ese problema personal —responde jocoso, molesto y con un punto de «Ey, es obvio»—. Le he dicho que la chica del hotel y tú sois novios, que la bofetada que te dio fue por una discusión, pero que ya lo habéis arreglado y vais a casaros.

¡¿Qué cojones?! Me levanto como si el alféizar estuviese en llamas.

—No —sentencio sin una mísera duda.

—Troy...

—Ni de coña, joder.

—No te quedan más opciones.

—Esta tampoco es una opción.

¡No voy a casarme con Maya, por el amor de Dios!

—Hablaremos con ella. Será un matrimonio fingido. Un año. Lo suficiente para que el viejo crea que has cambiado y después podrás volver a hacer lo que te dé la gana. Piénsalo.

Un resoplido breve y demasiado cabreado se entremezcla con una risa desquiciada al tiempo que me llevo las manos a las caderas.

—No tengo nada que pensar —le advierto—. No voy a hacerlo.

No hay ninguna posibilidad.

Gaz me mantiene la mirada y finalmente traga con dificultad. Nunca lo había visto tan preocupado.

—Va a despedirte —asegura y siento cómo algo me aprieta las putas costillas—. Se acabó el equipo, se acabaron tus compañeros.

Bajo la cabeza. Eso es lo último que quiero.

—Eres jodidamente bueno, Troy —en su voz ya no hay rastro de discusión, ni siquiera de sermón. Sabe lo importante que todo esto es para mí y no solo a nivel profesional, ese es el último condenado motivo—, probablemente terminarás en el salón de la fama, pero para eso tienes que jugar y, si te echan de aquí, ningún equipo va a querer gastarse millones de dólares en un quarterback a quien ya dieron puerta por ser lo suficientemente irresponsable para beber antes de un partido o dejar que lo fotografíen entrando en una licorería después de perderlo.

Tiene toda la puta razón.

—¿Podemos buscar a otra chica?

Ya va a ser una maldita locura. El que sea Maya y no cualquier otra solo lo haría aún más complicado.

—En principio, no. Ella nos serviría para acallar muchos frentes, explicaría lo de la bofetada y para el viejo ya ha colado.

Dios...

—No querrá hacerlo.

Ahora mismo esa es mi única esperanza.

—¿Por qué? Y, ya puestos, ¿por qué te ganaste la bofetada en realidad?

Una sonrisa se me escapa en contra de mi voluntad porque me hace gracia que no haya dudado de que me la merecía.

—Nos conocemos... del instituto —contesto a regañadientes—. Fuimos juntos al instituto. —Eso es la hostia de difuso, pero no pienso decir nada más.

De todas formas da igual porque a Gaz se le ilumina la mirada.

—¡Es perfecto! —exclama—. Reencuentro, amor de juventud. Los de publicidad van a volverse locos.

Otra vez, Dios...

—No va a querer.

—Eso déjamelo a mí.

No quiero hacerlo, joder.

Gaz parece leerme la mente porque añade:

—De verdad que es tu única opción, Troy.

Clavo mi mirada en el suelo. Tenso la mandíbula. La cabeza me va como un cohete. No es que no vaya a salir bien, es que va a ser un puto desastre. Maya y yo, cuando estamos juntos, lo somos... y esa maldita noche. Tengo clarísimo que me odia y yo la odio a ella.

—Tengo que entrenar —mascullo saliendo del despacho sin despedirme ni mirar atrás.

No hay ni una sola posibilidad de que salga bien.

19

Maya

Ese vídeo me está complicando mucho la vida. Lo está complicando absolutamente todo.

Levanto la vista de la cinta transportadora y veo a tres compañeras mirarme y cuchichear. Ya ni siquiera se cortan. A principios de semana por lo menos eran discretas, después empezaron a preguntar y ahora ya me he convertido en un chisme con patitas. Las preguntas también han ido in crescendo: empezamos con «La del vídeo se parece a ti, ¿verdad?» y ya vamos por un «¿De qué os conocéis Troy Carson y tú?». Las conozco. Estamos a muy poco de «¿Y cómo es tirarse al quarterback de los Cowboys?».

Siendo sinceras, no puedo culparlas. Me han inmortalizado dándole una bofetada al niño bonito del fútbol de Texas y... bueno, a punto de besarnos, aunque esa parte está claramente sacada de contexto.

Sí, ahora me va el autoengaño.

Gracias a Dios, la prensa aún no me ha puesto nombre y con un poco de suerte pronto aparecerá otra rubia o morena o pelirroja, pillarán a Troy con ella y yo pasaré a la historia. Queda lo de la bofetada, pero, teniendo en cuenta lo amable, simpático y fácil que es la estrella de los Cowboys, más pronto que tarde cualquier otra mujer le soltará otra y, ahí, sí que nadie se acordará de mí.

Lo que de verdad me preocupa es que el dueño del equipo decida mover ficha para proteger a su chico, culpen a Roy por contratarme y su negocio se vea perjudicado. Es un buen tipo y no se lo merece. En cuanto salí del *shock* postraumático de ver mi cara junto a la de Troy en un portal de Internet, hablé con mi jefe y me dijo que estaba bien, así que de momento está controlado.

—Maya —me llama una de mis compañeras.

—¿Sí? —respondo con la mirada fija en lo que mis manos hacen, recogiendo las pequeñas fichas de plástico que llegan por la cinta.

—Perdona que haga esto, pero es que necesito preguntártelo —me explica con una sonrisita—. ¿Cómo es Troy Carson en la cama?

Ahí está.

—Es que está tan bueno —añade casi como si fuera una plegaria de agradecimiento al cielo—. Necesito detalles.

Tengo la tentación de decir «Muy malo», que la tiene pequeña o algo así solo porque empieza a agobiarme que todos den por hecho que pueden preguntarme cosas de mi vida privada cuando ni siquiera somos amigas, y, sobre todo, que crean que voy a dar esos «detalles».

—No me he acostado con él —corto la conversación.

Ella me mira confusa.

—¿Y el vídeo? —plantea sin entender nada.

—¿En el vídeo me ves acostándome con él?

—No.

—Pues eso —respondo como si fuera obvio.

Termino de coger los pedacitos de plástico que me tocan y me vuelvo hacia mi zona de trabajo para empezar a ensamblarlas. Mi compañera se queda observándome unos segundos más y finalmente se marcha. Cuando ya no está, resoplo. Solo espero que esto no se vaya de madre.

Número desconocido y muy largo.

Frunzo el ceño con la mirada en el teléfono y finalmente descuelgo.

—¿Diga?

—¿Señorita Maya Smith?

—¿Quién es?

—Espere un segundo, le paso.

—Pero...

No puedo decir nada más porque empieza a sonar una musiquita, la versión instrumental de una canción *country*. Mola, empiezo a mover la cabeza, es algo muy de vaqueros... Mierda.

—Buenas tardes, señorita Smith. Soy Gaz Harlesson, director deportivo de los Cowboys de Dallas.

Me llevo la mano a la frente a la vez que tuerzo los labios y cierro un ojo. Lo sabía. Ha llegado la llamada en la que los Cowboys me denuncian y yo me pudro en la cárcel por agredir a una superestrella porque solo tuve dinero suficiente para contratar al abogado de *Los Simpson*, al malo, Lionel Hutz.

—¿Sí? —casi murmuro.

Si huyo ahora, podré cruzar la frontera. Puedo robar un coche... un tanque... Puedo robarle el coche a Troy. Ya que tengo que escaparme del país por su culpa, lo fastidio un poco.

—Perdone que la moleste de este modo, pero me preguntaba si podría venir a mi oficina en el AT&T.

—A ver, si esto es porque me he metido en un lío por la bofetada que le di a Troy Carson, lo siento, ¿vale?... Bueno, no lo siento —me arrepiento casi de inmediato. El señor Harlesson intenta decir algo pero yo me adelanto—. Él se lo merecía —protesto—. Sé que suena fatal, pero es que se comportó como un capullo y...

—No se preocupe, no se ha metido en ningún lío —me explica interrumpiéndome.

Suena amable, casi divertido. Supongo que eso significa que no voy a tener que empezar una nueva vida en México.

—Entonces, ¿por qué quiere que vaya a su oficina?

—Tengo algo que proponerle —contesta directo— y creo que podré explicárselo mucho mejor en persona.

¿De qué va todo esto?

Miro a mi alrededor como si las respuestas fuesen a estar escritas en las paredes de mi piso. Obviamente no.

Imagino que la única manera de averiguarlo es yendo. Esta forma de pensar acabará metiéndome en problemas, lo sé.

—Está bien.

—Perfecto —contesta—. ¿Podrá estar aquí en una hora?

Hago memoria de dónde queda el estadio y la combinación de autobús que debo pillar para llegar.

—Sí, creo que sí.

—Perfecto —repite—. Mi secretaria le mandará las indicaciones.

Nos despedimos y cuelgo el teléfono con una mezcla de curiosidad y resquemor, aunque tengo que reconocer que ahora que sé que no hay posibilidades de que acabe en una prisión federal es más curiosidad que otra cosa.

Me calzo mis Converse, me cuelgo mi bolsito cruzado sobre el vestido de verano que llevo y con las llaves en la mano salgo de mi apartamento.

El tráfico se porta y una hora después estoy contemplando el enorme estadio que se levanta a unos metros de mí. Tengo que admitir que es espectacular.

Sigo las indicaciones que la secretaria del señor Harlesson me ha enviado por WhatsApp y accedo al interior del recinto por una de las puertas laterales.

Hay muchísimos pasillos y todo es un poco laberíntico, pero creo que me oriento bien.

Estoy caminando por uno de ellos cuando unos pasos llaman mi atención y parecemos estar sincronizados, porque levanto la cabeza justo cuando una figura masculina gira desde otro de los pasillos y toma aquel por el que voy. No se da cuenta de que estoy aquí y tengo unos segundos para fijarme en su cuerpo musculado de una manera mezquinamente armónica. Lo sexis que le caen los vaqueros sobre las caderas o lo rematadamente genial que le sienta la camiseta gris. Es un bombón y es Troy Carson. Qué injusta que es la vida porque justo él esté así de bueno.

Aparto la mirada antes de que me pille contemplándolo embobada y cuando vuelvo a llevar mis ojos hacia él soy todo insolencia y «te odio tanto que, si se me diera bien, ya te habría escrito diez *diss tracks*.»

Sin embargo, esos malditos ojos azules siempre tienen que dejarme un poco sin aire cada vez que atrapan los míos. Me pasa desde la primera vez que lo vi.

Troy no aparta su mirada ni resopla ni empieza a gruñir que no quiere verme aquí; es más, camina directo hacia mí. Yo, por supuesto, no me detengo y apenas un par de segundos después estamos frente a frente. Primera mala noticia: huele que te mueres. Segunda: sigue siendo igual de guapo, por lo que mi deseo de cumpleaños continúa sin cumplirse.

—No aceptes —suelta de pronto.

Frunzo el ceño. ¿A qué se refiere?

—Que tú me pidas que diga que no es justo lo que necesito para decir que sí, así que va a estar complicado.

Pero él no replica mi frase, lo que me hace extrañarme más, solo da un paso hacia mí. Parece preocupado y me da igual que esté intentando ocultarlo y que para los demás sea imposible de detectar porque entre nosotros esas cosas no valen.

—Hablo en serio, Maya. —Su voz suena ronca—. No aceptes.

—¿El qué? ¿Por qué? ¿De qué estás hablando, Troy?

—Créeme, es lo mejor para los dos —asevera ignorando todas mis preguntas y continuando pasillo arriba.

¿De qué va? Resoplo frustrada. ¿A qué ha venido este numerito?

—¡¿De qué vas?! —grito para que pueda oírme.

—Por una vez, podrías hacer lo que te dicen y dejarlo estar —contesta sin girarse ni detenerse.

Bastardo malnacido.

—Si eres tú el que me lo dice, claro que no.

—Estoy haciendo lo mejor para los dos.

—¿Y cuándo te ha importado a ti lo que es mejor para mí?

«Muchas veces», me dice una vocecita que hacía mucho tiempo que había sepultado debajo de todo el odio, pero me niego a escucharla.

—¿Por qué no me dejas en paz? —me quejo y soy capaz de ver que estoy un poco asustada.

Cuando ya creo que no me ha oído, aunque estoy segura de que sí, Troy se detiene y se gira despacio, casi a regañadientes. Lo que pasa en realidad es que se siente tan frustrado como yo, aunque por motivos completamente diferentes. Agarra con fuerza el asa de la bolsa que le cuelga junto a la pierna y me mantiene la mirada.

No dice nada más. Solo da una bocanada de aire sin apartar esos espectaculares ojos de mí. La conexión por un momento se hace brutal. Hacía ocho años que no la sentía y no me refiero a con él, me refiero a con absolutamente nadie.

Él también la siente.

Se gira de nuevo y reemprende su camino igual que yo hago con el mío, en direcciones opuestas.

20

Maya

—Encantado de conocerla en persona, señorita Smith —me saluda el señor Harlesson, tendiéndome la mano en el centro de su despacho.

Es un lugar muy imponente lleno de muebles de lujo y pósteres enmarcados de las Super Bowls que han conquistado los Cowboys, aunque lo que más me gustan son las vistas.

—Igualmente —contesto estrechándosela— y llámeme Maya, por favor.

Él sonríe amable.

—Gaz. —Y su tono es como su sonrisa.

—¿Desean que les traiga algo de beber? —interviene su secretaria.

—Un café estaría genial, gracias. ¿Café? —me ofrece el director deportivo a la vez que me señala uno de los mullidos sillones entre los que hay una elegante mesita de madera.

—Agua, por favor.

La asistente asiente profesional y se marcha.

—Gracias por acceder a venir hasta aquí, Maya —empieza la conversación el señor Harlesson, quiero decir, Gaz, ocupando el asiento frente al mío—. Lo que tengo que proponerte es un poco complejo de explicar y creo que es mejor que lo hagamos cara a cara.

En Texas algunas cosas aún se hacen a la antigua usanza: los modales son imprescindibles, el sombrero de vaquero, atemporal, y las cosas importantes jamás se tratan por teléfono o email. Dicho esto, que ha quedado muy de folleto, me preocupa el verbo *proponer*. Muchas malas ideas han empezado con él.

—Usted dirá —le doy pie.

Me reprende con la mirada divertido porque no lo haya tuteado y me disculpo. Es que este despacho pone difícil tomarse confianzas.

Él se recoloca en el sillón, acercándose al borde y echándose levemente hacia delante.

—No voy a andarme con rodeos, Maya. Como sabes, soy el director deportivo del equipo, así que soy el responsable de los jugadores, incluida la imagen que proyectan, algo que no siempre es fácil de controlar o directamente muy difícil.

Se le escapa una suave risa. Es obvio que tiene más de cincuenta, pero sigue siendo un hombre alto y fuerte, quizá él mismo fue jugador en el pasado. Con lo que estoy al noventa y nueve por ciento segura de que no me equivoco es con que los Cowboys y sus chicos le importan muchísimo.

—El caso es que, para conseguirlo, justo ahora, te necesito a ti.

Arrugo la frente confusa. Vaya, está siendo un sentimiento muy repetido desde que he puesto los pies en este estadio.

—A mí, ¿por qué? —inquiero con (mucha) cautela.

Troy Carson.

—No me joda —se me escapa. Automáticamente me tapo la boca con la palma de la mano. A ver, al menos he seguido tratándolo de usted.

Él rompe a reír y yo me siento aliviada.

—Lo siento —me disculpo, aunque rápidamente recuerdo el porqué de mis espontáneas palabras y recupero el hilo—, pero, aunque entendiese cómo podría ayudarlo con eso, cosa que no hago, no creo que sea una buena idea.

Una elegante manera de decir «Ni de coña», básicamente para compensar el «No me joda» de antes.

—Déjame que te explique en qué había pensado. Supongo que no necesitas hacer mucha memoria para recordar el vídeo.

Ni siquiera necesita especificar qué vídeo, bofetada y... todo lo demás. Sí, lo recuerdo.

—Lo imaginaba —comenta divertido por mi expresión—. No es el primer vídeo o fotografía sobre Troy que acaba en la prensa sensacionalista.

También recuerdo su foto saliendo de la licorería de hace unos días. No tengo ni idea de por qué, pero esa foto, no sé, no pude ignorarla.

—El señor Johnston, el dueño del equipo, le da mucha importancia a la imagen que dan sus jugadores con o sin el uniforme y me temo que para él Troy se ha convertido en un problema. Sin embargo, todo se arreglaría si convenciésemos a la prensa de que Troy ha cambiado, que ya no habrá más juergas —asiento, supongo que de conseguirlo sería un buen plan—, ni una chica diferente cada noche —asiento de nuevo, *au revoir*, pelirrojas, rubias y morenas. El niño bonito va a estar muy triste— ni alcohol. —Asiento otra vez, sin bromas, eso sería genial—. En definitiva, que ha sentado la cabeza... y con quién mejor que con la chica de la bofetada.

Asiento por cuarta vez por inercia. Repito mentalmente lo que ha dicho... *NO-ME-JODAS*.

—No —respondo enérgica negando también con la cabeza.

—Maya, si lo piensas...

—No. No. No —continúo sin ni siquiera escucharlo.

Es más, ha llegado el momento de irme. Me pongo en pie y voy hasta la puerta mientras le agradezco a toda velocidad que haya pensado en mí, la oferta y blablablá.

—Sé que es un poco rocambolesco —trata de explicarse siguiéndome—, pero todo sería fingido, firmaríamos un contrato.

Pero yo no me detengo y, si este despacho no fuera tan grande como una cancha de baloncesto, ya me habría esfumado. ¡Es que es una malísima idea! ¡Por muchísimos más motivos de los que ni siquiera puedo contar! ¡Pero es que tampoco me hace falta! ¡Es Troy!

De pronto, caigo en la cuenta de algo, ¿esto es a lo que quería que me negara?

—¿Troy lo sabe? —pregunto deteniéndome a un paso de la puerta y girándome.

Debería largarme, lo sé, pero tengo demasiada curiosidad como para irme sin saberlo. Sí, lo sé también, si fuera un gato, ya habría muerto.

Gaz frena su discurso.

—Sí —contesta.

—¿Y ha aceptado?

Me mantiene la mirada. Creo que intenta leer en ella, como si estuviese uniendo las piezas de un puzle.

—Troy no puede no aceptar. Es esto o que el señor Johnston lo eche del equipo.

Joder... No quiero que ese detalle me importe, pero, maldita sea, me importa. ¡Debería estar bailando claqué encima de la tumba de su carrera profesional!

Maldita empatía.

Maldito sentimiento de culpa.

Maldito «hay que ayudar a los demás».

Gaz se da cuenta.

—Solo tendríais que fingir en los partidos, determinados eventos y poco más. Bueno, habría una boda, claro —suelta a más velocidad que el resto de la frase para que la enorme bala con sabor a tarta nupcial entre y salga limpia.

Tuerzo los labios. ¡¿Una boda?!... No, espera, ¡¿una boda con Troy?! Creo que estoy viviendo la hora más surrealista de mi vida. No digo «reunión» porque una vez tuve una entrevista de trabajo en El Pollo Loco que fue para abrir hilo en Reddit.

—Solo sería un año —añade para sofocar la frase anterior— y no solo sería beneficioso para nosotros, tú también saldrías ganando: un millón de dólares.

¿Qué?

Me quedo sin palabras. Un. Millón. De. Dólares. Solo oigo esas cuatro palabras que se repiten en bucle.

La cabeza empieza a irme a toda velocidad y comienzo a pensar en todas las cosas que podría permitirme hacer: un apartamento con calefacción y donde no me moriría de frío en invierno, una nevera nueva, ya no tendría que tener tres trabajos y podría viajar. ¡Un sello en mi pasaporte! ¡Muchos sellos!

Pero ¿a cambio de qué? A ver, no es tan horrible, ¿no? Somos dos adultos firmando un contrato que nos beneficiará a ambos. Si fuera una amiga la que estuviese aquí y no con Troy al otro lado, diría «Acepta, tía, y vámonos a celebrarlo». Pero la *x* y la *y* de esta ecuación lo complican todo un poco más.

Pero es un millón de pavos...

Me vendría muy bien esa agua. ¿Dónde se ha metido esta mujer?

Gaz me mira esperanzado, pero también tenaz, la típica mirada de un ejecutivo aguardando poder cerrar un trato.

—Tengo que pensármelo —decido al fin e incluso se me escapa un resoplido—. Es... demasiado —sentencio porque no he encontrado una palabra mejor, aunque creo que esta lo define bastante bien—. Necesito unos días.

La expresión de Gaz cambia a comprensiva.

—Lo entiendo. ¿Por qué no lo piensas con tranquilidad y me llamas mañana por la tarde con lo que decidas?

Vaya. No planea ser comprensivo durante mucho tiempo.

—Si al final tu respuesta es no —se explica, imagino que otra vez mi expresión me ha delatado—, tendremos que buscar a otra chica.

Vaya x 2. Eso ha dolido.

—Claro —contesto, pero no dejo que vea que me ha sentado como un tiro—. Lo llamaré mañana.

Giro sobre mis pies y finalmente salgo del despacho con el eco de un «Decidas lo que decidas, gracias por tu tiempo, Maya».

En cuanto la puerta se cierra a mi espalda, suelto el resoplido más largo de la historia. ¿Digo que sí? Es una locura. ¿Digo que no? Soy más pobre que un país subsahariano y es un millón de dólares, así que también es una locura.

—De verdad que necesito pensarlo muchísimo —murmuro para mí.

En ese momento aparece la secretaria con el agua. Sonrío, reanudo la marcha... y cojo la botellita. Me he quedado tantas veces sin respiración ahí dentro que tengo la boca seca.

¿Qué demonios voy a hacer?

21

Troy

Ocho años antes

Maya dejó a Kyle dos días después de que nos acostáramos. Ese gilipollas no se la merecía, así que me pareció la mejor decisión, lo que no significó que ella no lo pasara mal. Estaba más pensativa de lo habitual y saltaba a la mínima. Era obvio que necesitaba hablar. Yo quería acercarme, consolarla y decirle que había sido lista y valiente y que tenía que seguir su intuición porque tenía razón muchas más veces de las que pensaba, pero también era obvio que a mí era a la última persona a la que quería ver.

Cuando Tate se enteró, en vez de apoyarla se enfadó porque «Kyle es ideal para ti» y ya no podrían salir de parejitas. Empezaba a joderme que Maya no se diera cuenta de lo egoísta que podía ser mi hermana. Tenía un corazón tan grande que no veía que daba mucho más de lo que recibía.

—Has dejado al gilipollas, ¿eh? —dije cuando nos cruzamos cerca del estadio sin detenerme. Quería hacerla reaccionar, que me dejara hablar con ella de eso, consolarla o lo que fuera que necesitara, y esa era la única manera que tenía.

Hacía al menos cinco minutos que había sonado el timbre y el pasillo estaba desierto. Maya tenía la hora libre y estaba seguro de que iba a pasarla en la biblioteca.

—Vete a la mierda, Troy —contestó.

Sonreí a la vez que me detenía. Ahí tenía la reacción. Saca lo que llevas dentro, nena.

Me di la vuelta.

—Créeme —pronuncié metiéndome las manos en los bolsillos en una pose inocente que me hacía parecer justo lo contrario—, has esquivado una bala, bicho raro.

Ella se paró en seco y se volvió destilando rabia a borbotones.

—¿Por qué? ¿Porque Kyle no es como tú?

—No, porque es un gilipollas. —Estaba siendo sincero al cien por cien.

—¿Qué quieres, Troy? —planteó cansada, negando con la cabeza.

—Quiero que te des cuenta de una vez de que no has cometido un error.

Confía en ti.

—No, tienes razón. He esquivado una bala para caer delante de un maldito cañón —replicó exasperada.

Algo a medio camino entre un resoplido y una sonrisa breve y mordaz se coló en mis labios. Para ella yo era la puta peor opción. Maya era la mejor persona que conocía, era amable con todos porque siempre estaba dispuesta a ver la mejor parte de cualquiera... menos de mí.

—Eso es exactamente lo que has hecho —afirmé con rabia, aunque solo era un escudo. Lo que estaba era dolido—. ¿Tanto te gustó que te follara que no puedes dejar de pensar en mí un jodido segundo?

Maya no dudó y me cruzó la cara de un bofetón Yo tampoco dudé. La cogí de la mano y tiré de ella en dirección al estadio. Giré antes de llegar al césped y nos metí debajo de las gradas.

Lo que pasó después no lo entendí ni yo porque antes de que me diera cuenta la estaba besando con fuerza mientras ella agarraba mi camiseta. Follamos y tocarla fue tan alucinante como lo había sido en mi cama. Lo último que me dijo antes de largarse fue que me odiaba.

Tenía que sacármela de la cabeza ya. Es que, ¿qué puto sentido tenía?

Durante esa semana juro que intenté dejar de pensar en ella, pero no fui capaz. Traté de no cruzármela en el instituto, ni en mi casa, pero siempre conseguía acabar revoloteando a mi alrededor. ¿El maldito colmo? En el partido, antes de saltar al campo, fui capaz de encontrarla en las gradas abarrotadas sin ni siquiera buscarla.

El problema llegó el lunes siguiente. Estábamos saliendo del entrenamiento cuando oí a unas chicas decir que una ambulancia acababa de marcharse. Me extrañó, pero no pregunté. La hermana de Billy Ray lo estaba esperando junto al coche para volver a casa y ella sí lo había visto. Se habían llevado a Maya al hospital. Se había desmayado en mitad del club de debate.

Salí disparado.

Creo que nunca había conducido tan rápido. Estaba angustiado. ¿Qué coño le había pasado? Traté de recopilar mentalmente todos los motivos por los que una persona podía caer inconsciente, pero ninguno me parecía lo suficientemente poco importante para aliviarme.

Pregunté por ella en Admisiones. Seguía en Urgencias.

—Troy —pronunció mi nombre con el ceño fruncido al verme.

Gracias a Dios, estaba despierta.

—¿Estás bien?

Me observó durante unos segundos que se me hicieron eternos y finalmente asintió.

—Lo han cogido a tiempo. Creen que sobreviviré.

—¿Qué? Sobrevivir, ¿a qué?

El corazón empezó a latirme a mil por hora. No podía ser verdad. Yo... joder. ¡No podía ser verdad!

—Está en la cabeza.

Hizo un puchero y se me partió el corazón.

—Maya...

—Porque debo tener algo muy grave ahí dentro para haberme acostado dos veces contigo.

Qué hija de su...

La miré mal, pero ella rompió a reír y el sonido me calentó por dentro.

—Muy graciosa.

—Me debo a mi público.

Los dos sonreímos y el ambiente se llenó de comodidad.

—En serio. ¿Estás bien?

Ella asintió.

—Parece que solo ha sido una bajada de azúcar, pero quieren hacerme otra prueba para confirmarlo.

Mi turno para mover la cabeza afirmativamente.

—¿Quieres que avise a alguien?

—Ya han llamado a mi tía. Debe de estar a punto de llegar.

Los dos nos quedamos callados. Sabía perfectamente lo que tocaba. Me había asegurado de que estaba bien, su tía estaba de camino, era hora de largarse.

—¿Quieres que me quede hasta que lo haga?

Pero no quería.

—Sí, gracias —contestó en cuanto lo pregunté.

Y ella tampoco.

Empezamos a hablar de todo y nada a la vez, el instituto, los partidos, una serie de Netflix, pero también de cosas importantes como lo que esperábamos que nos pasase cuando nos graduáramos en el instituto y después de la universidad: la NFL para mí, llenar su pasaporte de sellos para ella. Nos reímos muchísimo, de las tonterías y de las cosas serias.

Ya con las pruebas confirmando que había sido una bajada de azúcar, la doctora decidió que era buena idea subirla a planta para asegurarse de que había sido algo puntual y no que su cuerpo no estaba metabolizando bien el azúcar o algo por el estilo.

—¿Alguien se queda contigo? —preguntó la enfermera.

Maya bajó la mirada sin saber qué contestar. Hacía más de cuatro horas que habían avisado a su tía. Ya eran casi las once de la noche. Si no había venido, ya no iba a hacerlo y era obvio que Maya también lo pensaba y eso le hacía sentir de todo menos bien. Tener que explicar que su única familia pasaba de ella le apetecía aún menos.

—Yo —contesté justo cuando Maya iba a hablar.

El alivio que sintió fue inmediato y cuando la vi sonreír algo dentro de mí se agitó contento por ser el responsable.

La enfermera me observó un par de segundos, pero se limitó a darme una pegatina con la palabra *acompañante* en mayúsculas y el número de habitación de Maya.

—No estamos en horario de visitas, así que tenla visible en todo momento o no te dejarán pasar —me avisó.

Asentí y me la pegué en mi beisbolera de los Hawks.

Seguimos charlando. Maya no paraba de repetir que no quería dormir solo por no hacerlo en la cama mientras a mí me tocaba el sillón, pero estaba muerta de sueño. Además, necesitaba descansar. Así que fui hablando cada vez más bajo, contándole no sé qué estupidez hasta que se quedó dormida.

Yo me acomodé en el sillón y di una bocanada de aire sin levantar los ojos de ella y, no sé por qué, una suave sonrisa se dibujó en mis labios ni tampoco por qué me quedé mirándola hasta que el sueño me venció.

Nos despertó el enfermero con el desayuno de Maya.

—¿Qué tal estás? —pregunté sacudiéndome el pelo y echándome hacia delante.

—Creo que mejor que tú —contestó con la boca pequeña mirando el sillón.

—Si lo querías, solo tenías que pedirlo —bromeé solo para que no se sintiera culpable.

Ella puso los ojos en blanco dándome por imposible y los dos sonreímos justo antes de darle las gracias al enfermero cuando puso la bandeja delante de Maya.

Al ver la comida, me di cuenta de que estaba hambriento.

—Voy a buscar un café —dije levantándome.

—Espera —me pidió ella en cuanto lo hice—, podemos compartirla.

—No voy a quitarle comida a un enfermo. Tiene que ser una de esas cosas por las que uno va al infierno.

—Hagamos una cosa. Utiliza por una vez esa sonrisa para el bien, consíguenos Pop-Tarts de la sala de enfermeras y desayunamos juntos. Los he olido desde aquí.

Por inercia, sonreí y ella asintió con firmeza.

—Justo esa, casanova —se rio de mí.

Controlé el gesto, y lo que me costó, para mirarla mal y Maya me guiñó un ojo. Sí, se lo estaba pasando de cine a mi costa.

Salí de la habitación y fui donde las enfermeras. Me costó un par de sonrisas y mi mejor cara de chico bueno, que no coló en absoluto, pero al final conseguí dos Pop-Tarts de fresa, el sabor favorito de Maya, recién salidos de la tostadora.

—¿Te vas ya al instituto? —preguntó Maya, pero hubo algo en su voz o en la manera que me lo dijo que sonó... diferente.

Miré el reloj.

—Sí, debería.

Ella asintió varias veces, pero no parecía nada convencida.

—Claro —contestó.

—Puedo avisar a Tate o a Tilly... —dejé en el aire, pero, maldita sea, no quería. No quería que vinieran porque significaba que no podría hacerlo yo.

—No te preocupes —dijo desanimada—. Seguro que mi tía tiene que estar a punto de venir.

—Entonces, no tiene sentido que avise a nadie. Me quedaré contigo hasta que llegue tu tía —propuse rápido.

—Sí —contestó y sonrió y, joder, se iluminó toda la habitación—, será lo mejor.

En las siete horas siguientes ninguno volvió a mencionar que, quizá, debería marcharme o que su tía vendría.

Por la tarde le dieron el alta. Nos confirmaron que todo estaba bien y que el desmayo no tenía por qué repetirse.

Habíamos puesto un pie fuera de la habitación cuando apareció la tía de Maya. Llevaba la ropa del día anterior y dos granizados gigantes de Starbucks.

—¿Qué tal estás, cariño? —preguntó como si no hubiera problema en haber estado de marcha mientras ella estaba en el hospital.

—Bien —respondió.

—Es que no te lo vas a creer —dijo dándole uno de los vasos de plástico—. Cuando estaba saliendo del curro, se acercó Jenna, ¿te acuerdas de ella?

—No, no la conozco —contestó incómoda.

—Sí —insistió su tía—, mi amiga de Fort Worth, y resulta que había conocido a...

Básicamente había dejado tirada a Maya por un tío de un grupo de música de un antro de mala muerte en Austin.

Maya la observaba con resignación porque no había sido la primera vez y tendría claro que no sería la última y las dos cosas la entristecían demasiado. Maya echaba de menos a sus padres todos los días y estaba claro que su tía no tenía ningún interés en cubrir ese puesto.

Maya estaba sola. Y las ganas de protegerla se multiplicaron por un puto millón.

Llegamos en silencio al aparcamiento mientras su tía no dejaba de hablar. No quería separarme de ella y ella no quería que lo hiciera, pero no nos quedaba otra.

—¿Irás mañana al instituto? —le pregunté.

Ella asintió.

—Sí.

Quise ofrecerme a recogerla, pero sabía que Anthony y Tate lo hacían.

—Entonces, nos vemos mañana.

—Nos vemos mañana.

Me moría de ganas de besarla, de tocarla. Quería follármela allí mismo, pero es que también había más cosas, era más complicado, porque también quería cuidarla y asegurarme de que estuviera bien y, más que nada, que no se sintiera sola. Sentirse solo teniendo gente a tu alrededor es la peor experiencia del mundo y me cabreaba como me habían cabreado pocas cosas en mi vida que ella se sintiera así.

—Adiós, bicho raro.

—Adiós, idiota.

Los dos sonreímos. Joder, no quería irme para nada.

Alcé la mano y acaricié su palma con el reverso de los dedos solo un segundo, antes de darme media vuelta y largarme a mi camioneta. Me pasé la misma mano por el pelo y acabé rascándome la nuca sin dejar de caminar. Maya a partir de ese momento era asunto mío.

22

Maya

—En esta columna pondremos los pros de aceptar el trato —dice Andie escribiendo «Pros» en la parte superior— y aquí, los contras.

Estamos en su apartamento. He venido aquí después de la reunión con Gaz Harlesson. De haber podido, me habría teletransportado.

—Vale, empiezo yo —anuncia Marlow veloz sentada en el suelo como yo, pero al otro lado de la mesita de centro del salón—. Aunque sea un matrimonio de mentira, conocerás a un montón de famosos.

—*Celebrities* —sintetiza Andie señalándola y apuntándola— y quizá alguna de ellas te ofrezca un curro decente.

Marlow asiente entusiasmada y ella anota «Curro».

—Podrás ver los partidos de los Cowboys desde uno de esos elegantes palcos privados. Si juegan contra los Chiefs, podrás ver a Travis Kelce... Dios mío —añade emocionadísima con los ojos muy abiertos—, podrías ver a Taylor Swift. Apunta, apunta —instiga a Andie señalando el papel.

Ella pone los ojos en blanco, pero obedece.

—Bueno... —murmura Andie cuando las tres nos quedamos calladas, aunque obviamente todas tenemos claro que nos estamos olvidando el pro más importante—... y está el tema de la pasta.

Un millón de dólares. Cada vez que lo pienso siento vértigo.

—¿Te haces una idea de la de cosas que podrías comprarte con todo ese dinero? —comenta Marlow.

—Una nevera nueva —digo contra el borde de mi botellín recordando el penoso estado en el que se encuentra la mía.

—O un apartamento nuevo —replica Andie.

—Dar la vuelta al mundo —propone Marlow con una sonrisa enorme que le devuelvo sin dudar.

Podría viajar. Mi sueño.

Mi amiga le da un trago a su cerveza sin que la sonrisa la abandone. Ellas saben lo feliz que me haría esa posibilidad.

—Una vez que se cumpla el contrato y tengas el dinero, se acabó el necesitar tres trabajos —destaca Andie—, quizá incluso podrías montar un negocio propio.

—Eso suena genial.

—Vale —sentencia Andie—, pues está claro el montón...

—Enorme —especifica Marlow.

—El montón enorme de pros. Vamos con los contras.

Troy.

Las tres asentimos y Andie mueve el papel para escribir en la siguiente columna.

—Sería normal no sentirse cómoda con el tema de... bueno, aceptar un contrato que implique que vas a casarte con una persona por dinero —trata de explicarse Marlow siendo muy cautelosa con las palabras que usa.

—¿Cómo te sientes con eso? —dirige Andie la atención hacia mí.

Yo me encojo de hombros.

—Rara —explico, pero el problema no es ese, al menos, no al cien por cien. El verdadero inconveniente es otro y tiene los ojos más azules del mundo.

—Otro contra sería el tema de la atención mediática que recibirías —recuerda Andie—. Los periodistas te perseguirían, al menos al principio. ¿Te molestaría?

—Creo que no. A ver, no es algo que quiera vivir todos los días de mi vida —aclaro y las dos me dan la razón—, pero, si es solo hasta que las cosas se calmen, podría soportarlo. Hay jugadores de cuyas esposas no se sabe nada.

—Ninguno es la estrella de los Cowboys —apunta Marlow.

Una nueva ronda de miradas. Ella también lleva razón, pero de nuevo lo que lo complica absolutamente todo es otro motivo.

—Tendrías que mudarte con él.

Dios...

—¿Eso cuenta como pro o como contra? —pregunta Marlow—. En fin, es que vive en el Endeavor. Solo la piscina ya era una pasada y podríamos ir sin colarnos.

Las tres sonreímos.

—Eso estaría bien —comento y obviamente me refiero a la piscina. Pensar en vivir en el piso de Troy hace que me den escalofríos—, pero es que no puedo vivir con Troy —añado a punto de estallar.

Las dos me miran con empatía, pero sin llegar a entender del todo por qué parece que es algo personal con el quarterback y no con el trato en sí, y claro que es personal, pero ellas no lo saben porque nunca les he contado... mi historia. Simplemente la enterré. Di por hecho que no volvería a verlo jamás. Esta situación no entraba para nada en mis planes.

Así que aquí estoy, viendo cómo explico sin explicar nada en realidad por qué estoy a punto de tener un ataque.

—Ya sabéis lo que dicen de él. Es un mujeriego arrogante y engreído. Y en la fiesta se comportó como un capullo. ¡Es insufrible!

Las dos asienten y la empatía se transforma en genuino apoyo de amiga. Resoplo. La cabeza me va demasiado rápido. Me dejo caer hasta apoyar la espalda en el tresillo. Andie y Marlow observan todo el proceso.

—No sé qué hacer —confieso.

Aceptaría y me negaría. Está el dinero, su carrera y el saber que estaré condenada a pasar un año al lado de un hombre al que odio.

—Maya —me llama Andie para que me gire hacia ella, que está sentada en el sofá—, podemos seguir dándole vueltas a esto toda la noche. Podrías decir que no y sería entendible y también que sí y ese millón de pavos merecerá la pena. Es muy complicado, pero, decidas lo que decidas, nosotras te apoyaremos.

Sus palabras cumplen su misión, el agobio se disipa y, sin saber muy bien cómo, las tres rompemos a reír. Son los nervios, pero creo que ya he tomado una decisión.

23

Maya

Creo que pocas veces he estado tan nerviosa. Esta mañana, cuando he llamado por teléfono al señor Harlesson, se le acerca bastante. Me he equivocado, eso está claro, o no, yo qué sé. Solo he intentado hacer lo que hago siempre: enumerar mis opciones, decidir cómo hacer lo que quiero hacer y lanzarme a ello.

Quiero que mis sueños se hagan realidad y tengo que dar un paso adelante para conseguirlo.

—Buenas tardes, Maya —me saluda el señor Harlesson saliendo a mi encuentro desde detrás de su mesa.

Cuando he dicho que aceptaba el trato (estoy chalada) ha soltado una palmada entusiasmado, definitivamente ha sido jugador de fútbol, y me ha citado en su despacho a esta hora. Lo correcto sería decir que nos ha citado. Me ha explicado que Troy también estaría aquí. Habría huido, pero vamos a casarnos (¡yuju!), ya no puedo huir.

—Él es Leonard Palmer, uno de los miembros del gabinete jurídico del equipo —me presenta a una de las personas de la habitación—. Ellas, Ariana Woodley y Leny García-Strauss, las mejores en relaciones públicas. Van a acompañarnos en todo el proceso. Después os explicaremos el *timing* para desarrollar este... proyecto

—dice tratando de encontrar la palabra adecuada y sonriéndome para compensar—. Estamos esperando a Troy para firmar el contrato de confidencialidad.

Me hace un gesto para que me siente a la mesa de reuniones, donde ya están todas las personas que me ha presentado.

—¿Contrato de confidencialidad? —inquiero frunciendo el ceño y moviendo la silla para sentarme.

—Sí —responde con un suave ademán de cabeza, como si le pareciera lo más obvio del mundo—. La mejor manera de que nuestro plan funcione es que lo sepa la menor cantidad de gente posible. Este contrato es un pequeño recordatorio.

«Castigo desproporcionado si no lo cumples» se acerca mucho más.

—Mis amigas ya lo saben —murmuro.

El señor Harlesson me observa con desaprobación aunque lo disimula rápido, pero la verdad es que no me siento ni un poquito culpable. La única locura mayor que haber aceptado todo esto es pensar que no necesitaría comentarlo antes con alguien.

—¿Podemos confiar en ellas?

—Por supuesto —contesto sin dudar.

Marlow y Andie son de las buenas.

—Está bien —decide dar el tema por zanjado.

Llaman a la puerta y el estómago se me encoje como si estuviera a punto de lanzarme en paracaídas. Sin embargo, tan pronto como la secretaria del señor Harlesson entra me doy cuenta de que no podía ser Troy. Él nunca llamaría. Es demasiado chulo. Mentalmente pongo los ojos en blanco.

Deja dos carpetas de color sepia en la mesa. Una de ellas frente a mí.

—Es el contrato.

No espero a que me dé permiso para hacerlo y la abro. El simple hecho de ver mi nombre y el de Troy en la misma hoja de papel me resulta raro, como si fuesen cosas que no están destinadas a ser.

Lo leo, sintiendo un sudor frío por la cantidad de dinero que tendré que pagar si lo incumplo, y no es que ya esté lista para firmarlo, pero es lo que hay. Solo queda esperar a Troy.

Veinte minutos de reloj después sigo esperando. Veo cómo el señor Harlesson comprueba su reloj de pulsera una decena de veces visiblemente incómodo, aún más cuando cruza la mirada conmigo y no tiene una respuesta acerca de dónde está su quarterback. Incluso manda a su secretaria con un susurro tenso a averiguar qué ha pasado.

—Bueno, parece que Troy no podrá acompañarnos —lo disculpa el señor Harlesson ocupando el asiento frente al mío. Ha pasado una hora de reloj. Troy es un capullo—. Firmaremos tu contrato y te explicaremos el plan que han preparado desde el departamento de relaciones públicas.

La culpa de que Troy sea un imbécil es solo de Troy, así que, aunque estoy cabreadísima, firmo el contrato y atiendo a la exposición de las chicas. Lo tienen todo controlado y han creado un *timing* muy exhaustivo acerca de lo que tendremos que hacer en cada momento de las próximas semanas para que este compromiso falso, primero, y boda falsa, después, cuele para todos. Primera parada mañana, la joyería más exclusiva de Dallas. Iremos a comprar el anillo de compromiso y «casualmente» un *paparazzi* nos pillará.

He tenido que hacer uso de toda mi fuerza de voluntad para no morirme de risa o de una ira infinita cuando han dicho que debemos parecer muy enamorados, ir cogidos de la mano y esas cosas. Puede que mi mano arda al entrar en contacto con la suya.

Aun así, no me queda otra que aceptar y grabarme la hora en la agenda del móvil. Y, por fin, puedo largarme.

—Gracias por todo —se despide amable el señor Harlesson.

—El entrenamiento es en el estadio, ¿verdad? —prácticamente lo interrumpo con la mente y la mirada en lo que tengo claro que voy a hacer.

—Sí —contesta confuso—, pero...

—Gracias.

—Maya...

No lo dejo terminar y salgo del despacho.

Si Troy piensa que puede tratarme como le dé la gana es que de verdad no me recuerda ni un poquito.

24

Troy

Hago un último esprint y llego a la línea de touchdown justo un segundo antes que Nick, que maldice cuando alcanza la zona de anotación, haciéndome sonreír.

—Qué hijo de puta —se queja quedándose sin resuello, llevándose las manos a las caderas—. Algún día dejarás de estar en tan buena forma física y yo estaré allí para verlo.

Mi sonrisa se ensancha, aunque yo también necesito un segundo para recuperar el aliento. No hemos dejado de correr desde que hemos pisado el campo. Hoy toca entrenamiento de los duros.

—¡Ensayo de jugadas! —grita el segundo entrenador—. ¡Dividíos!

—Gracias a Dios —lo agradece East.

El entrenador llama al primer grupo de jugadores, que se colocan rápidos en el campo. El próximo partido va a ser complicado. Los jodidos Eagles siempre lo son.

—Te odio.

Su voz cruza el ambiente y se deshace de cualquier otro sonido. Ya no hay entrenador ni el ruido de los compañeros en el campo ni el de las animadoras entrenando en el otro extremo del césped. Solo son dos malditas palabras, pero en realidad son mucho más, como una combinación que abre todo lo que quiero olvidar: ella, diciéndomelo hace ocho años; que la chica más dulce del mundo, incapaz de hacerle daño a una mosca, me odiase solo a mí.

Me giro a regañadientes y doy una bocanada de aire tratando de controlar todo lo que siento ahora mismo. Maya lo interpreta como que ni siquiera quiero verla, pero tampoco voy a sacarla de su error.

—¿Quién demonios te ha dado el derecho de tratar a los demás como si no valiésemos nada? —me echa en cara dando un paso hacia mí.

Nick e East se vuelven confusos.

—No sé de qué estás hablando.

Sí lo sé. Tendría que haber ido al despacho de Gaz a firmar el acuerdo de confidencialidad y escuchar el plan que han preparado para nosotros, pero no he ido y francamente es lo mejor que podría haber hecho. Es un puto error. Ella y yo juntos lo somos y podría esperar a que Gaz no lo entendiese, pero ¿Maya?

No soy estúpido. Sé que no tengo otra salida. Pero confío en que ponerle las cosas difíciles sea todo lo que necesite para recuperar el sentido común y negarse. Yo no puedo hacerlo, pero ella sí.

—Tenías que haber ido a la oficina del señor Harlesson —me recuerda molesta.

Le mantengo la mirada, pero no digo nada y por un momento nos quedamos en silencio, mirándonos y por un momento también la situación empieza a ganarme la partida, que esté tan cerca. Me repito un millón de veces que no tiene nada de especial, que ni siquiera es mi tipo, pero parece importarme una mierda porque ya me he hecho hiperconsciente de ella, de la sencilla coleta con la que lleva recogido el pelo, de que al final consiguió armarse de valor para perforarse la parte superior de la oreja izquierda. De su camiseta de tirantes. De sus pantalones cortos. De que esté tan enfadada, pero al mismo tiempo quiera hacerla rabiar un poco más, para ponerla un poco más al límite, porque solo yo puedo hacerlo.

—Deberíais haber tenido claro que no iría —contesto encogiéndome de hombros—. Tenía cosas más importantes que hacer.

Ella resopla exasperada.

—Cosas como esta, ¿verdad? —contraataca caminando hacia mí, dejándonos a un mísero paso—. Porque lo único por lo que eres capaz de sentir algo es por el fútbol.

Trago saliva obligándome a contener toda la condenada rabia.

—Exacto. —Putas mentiras. Solo estamos a un maldito paso—. El fútbol es lo único que me importa y no es tu problema.

—Desgraciadamente, durante el próximo año, sí lo es.

Los dos tenemos la respiración agitada. Debería preocuparnos el estar en mitad del jodido estadio de los Cowboys, ¿no? Todas las personas que pueden vernos solo con girar la cabeza hacia nosotros, ¿no? Pero es que no podría importarnos menos.

—Te dije que no aceptaras —le recuerdo e involuntariamente mi voz suena más ronca.

—Tú no vas a decidir por mí —me recuerda ella.

—Pues entonces toma la decisión correcta —rujo.

—Haré lo que me dé la gana cuando me dé la gana y si me equivoco es solo asunto mío.

Aprieto los dientes. ¿Por qué no puedo levantar mis ojos de ella? ¿Por qué no puede dejar de importarme? Han pasado ocho años, lo que ocurrió debería estar muerto y enterrado, es como quiero que esté, joder.

—Sigues sin entender cuándo es una mala idea, ¿eh, bicho raro?

Mi tono cambia, aunque no es lo que quiero, y mi voz se llena de ternura y algo de condescendencia. Maya me mantiene la mirada, pero esa frase la ha removido. Lo sé porque a mí también.

—Mañana tenemos que estar en Highland a las doce —me informa y su voz también ha cambiado y sé que es porque ahora mismo no puede dejar de pensar en lo mismo que estoy pensando yo.

Y yo tengo más preguntas para mí mismo: ¿por qué sigo sin entenderlo?, ¿por qué no puedo simplemente largarme, pasar de ella y olvidarme de todo?

—¿Irás? —inquiere.

Odio ese tono dulce. Odio sentir que sigue habiendo algo, que ella sigue teniendo algo que de alguna manera me sigue manteniendo aquí aunque lo odie con todas mis fuerzas.

—Troy...

—Sí —la interrumpo.

Su respiración vuelve a acelerarse suavemente y las manos me arden. Quiero tocarla, joder.

—Prométemelo —me pide.

Me odia con todas sus fuerzas. La odio con todas mis fuerzas.

—Te lo prometo.

Es obvio que esta conversación ya ha acabado, pero ninguno de los dos se mueve. Sus ojos castaños me miran con la misma curiosidad de siempre buscando entenderme. Una canción empieza a sonar a todo volumen. La imaginación volando libre. Los malditos recuerdos. Las ganas multiplicándose por mil.

Está claro que yo tampoco sé ver cuándo es una mala idea.

Al fin, Maya asiente levemente, da un paso atrás, luego otro hasta que se gira y comienza a caminar de vuelta al túnel de vestuarios mientras el mundo que se había deshecho a nuestro alrededor comienza a rearmarse poco a poco, engulléndonos de nuevo.

Me obligo a volverme hacia mis compañeros, pero no ha pasado más que un segundo cuando giro la cabeza hacia ella. Maya hace lo mismo y nuestras miradas vuelven a encontrarse. Un segundo más. Y los dos la apartamos.

—¿Quién es esa chica? —pregunta East cuando me coloco junto a ellos.

No respondo. Algo dentro de mí se niega a decir «nadie».

25

Maya

Ocho años antes

El hospital había marcado la diferencia. Ya no podía decir que odiaba a Troy porque era mentira y francamente injusto. Había algo dentro de mí que cada vez me gritaba más fuerte que Troy no era como yo creía que era, que a la versión de su hermano que Tate se empeñaba en dibujar le faltaban demasiados trazos. Si solo te importa el fútbol, no te quedas en el hospital por una chica con la que, en teoría, ni siquiera te llevas bien. Si pasas de tu familia, no te duele que tu padre te trate como si no valieses nada.

No podía dejar de pensar en él y darle vueltas a todo.

Tilly sabía que había alguien, pero no quién, así que, con la idea de que cogiera un poco de aire y «la sabiduría que aportan las fiestas», fuimos juntas a la que Abel Grant daba en su casa.

Abel era un hawk, así que todos los hawks estaban allí, entre ellos, Troy. Nos vimos. Nos saludamos. Todo muy civilizado y quedándonos en territorio seguro. Un «Me alegro de que estés bien» y yo volví con Tilly y él, con Billy Ray y los chicos del equipo.

Pero hay cosas muy difíciles de explicar y muy fáciles de sentir. Sabía que estaba en la fiesta y era como si todas las células de mi cuerpo estuvieran preparadas para percibir cada uno de sus movimientos, para recordarme lo increíblemente guapo que estaba en sesión continua. Los vaqueros rotos, la camisa blanca remangada hasta los antebrazos y esos ojos azules de infarto. Además de algo completamente nuevo, bueno, no tan nuevo: mi reprogramación sináptica incluía ser consciente de todas las chicas que se lo comían con la mirada y las que se le acercaban, y eran muchas, básicamente, una tortura. Por mi salud mental, decidí concentrarme en otra cosa, convencerme de que ni Troy ni sus *groupies* estaban allí y divertirme con mis amigas.

Hasta que apareció April Maguire.

Era guapísima, vestía como una supermodelo y tenía una sonrisa de esas que sonaba «chin» cuando la enseñaba. Fue directa a por Troy, se sentó junto a él y empezó a contarle algo que seguro que era muy interesante porque, que no os puedan los tópicos, April era superdotada.

Estaba ~~muy~~ un poco cabreada y lo peor era que sabía que no tenía derecho a estarlo, así que tampoco podía desahogarme. Pero cada vez que llevaba mi vista hasta ellos y lo veía sonriendo o prestándole atención era como si echaran un chorro de gasolina para mecheros a mi enfado.

Troy me pescó mirándolo y el muy maldito sonrió, la sonrisa que usaba para el mal, al tiempo que se humedecía el labio inferior. ¡Estaba disfrutando con eso!

Para colmo de males, Kyle apareció y, con un vaso rojo con un líquido sin identificar dentro, se plantó delante de mí. Quería hablar por enésima vez de lo que ya habíamos hablado. Kyle llevaba mandándome mensajes desde que habíamos roto y empezaban a no molar nada. «¿Por qué me has dejado?» «Ni siquiera tu mejor amiga lo entiende.» «Te estás equivocando.» «Tú y yo estamos hecho el uno para el otro.»

Le dije que quizá sería mejor que no le diera más vueltas e intentara divertirse, pero me puso cara de corderito a punto de ir al matadero y acepté hablar con él otra vez. La verdad es que seguía queriéndolo un montón, era mi mejor amigo, y me sentía demasiado culpable.

En el jardín trasero de la casa de Abel, fue una versión en vivo de los mensajes. «Déjame arreglarlo, aunque no creo que yo haya hecho nada malo.» «Somos tú y yo, Maya.» Hasta llegar al mítico «¿Es que hay otro tío?», pronunciado justo cuando miré hacia la ventana de la cocina y vi precisamente al «otro tío» fingiendo hablar con Tilly cuando en realidad toda su atención y su cara de pocos amigos estaban centradas justo en lo que pasaba en aquel pedazo de césped.

«El karma», pensé con una sonrisa que le dediqué precisamente a Troy, creo que hasta la saboreé. Él se lo había pasado en grande poniéndome celosa con miss Texas con aspiraciones aeroespaciales, así que el universo me había dado la oportunidad de devolvérsela.

¿Qué no calculé cuando disfrutaba de mi triunfo? Que Troy Carson no perdía nunca.

26

Maya

Me he levantado temprano. Estoy nerviosa. ¿Para qué negarlo? Hoy voy a tener que ver a Troy, cosa que no quiero, para comprarme un anillo, que no quiero llevar, y después nos fotografiará un *paparazzi* para que la gente comience a especular sobre mi vida privada. ¿Quién quiere eso?, a no ser que seas una Kardashian, en cuyo caso es más que probable que el fotógrafo lo hayas pagado tú.

¿Qué opciones tengo? Hummm... Podría fingir mi propia muerte, pero soy pobre, lo que significaría que tendría que empezar de cero con catorce dólares en el banco. Mejor no, no creo que pudiera comprar un pasaporte decente con esa cantidad de dinero.

Resoplo. No queda más remedio que hacerlo.

Me ducho, elijo un vestidito que siempre me pone de buen humor, sencillo pero bonito y divertido, me recojo el pelo castaño en una coleta, me calzo mis Converse y salgo de casa.

La joyería está en Highland Park Village, una especie de centro comercial abierto con las mejores y más lujosas tiendas de Dallas. Y Highland Park Village está a una hora en autobús de mi apartamento.

Leny insinuó ayer en la reunión que podría recogerme Troy, «algo típico de novios», pero esta «novia» (y estas comillas son de sarcasmo absoluto, no de cita textual) se negó en rotundo. Cuanto más tiempo podamos mantenernos separados en toda esta farsa, mejor para los dos.

Mierda.

Todavía recuerdo nuestra discusión de ayer en el estadio. ¿Por qué demonios no consigo mantener la cabeza fría cuando está cerca? Quiero decir, creo que lo logro bastante tiempo, estoy orgullosa de mí, pero después la rabia y la frustración y esa sensación que ni siquiera puedo explicar lo nublan todo y acabo pensando en cosas que no quiero pensar y él dice cosas que hacen que lo odie aún más y antes de que pueda darme cuenta se me acelera el corazón y la respiración y me imagino cosas que ni siquiera debería imaginarme y, maldita sea, ¡es tan asquerosamente guapo! que dan ganas de tirarle algo a la cabeza solo para que deje de transmitir esas *vibes* de atractivo infinito a lo Ryan Gosling.

El tráfico se porta bien y llego un poco antes de la hora. Si fuera alguien que me cayese bien, me aseguraría de que él no ha llegado también antes, pero, como es Troy, que le den, me pillo un helado y me doy una vuelta mirando escaparates, me enamoro de unos Louboutin en uno de ellos y casi me atraganto cuando veo lo que cuestan.

Puntual como un reloj estoy en la puerta de la joyería.

Y espero.

Y espero.

Y espero.

Cuando miro el móvil por decimoquinta vez y compruebo que ha pasado más de media hora, asumo lo obvio: el muy bastardo no va a aparecer.

El enfado me serpentea de pies a cabeza y, aunque me niegue a admitirlo, también hay algo, un poquito, de tristeza. Sé que no le importo, y eso no me importa, pero ¿es necesario que me lo demuestre de esta manera? Me dio su palabra, ¿es que para él no significa nada? Obviamente, no.

Pero hace mucho tiempo aprendí que no necesito a nadie para hacer lo que quiero hacer ni lo que debo hacer. Yo me he comprometido con algo. Pienso luchar por lo que obtendré por ello y Troy no va a romper mis sueños ni una sola vez más.

—Buenos días —saludo entrando en la joyería.

La dependienta me mira mal. Yo recuerdo la peli de *Pretty Woman* y decido explicarme.

—Soy Maya Smith, la oficina del señor Harlesson nos concertó una cita.

Las últimas palabras son la combinación mágica porque la jefa de la chica sale no sé muy bien de dónde y me recibe con una sonrisa.

—Buenos días, señorita Smith —me saluda abriendo suavemente los brazos—. Estamos encantados de tener en nuestro establecimiento a la prometida de Troy Carson.

¿Cuántas cosas de esa frase me molestan? Muchas. Pero también deben de ser otra especie de combinación mágica que hace que la dependienta me mire aún peor pero se corte un poco más.

—Si es tan amable de acompañarme —me pide indicándome un pasillo iluminado de una forma sutil y elegante.

—Claro.

—Creía que el señor Carson nos acompañaría hoy —plantea.

Asiento controlando el enfado que vuelve a resurgir puntiagudo en mi interior. Me lo prometió, el muy capullo.

—Le ha surgido algo imposible de posponer —lo defiendo y no sé por qué no lo tiro a los leones y le doy a esta mujer munición suficiente para pasearse por tres platós de televisión—. Los Cowboys son un roba prometidos muy duro —bromeo.

Ella sonríe siguiéndome la corriente.

Llegamos a una sala aislada de cualquier bullicio que pueda haber en la tienda. Las paredes son oscuras, las estanterías, de un bellísimo cristal trabajado, y un sofá Chesterfield blanco destaca en el centro como si fuese una joya más. Los cuadros, las flores, todo es minimalista, sobrio y desprende la palabra *glamour*. En la mesa, dos mimosas a una temperatura perfecta y una bandeja con *macaroons*.

—Siéntese, por favor —me pide señalándome el sofá.

Lo hago y también cojo un *macaroon*, de chocolate.

Tras unos minutos de charla informal para que no parezca que está deseando colocarme un anillo muy caro y que vamos a ser mejores amigas para siempre, llama por un discreto intercomunicador a uno de los empleados y simplemente comienza el desfile de anillos más grande y variado que hubiese podido imaginar.

Supongo que, al principio, todo va como tiene que ir, miro, pregunto, me pruebo algunos, pero entonces una de las empleadas que entra con una nueva bandeja con tres nuevos anillos me mira y me sonríe con... compasión. Nada del odio de la primera chica, ni de mirarme como si fuera un cheque en blanco como su jefa, ella me observa pensando que es una putada tener que estar eligiendo tu anillo de compromiso sola.

Sola.

Tuve que aprender a estarlo hace mucho, perdí a mis padres hace mucho, pero creo que hacía años que no me importaba tanto. Poco a poco esa idea va calándome los huesos como la lluvia fina que piensas que no te empapará y acaba mojándote entera. Sé que es una estupidez, que no es una boda real, que Troy y yo no estamos juntos, pero es que debería ser un momento feliz o al menos fingidamente feliz.

—Señorita Smith, ¿se encuentra bien? —me pregunta la dueña.

Asiento veloz y me doy cuenta justo a tiempo de que los ojos se me han llenado de lágrimas.

—Sí —miento y rápido pienso una extensión de dicha mentira—, es solo que me he emocionado.

Ella sonríe dándome a entender que pasa mucho y yo trato de calmarme.

Puedes con esto, Maya. Tú puedes con todo.

—¿Qué le parecen estos?

Miro la nueva bandeja y uno de los anillos de oro blanco llama inmediatamente mi atención. Es precioso. La clásica forma circular se transforma en un pequeño pájaro, que a pesar de su tamaño está labrado con mimo, cuidando todos los detalles, con cada línea cubierta de diminutos diamantes que lo hacen resplandecer. Es bonito, pero también dulce y tierno, como si ese pájaro estuviese buscando su hogar.

—Perdóneme —me saca de mi ensoñación la mujer retirando el anillo de la impoluta bandeja de fieltro negro y entregándoselo a una de las empleadas para que se lo lleve—. Debe de haber acabado aquí por error. No es apropiado. De nuevo, discúlpeme.

Sé que no es el típico anillo, pero era realmente bonito. En fin, imagino que en los matrimonios de pega toca ser más tradicionales.

Me sigue enseñando un anillo tras otro, pero no encuentro ninguno con el que me sienta cómoda. Tengo la sensación de que solo importa que sea carísimo. Me agobio. Mucho. De verdad. Y me siento mal, aunque ni siquiera entienda del todo por qué.

Consigo que lo dejemos en tres finalistas, tres solitarios con enormes diamantes, zafiros o diamantes y zafiros. Ninguno de los tres es mi estilo. Menos mal que solo tendré que llevarlo un año. Pido pensármelo y prometo volver mañana. Está claro que no es lo que la dueña se esperaba, pero sabe que sí o sí tendré que acabar eligiendo uno y ganará un montón de pasta, así que me concede la huida.

Mientras le doy las gracias al guardia de seguridad que me abre la puerta, recuerdo que hay un *paparazzi* en alguna parte preparado para fotografiarnos... fotografiarme. Sería genial que fuese invierno y poder taparme con el abrigo, un gorro de lana, que hubiese una ventisca y no se viera dos metros adelante, pero, no, en Dallas el clima hoy es «despejado para que un colega inmortalice este ascomomento de tu vida». Perfecto.

Turno en la fábrica.

Turno en la cafetería.

Y por fin llego a casa para tirarme en plancha en el sofá y pensar cuánto molaría tener servicio para que me hiciera la cena en lugar de mentalizarme para tener que levantarme y hacerla yo.

Estoy peleándome con un bote de tomate con el chistoso mensaje de «abrefácil» en la tapa cuando llaman a la puerta.

27

Maya

Ocho años antes

Vi cómo Billy Ray se acercaba y le decía algo al oído. Con sus ojos azules clavados en los míos a través de la ventana, la sonrisa de Troy brilló más arrogante que nunca.

Y.

Justo.

Entonces.

Se fue la luz.

La puerta de la cocina que daba al jardín trasero se abrió de golpe y al menos veinte personas salieron riendo y gritando que la fiesta se trasladaba fuera, donde las farolas de la calle ofrecían algo de claridad, aunque, francamente, muy poca. Estábamos en un barrio residencial de Dripping Springs, no en Manhattan.

Los veinte se convirtieron en cincuenta en cuestión de un segundo, apartándome de Kyle. Entonces, noté sus manos agarrarme de la cintura, solo un momento, antes de que me cargara sobre su hombro y me sacara rápido del jardín. Había reconocido a Troy de inmediato. Si no fuera una locura, diría que antes incluso de que sus manos tocaran mi piel... Pero, aun así, daba igual que hubiese hecho que el deseo se estrellase contra el techo, que me hubiese dado lo que quería aunque ni siquiera yo supiese que lo hacía, ¿de qué iba? ¡No podía comportarse de esa forma!

Pataleé, protesté, pero estábamos casi a oscuras, a todos les había parecido divertidísimo el cambio de escenario y Troy fue rapidísimo, por lo que no me valió de nada.

Nos llevó al piso de arriba, nos metió en una habitación y cerró a nuestro paso. En cuanto me dejó en el suelo, le solté un bofetón.

Troy tensó la mandíbula y giró la cabeza despacio y cabreado hasta que sus ojos se encontraron con los míos. Resultado: enfadada como nunca, excitada como nunca y todo con el chico con el que sabía que era un ERROR.

—¿Qué coño te crees que haces? —le espeté.

Huye. Sal de aquí. Aléjate de él.

—Lo que me da la gana —contestó dando un paso hacia mí— y lo que tú te mueres de ganas que haga.

Hazle caso al sentido común. A las alarmas.

—No me impresionas lo más mínimo —le dejé claro.

Otro paso y ya estaba tan cerca de mí que olvidé cómo respirar.

—¿Crees que te quiero impresionar? Para eso ya tienes al gilipollas de Kyle —gruñó enfadado.

—Y tú, a April —prácticamente grité—. ¿Qué está haciendo aquí? ¿No tendría que estar colonizando Marte?

¡Dios, estaba tan cabreada! ¡Por tantas cosas a la vez! ¡Joder!

—¿Estás celosa? —preguntó con recochineo.

Y si hacía dos segundos estaba cabreada, en aquel momento pasé a otro nivel.

—Jamás —contesté con fuerza—. Tú eres el que lo está. Has provocado un apagón y me has cargado sobre el hombro para apartarme de mi ex.

Nos miramos a los ojos. Era fuego, deseo, rabia. El cóctel molotov de las malas decisiones y las noches épicas.

—Sí, joder, lo estoy. Y no va a volver a tocarte un solo dedo.

Cogió mi cara entre sus manos y me besó con fuerza. Yo le respondí con la misma intensidad. Fue una maldita declaración de intenciones. No nos valían ni April ni Kyle porque daba igual lo guapos o inteligentes que fueran, que se supusiese que con ellos debía ser, porque, no, eso era algo nuestro. Kyle no era Troy, nunca iba a serlo, y me importaba menos que nada cuánto pegáramos, que el *friends to lovers* fuese nuestra historia, porque la mía, la que solo le pertenecía a Maya, se estaba escribiendo en ese momento, experimentar, sentir, soñar, volar, eso estaba viviendo y no pensaba renunciar a nada ni un solo segundo.

Troy nos dejó caer en el suelo sin parar de besarnos. Con él los besos eran adictivos, una montaña rusa que solo subía y subía y te calentaba el corazón y el centro de los muslos.

Desabroché sus vaqueros con dedos temblorosos. Él perdió las manos bajo mi vestido y me quitó las bragas.

Rodamos, acabé de rodillas encima de él. Un condón a la velocidad de la luz y sentir que era más libre que nunca cuando lo tuve debajo de mí.

Sus manos me dibujaron entera hasta agarrar mis caderas, marcando el ritmo, torturándome. Se incorporó dejándonos sentados conmigo de rodillas sobre su regazo. La fricción en esta postura me volvió loca. Rodeé su cuello con mis brazos y los besos se hicieron gemidos y al revés mientras el placer lo inundaba todo.

Me detuvo en seco y gemí frustrada. Intenté moverme pero no me dejó.

—Estar dentro de ti es el puto paraíso, nena —dijo contra mis labios.

El corazón se me aceleró rebotando como un loco contra mi caja torácica.

Y entonces empezó a moverse debajo de mí muy rápido, duro, ¡jodidamente increíble!

—¡Dios! —grité.

Nos tumbó en el suelo, hizo del ritmo una locura y el sentirlo encima fue la maldita guinda del pastel mientras sus vaqueros arañaban mis muslos, mientras sus manos apretaban mi culo.

—Di mi nombre —me ordenó contra mi boca.

—Troy —gemí.

—Otra vez.

—Troy.

—Joder, vas a volverme loco.

Y él me volvió loca a mí. El placer serpenteó por cada centímetro de mi cuerpo, me rompió, me hizo pedazos y volvió a construirme con el corazón retumbándome a mil y las estrellas en la punta de los dedos.

Troy se corrió dentro de mí y cada sonido que hizo, sexy y masculino, se quedó tatuado en mi piel.

Nos miramos a los ojos. Brilló el deseo. Brillaron las ganas, la excitación y el placer perfecto, pero también la idea de que por primera vez en demasiados años, con las corazas abajo, Troy Carson y Maya Smith ya no se sentían solos, de verdad.

—Odio sentirme así contigo —dejé escapar el pensamiento de mis labios.

Estábamos tirados en el suelo, pensativos, otra vez con la mirada en el techo y el corazón en las manos.

—Ojalá fueras cualquier otra persona —me sinceré girando la cabeza para buscar su mirada.

Estaba hecha un lío y empezaba a estar muerta de miedo porque no tenía ni idea de cómo encajar nada de lo que estaba pasando en mi vida, el que fuera justo Troy, pero tampoco quería renunciar a él. Creo que ni siquiera podía.

—En eso estamos de acuerdo, bicho raro —contestó moviendo la cabeza buscando la mía—. Yo también querría ser cualquier otra persona.

Devolvió la vista al techo y mi corazón se encogió como si el suyo lo llamase a gritos.

—Troy.

—¿Qué?

No sabía qué decir. No sabía cómo ordenar mi mente para entender qué me pasaba con él, pero es que eso había dejado de importar porque en ese momento se trataba del dolor que sentía Troy por lo que pasó con Simon, por lo que vivía en su casa cada día.

Así que lo que hice fue demostrarle que en aquel suelo de aquella habitación solo importábamos nosotros. Lo besé. Troy al principio se quedó muy quieto, pero solo necesitó un segundo para reaccionar y, entre los dos, lo hicimos saber a magia.

28

Maya

Insisten. Golpeando la puerta con la palma de la mano.

—Qué impaciente —me quejo—. ¿Quién es?

No sé para qué pregunto porque seguro que es Marlow y le ha pasado algo alucinante que se muere por contarme... pero no responde.

Frunzo el ceño.

—¿Quién es? —repito poniéndome en guardia. Por esa misma sensación miro el reloj del horno. Son más de las ocho. Aún no es tan tarde, aunque imagino que los asesinos en serie no van por ahí mirando su reloj de pulsera, quizá uno de esos de mano que se guardan en el bolsillo de un chaleco...

—Maya, soy Troy.

Su voz, a pesar de que nos separa la puerta, me clava al suelo de mi apartamento a un mísero paso del pomo. ¿Qué hace aquí? ¿A qué ha venido? De pronto el corazón me late muy rápido.

—Abre.

—No —contesto antes siquiera de que el pensamiento cristalice en mi mente.

Lo oigo resoplar al otro lado, puede que incluso gruñir entre dientes. No se ha presentado en la joyería, ni siquiera me ha llamado. ¿Qué demonios quiere ahora?

—Lárgate.

—Maya... —trata de explicarse o de llamarme al orden, la verdad es que no tengo ni idea y tampoco me importa.

—¿Qué haces aquí? —lo hostigo cabreadísima.

¡Es que ni siquiera lo entiendo!

Todo se queda en silencio y, si antes creía que el corazón me iba rápido, ahora he pulverizado cualquier récord de latidos por segundo. Estoy tan enfadada... y dolida, y pillo que sentirme dolida respecto a él ni siquiera debería ser una posibilidad, pero ahora mismo lo es y quema muchísimo.

—Yo... —empieza a decir, pero en lugar de eso resopla frustrado—. Joder, ni siquiera yo mismo lo entiendo, ¿cómo demonios voy a poder explicarlo? Abre la maldita puerta, Maya.

—No.

—Quiero hablar contigo.

—Tú y yo no tenemos nada de que hablar, lo has dejado muy claro esta mañana.

El silencio vuelve a inundarlo todo como si estuviese programado y ninguno de los dos conociésemos el mecanismo de desactivación. ¿Por qué tiene que doler tanto que no haya cumplido su palabra? Ni siquiera soy capaz de comprenderlo.

Oigo un pequeño ruido, como si Troy hubiese apoyado la palma de la mano en la puerta.

—Como quieras, Maya —sentencia con la voz ronca.

Un segundo más y sus pasos resuenan en el rellano camino de las escaleras.

El corazón me retumba contra el pecho como si fuese a escapárseme en cualquier momento. Otra vez antes de pensarlo, salgo despedida y abro la puerta. El ruido lo hace detenerse cuando estaba a punto de bajar. Con el primer paso que doy fuera de mi apartamento mi pie se topa con algo. Confusa, bajo la mirada. Es una cajita con el logo de la joyería en la que he estado esta mañana. Me agacho, la cojo, la abro y todo se esfuma a mi alrededor. Es el anillo del pájaro. El único que me ha gustado de los cientos que he visto en la tienda... y Troy lo ha escogido para mí.

Levanto la mirada y mis ojos se topan de lleno con otros azules, salvajes, peligrosos. Hay veces que lo darías todo por poder deshacerte del recuerdo de una persona, pero hay algo tirando de ti con fuerza hacia ella una y otra vez, incluso si no lo entiendes, incluso si la odias.

Troy no dice nada. Solo da una bocanada de aire lenta y pesada. Supongo que el destino nos jugó una mala pasada a los dos cuando éramos demasiado jóvenes como para que no nos marcara.

29

Troy

Hoy, la estupidez que sea que tengamos que hacer, será en mi casa. Imagino que Gaz lo ha organizado así para asegurarse de que estaría. Chico listo, aunque me pregunto si habrá contado con todas las veces que he pensado en largarme desde anoche.

No tendría que haber ido a la joyería, no tendría que haber comprado ese estúpido anillo y está claro que no tendría que haber ido a su apartamento.

No me presenté en Highland porque sabía que era lo mejor. Decepcionarla. Al fin y al cabo ni siquiera tendría por qué costarme mucho trabajo, Maya ya da por hecho lo peor de mí. Pero solo podía pensar en su mirada cuando me pidió que le prometiese que estaría allí. Tuve que beber hasta asegurarme de que sería incapaz de levantarme al día siguiente. Pero lo hice, como si tuviese una puta alarma interna que solo le perteneciese a ella.

Y aun así no fui.

Y tuve que contenerme para no hacerlo como si fuese un puto crío que no entiende que no puede ser.

Cuando Gaz me llamó por la tarde tampoco pensaba cogerle el teléfono, pero también lo hice. Me dijo que me estaba comportando como un gilipollas y que probablemente había conseguido que Maya se sintiese completamente sola.

Sola.

Esa puta palabra lo arrasó todo dentro de mí. Colgué y salí disparado a la joyería. Era tarde y quizá ya estuviese cerrada, pero me daba igual. Efectivamente, lo estaba, pero no me costó mucho trabajo convencer a la dueña de que hiciese una excepción.

Dentro, una de las chicas me miró como si quisiese lamerme entero y la otra, como si le diera asco. La primera fue fácil de ignorar; la segunda, no, porque sabía que era por Maya.

Vi un centenar de anillos, pero no fue hasta que salí de ese estúpido cuarto, me puse a mirar vitrinas y encontré el del pájaro que entendí que era el que Maya hubiese elegido. La mujer insistió en que no era apropiado, pero me dio exactamente igual. Pagué los ciento setenta y dos mil dólares y me largué.

Conduje hasta casa de Maya pensando en todo lo que quería decir para disculparme, tenía que explicarle que me había equivocado, aunque en realidad tampoco entendía por qué; nos odiamos, no somos amigos, esto es un puto trato que literalmente me OBLIGAN a llevar a cabo, pero hay algo... ella... yo qué coño sé. De todos modos dio igual, porque Maya ni siquiera me dejó entrar y yo... cuando vio el anillo y me miró... ¿Por qué tiene que seguir importándome? Hace ocho años fue un puto error, todo lo que pasó, cómo acabó.

Está claro que lo mejor hubiese sido no volver a encontrarnos nunca.

—Buenos días, señor Carson —me saludan las dos chicas de publicidad cuando salgo al salón. Han llegado hace unos quince minutos—. Lo tendremos todo listo enseguida.

No hay rastro de Maya. Quizá ha sido lista y ha decidido no venir. Mi cuerpo odia esa idea, pero es que es lo mejor, joder.

—Hola.

Su voz atraviesa el ambiente y me hace imposible no mirarla, como si ese fuese su superpoder.

Me giro hacia ella y por inercia mis ojos vuelan hasta sus manos. No lleva puesto el anillo. Supongo que también es lo mejor. Y supongo que debería empezar a ir a terapia para que me digan qué coño me está pasando porque también lo odio.

—Hola —respondo a regañadientes.

Nos mantenemos la mirada.

De pronto un recuerdo de ella del instituto me arrasa de pies a cabeza, con su viejo abrigo verde, cantando y bailando como dos idiotas en mi camioneta; me acuerdo perfectamente de cómo me miró cuando la canción acabó. Su sonrisa. Tiene la sonrisa más bonita del mundo.

—Gracias por el anillo...

—No... —la interrumpo. Sus ojos buscan en los míos y nuestra conexión parece volverse más fuerte en contra de la voluntad de los dos—. No quiero que lo hagas.

No es lo que quiero decir, al menos no del todo. Yo la dejé sola. Yo debí haber ido a la joyería. No me merezco que me dé las gracias, pero a veces las corazas funcionan solas, como un mecanismo de defensa adquirido, y yo hace mucho que levanté la mía de chulo estúpido y arrogante, antes incluso de que llegara ella.

Maya asiente comprendiendo lo que no quiero decir. Putas corazas.

—Por supuesto que no —bufa y una risa irónica, frustrada y molesta se le escapa de los labios.

¿Tan horrible sería ser sincero por una vez? No me he vuelto loco, todo esto es un error, pero por una vez sería genial no ser el malo de la historia.

—Maya...

—¿Por qué elegiste ese anillo? —me pregunta.

Otra vez sus ojos castaños, curiosos, buscando en los míos. Le mantengo la mirada.

—Porque te conozco.

Sabía que los otros anillos no eran para ella, que los vio y que no sintió nada, incluso con los tres entre los que prometió que se decidiría hoy. Pero la sortija del pájaro es preciosa y rara y especial. Justo como Maya.

Abre la boca dispuesta a decir algo y todas las células de mi cuerpo se activan expectantes.

—Troy...

—¿Qué?

—Maya, qué bien que hayas llegado —la saluda con una sonrisa enorme una de las chicas de publicidad.

Tarda un segundo de más en apartar la mirada de mí y llevarla hasta ella y mi cuerpo se hace hiperconsciente de ese detalle.

Me da igual que haya más gente aquí y supongo que debería pensar, pero no lo hago y vuelvo a conectar nuestras miradas.

—Ya lo tenemos todo listo. Acompañadme.

Maya necesita otra vez un segundo de más, pero finalmente asiente rápido y se escabulle tras la chica.

Es una puta mala idea. Debería tatuármelo en la maldita palma de la mano.

El salón ahora está lleno de focos, filtros y parasoles, como si se hubiese convertido en el estudio de un fotógrafo. La otra chica del equipo de Gaz, que no sé cómo se llama, le indica a Maya que se siente en el sofá.

Ella lo hace pero es obvio que está muy nerviosa porque apenas se queda en el borde sin dejar de mover rítmicamente una de sus piernas, consiguiendo que ese vestidito se le resbale apenas unos centímetros por su rodilla.

Recuerdo la primera vez que me dejó colarme por la ventana de su habitación.

Siento las putas ganas de echarlos a todos de aquí y meterla a ella en mi habitación.

Leny me observa pidiéndome lo mismo, pero yo me apoyo en la barra de la cocina, agarrándome con las manos al mármol italiano a ambos lados de mi cintura. Mejor así.

—Hoy, siguiendo el *timing* que teníamos previsto, vamos a anunciar vuestro compromiso.

«Dios santo», gruño para mí, conteniéndome para no poner los ojos en blanco.

—Os grabaremos en vídeo y lo enviaremos al programa de Kelly Clarkson —anuncia la otra chica entusiasmada.

—¿Y no podríamos hacer algo más sencillo? —pregunto y soy plenamente consciente de lo condescendiente que estoy sonando, pero es que, vamos, todo esto es estúpidamente incómodo y rimbombante—. ¿Un comunicado de prensa o algo así?

Eso sería mucho más rápido, joder. Cuanto menos tiempo esté Maya en mi casa, mejor.

Las empleadas de Gaz se miran entre ellas sin saber qué hacer porque pretenda cambiar los planes.

—Nadie se lo creería —dice Maya apenas en un susurro, pero captando la atención de todos—. Solo hemos salido juntos en ese vídeo. Nunca nos han visto en ningún evento ni partido. Si solo sacamos un comunicado, mucha gente desconfiará y, si desconfían, investigarán y se darán cuenta de que todo es un montaje. Pero, por la misma razón, lo de Kelly Clarkson también quedaría extraño, muy forzado.

Con cada palabra va ganando confianza, endereza la espalda y deja de mover la pierna. Es hipnótico ver el segundo en el que le gana la partida al miedo y se da cuenta de que puede conseguir todo lo que se proponga.

—Si vamos a decirle a la gente que hemos querido mantener nuestra relación en secreto para que fuese solo nuestra, tendríamos que anunciar el compromiso así, con algo nuestro que compartimos de una forma personal, a nuestra manera... como un post en Instagram.

Todos la miran alucinados y no puedo negar que los entienda. Maya es inteligente e incisiva.

—¡Es una idea fantástica! —sentencia admirada Leny.

Desde luego que sí.

—¿Te parece bien, Troy? —me plantea la otra chica.

Maya no se gira para mirarme, pero sé que no se está perdiendo detalle. Yo vuelvo al aquí y ahora y hago lo que tengo que hacer: resoplo fingiéndome molesto como si todo me pareciera una tontería y finalmente asiento a punto de poner los ojos en blanco. Al verme, aunque se supone que no lo está haciendo, Maya aprieta los labios hasta convertirlos en una fina línea. Misión cumplida. Cuando ya tengo claro que de verdad está pasando de mí, una media sonrisa se cuela en mis labios. Dios sabrá por qué.

Las chicas empiezan a moverse rápido por mi salón, retirando las cámaras profesionales y decidiendo cuál es el mejor fondo.

—Siéntate —me pide Leny indicándome el sofá donde sigue Maya.

Me tomo un segundo antes de moverme, me incorporo sin descruzar los brazos y camino despacio hasta allí. Me siento prudencialmente alejado de ella, pero da igual porque puedo sentir cómo todo su cuerpo se tensa cuando el mío está cerca. ¿Lo peor? No es incomodidad, es la puta anticipación, el estómago encogiéndose como si tuvieras quince malditos años. ¿Por qué lo sé? Porque, completamente en contra de mi voluntad, yo me siento igual.

Ella vuelve a clavar sus ojos curiosos sobre mí. Los míos se pierden en sus piernas y suben lentamente.

Las putas ganas comienzan a pesar demasiado. Si fingir estar juntos es la peor idea del mundo, llevármela contra la pared y hacerle todo lo que estoy pensando ahora mismo es como prenderle fuego a una casa y quedarte dentro a ver de qué color serán las llamas... y aun así...

—¿Tienes un aro de luz para el móvil? —me pregunta Leny.

Sus palabras rompen el hechizo y los dos somos libres. Yo enarco una ceja en una clara traducción de «¿Tengo pinta de tener uno?». La chica murmura una disculpa y veo cómo se aleja. En el momento en el que nos quedamos solos, sin que ninguno de los dos pueda controlarlo, los dos rompemos a reír. La tensión se mezcla con las risas y, no sé, con algo parecido al alivio y el deseo sigue ahí. Volvemos a mirarnos a los ojos. Es una mezcla la hostia de rara pero nos hace sentir bien.

—¿No tienes ninguna publicación en tu Insta, Troy? —pregunta Leny, observando el teléfono que le muestra la otra mujer.

Ni siquiera me molesto en contestar. Fue Gaz el que se empeñó en que me abriera una cuenta y el que, de hecho, acabó haciéndolo. Paso de todo eso.

—Si os parece, utilizaremos tu cuenta, Maya —propone Leny—. Etiquetaremos a Troy y seguro que el vídeo se hace viral en cuestión de horas.

Maya asiente. Saca su teléfono del bolsito que lleva cruzado, abre la app y se lo da a Leny. Por Dios, ese móvil ha visto tiempos mejores y los vio hace mucho. Maya rebusca un poco más, saca el anillo del pájaro y se lo pone en el anular izquierdo. Lo hace de manera automática, pero, cuando la sortija está en su lugar, todo, por un segundo, parece moverse a cámara lenta. Mis ojos se quedan enganchados en su mano y algo no para de repetirme, no sé si para bien o para mal, que yo le he comprado ese anillo, que ella lo lleva puesto.

Cuando levanto la mirada, me doy cuenta de que ella también tiene la suya perdida justo en ese punto.

—Cuando queráis —nos avisa Leny devolviendo el teléfono a Maya, imagino que después de haber cambiado los ajustes para que dentro de esta «informalidad» todo esté perfecto.

Maya mueve el *smartphone* y nos apunta con él. Se supone que ahora viene lo fácil, decir cualquier chorrada delante de la cámara y listo, pero ni siquiera somos capaces de acercarnos lo suficiente para aparecer los dos en el encuadre.

—¿Podríais acercaros? —nos pide lo obvio la chica que no recuerdo cómo se llama.

Ninguno de los dos obedece al instante, aunque somos conscientes de que es lo que toca. Yo vuelvo a resoplar mientras me deslizo por el sofá. Esto es una puta estupidez. Maya hace lo mismo. Aún hay un fino hilo de aire entre los dos, pero al menos ya salimos en cámara.

Maya sostiene el móvil y le da a grabar, pero ninguno de los dos sabe qué decir. Podrían largarse. Hacer esta ridiculez con público es mucho peor.

—Tal vez una pose más cariñosa os ayudaría a meteros en el papel —propone Leny—. Pásale un brazo por el hombro, Troy.

Ni de coña.

La miro francamente mal y no quiero, pero es que no me queda otra y lo hago.

—Apóyate en él, Maya —continúa teniendo ideas jodidamente estúpidas.

Los dos accedemos (a regañadientes) y ya no hay ningún espacio entre los dos, pero todo parece falso, casi ortopédico. Leny y su compañera se miran entre sí, pensando que no funciona y cómo arreglarlo, pero antes de que digan cualquier otra tontería, decido tomar el control. Cuanto antes hagamos el estúpido vídeo, antes terminará esta tortura.

Levanto el brazo del hombro de Maya y deslizo la mano por su costado hasta llegar a su cadera. Por un segundo, el movimiento me gana la partida y todo se oscurece llamando al león que tengo dentro. Tomándola por sorpresa, la agarro de las caderas y la coloco entre mis piernas.

—¿Qué coño haces? —grita en un murmullo.

—Cuanto antes parezcamos una parejita feliz de verdad, antes acabaremos con esto —le recuerdo y tengo que controlarme para que mi voz no suene ronca.

Sé que también debería quitar mis manos de sus caderas, ya la tengo donde necesito que esté, pero no me da la gana.

Ella duda, pero finalmente da una bocanada de aire y asiente. Se apoya en mis muslos y se echa hacia atrás encajándonos más.

Joder.

Mi cuerpo toma el control y la vocecita que no para de repetirme la malísima idea que es esto va ahogándose entre otras cosas, como mis manos viajando hasta su estómago y abriéndose posesivamente sobre su piel, como ella arrastrando sus dedos por mi pierna antes de encogerlos contra su palma y apartar la mano. Lo jodidamente bien que huele.

Pierdo mi nariz en su pelo.

Esto está mal.

Esto está mal.

Ella gira la cabeza hacia mí, persiguiendo mis labios.

Nos miramos a los ojos.

Esto está jodidamente mal.

30

Maya

¿Qué demonios estamos haciendo?

Siento sus manos en mi piel.

El corazón me va más rápido que nunca.

Creo que he olvidado cómo respirar con lentitud y al mismo tiempo siento que me falta el oxígeno y que no lo necesito.

Troy Carson es el mayor error de mi vida, ¿de verdad no he aprendido nada?

—¡Chicos, esa es la postura! Quedaos así —dice entusiasmada Ariana.

Los dos volvemos de donde quiera que estuviésemos a la vez. Troy suaviza el agarre de sus manos y carraspea, dándonos, a pesar de cómo estamos colocados, un poco más de espacio personal. Yo hago lo mismo mirando hacia delante.

Trago saliva y comienzo a grabar.

—Hola a todos —digo con una sonrisa enorme mirando a cámara—. Tenemos que daros una noticia increíble...

Hago el papel de mi vida, nivel interpretativo digno de Oscar. Tengo que reconocer que Troy también finge muy bien y grabamos un vídeo que dará el pego, incluso enseño el anillo a cámara.

El anillo.

Prefiero no pensar en cómo me he sentido cuando me lo he puesto, como si una parte de mí absurda, ridícula y kamikaze por un microsegundo hubiese creído que era real. «Seguro que lo eligió porque es el único que no parece de compromiso de verdad», refunfuño para mí mientras me cruzo de brazos y pierdo la mirada en las increíbles vistas que ofrece el Endeavor. Estoy en la zona del salón más alejada de donde está Troy, pero mi mente se empeña en recordarme justo ahora ese «Porque te conozco». Maldita sea.

No quiero que diga esas cosas. No quiero que me conozca. No quiero nada de él.

—Vale, ahora tocan las fotos —anuncia Leny—. Hemos contratado a un fotógrafo profesional, que, obviamente, piensa que lo vuestro es real, así que ya sabéis lo que toca —comenta torciendo el gesto a modo de disculpa—. Lo siento —añade para dejar claro el mensaje.

Frunzo el ceño al tiempo que me giro y no por el fotógrafo... bueno, un poco sí.

—¿Qué fotos? —pregunto. El *timing* no decía nada de fotos.

—Lo de Insta ha sido una buena idea, pero que no os quepa duda de que, cuando esto se haga viral, los portales de Internet y las revistas querrán fotos y nosotros vamos a ponérselo así de fácil —explica con una sonrisa.

Troy y yo nos miramos y creo que los dos lo tenemos clarísimo. No vamos a volver a ese sofá por nada del mundo.

El fotógrafo llega con su ayudante. Parecen simpáticos y muy profesionales.

—¿Qué tal en la terraza? —propone—. La luz es genial.

Todos salen y, oh, sí, yo tengo que hacer lo mismo y no quiero. Con pies pesados y gimoteando, aprovechando que nadie me ve, me dirijo hacia la terraza.

—No te comportes como una cría y todo será mucho más rápido.

Por supuesto, él sí me ha visto.

—Fíjate si me importa poco tu opinión que ni siquiera me he dado cuenta de que estabas ahí —contesto fingiéndome muy dulce cuando lo que soy es muy insolente. Juro que me sale solo. El sello personal de la casa—. Este era un espectáculo privado —añado señalándome.

Él sonríe. Su media sonrisa arrogante y odiosa.

—Si estamos así es por tu culpa, nena. —*LO-O-DIO*—. Tendrías que haber dicho que no.

—Si estamos así es por el numerito que has montado en el sofá. Si no, ya nos habrían dado por imposibles y habríamos anunciado el compromiso por separado.

Qué feliz habría sido.

—Si algún día encuentras a un pobre desgraciado con el que casarte, seguro que tendrá que ser así.

Tuerce los labios fingiendo empatía por mí y yo le dedico mi sonrisa más falsa como muestra de agradecimiento eterno.

—En tu caso lo afirmo, será así, porque la chica que acepte casarse contigo sí o sí acabará secuestrada por su propia familia para impedir que cometa el mayor error de su vida.

—¿Secuestrada? —simula valorar mis palabras—. Así tendré más tiempo para mí.

—El fútbol es una amante exigente, ¿eh? —me burlo.

—*Amante*. Otra palabra que nunca conocerás.

—Nunca tendría un amante. Engañar de esa manera a otra persona es rastrero.

—Te entiendo, para tenerlo primero tendrías que conseguir que alguien aceptara ser tu novio.

Pero ¿qué coño...?

Lo fulmino con la mirada y él sonríe encantado por su broma.

—Cuando creo que no puedes ser más idiota, te superas.

—Un placer.

¡Dios! ¡Es insoportable!

Resoplo sin apartar la mirada de él para dejarle claro que le pegaría con algo si no hubiese tantos testigos y salgo a la terraza. Justo antes de girarme veo cómo sonríe, pero no su estúpida sonrisa de siempre, sino una de verdad. Los recuerdos lo arrasan todo dentro de mí sin pedir permiso y me acuerdo de todas las veces que he visto esa sonrisa porque es imposible olvidarla.

De pronto, estos últimos ocho años parecen haberse esfumado.

Cabeceo. Error. Reinicia.

Me obligo a olvidarme de cualquier cosa que tenga que ver con Troy y me concentro en Ariana, que un par de segundos después gira su móvil para enseñarme un panel de Pinterest. Está lleno de las típicas fotos que te aparecerían si buscaras «pareja enamorados». A ver, están... bien y seguro que tienen su público, pero yo las veo ~~muy~~ un poco cursis.

—¿Qué os parece algo así?

Ufff...

—Ni de coña —responde Troy, tengo que reconocer que salvándonos a los dos. En una de esas fotos estaban formando un corazón con los brazos vestidos a juego con jerséis muy feos.

La chica lo mira sin saber muy bien qué decir. La verdad es que ese tono no admite mucha réplica.

Leny se acerca a nosotros, coloca una mano en el brazo de cada uno y hace que nos alejemos unos pasos para ganar algo de privacidad.

—Sé que a veces puede resultar incómodo fingir determinados sentimientos —susurra, entrecomillando con los dedos— delante de una cámara, pero saldrá bien, confiad en mí —nos anima.

Pero, no, no nos animamos.

—¿Y si ponemos un poco de música? —propone el fotógrafo—. Para relajar el ambiente.

—Genial —secunda Leny, sacándose el teléfono del bolsillo.

Trastea unos segundos, imagino que en su Spotify, y de la nada *Ain't that a kick in the head?*, de Dean Martin, comienza a sonar. De una manera u otra, todos parecemos confusos por la elección.

—Un clásico —se explica encogiéndose de hombros.

—Hummm, vale —decide echarle un cable el fotógrafo corriendo un tupido velo—, ¿por qué no os ponéis por aquí?

Nos indica el centro de la terraza y, una vez más disimulando que lo estamos haciendo en contra de nuestra voluntad para que el señor fotógrafo no sospeche, nos colocamos donde nos indica.

Hace una foto, pero, teniendo en cuenta que de nuevo no estamos lo que se dice pegaditos, no creo que quede contento con el resultado.

—Estáis un poco tensos —comenta con toda la amabilidad del mundo viendo la imagen en la pequeña pantalla led de su cámara—. ¿Por qué no probáis a soltaros un poco? ¿Qué tal si bailáis?

Los dos negamos con la cabeza.

—Leny me ha contado que erais novios en el instituto —continúa señalándola vagamente—. Imagino que iríais juntos al baile de graduación.

—No éramos novios en el instituto —lo frena rápido Troy.

—Y no fuimos juntos al baile de graduación —suelto prácticamente al unísono.

Ese juego de palabras hace que nos busquemos con la mirada y creo que los dos recordamos el mismo momento a la vez. Efectivamente, no fuimos juntos al baile, mucho menos bailamos, y no creo que ninguno de los dos quiera recordarlo.

—Vale —contesta el fotógrafo alargando un poco las vocales sin perder la sonrisa, pero también sin saber cómo llevar esta situación—, podéis probar ahora, aunque imagino que ya habréis bailado alguna vez.

Queremos contestar que no, los dos, pero supongo que se nos debe de haber lesionado un chacra o algo místico justo ahora y no somos capaces de mentir.

—Acabemos con esto —murmura Troy girándose hacia mí y consiguiendo que solo yo pueda oírlo al tiempo que abre suavemente los brazos y me ofrece su mano para empezar a bailar.

—Lo hago porque quiero salir de aquí ya —le dejo claro, dándole la mía y caminando hacia él.

Troy coloca la que le queda libre en mi cintura y empieza a mecernos al ritmo de la música de Dean Martin cantando no sé qué acerca de un marinero con un agujero en su barco.

—Lo mismo digo —sentencia.

Al principio, como ha pasado en el sofá, la cosa no funciona. Parecemos descoordinados y sin ritmo, pero, yo qué sé, el poder de la música debe de surtir efecto porque poco a poco empezamos a movernos mejor y una sonrisa se cuela en mis labios.

—¿Qué? —pregunta Troy.

—No sé, pero creo que esta es la situación más surrealista que he vivido en mucho tiempo. Quiero decir —argumento mis palabras—, estoy en la terraza del ático más caro que he pisado en mi vida, bailando una canción de los sesenta con mi novio falso mientras nos hacen fotos y una pandilla de extraños muy simpáticos me observan. Como comprenderás, no es algo que me pase muy a menudo.

Rompo a reír antes de pronunciar la última palabra y Troy lo hace conmigo. Sí, definitivamente esta situación tan insólita ha podido momentáneamente con la ira homicida.

—Eso es —dice el fotógrafo, pero ninguno de los dos lo escucha.

Seguimos bailando cada vez con más ganas. Sin que nos demos cuenta, mis manos rodean su cuello y las suyas están en la parte baja de mi espalda y, que me maten, pero la verdad es que lo estamos pasando realmente bien.

Ni siquiera nos damos cuenta de que la canción termina.

—Lo sabía —comenta orgullosa Leny—, Dean Martin puede con cualquier problema.

Troy y yo nos separamos rápido, nos pedimos perdón aturdidos y apartamos la vista, pero apenas un segundo después no sabemos dónde mirar y por inercia nuestras miradas vuelven a quedarse enganchadas.

—Chicos, venid a ver —nos llama Leny observando lo que el fotógrafo le enseña en su cámara.

Vamos y la verdad es que me quedo boquiabierta con el resultado.

—¿Esos somos nosotros? —pregunto sorprendidísima.

—Sí.

Troy es injustamente guapo, así que no me asombra que salga precisamente así. Yo no soy muy fotogénica, por lo que estoy bastante orgullosa. Sin embargo, lo que más me llama la atención es cómo salimos... juntos. Viendo esta foto nadie podría decir que no somos una pareja feliz.

—Es una foto genial —se me escapa.

Y automáticamente me arrepiento de haberlo dicho en voz alta. Miro a Troy esperando su estúpido comentario, pero no lo hay porque tiene la mirada perdida en nuestra imagen. El corazón comienza a irme rápido de nuevo, como si estuviera a punto del esprint.

Como si algo le dijese que debe hacerlo, alza la mirada y me topo con un millón de tonos de azul.

—Hagamos otra —propone el fotógrafo—. ¿Qué tal una besándoos?

—No —contestamos al unísono alejándonos de la cámara, Leny y el fotógrafo como si los tres estuviesen en llamas.

—Creo que sois la pareja más celosa de su intimidad que he conocido nunca —comenta el fotógrafo sin poder guardárselo para sí un segundo más. No lo culpo.

—Sí, es que tienen muy interiorizado lo de huir de los *paparazzi* —bromea Leny para desviar la atención y nos mira con los ojos muy abiertos llamándonos al orden sin usar una palabra—. Besándose quizá sea demasiado, dejémoslo en un casi beso, muy romántico y juntitos.

Vamos a decir que no, otra vez a coro, pero Leny está empezando a cansarse de nosotros, tampoco puedo culparla por eso, y nos empuja para que vayamos hacia la barandilla de la inmensa terraza.

Intento huir, pero no tengo opción, así que... ¿saltar? Si esto no fuera el reino de los pijos, la piscina estaría abajo y yo podría marcarme un Tom Cruise. Caería en el agua y saldría echándome el pelo hacia atrás toda elegancia y después me despertaría del coma porque... si me tiro desde aquí, fijo que me doy contra el bordillo. El caso es que estoy otra vez a punto de estar demasiado cerca de la persona que siempre quiero tener lejos. Pero ahora sé lo que va a pasar. Esa es mi ventaja. No va a pillarme por sorpresa, así que puedo mantenerme fría como un ladrón de pingüinos profesional; esa es mi meta, nada me afecta, soy imperturbable.

—Solo tenéis que juntaros un poco más —nos pide el fotógrafo.

Imperturbable. Imperturbable.

Cada uno da un paso hacia el otro. Levanto la mirada y ese magnetismo animal a lo portada perfecta de disco de Guns N' Roses me sacude. ¿Por qué demonios tiene que ser tan atractivo?

—Un poco más.

Imperturbable es mi apellido.

Obedecemos. Nos acercamos. Su olor me marea en el mejor sentido que nadie haya inventado para una expresión. Dallas sesenta y tres pisos más abajo disfruta del sol, de la clorofila de los árboles y de las sonrisas de imaginarte el mar bañándote los pies.

Sus ojos también parecen el mar. Mi respiración se acelera, cada vez que mi pecho se hincha y se vacía choca contra el suyo. Mi imaginación vuela libre, pero se olvida del mar y nos dibuja besándonos, a Troy cogiéndome de las caderas y llevándome contra la pared, aprisionándome entre ella y su cuerpo, devorándome despacio, con ganas, con deseo, con una de sus manos en mi cuello, con la otra sujetándome el pelo alrededor de su puño.

—¿Podrías retocarle el peinado? —le pide el fotógrafo a Leny.

Un mechón se ha escapado de mi coleta y ni siquiera me había dado cuenta, pero Troy no da tiempo a que ella se acerque, mueve la mano suavemente pero lleno de seguridad y me mete el pelo detrás de la oreja. No levanta su mirada de la mía. Su mano se queda en mi mejilla un segundo de más antes de separarla lentamente.

Creo que se me ha olvidado un poco lo de ser imperturbable porque nunca me había latido tan deprisa el corazón.

Quiero que me bese. Nunca había querido nada tanto en veinticinco años.

—Lo tenemos —anuncia el fotógrafo.

—Genial —sentencia Leny.

Volvemos de una patada al aquí y ahora. Nos apartamos rápido buscando oxígeno y sentido común. Troy se pasa la mano por el pelo con la mirada perdida en el *skyline* de la ciudad y con ese gesto parece recuperar su autocontrol porque, cuando volvemos a mirarnos a los ojos, el odio parece haber vuelto a eclipsar todo lo demás.

31

Maya

Ocho años antes

Repasé el último modelo de ecuación, dejé el libro en la taquilla, la cerré y me dirigí a la clase de la señora García. Tenía examen de Cálculo. Me había pasado la noche entera estudiando.

Aún me quedaba medio pasillo para llegar cuando una puerta se abrió de golpe a unos metros de mí y dos chicos salieron peleándose. Maldita sea. Uno de ellos era Troy.

Cogió al otro tío de la camiseta y le dio un puñetazo que lo tumbó. Troy se arrodilló sobre él y volvió a golpearlo. ¡¿Qué demonios estaba pasando?!

Fui a separarlos, pero Billy Ray se me adelantó. El grandullón levantó a Troy cogiéndolo por los hombros y lo mantuvo lejos a empujones hasta que se giró al tiempo que se limpiaba la sangre del labio con el antebrazo y empezó a caminar en dirección contraria. Fue entonces cuando nuestras miradas se cruzaron.

La rabia apenas estaba contenida en sus ojos, como toda esa chulería y arrogancia, y estoy segura de que todos vieron eso, pero yo también vi que por encima de esas cosas, provocándolas, Troy lo que estaba era demasiado triste para respirar.

Lo observé hasta que se marchó por una de las salidas de emergencia. Yo... seguía recordando que tenía un examen, pero por primera vez desde que tenía uso de razón tenía claro que había algo más importante que debía hacer.

Seguí el mismo camino de Troy. Lo había perdido de vista, pero sabía dónde estaba. Llegué al estadio y me colé bajo las gradas.

—Troy —lo llamé acercándome a él.

—Maya —susurró al verme.

Sentí cómo el alivio le recorría cada centímetro, pero en el mismo segundo negó con la cabeza, como si sintiese que no se lo merecía.

—Márchate, por favor —me pidió dando media vuelta, alejándose de mí.

—No —contesté sin dudar.

No iba a marcharme. No iba a dejarlo así.

Se giró lo justo para mirarme por encima del hombro, otra vez el flequillo le caía rebelde y desordenado sobre la frente, casi tapándole los ojos. Parecía más peligroso que nunca, pero también más vulnerable.

—¿Qué ha pasado? —pregunté.

—Nada —respondió llevando su vista de nuevo al frente.

—No es verdad —insistí—. ¿Por qué te has peleado con ese chico?

—Por nada.

Estaba nervioso, estaba triste, cabreado. Estaba jodido. No hacían falta más palabras.

—Estás al límite —murmuré entendiéndolo a la perfección. Esas tres palabras le hicieron volverse despacio o quizá fue mi voz o el hecho de que al final daba igual cómo fuéramos de diferentes o que nos hubiéramos gritado que no nos conocíamos porque sí lo hacíamos—. Sé... Sé que sientes que, si justo ahora te caes, no vas a poder levantarte nunca más. —Mi voz se rompió un poco pero no perdió un ápice de seguridad. Troy me miró apretando los dientes, con los ojos llenos de lágrimas—. Pues bien, yo no pienso dejar que te caigas.

Resopló y el aire le salió a trompicones.

—Los padres de Simon han estado aquí. —El chico que murió en el accidente—. Me los he cruzado por casualidad y su madre... ella... me ha mirado como si odiase que estuviese aquí, como me miran mis padres cada puto día, Maya —rugió con la voz ronca.

Tragué saliva y di un paso hacia él. Podía entender a la madre de Simon, pero... yo... en realidad, no, maldita sea, había sido un accidente. Simon era su amigo. Troy nunca habría querido que las cosas terminaran así.

—Troy, lo siento. Sé que es duro, pero un día...

Él empezó a negar con la cabeza, a hundirse más y más, como si estuviera atrapado en arenas movedizas.

—Yo no conducía el puto coche.

—¿Qué?

—Fue Anthony. Le habían hablado de una jodida fiesta y se empeñó en ir. Él conducía —soltó de carrerilla. Cuando la verdad por fin estaba fuera hizo una pequeña pausa. Yo no podía estar alucinando más—. Su padre es un cabrón. Lo he visto acojonar a Anthony por estupideces. Si se enteraba de que había tenido un accidente borracho y con su camioneta, iba a matarlo, así que dijimos que conducía yo. Solo quería protegerlo —explicó encogiéndose de hombros, sintiéndose impotente—. Todos estábamos bien, fuimos al hospital, pero al día siguiente Simon murió por esa maldita hemorragia y Anthony me suplicó que siguiésemos con la mentira. Yo acababa de perder a un amigo y no quería perder a otro.

—Troy... —murmuré con el corazón latiéndome demasiado rápido—, ¿por qué no se lo contaste a tus padres?

—Lo intenté, pero no quisieron escucharme. Mi padre me miró a los ojos y me dijo que era lo peor que les había pasado, que prefería un millón de veces el dolor de ser el padre del chico muerto que la vergüenza de ser el de un estúpido irresponsable.

Los ojos se me llenan de lágrimas. ¿Cómo pudo decirle algo así?

—En mi casa todos me odian porque piensan que soy un monstruo que se cree con derecho a todo y yo sigo callado porque, después de tres años tratándome así, ¿cómo puedo estar seguro de que, si les digo la verdad, lo primero que harán no será ir a la policía para limpiar la puta imagen de la familia? —El corazón se me encoge un poco más porque a pesar de todo solo quiere cuidar de su amigo—. Yo no les importo, ¿por qué iba a importarles Anthony? Y de todas formas nada va a cambiar estos tres años. Mis padres no me quieren —sentencia con rabia, con dolor, muerto de miedo—. Mi familia no me quiere.

Ya no aguanté más, salí disparada y lo abracé con todas mis fuerzas. Allí estaban todas las pinceladas que sabía que faltaban. Troy no era como parecía que era y me daba igual que su corazón estuviese hecho pedazos porque era enorme.

32

Troy

Ha sido aún peor que besarnos. La tenía tan cerca que las ganas de tocarla me estaban volviendo loco. Me merezco una puta medalla por estarme quieto.

—La llevas a casa, ¿verdad? —me comenta Leny.

¿Qué?

Miro mal a la empleada de Gaz esperando a que se explique porque ni de coña puede ser lo que creo que es.

—Se supone que eres el novio de Maya —susurra mirando a todos lados para asegurarse de que ni el fotógrafo ni su ayudante nos oyen— y eso es lo que hacen los novios.

Le mantengo la mirada un poco más, siendo consciente de que la estoy intimidando para que pille el mensaje de lo poco que me importa lo que crea que debo hacer o lo que no, pero entonces pierdo la mirada a ningún sitio en concreto de mi izquierda al tiempo que me humedezco el labio inferior porque estoy pensando en el maldito plan, en la joyería y más que nada en ella, aunque es en lo último que debería pensar.

De entre todas las putas malas ideas que he oído a lo largo de mi vida, que Maya y yo finjamos estar juntos es de lejos la peor.

—Maya, nos vamos —prácticamente gruño caminando hacia la puerta.

Ella frunce el ceño confusa, pero lo disimula rápido para no levantar sospechas. Se despide de todos, recoge su bolsito y camina hacia la puerta, al principio, llena de seguridad, pero después ralentiza el paso, como si fuese un animalito entendiendo que va de cabeza al matadero. Sin embargo, claro, es Maya, que no se le olvide a nadie, y en cuanto se da cuenta de lo que ha pensado, endereza sus hombros y recupera toda esa seguridad. Puede que ahora la esté fingiendo, pero el mensaje que manda es claro: es la chica más valiente del mundo y puede enfrentarse a cualquier cosa. El inicio de una sonrisa se cuela en mis labios pero lo escondo rápido. Desde luego que sí.

Caminamos en el más absoluto silencio hasta el ascensor y seguimos así en el parking y durante el trayecto. Cuarenta minutos hasta su barrio. Odio este sitio. La verdad, no lo odiaba hasta que vine a traerle el anillo porque ni siquiera había estado aquí antes, pero ahora, joder, odio cada puto centímetro cuadrado, y no es porque la odie a ella, es porque odio que ella viva aquí. Es un vecindario pobre, peligroso. Me siento como me sentí hace ocho años cuando paré la camioneta en aquella calle de Dripping Springs donde tampoco había estado nunca hasta que Maya acabó allí. Siento la misma impotencia, la misma rabia, la misma frustración. Ella no debería vivir aquí y me da igual lo incongruente que suene.

—Es el número 78, en la tercera plant... —Su voz se apaga cuando recuerda que ya he estado aquí.

Me detengo frente a su edificio y, con la mano aún sobre el volante, echo un vistazo por la luna delantera. Estamos a plena luz del día y tiene una pinta horrible, imaginaos de noche.

Maya se quita el cinturón de seguridad y el ruido de la chapa saliendo del plástico resuena en el silencio del interior del coche como si hubiese sido un trueno. Es curioso cómo las cosas pueden cambiar aunque la camioneta sea la misma.

—¿Por qué el fotógrafo pensaba que fuimos novios en el instituto? —pregunta.

Suena con una mezcla de curiosidad, confusión y enfado. Supongo que está esperando a saber si fui yo para cabrearse del todo o no.

Dudo sobre si contarle la verdad o asumir la responsabilidad solo por fastidiarla un poco. No sé por qué, pero fastidiarla es muy divertido.

—Fue cosa de Gaz —respondo al final. Ha ganado el sentido común, supongo—. Pensó que nuestra historia colaría más así.

Maya se toma un momento para pensar en lo que acabo de decirle y asiente suavemente. Imagino que le gusta tan poco como a mí, pero es lo que hay.

—Debería resultarnos gracioso, ¿no? —añade—. Tú y yo en el instituto fue un...

—¿Desastre? —la ayudo a encontrar la palabra adecuada.

Ella vuelve a pensarlo, aunque esta vez solo necesita un microsegundo, y asiente repitiéndola en un susurro.

—Supongo que no había ninguna posibilidad de que saliera bien —pronuncia con la mirada perdida al frente.

—Supongo —respondo mirando por mi ventanilla.

Todavía no he levantado mi mano del volante y diría que es extraño, pero es que no lo es. Lo extraño es esta conversación, que estemos consiguiendo ser civilizados dos minutos enteros, pero es que tampoco, porque antes lo éramos, antes nos encantaba pasar tiempo juntos. Esta camioneta era nuestro lugar favorito del mundo.

Un movimiento llama mi atención al otro lado de la calle. Ajusto la mirada y una mueca de fastidio se cuela en mi expresión en cuanto tengo claro lo que es.

—Hay un *paparazzi* ahí enfrente.

No señalo, pero Maya no lo necesita para entender a dónde me refiero y se asoma discretamente a mi ventanilla.

Debe de habernos seguido desde mi casa. Tienen este vehículo fichado, otro motivo más por el que debería deshacerme de él. La verdad es que ni siquiera sé por qué no lo he hecho ya.

—Genial —gruñe dejándose caer de nuevo en su asiento.

—No voy a poder dejarte aquí. Está esperando hacer alguna foto que merezca la pena: o el beso de despedida, o, una vez que el vídeo se viralice dentro de unas horas, por qué no se dieron un beso de despedida.

Estoy harto.

Sabía que la prensa sensacionalista iba con el *pack* de estrella de fútbol y hasta hace muy poco me importaba una mierda. Hacía lo que quería cuando quería. El problema es cuando a esa frase tienes que ponerle un pero y ya no es lo que te dé la gana y nada más.

—¿Y qué hacemos? No puedo quedarme eternamente aquí. Hoy tengo turno en la fábrica.

Frunzo el ceño.

—¿Fábrica? Creía que trabajabas en el *catering*.

—Y trabajo en el *catering*, pero así es imposible pagar el alquiler, las facturas y darme caprichos como... comer, así que también trabajo en la fábrica.

Algo se revuelve incómodo dentro de mí. ¿Necesita dos trabajos para mantenerse? Eso significa que trabaja, ¿cuánto?, ¿doce horas al día? ¿Cuándo descansa? Me obligo a recordarme que eso no es mi puto problema y lo dejo estar.

—Bueno, ¿qué hacemos? —retoma el tema.

—Subo contigo. Espero cinco minutos y bajo solo.

Por suerte esta vez la solución es fácil.

—Vale —responde saliendo.

En cuanto hago lo mismo, por el rabillo del ojo puedo ver a ese idiota moverse y, aunque no noto el flash ni nada de eso, sé que nos está fotografiando.

—Este es mi humilde castillo —anuncia abriendo la puerta y pasando primero al apartamento—. No te digo bienvenido porque no lo eres —me deja claro quitándose el bolso y dejándolo sobre un pequeño mueble entre la puerta principal y la de la cocina.

—Ya lo imaginaba —contesto o gruño, yo qué sé.

—Los cinco minutos empiezan ya —me advierte dirigiéndose imagino que a su habitación. La oigo quitarse los zapatos y lanzarlos a alguna parte.

Yo miro el reloj y resoplo. Estos cinco minutos se me van a hacer eternos. Avanzo un par de pasos y echo un vistazo a mi alrededor sin demasiado interés. El piso es enano... y viejo, pero entonces empiezo a darme cuenta de todos los detalles, de cada cosa que ella ha colocado para que parezca un poco más suyo, y no puedo evitar sonreír porque, sí, es enano y viejo, pero ella ha conseguido que sea un hogar.

—¿Todavía estás en contacto con Tilly? —pregunto mirando una foto enmarcada en una estantería. Tilly era su otra mejor amiga aparte de Tate. Están las dos y otra chica más que no conozco pero que me suena, creo que estaba en la piscina con Maya la noche que nos reencontramos.

—Sí, claro —responde entrando en la cocina. Un hueco de ventana doble la comunica con el salón—. Ahora es un poco más complicado porque se ha mudado a Houston con su mujer, pero intentamos quedar todo lo que podemos y también está el FaceTime. Y tú, ¿sigues en contacto con los chicos?

—Más o menos.

No con todos y no de forma regular, pero lo intento. Sobre todo con Billy Ray.

Maya aparece en el salón con el paso lento. Se detiene a menos de un metro de la puerta de la cocina y levanta la cabeza buscando mi mirada. Duda si preguntar y yo ya sé cuál va a ser la pregunta.

—¿Y con Anthony?

—No.

Con esa única palabra muevo la mirada y atrapo la de ella, que ya me esperaba. Los dos sabemos lo que ha querido preguntar y también que va más allá de cómo me lleve o no con el que era uno de mis mejores amigos en el instituto, aunque está claro que eso sí que terminó como debía.

El silencio vuelve a hacerse con el ambiente aunque tiene un sentido completamente diferente. Tate, Anthony, el puto Roosevelt High...

Suelto todo el aire de mis pulmones sin poder levantar los ojos de Maya. Ese siempre ha sido su superpoder, hacer que me sea imposible dejar de mirarla.

—Lo siento de verdad, Troy. Siento que las cosas sean así.

Niego con la cabeza. Me niego a que la conversación vaya por ahí.

—Ya está olvidado —digo tras torcer suavemente los labios apenas un segundo y obviamente miento—. Las cosas son como son y ya está. Me he acostumbrado.

La conozco y sé que quiere decir algo, como que nadie podría acostumbrarse a eso, pero se calla porque, al final, por muy triste o injusta o feliz y justa que sea la historia, estamos hablando de mí y me odia.

—Troy... —Pero Maya Smith no se rinde nunca y da igual que también la odie porque siempre adoraré eso de ello. Es la chica más especial de todo el jodido mundo.

—¿Qué? —susurro con la voz ronca.

—Ya han pasado los cinco minutos.

Por supuesto.

Dibujo mi sonrisa más engreída como escudo, dejo la foto de Tilly sobre la estantería y voy hasta la puerta. Doce pasos. Juro que no doy más, pero me sirven para ver que una de las ventanas del salón no cierra bien, que la puerta es vieja y tiene una seguridad de risa, que no hay aire acondicionado y que la calefacción será igual de antigua que todo lo demás.

—El portero tiene la copia de tu llave —digo como si nada, sin dejar de caminar, fingiendo que ella también tiene claro de qué estoy hablando.

Maya frunce el ceño.

—¿Mi llave? ¿De qué?

—Gaz te lo ha dicho, ¿no? —contesto deteniéndome frente a ella, separados por unos metros de salón—. Tienes que mudarte a mi casa. Nadie se creerá que vamos a casarnos si no vivimos juntos.

Maya abre la boca toda dignidad dispuesta a gritarme que quién me creo que soy para dar por hecho que, de vivir juntos, lo haremos en mi ático y no aquí. Yo enarco una ceja con una media sonrisa de lo más arrogante retándola a que continúe, pero ella misma se calla y resopla enfadada.

Mi sonrisa se hace un poco más grande, aunque en realidad no debería estar sonriendo. ¿Qué coño he hecho? ¿Voy a tenerla en mi casa, revoloteando a mi alrededor todo el maldito día? ¿Por qué lo he hecho? Y lo que es más jodidamente frustrante de todo, ¿por qué tengo clarísimo que, si me viera un millón de veces en esta misma situación, volvería a hacerlo un millón de veces más?

Encima tengo que llamar a Gaz para que me cubra con Maya. Me espera una conversación muy divertida. Va a descojonarse de mí.

33

Maya

Me gusta mi apartamento. Soy consciente de que no es el mejor lugar de la ciudad, que no tiene aire acondicionado, que la calefacción es un desastre, como las ventanas o la escalera de incendios, que el desagüe se atasca más veces de las que me gustaría y que la potencia de la ducha es de risa... Sí, es un desastre total y absoluto mientras que el ático de este idiota es como un sueño inmobiliario precioso, acogedor y con piscina.

Resoplo sonoramente. Odio que tenga razón.

—Tráete lo que quieras —me ofrece y está siendo... amable—, pero, si veo cualquier cosa remotamente de chica en mi salón, la quemo.

Pongo los ojos en blanco. Ahí está el encanto de Troy Carson.

—Esperaré a que te pires y lo pintaré todo de rosa chicle —lo amenazo.

Sonrío enseñándole todos los dientes para fastidiarlo y doy media vuelta sobre mis pies descalzos para volver a la cocina. Me estoy preparando un sándwich. Estoy muerta de hambre.

Sin embargo, tomándome por sorpresa, cuando me he alejado unos pasos, Troy rompe a reír. Cada una de las células de mi cuerpo reconoce ese sonido y la idea viaja rápido por mi cerebro hasta estallar llena de recuerdos y felicidad.

Me giro porque es completamente imposible que no lo haga y ahí está, maldita sea, el sonido más bonito del mundo.

—Tendré que poner cámaras de seguridad —me advierte divertido.

—No van a detenerme —contesto contagiada de su humor.

—Lo imaginaba.

Troy se va y yo tardo un segundo de más en dejar de mirar la puerta y volver a la cocina. ¿Qué demonios ha pasado? ¿Se puede tener enajenación mental transitoria compartida?

Me encojo de hombros y me pongo en marcha.

Trabajando empiezan a asaltarme algo así como un millón de dudas, que se intensifican cuando no soy capaz de conciliar el sueño y empiezo a dar vueltas en la cama sin parar. Mudarme a casa de Troy, aunque lógico en este plan absurdo, es una malísima idea. ¡Tendré que vivir con él! ¡Nos odiamos! ¡A muerte! ¿Qué puede salir de ahí más allá de acabar en las noticias? «Joven de Dripping Springs arrestada después de matar al quarterback estrella de los Cowboys de Dallas. El arma utilizada: el propio ego del jugador de fútbol. Era tan grande que lo estranguló con él.»

Mañana tengo que ir a la oficina del señor Harlesson para ver si es posible evitar todo eso de mudarnos o, al menos, retrasarlo todo lo posible. Una piscina, unas vistas espectaculares y el piso más alucinante de la ciudad no merecen el riesgo de acabar en prisión. Si quiero disfrutar otra vez de la piscina del Endeavor volveré a colarme... o puede que finja un matrimonio con Raymond Casalengo. «Joven de Dripping Springs se casa con hombre de ochenta y dos años y acaba matando a su vecino, la estrella de fútbol Troy Carson. "Es que su ego de verdad que era muy grande", declaró ella.»

34

Maya

Ocho años antes

No tenía ni idea de qué éramos Troy y yo, pero sí que no quería que dejáramos de serlo por nada del mundo.

Nos pasábamos horas y horas juntos, charlando de todo, tocándonos, riendo, en su camioneta, bajo las gradas, en las escaleras que subían a mi apartamento. Cuando me quedaba a pasar la noche en casa de los Carson, esperaba a que Tate se durmiese, atravesaba el pasillo con el corazón a mil y nos encerrábamos en su habitación. A veces, Troy trepaba por la celosía que recorría mi edificio y se colaba por mi ventana.

Cada vez era más intenso y cada vez sentía que lo necesitaba más y más.

En muchas ocasiones traté de arreglar la imagen que Tate tenía de él. Si lo conseguía, ella podría ayudarme con sus padres. Cynthia y Trevor adoraban a su hija, lo que la convertía en la mejor manera de llegar hasta ellos. Pero Tate no daba su brazo a torcer. No dejaba de repetir lo del accidente, que Simon había muerto y que a Anthony podría haberle pasado lo mismo. En todas esas veces, la verdad me ardía en la punta de la lengua solo para hacerle ver lo equivocada que estaba, pero no podía traicionar a Troy así.

Tate, cuando intuía que estaba defendiendo a Troy, me cosía a preguntas que esquivaba como podía, para acabar recordándome nuestro juramento.

Yo me sentía muy culpable, quería a Tate como si fuese mi hermana, pero no quería renunciar a Troy.

Por otra parte, él y yo jamás hablábamos de lo que éramos, como si a los dos nos asustara pronunciarlo en voz alta por si el otro desaparecía.

Ni siquiera vi venir cómo se desmoronaría todo.

—Maya —me llamó Kyle en mitad del aparcamiento del instituto.

Estaba a unos metros de la camioneta de Troy. Iba a llevarme a casa aprovechando que Anthony y Tate se habían escapado a la cascada. Billy Ray y él ya me esperaban.

—¿Es verdad? —me increpó en cuanto me giré—. ¿Tú y el capullo de Carson estáis juntos?

Me puse blanca como el papel. Nadie podía saberlo. Tate no podía saberlo.

Troy solo necesitó verme la cara un segundo para saber que algo no iba bien y corrió hacia mí seguido de su amigo.

—Eso no... —No quería decir que era mentira. Me enfadaba tener que esconderlo como si me avergonzara—. ¿Cómo lo sabes?

—Sue Collins os vio juntos el otro día.

En ese momento llevó su mirada hasta Troy, que se había detenido a unos pasos con las manos en los bolsillos de la beisbolera pero claramente en guardia, dándome mi espacio para que resolviera aquello como considerara oportuno, pero preparado por si lo necesitaba, y supongo que esa fue toda la confirmación que Kyle necesitó.

—¿Cómo puedes estar con alguien como él? —preguntó mi ex con odio.

La discusión empezó a llamar la atención de los que estaban en el parking.

—Tú no lo conoces —le advertí.

—Y tú tampoco, Maya. ¿Es que no piensas? Sé que crees que todo el mundo es bueno, pero no es así. No eres capaz de ver que va a hacerte daño.

Desde que habíamos roto, puede que desde antes y yo no hubiese querido verlo, Kyle me trataba como si lo necesitase para que cuidase de mí como si yo fuera demasiado ingenua y eso empezaba a sacarme de quicio. Cuidar de las personas que te importan es algo bellísimo; hacerlas sentirse idiotas porque no ven las cosas como tú y recordarles constantemente que te necesitan, es mezquino.

—No soy ninguna estúpida, Kyle. Sé cuidar de mí misma.

—¿Seguro? Porque yo creo que no. Estás dejando que él haga contigo lo que quiera, igual que dejas que lo haga tu tía.

Al oírlo, bajé la cabeza. Aquel comentario fue como si me dieran un puñetazo en el estómago. Sabía que mi tía no era perfecta y que a veces prefería olvidarse de mí, pero era la única familia que tenía y la quería.

—Tú y yo tenemos que estar juntos —insistió—. Es nuestra historia, ¿recuerdas? Los amigos que se quieren tanto que se enamoran. ¿Vas a renunciar a eso? —dijo cogiéndome de las muñecas—. Nuestra historia es la buena, Maya —añadió con demasiada vehemencia.

Me solté y di un paso atrás abrumada.

—Te estás equivocando y te vas a arrepentir —continuó. Yo no quería escucharlo, pero el miedo me tenía clavada en el suelo— porque vas a sentirte aún más sola.

Todo se quedó en silencio.

Todo dolió.

Pero entonces sentí sus manos agarrar las mías y supe en el mismo segundo que se tocaron que era Troy.

Se inclinó sobre mí y su cálido aliento calentó mi oreja.

—No le escuches, Maya —me susurró—. No te veas como él te ve. Tú eres fuerte y valiente. Solo tienes que confiar en ti. ¿Sabes por qué te llamo bicho raro? —preguntó y, aunque no lo vi, supe que estaba sonriendo—. Porque eres rara, pero no en el sentido de extraña. Tú eres especial.

Levanté la cabeza siguiendo sus palabras y fue como si de pronto alguien hubiera llenado de energía todas mis reservas.

—No me estoy equivocando por no querer estar contigo, Kyle —contesté dando un paso adelante—. No voy a arrepentirme y que elija no ser tu novia no implica que vaya a estar sola.

¡Uau! Fue un subidón en toda regla. Sentí que me estaba eligiendo a mí.

—Espero que seas muy feliz con otra chica y, si en algún momento quieres que volvamos a ser amigos, siempre voy a estar aquí, pero escúchame bien: nunca vuelvas a tratarme como si fuera idiota por no querer lo que tú quieres.

Asentí para reafirmarme en lo que acababa de decir y me giré para marcharme. Troy dio el primer paso para colocarse a mi lado. Lo cerca que habíamos estado, que en ese momento nos marcháramos juntos, no se le escapó a ninguno de los que observaban.

—Lo eliges a él —casi gritó Kyle con despecho, aún más enfadado—. Es el mismo tío que me dio una puta paliza y ordenó que me diesen otras dos. ¿Acaso no te importa? —Una punzada de culpabilidad me atravesó—. ¿Y tú quieres que seamos amigos?

Troy se dio cuenta de cómo me afectó y se volvió hacia Kyle al tiempo que negó con un resoplido en los labios.

—¿En serio eres tan imbécil? —lo increpó dando un paso hacia él—. ¿Por qué no le explicas a Maya por qué te di la paliza?

La expresión de Kyle cambió por completo, como si acabase de darse cuenta de que él mismo había cavado su propia tumba.

No contestó. Solo tartamudeó algo que ni siquiera entendí.

—¿A qué viene esto? —pregunté confusa.

—Billy Ray —lo llamó Troy—. El móvil.

El grandullón fue hasta Kyle. Lo sujetó de la camiseta con una mano y con la otra le quitó el teléfono. Kyle se resistió, pero no le valió de nada. Yo estaba flipándolo. Nuestro público, también.

—Desbloquéalo —le ordenó Billy Ray.

—Troy, vamos —le suplicó Kyle.

—Seguro que ni siquiera lo has borrado —pronunció Troy mirándolo a los ojos. Sin piedad.

El grandullón lo zarandeó un poco y Kyle dibujó el patrón en su móvil. Billy Ray lo soltó y le entregó el *smartphone* a Troy.

—Troy, ¿de qué va esto? —le exigí saber colocándome frente a él.

Él trasteó un poco en el teléfono y me lo entregó. Había una especie de app de mensajería abierta, pero no la conocía. Tardé un par de segundos en darme cuenta de que era el chat privado de un videojuego, solo que Kyle y sus amigos no estaban hablando de ninguna partida, estaban hablando de chicas del Roosevelt High.

—La primera vez que mandé que los chicos lo asustaran fue porque descubrimos que este gilipollas y sus amigos habían estado hablando de la hermana de Steve Grandano en ese chat. Tenían una especie de *ranking* con las chicas del instituto, qué le harían a quién, cómo. Le advertí que borrara esa basura y dejaran de hablar, pero él decidió pasar.

Rebusqué en los mensajes. Encontré el *ranking*. Era asqueroso. Las chicas estaban divididas en categorías y Kyle y sus amigos opinaban sobre ellas.

—La segunda fue porque nos enteramos de que no solo había seguido con toda esa mierda, sino que hablaban de una chica en concreto con la que uno de ellos pretendía acostarse en una fiesta. Decían todo lo que podía hacerle y todo lo que podía hacer si no se dejaba.

Me moví por el chat hasta dar con esos mensajes. Había auténticas barbaridades, desde echarle algo en la copa «para que no protestara» hasta esparcir rumores sobre ella si no hacía lo que quería. Todos daban ideas, lo animaban y se reían, incluido Kyle.

—¿Cómo pudiste? —murmuré enfadada y decepcionada sin poder apartar mi vista de la pantalla.

—Y juro por Dios que si cumplían, dejaban de comportarse como cabrones, cerraban el chat y borraban toda esa mierda, iba a dejarlos en paz.

—Lo cerré —gimoteó Kyle.

—No lo cerraste, solo cambiaste de juego —le recordó Troy— y tuve que darte una puta paliza porque hablaste de Maya —siseó intimidante.

—¿Qué? —pronuncié sin poder creerlo.

Salí, abrí otro juego. Nada. Otro. Nada. Con el cuarto, lo encontré. Mi nombre. Y tuve ganas de vomitar.

—¿Cómo pudiste? —le escupí.

—Vamos, no iba en serio —contestó a la defensiva—. Solo eran charlas con los colegas. Él lo sacó de contexto para apartarte de mí. ¿Es que no eres capaz de verlo?

Otra vez tratándome como si fuera idiota.

—Si eso fuera verdad, Troy me lo habría contado antes, Kyle —le hice ver porque, obviamente, ¡el único tarado allí era él!

¡¿Cómo no pude darme cuenta antes de cómo era?!

—Maya, venga, no nos hagas esto.

—Cállate de una vez —lo interrumpí caminando hacia él— y vete al infierno —le dejé claro poniéndole su estúpido teléfono en el pecho.

—Billy Ray —lo llamó Troy.

Sin dudarlo, el grandullón cogió el móvil y literalmente se lo partió en dos. Lo mejor, le devolvió los dos trozos.

—La próxima vez que te digamos que borres algo, lo borras —sentenció Billy Ray.

Yo observé a Kyle negando con la cabeza, hirviendo de pura rabia. ¡Dios, quería darle un puñetazo, pero es que ni siquiera valía la pena!

Troy me pasó el brazo por el hombro para que empezáramos a caminar.

—Maya —me llamó Kyle cuando comencé a alejarme. Pasé de él—. ¡Maya! ¡Solo eres el entretenimiento del quarterback y cuando se canse de ti ya no valdrás nada!

Los tres nos paramos en seco. Troy fue el primero en volverse y fue directo a por Kyle. Lo encaró y al imbécil de mi exnovio y nunca jamás mejor amigo de nuevo le temblaron las piernas.

—Háblale así otra vez y estás muerto —rugió Troy y fue una maldita promesa.

Pero sorprendiéndolos a todos, asistentes al espectáculo incluidos, fui yo la que le dio un puñetazo a Kyle en toda la cara. Se tambaleó y estuvo a punto de caerse.

—Sé defenderme sola —le dejé claro a Kyle.

Troy sonrió orgulloso.

—Claro que sí —añadió.

Y los tres nos marchamos juntos mientras Kyle se lamentaba y todos nos observaban.

35

Maya

Me bajo del autobús y camino el par de metros que me separan del AT&T Stadium. Nunca deja de llamarme la atención lo gigantesco que es. Además, tiene ese punto, no sé, en plan Coliseo romano de «hay que ser un guerrero lleno de valor para pelear aquí» que hace que no puedas apartar la mirada.

Entro y avanzo por el entramado de pasillos.

—Dejadme en paz, joder.

Automáticamente frunzo el ceño. Es su voz, pero suena rara, como si no fuera él del todo.

Me giro hacia el sonido y mi confusión se multiplica. Me dirijo hacia allí.

—Cállate de una vez y sigue andando —responde East... ¡Maldita sea, ¿por qué soy tan mala para los apellidos?! Es otro jugador de los Cowboys.

También está Nick y están tratando sin ningún tipo de éxito de sacar a Troy, borrachísimo, de aquí.

—¿Qué pasa? —inquiero cuando estoy lo suficientemente cerca sin poder guardarme la pregunta ni un solo segundo más.

Los tres se giran y llevan su vista de inmediato hacia mí. Nick e East, con una mezcla de preocupación porque alguien lo vea así y alivio porque ese alguien haya sido yo. Pero Troy, su mirada es diferente. Sus ojos, más salvajes que nunca, atrapan los míos y me mantiene la mirada con esa arrogancia pero con muchas cosas más, diciéndome sin palabras que odia esto, que odia comportarse así, lo perdido que se siente, lo triste, cuánto necesita que alguien lo coja de la mano y le demuestre que no está solo.

—Tenemos que sacarlo de aquí y llevarlo a casa —me explica East—. Es mejor que el entrenador piense que está enfermo a que lo vean en este estado. Si el viejo se entera, lo despedirá.

—¿Quién es el viejo? —indago confusa.

—El dueño.

Mierda.

Se oyen ruidos. Gente charlando, caminando hacia aquí. ¡Mierda otra vez!

—No hay tiempo de llevarlo hasta el aparcamiento. A los vestuarios —azuzo a los chicos para que separen a Troy de la pared—. Rápido.

Pero él no se deja.

—Troy, joder —lo reprende Nick—. Van a echarte. ¿Eso es lo que quieres?

—Estoy cansado de todo —responde Troy girando la cabeza hacia su amigo sin separarla de la pared.

Nick lo mira a los ojos, se nota que le duele de verdad, que Troy le importa.

—Tío, vamos... —le pide casi desesperado.

Troy vuelve a mover la cabeza y su mirada vuelve a atrapar la mía. Esos ojos siempre han sido como un maldito océano con las olas chocando una y otra vez contra los acantilados.

—Si dejas que el viejo te vea así, cuando se te pase la borrachera, te vas a arrepentir —trata de hacerle entender East.

Pero él no se mueve, no levanta su mirada de la mía. La conexión que siempre tuvimos empieza a hacerse más fuerte, aunque no sea lo que ninguno de los dos quiera, porque jamás podremos apagarla.

Troy no bebe porque quiera vivir en una maldita fiesta continua, bebe porque necesita olvidar, porque está demasiado roto por dentro, porque los pedazos son demasiado pequeños y está asustado. Y solo. Lleva once malditos años sintiéndose así.

No lo pienso y probablemente debería pero es que me da igual, y alzo el brazo ofreciéndole mi mano, frente a él, a un puñado de pasos.

Troy me ve. La conexión brilla hasta cegar todo lo demás. Mueve su mano, agarra la mía y el mundo empieza a girar a otra velocidad porque por una milésima de segundo hemos tenido claro que podíamos enfrentarnos a cualquier cosa.

Tiro de él sin separar nuestras miradas y doy un paso hacia atrás. Troy me sigue. Nuestros dedos entrelazados. Mis pies guiando los suyos hasta el vestuario. Escoltados por sus amigos. Las voces suenan cada vez más cerca, pero no pasa nada porque estaremos a salvo.

East cierra las puertas justo a tiempo. Nadie nos ve. Seguimos con las manos agarradas. Los dos giramos la cabeza despacio hasta volver a encontrarnos, hace ocho años que me volví adicta a ese azul, me ha costado ocho años aprender a olvidar ese azul.

—Nena...

Y la palabra se evapora de sus labios cuando pierde el sentido. East y Nick se dan prisa en agarrarlo antes de que caiga desplomado al suelo. Mejor, así no pueden ver la lágrima que está cruzando mi mejilla y que me seco rápidamente mientras miro a cualquier otro sitio y ellos se llevan a Troy.

—Hay que despertarlo. Obligarlo a andar —digo reconduciéndome y corriendo hasta la inmensa mesa donde hay preparado un enorme dispensador de Gatorade y un centenar de vasitos de cartón apilados a su lado. También hay agua y zumos energéticos—. ¿No hay café? —pregunto casi desesperada. Cómo es posible que tengan de todo y no haya un maldito café.

—En el despacho del entrenador —me avisa East—. Voy a buscarlo.

Se asoma con cuidado antes de abrir y sale disparado. Me aseguro de que la puerta está bien cerrada y no se oye ninguna voz viniendo hacia aquí y corro de nuevo hasta Troy.

—Tiene que caminar —hablo otra vez, tomándolo de un brazo para ayudar a Nick.

Troy no deja de murmurar cosas sin sentido; mueve las piernas torpemente, pero apenas es capaz de mantener los ojos abiertos.

—Puedo solo —comenta Nick echándose todo el peso de su amigo al costado, apartándome de él.

Frunzo el ceño. No es el mejor momento para fijarme en este detalle, pero creo que no le caigo muy bien.

East llega con el café en tiempo récord. Lo obligamos a tomárselo y a seguir caminando, pero no deben de haber pasado más de cinco minutos cuando de nuevo un grupo de personas charlando suenan cada vez más cercanas.

—El entrenamiento empezará en un rato —masculla East mirando la puerta.

Joder.

—Tenemos que esconderlo —propongo—. Vosotros deshaceos de quien sea que esté viniendo.

Nos movemos rápido. Vamos a las duchas. Es un vestuario *top* de un estadio *top*, así que aquí son individuales. Empujo a Troy, pero a mí tampoco pueden verme. La puerta se abre en el otro extremo del vestuario. Son varios tíos del equipo. Mierda. Mierda. ¡Mierda!

Sin pensarlo, doy un paso en el interior de la ducha. East cierra la puerta y de pronto estoy encerrada con Troy, cara a cara, en un cubículo que no debe de medir más de... un millón de problemas cuadrados.

Tiene que pasársele la borrachera o lo pillarán. Esto tampoco lo pienso y sin lugar a dudas también debería porque abro el grifo de agua fría ¡y los dos nos mojamos en cuestión de segundos! Aguanto un grito. Joder, ¡está helada!

El vestido se me pega a la piel. Mis latidos empiezan a acelerarse. Miro a Troy, que se echa el pelo hacia atrás para apartárselo de la cara.

Sus ojos vuelven a atrapar los míos. Hay tanta verdad en la manera en la que me mira, tanta complicidad, tanta intimidad. Me da igual que solo sea una mirada y que las reglas digan que unos ojos no pueden decir tanto porque lo hacen.

Levanta la mano y sus dedos acarician suaves, casi efímeros, mi cadera.

Mi respiración se acelera, como la suya, como un maldito remolino. Todo mi cuerpo siente el calor de sus dedos en mi piel, luchando contra el frío del agua, venciéndolo por goleada.

—Lo que más me ha costado en la vida es aprender a no echarte de menos, bicho raro —susurra con la voz ronca.

Me pierdo en el azul más salvaje del mundo. El corazón me late tan deprisa que me duele. Estamos demasiado cerca. Estoy sintiendo demasiadas cosas, cosas que están prohibidas para mí porque es él.

Sus dedos se mueven. Más piel. Más caricia. Más ganas.

—Ya se han ido —nos avisa East abriendo la puerta de golpe.

36

Maya

No sabía lo que decía. Estaba borracho. El alcohol le ha hecho bajar la guardia y ha soltado una estupidez que, por supuesto, no piensa. Eso es lo que llevo repitiéndome los últimos veinte minutos, pero una parte de mí no parece captar el mensaje. Es la misma que se queda enganchada a esos ojos absolutamente en contra de mi voluntad. Es una parte estúpidamente kamikaze.

Se oye un suave ruido y la puerta del vestuario visitante se abre. Troy entra y cierra con cuidado a su espalda. East y Nick lo trajeron aquí prácticamente a rastras después de que perdiera el conocimiento de nuevo en la ducha casi en el mismo segundo en el que su amigo abrió la puerta.

Nos ha costado dos cafés más, pero se ha despertado y, lo que es más importante, se le ha pasado la borrachera. Eso sí, debe de tener una resaca brutal. Se lo merece.

Me ajusto la toalla y me siento en uno de los sillones de una de las taquillas. Esta sala es casi idéntica al otro vestuario pero en una versión menos detallista. Todavía llevo el vestido empapado. Tengo que llamar a Marlow y pedirle que me traiga ropa seca, aunque ahora mismo está trabajando, igual que Andie.

—Toma —dice lacónico ofreciéndome unos bóxers, un pantalón

de chándal corto y una camiseta. No necesito preguntar para saber que es su ropa.

No me da opción a contestar nada y camina hasta la otra punta de la habitación. Supongo que debe haberse cambiado en su vestuario porque lleva los pantalones del uniforme y la camiseta ajustada sin mangas que llevan bajo las protecciones.

Parece enfadado, mucho.

—Date la vuelta —le ordeno.

Sé que podría buscar algún sitio donde cambiarme, pero no quiero perder más el tiempo. Paso de que me pillen aquí con Troy y, aunque eso ya no sería tan peligroso para su carrera, no me apetece lo más mínimo convertirme en la comidilla de nadie.

Troy obedece y yo me levanto.

—¿Estás mejor? —pregunto un poco a regañadientes. A ver, sigue sin ser mi persona favorita, pero es obvio que no lo está pasando bien.

—Estoy bien. —Otra vez las palabras mínimas para transmitir el mensaje.

Pongo los ojos en blanco. Es un idiota y un capullo y estoy empapada por su culpa, al menos podría...

—¿Y tú? ¿Estás bien?

No me esperaba la pregunta. Eso también es bastante obvio.

—Sí. Solo necesitaba ropa seca.

Me quito la toalla y rápidamente me pongo la camiseta, asegurándome primero de que Troy sigue de espaldas.

—Troy... —lo llamo, pero dudo porque no tengo ni la más remota idea de cómo preguntar lo que quiero preguntar—, ¿recuerdas lo que has dicho?

—¿Cuándo?

—Antes, en la ducha.

Me pongo los bóxers y los pantalones.

Un par de segundos de silencio.

—No.

Dejo escapar todo el aire de mis pulmones. No sé si eso es lo que quería oír o lo que no. «Solo estaba borracho —me digo por trillonésima vez—. No le des más importancia. ¿Por qué demonios no puedo dejar de revivir ese momento una y otra vez?»

La ropa me está enorme, así que empiezo a doblar la cintura del pantalón tratando de ajustarlo de alguna manera.

—¿Qué coño hacías aquí? —inquiere malhumorado, como si fuese incapaz de contener más esa pregunta en sus labios.

Me anudo la camiseta a la espalda.

—Tenía que ver al señor Harlesson...

—No me refiero a en el estadio, Maya —me interrumpe—. ¿Qué hacías en los vestuarios, en la ducha, ayudándome?

¿Qué?

Ahora yo también estoy enfadada. Mucho. Cojo la toalla y mi vestido empapado de malos modos.

—Pues justamente eso, idiota desagradecido —le espeto caminando hacia él—, ayudarte, aunque claramente no te lo merezcas.

Mis pasos le hacen girarse. Cuando nos quedamos frente a frente, me barre de arriba abajo con la mirada y tengo la sensación de que eso tampoco ha podido evitarlo, como si verme con su ropa hubiese significado más.

—Eso es —ruge eliminando la poca distancia que nos separaba—, no me lo merezco. Así que no entiendo por qué no eres capaz de dejarme en paz.

¿En serio? ¿Eso es lo único que tiene que decir? Mi enfado, pero también la decepción, se multiplican por mil.

—Soy imbécil —sentencio con la rabia saliendo a borbotones de mi piel—. No sé cómo he podido preocuparme por ti aunque hayan sido cinco minutos. Te odio y eso es lo único que pienso sentir por ti. Solo quiero que este año termine lo más rápido posible, acabar con el trato y no tener que volver a verte jamás.

Ojalá nunca hubiésemos vuelto a encontrarnos.

—Aceptar este estúpido trato contigo ha sido el mayor error de mi vida —pronuncia sin dudar.

—Tú has sido el mayor error de la mía.

Yo tampoco dudo. Le lanzo la toalla al pecho y echo a andar con el paso firme y acelerado. Cuando la puerta de los vestuarios se cierra a mi espalda, sin poder controlarlo, los ojos se me llenan de lágrimas. Hemos vuelto a hacernos daño hasta los huesos. ¿Siempre va a ser así? ¿Siempre vamos a tener este poder sobre el otro? Cabeceo. Solo quiero poder deshacerme de Troy. Mirarlo y no sentir nada.

37

Maya

Ocho años antes

Después de lo que había pasado sabía que era cuestión de horas que Tate se enterara de todo. La llamé por teléfono para ser yo quien se lo dijera, pero no hubo manera. Nunca me respondía las llamadas ni los mensajes si estaba con Anthony.

Tendría que ser al día siguiente en el insti y estaba claro que no le iba a gustar.

Mi tía, que iba a llevarme aquella mañana, se había dejado las llaves, casa y coche, en el de su amiga Joana cuando la trajo anoche después de que se tomaran unas copas. De las de casa obviamente se dio cuenta al momento, yo también cuando tuve que levantarme a abrirle a las tres de la madrugada, pero de las del coche no fue consciente hasta que no pudo abrir su Honda para marcharnos. Le dejé las mías de casa, volvía antes que yo, y tuve que correr para pillar el bus y de todas formas acabé llegando tarde. Prometía ser un gran día.

Troy me estaba esperando en mi taquilla.

—Hola —lo saludé con una sonrisa. Mi humor había mejorado instantáneamente porque puede que no supiera qué éramos pero me alegraba muchísimo verlo. Siempre—. ¿Qué haces aquí? —pregunté abriendo mi casillero y sacando los libros que necesitaba.

—Solo quería saber si estabas bien —contestó con la espalda apoyada en la taquilla de al lado.

Sonreí de nuevo. Como ya lo tenía cerca, estaba mucho mejor.

—Estoy bien, gracias. —Cerré el casillero y también me apoyé en el metal.

Nos miramos a los ojos y como cada vez nos quedamos enganchados.

—Y te he traído algo. —Se me iluminó la mirada y Troy sonrió—. Es una tontería —me aclaró metiéndose la mano en el bolsillo trasero de los vaqueros—, pero lo encontré en mi habitación y me recordó a ti.

Era una lata pequeña del tamaño de una de caramelos Altoid. Era verde agua y tenía unas banderas dibujadas en la parte frontal.

—Es una especie de atlas —dijo.

Mi sonrisa se ensanchó y la abrí deprisa. Contenía un montón de tarjetas, cada una de un país. Te enseñaba la bandera y un montón de datos de interés, como su capital, número de habitantes o qué monumentos no te podías perder.

—Me encanta —respondí cerrándola de nuevo.

Era un regalo precioso y el hecho de que me lo hubiese traído porque le había recordado a mí me gustaba aún más.

—Gracias.

—No hay de qué.

Por Dios, me moría de ganas de besarlo y Troy sintió lo mismo porque su mano se acomodó en mi cuello, se inclinó sobre mí y me besó. El mejor beso del mundo.

—No me lo puedo creer, joder.

Tate.

Me separé de golpe y me sentí culpable en el mismo segundo.

—Me he peleado con Geena cuando me lo ha dicho esta mañana —continuó dando un paso hacia mí— y resulta que es verdad. ¿Estás con mi hermano? ¿Cómo puedes hacerme esto, Maya?

—Tranquilízate, ¿vale? —le pedí—, y vamos a hablar.

—Yo no tengo nada que hablar contigo —respondió condescendiente y, aunque en aquel momento no supe verlo, también con malicia—. Eres una traidora de mierda.

—Tate —rugió Troy dando un paso adelante.

Yo lo miré y negué con la cabeza pidiéndole que no se metiera o todo sería aún más complicado.

—No te he traicionado —reencaucé la conversación con ella, aunque, en realidad, sí lo había hecho... o no. Éramos amigas, lo que yo sentía también debía importar—. Vamos al césped y hablemos tranquilamente.

—No vamos a ir a ninguna parte porque no hay nada de que hablar —me dejó claro cruzándose de brazos—. Esto es muy sencillo, Maya, tienes que elegir: él o yo.

—¿Qué? —murmuré.

—Es una estupidez —gruñó Troy.

Pero ella me mantuvo la mirada sin una pizca de compasión. Miré a Troy con la respiración entrecortada y el corazón en la garganta. Yo... no quería tener que escoger. No podía. Tate era mi mejor amiga desde siempre.

—Lo siento —susurré. Era una pesadilla.

Tate sonrió con altivez dando por hecho que había ganado.

—No puedo perder a Troy.

La frase salió de mis labios antes de que hubiera cristalizado en mi mente porque había elegido mi corazón y, una vez que la pronuncié, todo mi cuerpo le dio la razón. No quería escoger, pero, si tenía que hacerlo, mi respuesta era Troy porque acababa de entender que estaba enamorada de él.

—¿Cómo puedes hacerme esto? —repitió Tate dolida.

—Lo siento —repetí yo.

Troy avanzó hasta colocarse a mi lado, diciéndome sin palabras que estaba ahí para mí.

—Eres una persona horrible —sentenció mi mejor amiga negando con la cabeza, despreciándome.

—Lárgate —le advirtió Troy.

Ella se fue y las primeras lágrimas cayeron por mi mejilla. Troy me abrazó con fuerza y me agarré a su beisbolera de los Hawks. Tate era como mi hermana, pero ya no era capaz de renunciar a él.

El día pasó lento y raro. Troy se ofreció a llevarme a casa, pero preferí estar un rato sola y pensar. El aire fresco y dar un paseo siempre funcionaban cuando quería relajarme o aclarar las ideas... bueno, eso último casi siempre. Es complicado.

Cuando llegué a mi edificio, ya había anochecido, pero el camino me había servido para llegar a unas cuantas conclusiones. La primera, quisiera o no, me asustase o no, estaba enamorada de Troy. ¿Cómo había dejado que pasara? Lo teníamos todo en contra. Éramos muy diferentes y los dos teníamos una mochila llena de problemas, pero, más que nada, Troy se había convertido en la persona más importante de mi vida y después de mis padres, de Tate, me negaba a perder a nadie más y si él no sentía lo mismo, o si lo sentía, lo intentábamos y salía mal, eso sería lo que ocurriría.

Llamé a la puerta, pero nadie me abrió. Me asomé a la ventana, mi tía no estaba. ¿Dónde se había metido? Se suponía que debía haber llegado del trabajo hacía dos horas. La llamé pero no contestó, así que le dejé un mensaje... que tampoco respondió. No me quedó otra que sentarme en las escaleras a esperar.

Tenía hambre y, aunque se suponía que ya no había que preocuparse por el frío, sin el sol, el viento y la maldita humedad te calaban hasta los huesos. Solo quería acurrucarme en el sofá con un sándwich y una mantita y hacerme un maratón en Netflix hasta quedarme dormida.

Volví a llamar. Volvió a no contestar. Y a la tercera vez que lo intenté, mi móvil murió. Genial. Pensé. Podía ir andando a casa de Troy... No. Tate no me quería allí y no quería que Troy discutiese con ella por mi culpa y la relación con sus padres empeorara aún más. Estaba Tilly... Opción descartada. Vivía demasiado lejos.

Miré a mi alrededor. Evalué mis opciones. Me activé. No podía entrar en casa, pero eso no significaba que no pudiese aprovechar el tiempo. Saqué mis libros y empecé a hacer deberes y estudiar.

No sé cuánto tiempo pasó cuando cambié de asignatura, no tenía reloj de pulsera, pero lo que llevaba en aquella escalera empezaba a parecerme una eternidad. Estaba muerta de frío.

—Maya —me llamó la señora Wong abriendo la puerta lo justo para poder asomar la cabeza—, ¿qué haces ahí? Es muy tarde y hace frío. Vas a constiparte.

—Estoy esperando a mi tía.

Mi vecina negó con la cabeza con desaprobación. No era la primera vez que veía algo parecido.

—Pasa —dijo haciéndose a un lado con la puerta—. Te haré sopa para que entres en calor.

—Muchas gracias, señora Wong —acepté recogiendo mis cosas deprisa y levantándome.

Por desgracia, mi vecina no tenía móvil, así que la posibilidad de un cargador quedaba descartada, pero me dejó quedarme a dormir en su sofá y menos mal. A la mañana siguiente, cuando intenté entrar en casa para ducharme y cambiarme, mi tía aún no había aparecido.

Llegué al instituto de un humor de perros con la ropa del día anterior y sin duchar.

Troy se las apañó para colarme en los vestuarios del equipo para que pudiera ducharme y me prestó una camiseta y su beisbolera de los Hawks para cambiarme. Gracias a Tilly y a su cargador portátil, mi teléfono volvió a la vida.

Una chica no llevaba la beisbolera de un chico a no ser que esa chica significase algo para ese chico y quisieran que todo el instituto lo supiese. En nuestro caso, no fue que les pillara de nuevas después del numerito de Kyle en el aparcamiento, pero la confirmación la obtuvieron con aquel cambio de vestuario. Sobra decir que a la persona a la que menos gracia le hizo de todo el Roosevelt High, y tuve que lidiar con muchas miradas asesinas de *groupies*, fue a Tate.

Aun con todo, el día estaba siendo normal. Era viernes. Los Hawks jugaban en casa y todo el instituto estaba en la asamblea de ánimo al equipo.

—Solo necesito coger una cosa de mi taquilla y podemos irnos al gimnasio —le dije a Tilly.

—Esa beisbolera te queda genial —comentó con una sonrisa enarcando las cejas.

Una sonrisa muy boba se coló en mis labios. La verdad es que me encantaba llevarla. Olía a Troy y era como tenerlo cerca.

—Maya.

Frunci el ceño. Era la voz del director Becker.

—¿Sí?

Me giré y la confusión y, sobre todo, el miedo crecieron hasta hacer sombra en un solo segundo. El director estaba con una mujer que no había visto en mi vida y un ayudante del sheriff.

—¿Mi tía está bien? —pregunté casi en un tartamudeo.

Di por hecho que estaba con sus amigas o con un ligue y se había olvidado de mí, pero quizá le había pasado algo... Dios, por favor, que no le hubiera pasado nada.

—Tu tía está bien, Maya —respondió la mujer—. Me llamo Francis Rossum y soy de Servicios Sociales. Tienes que venir conmigo.

—¿Qué? ¿Por qué?

—Hemos recibido una denuncia acerca de que tus condiciones de vida no son las más idóneas. Necesitamos comprobarlo.

—Eso no es verdad —repliqué a toda velocidad—. Estoy bien.

—Eso es lo que vamos a comprobar —insistió haciéndose a un lado, invitándome a que empezara a caminar.

Miré a Tilly sin saber qué hacer. Ella me devolvió la mirada igual de desconcertada y asustada que yo.

Me llevaron al despacho del orientador McCartney y, con él presente, la trabajadora social me hizo mil preguntas: si alguna vez mi tía me había dejado uno o varios días sola, si solía haber comida en la nevera, por qué no estuvo conmigo en el hospital, si en ese momento sabía dónde estaba.

No fue bien.

Salimos del instituto y me llevaron a la comisaría. El sheriff, sus ayudantes, la asistente social, todos fueron muy amables conmigo, pero es que yo no quería estar allí.

Consiguieron localizar a mi tía y, al llegar, fue su turno de responder muchísimas preguntas. Parecía cada vez más agobiada y no tardó en romper a llorar mientras se explicaba agitando las manos.

—Maya —me llamó mi tía entrando en la salita de descanso donde me habían pedido que esperara.

—¿Estás bien? —pregunté acelerada—. ¿Qué está pasando? ¿Dónde estabas?

Ella se sentó en la silla frente a la mía al otro lado de la pequeña mesa redonda.

—Ayer claramente se me fue de las manos —contestó poniendo los ojos en blanco. El maquillaje se le había corrido alrededor de ellos—. Fui a tomarme una copa después del trabajo y yo... no tendría que haberlo hecho.

Parecía triste de verdad, no como siempre que se disculpaba y sabía que volvería a hacer lo que fuera que hubiese hecho en un par de días. Supongo que lo del sheriff y los Servicios Sociales nos había asustado realmente a las dos.

—No te preocupes —respondí—, pero ¿podemos irnos ya?

No quería estar allí.

Ella sonrió, aunque no le llegó a los ojos y me cogió las manos.

—No quiero que te asustes ni te preocupes, ¿vale?

—Tía, ¿qué pasa?

Estaba nerviosa, como si una parte de mí ya lo supiese.

—Ellos dicen que es lo mejor y yo también lo creo, ¿sabes?

—Tía...

—Van a mandarte a un sitio donde van a cuidar mucho mejor de ti.

No. No. No.

—No, tía, por favor...

—Yo siempre me olvido de llenar la nevera o de que tengo que recogerte y esas cosas.

—Todo eso me da igual. —Las lágrimas empezaron a caer, pero me las sequé rápida. Estaba nerviosa, angustiada... Maldita sea, estaba muerta de miedo—. Por favor, no lo hagas. Tía, por favor.

—Es lo mejor para ti, Maya —contestó sorbiéndose la nariz— y también para mí.

Se levantó, me agarró la cabeza y me dio un beso en el pelo mientras yo no dejaba de negar y suplicar.

—Vas a estar muy bien —susurró apoyando su mejilla en mi coronilla—. Te quiero muchísimo —su voz se rompió—, de verdad.

Se separó y fue hacia la puerta.

—Tía, por favor. —Salí tras ella—. Tía.

La asistente social que esperaba en la puerta me detuvo agarrándome.

—¡Tía! —grité llorando—. ¡Tía, por favor!

Pero. Nada.

38

Troy

Ocho años antes

Entramos en los vestuarios haciendo bromas y riendo como siempre. Me encantaba estar allí. El fútbol me había dado muchas cosas, pero, sobre todo, me había hecho sentir parte de algo más grande que yo, que seguiría en pie cuando yo no estuviera. Un juego que, por muy bueno que seas, jamás podrás ganar solo.

Sonreí, pero en ese momento ya no tenía nada que ver con el fútbol. En ese momento era por ella. Maya lo había cambiado todo. Me había demostrado que las cosas podían ser diferentes; que el hecho de que la gente que se suponía que te querría incondicionalmente no lo hiciese no significaba que nunca nadie fuese a hacerlo. Pero no solo eso, se había arriesgado por mí. Cuando Tate la obligó a elegir, francamente, pensé que la había perdido, pero entonces ella me escogió a mí.

Nunca me había latido tan rápido el puto corazón.

—¡Troy! —gritó Tilly entrando en los vestuarios—. Joder —masculló poniéndose las palmas de las manos en las sienes a modo de anteojeras al darse cuenta de que la mayoría de mis compañeros ya se estaban cambiando y, más que nada, cuando ellos, divertidos, empezaron a protestar.

La observé llegar hasta mí, la verdad es que flipándolo un poco. ¿Qué hacía allí?

—Es Maya —soltó faltándole el aire por la carrera hasta los vestuarios, demasiado preocupada—. Los Servicios Sociales se la han llevado.

¿Qué?

Salí disparado sin mirar atrás. No había olvidado el partido ni que era su capitán. Sabía que era importante, pero es que, simplemente, ella lo era más.

Conduje todo lo deprisa que pude hasta la comisaría. Era como un puto *déjà vu* del hospital.

—Hijo, ¿no estás en el partido? —preguntó el sheriff extrañado al verme.

Nunca agradecí tanto que fuera el padre de Billy Ray como en aquel momento. Me explicó que alguien había denunciado que Maya no vivía en buenas condiciones bajo el cuidado de su tía y Servicios Sociales había intervenido. Lo peor: después de hablar con su tía, ella decidió ceder la custodia de Maya al estado. Yo era consciente de que su tía no era el mejor adulto responsable con el que contar, pero no se trataba de eso. Maya la quería. Era toda la familia que le quedaba. No querría separarse de ella.

Cuando el sheriff abrió la puerta de la sala de descanso, el corazón me cayó destrozado a los pies. Maya estaba llorando, acurrucada en una silla. Todavía llevaba mi beisbolera. Estaba sola y odié esa puta palabra como no la había odiado antes en toda mi vida.

—Nena —la llamé caminando hacia ella.

—Troy —sollozó levantándose, abrazándose a mí.

La estreché con fuerza. Quería protegerla. Quería llevarme todo el maldito sufrimiento.

—Me ha abandonado —pronunció con la voz entrecortada y el corazón encogido—. Le he pedido que no lo hiciera, pero se ha marchado igual. Ya no tengo a nadie.

—Ey —la llamé separándome para poder mirarla a los ojos, apartándole el pelo de la cara—, me tienes a mí. Siempre vas a tenerme a mí.

Me observó con esos ojos grandes y castaños y comprendí muchas cosas en un solo segundo: haría cualquier cosa por ella y me daba igual lo que costara en general, lo que me costara a mí, porque estaba enamorado de ella.

La puerta se abrió y una mujer, imaginé que la trabajadora social que había ido a buscarla al instituto, entró. Solo me costó un instante reconocer la maleta de Maya y sobre ella el abrigo de su madre en el pasillo. Su tía debía de haber recogido sus cosas. Dijo que iban a llevarla a una casa de acogida. Maya empezó a negar con la cabeza muerta de miedo, agarrándose a mi camiseta. Yo la estreché de nuevo contra mí.

—Maya —insistió la mujer.

—Denle un momento —pedí.

Uno de los ayudantes del sheriff se acercó para llevársela.

—No quiero ir —sollozó.

—Maya —volvió a llamarla.

—No pueden llevársela. —La protegí con mi cuerpo.

—Hijo —intervino el padre de Billy Ray.

Su ayudante intentó apartar a Maya. Traté de retenerla. El sheriff me sujetó a mí. Maya se agarró a mí.

—¡Troy! —me llamó desesperada.

—¡Maya!

Nos separaron. Estiramos las manos. Nuestros dedos se encontraron una última vez.

No dejaba de llorar.

El ayudante del sheriff se la llevó seguido de la mujer.

—Es lo mejor, hijo —no paraba de repetirme el padre de Billy Ray—. Hazme caso, es un buen sitio.

Pero no me importaba.

Eché a correr. Salí de la comisaría. Estaban a punto de meterse en el coche. Maya me vio, se escabulló de ellos, corrimos y volvimos a abrazarnos.

—Te prometo que voy a arreglarlo —le dije.

No sabía cómo, pero tampoco me importaba. No iba a abandonarla.

Volvieron a apartarla de mí y la montaron en el coche. Dejé la mano en la ventanilla, tratando de tocarla a ella, Maya hizo lo mismo sin parar de llorar. ¡Eso no podía estar pasando, joder!

Me pasé las manos por el pelo, dejándomelas en la cabeza, observando el coche de policía alejarse. Tenía que hacer algo.

Entré en casa acelerado llamando a mi padre. Mi madre me vio, pero como siempre ni siquiera me dirigió la palabra.

—Papá —repetí entrando en su despacho.

No me miró. Dolió, pero me dio igual. Luchar por Maya era más importante.

—Maya ha acabado en una casa de acogida. Todo ha sido muy rápido. Está... está muy asustada. —Un fogonazo de ella llorando agarrándose a mi camiseta me sacudió por dentro—. Ella podría quedarse aquí. Tú, solo tendrías que ir a hablar con Servicios Sociales. Yo... por favor.

Era consciente de que estaba sonando nervioso, desesperado, pero no se me ocurría nada más rápido para sacarla de allí.

Él siguió revisando sus documentos e imaginé que estaba dándole vueltas al tema. Un segundo, dos. Mi pie se movía a toda velocidad, golpeteando mi deportiva una y otra vez contra el suelo. Iba a volverme loco. Por fin se levantó y rodeó su mesa, leyendo los papeles que llevaba entre las manos.

—¿Ahora te preocupa alguien que no seas tú, Troy? —dijo esquivándome para simplemente marcharse de la habitación—. No creo que los padres de Simon piensen lo mismo.

Me quedé clavado al suelo de aquel despacho como si mis pies estuvieran recubiertos de cemento, sin mover un solo músculo, con los ojos llenos de lágrimas y aguantando el golpe.

—Maya ya no es bienvenida a esta casa después de lo que le ha hecho a Tate —sentenció justo antes de salir.

¿Qué?

Eso me reactivó. Corrí al cuarto de mi hermana y entré sin llamar.

—Fuera —fue su saludo.

—Necesito que hables con papá. Se han llevado a Maya a una casa de acogida. Si tú se lo pides, dejará que se quede aquí.

—Yo no pienso hacer nada —contestó sin levantar la mirada de su móvil, sentada en su cama—. Maya me traicionó.

—Es tu mejor amiga —repliqué con rabia, sin poder creerme lo que acababa de oír, aunque no sé de qué me sorprendía. Tate siempre había sido así.

—Era. Te eligió a ti, ¿recuerdas? —respondió con malicia.

Apreté los dientes guardándome las ganas de destrozar la puta habitación a golpes.

Di media vuelta para largarme. No podía perder más tiempo.

—¿Te das cuenta? —pronunció cuando estaba a punto de salir—. Destrozas todo lo que tocas. Si Maya siguiese siendo mi amiga, ahora estaría aquí y, por tu culpa, ha acabado en un hogar de acogida completamente sola.

Mi hermana era un puto monstruo.

Volví a montarme en la camioneta. Juro que pensé en todo, pero no sabía qué hacer. Billy Ray convenció a su padre para que me diera la dirección de la casa de acogida. Tenía que verla. Tenía... no lo sé, pero tenía que arreglarlo.

Estaba en un barrio a las afueras, casi en el límite de Dripping Springs. Todas las casas eran iguales, rodeadas de un pequeño jardín de tierra sin césped que algunas de ellas usaban para apilar trastos.

Maya estaba sentada en el último escalón de un rudimentario porche. Seguía llorando, bajito, y su pecho se levantaba con cada sollozo.

Aparqué, salté la pequeña valla metálica y corrí hasta ella. Me senté a su lado y la abracé con fuerza y, en cuanto lo hice, Maya se hizo pequeña contra mi pecho. Estaba destrozada, joder.

—He intentado que dejaran que te quedaras en mi casa, pero...

—¿Mis padres me odian tanto que jamás me ayudarían? ¿Mi hermana es una arpía mimada y manipuladora? ¿Las dos putas cosas?—. No sé cómo, pero voy a encontrar la manera de sacarte de aquí.

Ella no dijo nada, solo se agarró a mí.

Oímos pasos y un hombre corpulento con barba gruesa y oscura salió a la puerta con la asistente social. Debía de ser el dueño de la casa.

—Maya, tienes que entrar —dijo la mujer.

Ella negó con la cabeza.

Miré a la trabajadora social, ella me mantuvo la mirada y vocalizó sin emitir ningún sonido: «Pónselo fácil».

Yo tragué saliva. Por muy poco que me gustase, Maya tendría que pasar al menos esa noche en aquella casa. La mujer tenía razón. Podía hacerlo todo más complicado o podía ayudarla a que las horas siguientes fuesen lo más fáciles posibles.

Me giré hacia ella y le di un beso en el pelo.

—La casa parece bonita y grande —susurré esforzándome en sonar seguro— y se oye a mucha gente dentro. Será divertido. —Ella sollozó contra mi pecho. Apreté los dientes. Lo único que quería hacer era llevármela de allí—. Sé que parece duro, pero podrás con esto. Tú puedes con todo, bicho raro.

Maya levantó la cabeza buscando mi mirada y yo le limpié las lágrimas con los pulgares.

—Va a pasar. Te lo prometo —sentencié sin dudar—. Pero ahora tienes que entrar.

Cogí su preciosa cara entre mis manos y la besé en los labios. El alivio fue instantáneo para los dos. Las ganas de sacarla de allí, de protegerla, crecieron más y más. El león rugió más fuerte que nunca. Y necesité repetirme en todos los idiomas que conocía que estaba haciendo lo mejor para ella.

Nos separamos. Me puse de pie y la ayudé a hacer lo mismo.

—Aquí hay unas reglas que debes respetar —le explicó el hombre—. Nada de móviles después de cenar, los chicos no pasan de la valla —continuó mirándome a mí— y la mesa siempre se bendice. ¿Entendido?

Maya asintió.

—¿Esa es su beisbolera? —le preguntó señalando mi chaqueta de los Hawks que ella llevaba puesta.

—Sí, señor.

—Pues devuélvesela.

Nos miramos. Ella no quería quitársela ni yo que lo hiciera, pero discutir con él no iba a traer nada bueno.

Maya obedeció y me la dio.

—Ahora ya puedes entrar.

Volvimos a mirarnos. Era obvio que no quería hacerlo, pero también que era la chica más valiente del mundo y no iba a rendirse.

—Te recogeré mañana para ir a clase —le dije.

—De eso nada —respondió el hombre adelantándose a lo que Maya pensase contestar—. Cogerá el autobús escolar con sus hermanas.

Apreté los puños con demasiada rabia y no sé cómo coño conseguí quedarme callado. Maya entró y el hombre cerró la puerta.

Me quedé allí mirando la madera con una mezcla de enfado e impotencia que me agujereó las putas costillas.

—Vamos —me obligó a moverme la trabajadora social.

Salimos del jardín y caminamos un poco más hacia mi camioneta.

—Sé que es duro —dijo la mujer deteniéndose. Yo hice lo mismo—, pero Maya ha tenido mucha suerte. Los Esteban son una buena familia. La casa está limpia, hay comida y, lo más importante, se preocupan por los chicos que acogen. Son estrictos, pero cuidarán bien de ella.

Miré la casa. Di una bocanada de aire cargada de rabia y, joder, de miedo, y deseé con todas mis fuerzas que fuese verdad.

39

Maya

—Maya —oigo que me llaman desde el fondo del pasillo y, con la voz, un par de pies caminan rápidos hacia mí.

Cabeceo y respiro hondo para deshacerme de las lágrimas.

—¿Sí? —pregunto girándome.

Es el señor Harlesson.

—Mi secretaria me ha dicho que querías hablar conmigo. Estoy a punto de entrar en una reunión con algunos directivos, pero, si te da tiempo de contármelo en lo que dura un café, podemos solucionarlo ahora.

—Claro.

El director deportivo asiente y me hace un gesto para que lo acompañe. Sé que se fija en que llevo ropa de Troy, pero no dice nada. Mejor. Un par de minutos después estamos en la cafetería reservada para el personal y, por supuesto, para los jugadores que así lo deseen.

Pedimos dos cafés y nos sentamos en una de las mesas junto a los enormes ventanales con vistas al campo de fútbol, el corazón del estadio. El equipo está entrenando. Me prohíbo mirar ni una sola vez.

—¿En qué puedo ayudarte? —pregunta.

—Ayer Troy me dijo que usted y su equipo habían decidido que debía mudarme a su ático.

El señor Harlesson me mantiene la mirada y asiente.

—Sí —contesta escueto.

—Entiendo todo eso de que no sería creíble que no viviésemos juntos teniendo la oportunidad de hacerlo si vamos a casarnos, pero me preguntaba si sería posible retrasarlo un poco.

La camarera llega con nuestros cafés. Los dos se lo agradecemos. El señor Harlesson coge el sobrecito de azúcar y lo sacude un par de veces antes de abrirlo y echarlo en su expreso doble.

—Como tú misma has dicho, resultaría muy extraño y, sobre todo, sospechoso, que no vivieseis juntos. No podemos permitirnos que la prensa empiece a desconfiar.

Maldita sea. Esa era justo la respuesta que no quería.

—Está bien —me rindo.

Sin darme cuenta, mi mirada vuela al césped. Están haciendo un partido de prueba o algo parecido. Troy esquiva a dos jugadores, lee la jugada a la perfección y lanza la pelota directa al receptor a más de treinta yardas. ¿Cómo demonios es posible que pueda hacer eso cuando hace una hora estaba literalmente inconsciente? Supongo que eso es a lo que se le llama estar en una forma física envidiable.

El entrenador llama a Troy. Él se levanta el casco, escucha y asiente. Vuelve a dejárselo caer y camina hasta la línea de ataque. Se humedece el índice y el anular y se coloca en posición. Todo el campo se queda en silencio mientras él canta la jugada, mientras todos lo escuchan.

Se inclina, cada músculo de su cuerpo se tensa expectante, pero ahora mismo su mente está clara, lista, preparada para ganar cueste lo que cueste.

Grita «hault», la jugada comienza, cascos chocando, cuerpos dándolo todo y recibe la pelota. Esquiva, amaga el lanzamiento y corre, corre y corre. Están a punto de placarlo, pero él consigue evitarlo y esta vez sí lanzar la pelota hasta el número ochenta y cuatro, que anota un touchdown.

Es alucinante.

—Maya...

—¿Sí? —pregunto volviendo a la realidad y a esta mesa.

Por la manera en la que el señor Harlesson sonríe, está claro que no es la primera vez que me llamaba.

—Perdone, me he distraído.

—Sin problemas —contesta y juraría que en esa frase hay cierto tonillo—. Es una excelente noticia que te guste el fútbol porque a partir de ahora tendrás que venir a ver los partidos.

Definitivamente, había tonillo, director deportivo descarado.

Voy a protestar, pero me doy cuenta de que no puedo porque ya fui informada de que tendría que venir a ser la hincha número dos millones de Troy Carson.

—Jugaremos contra los Cardinals el jueves —me informa—. Ya me he encargado de que la prensa sepa que estarás.

Ufff...

—Podrás verlo desde el palco privado de Troy.

Ufff x 2. A saber cuántas supermodelos, rubias, morenas, pelirrojas y demás colores han visto sus partidos desde allí.

—Vas a estrenarlo.

Frunzo el ceño.

—¿Acaban de remodelarlos?

—No —responde mirando el reloj y terminándose el café de un trago; sea donde sea que va, ya va tarde—. Normalmente los jugadores compran ese tipo de *boxes* para que su familia pueda venir a verlos jugar y la de Troy nunca lo ha hecho.

El corazoncito me pierde un latido. No es justo.

—Siento no poder quedarme más rato, pero me están esperando.

Asiento diciéndole sin palabras que no se preocupe.

—Yo también tengo que marcharme. Tengo turno en una hora.

—Nos vemos el jueves —me recuerda—. Ah —añade cayendo en la cuenta de algo—. También hay una fiesta, el sábado, un evento benéfico de los Cowboys. Al señor Johnston —Joe Johnston, el dueño del equipo— le encantaría que estuvieras.

Otra vez asiento. Otra vez genial. Un nuevo sitio en el que tendré que estar con Troy sin poder huir. Debería haber pedido dos millones de pavos y un viaje a las Maldivas para desestresarme.

El señor Harlesson se marcha y yo, sin quererlo o puede que ahora un poco sí, vuelvo a mirar al césped. Mis ojos no necesitan más que un segundo para encontrar a Troy. Su familia... ellos... Jamás seré capaz de entender cómo pueden hacerle tanto daño.

40

Troy

Lo recuerdo TODO. Ella ofreciéndome su mano, yo cogiéndola y siguiéndola porque a veces creo que, si me dejase llevar, podría acompañarla al fin del mundo. Lo que le dije. No mentí. Aprender a no echarla de menos es lo que más me ha costado en la vida, pero ¿en qué coño estaba pensando para pronunciarlo en voz alta? Supongo que ahí está la cosa: había conseguido apagar los putos interruptores, dejar de pensar.

El portero automático suena. Me acerco a la elegante y discreta consola negra y pulso el botón que me comunica directamente con el portero, físico, del edificio.

—¿Sí, Ronnie?

—Señor Carson, la señorita Smith... —oigo cómo ella le pide que la llame Maya e involuntariamente una sonrisa se cuela en mis labios—... Maya está aquí. ¿Quiere que le entregue la llave que me dejó para ella?

—Sí, gracias.

Cuelgo, abro la puerta y me apoyo en el quicio con las dos manos a la espalda y la mirada en el ascensor. Apenas un minuto después, un pitido indica que las puertas van a abrirse y Maya aparece con una mochila a la espalda, arrastrando una maleta rosa chicle y quedándose embobada con cada detalle del pasillo.

—¿Qué pasa? —pregunto exclusivamente para fastidiarla. Es demasiado divertido—. ¿El pasillo de la planta de Raymond Casalengo no está tan conseguido?

Ella me mira sin un gramo de arrepentimiento en esos ojos castaños.

—El de Raymond es mejor. Me estaba preguntando cómo fuiste tan tonto de no darte cuenta de que la agente inmobiliaria te estaba timando —responde pasando a mi lado y entrando.

—Adelante, por favor —digo todo ironía cerrando la puerta.

—Faltaría más. Te recuerdo que ahora este ático de pacotilla también es mi ático de pacotilla.

—¿Se te ha olvidado que estamos fingiendo?

—Claro que no. ¿Crees que, si esto fuera de verdad, viviría en un picadero lleno de los fantasmas de los polvos pasados?

—Y los que quedan... —dejo en el aire engreído e impertinente encogiéndome de hombros.

—Pobres inocentes incautas —sentencia y sé que no se está riendo de ellas, se está riendo de mí—. ¿Mi habitación?

Yo me humedezco el labio inferior manteniéndole la mirada y, la verdad, aguantando una sonrisa. Siempre me ha gustado su sentido del humor, incluso cuando lo usa para tocarme la moral (claramente ahora).

—Ahí. —Señalo la puerta del dormitorio principal.

Maya, sin moverse del sitio, se inclina para asomarse, incluso levanta una pierna para ganar en equilibrio, y yo tengo que contener otra sonrisa.

—Pero esa es tu habitación.

—Es la única que hay —acelero la conversación.

Maya suelta un bufido.

—No pienso dormir contigo —me deja claro.

—¿Quién te ha invitado? —le dejo claro yo.

Nos miramos un poco mal un par de segundos.

—Dormiré en el sofá —digo señalando vagamente el mueble con la cabeza.

Maya vuelve a llevar su vista hasta la habitación y de nuevo a mí.

—Si crees que voy a decir «No, por favor, déjame a mí el sofá» y vamos a tener una discusión y al final vas a quedarte la cama, estás muy equivocado.

Mi sonrisa más irritante se cuela en mis labios.

—Lo tengo muy claro.

Maya me observa tratando de averiguar si todo esto tiene truco o no. Finalmente asiente muy convencida y tira del asa de su maleta en dirección a mi dormitorio.

—¿Ahora vas de caballero andante? —pregunta desde allí—. ¿Te funciona como táctica para ligar?

Miro el sofá. Tendría que haberle dado más vueltas a este plan antes de decidir que viniera a vivir aquí. No sé, comprar otro piso con dos habitaciones y que se lo quedara cuando este estúpido trato termine y asegurarme así de que no volverá a esa ratonera.

—Desde luego, con los bichos raros, no.

Pronuncio esa frase mientras giro la cabeza hacia ella y pasa que, aunque hubiese querido, no habría podido decir nada más. Se ha dejado caer sobre mi cama de espaldas, imagino que para comprobar cómo es, y ha rebotado contra el colchón y ahora está muriéndose de risa... en mi cama... en mi habitación... en mi casa.

De pronto el corazón comienza a latirme con fuerza contra las costillas. Nunca me había importado que una chica estuviese en mi cama, nunca las había mirado de verdad más allá del sexo, pero ahora es... diferente. Es jodidamente diferente.

41

Maya

El portero automático suena. Me muevo para que la terraza entre en mi campo de visión desde la cocina, donde he ido a robar una Coca-Cola. Troy sigue allí, en una de las tumbonas, hablando por teléfono creo que con Nick. No ha hecho otra cosa desde que he llegado.

Yo, en cambio, he seguido mi plan, esforzándome MUCHÍSIMO en cumplirlo. A ver, sabía que vivir en casa de Troy iba a ser muy raro, nos odiamos y momentánea e involuntariamente, siempre involuntariamente, a veces pasan otro tipo de cosas y está toda nuestra historia acechando, así que decidí que me comportaría precisamente como si nada de eso importara. Estoy por encima de las circunstancias. Soy uno de esos gorriones rojos que entrenaban en Siberia o mejor soy la viuda negra, solo que sin mono de goma y sin ser tan guapa como Scarlett Johansson. Ahora que lo pienso, los gorriones rojos eran todos unos pibones... Vale, soy como una camarera en el turno de noche cuando se presenta alguien a las dos de la madrugada preguntando si la leche de avena es de cultivos ecológicos; soy inquebrantable y, además, soy camarera de verdad, así que el caso es que pienso hacer esto sin demostrar ni un poquito lo mucho que me cuesta hacerlo, lo raro que es y todas las burbujitas que llevo sintiendo en la boca del estómago desde que me he montado en el autobús para venir aquí.

—¿Quién es?

—Un paquete para usted, Maya —responde Ronnie—. ¿Quiere que se lo suba ahora?

—Sí, por favor.

Cuelgo preguntándome qué puede ser porque, salvo a las chicas, no le he dicho a nadie que me mudaba aquí.

En cuestión de segundos tengo el paquete entre mis manos y camino con él de vuelta a la cocina para dejarlo sobre la isla. No tiene remitente, así que lo abro directamente. Resoplo al descubrir por fin lo que es: una camiseta de los Cowboys con el número (y el apellido) de Troy. Hay una nota escrita a mano:

Para que te la pongas esta tarde.

Es del señor Harlesson, para que la lleve puesta durante el partido y parecer la novia más entregada del mundo.

—Desde luego han pensado en todo —murmuro cerrando de nuevo la caja.

Estoy a punto de darle a todo la vuelta número doscientos cincuenta y ocho mil, así que me obligo a ser yo. Me llevo las manos a las caderas, miro a mi alrededor y creo un plan de acción. Lo primero: instalarme. No pienso quedarme aquí un minuto más de lo necesario, pero, si eso resulta ser el contrato completo, será un año, así que sería buena idea deshacer mi equipaje.

Troy, por supuesto, no ha liberado ningún cajón para mí, así que tendré que guardar mi ropa con la suya. Una sonrisita diabólica se cuela en mis labios. Cuando uno de sus ligues con pinta de Kardashian y mente de mala de telenovela le registre sus cajones aprovechando que ha ido al baño, se encontrará con mi ropa. Cuelgo un par de vestidos junto a sus camisas y de pronto la sonrisa se me borra de golpe. ¿Él hará eso? ¿Traerá chicas aquí? Quiero decir, sé que es un matrimonio de mentira y al fin y al cabo es su casa, pero... yo... no sé... creo que no sé cómo me sentiría.

Acaricio una de sus camisas blancas con la punta de los dedos. De lo que sí estoy segura es de que es una pésima idea no saber cómo sentirme respecto a Troy... ¡Alerta! ¡Estás pensando demasiado!

Cierto. Cabeceo y me obligo a seguir con esta especie de minimudanza.

Al terminar, me aseguro de haberle invadido todos los cajones y el armario. Para haber traído solo una maleta me siento muy orgullosa del resultado.

—Hora del baño —anuncio cogiendo el neceser.

Por supuesto me he traído hasta cosas que no uso. Lo que haga falta por hacerle la vida un poco más fácil, señor Carson. Me muero de ganas de ver cómo tiene que apartar una caja de tampones, una crema hidratante, dos lacas de uñas y un pintalabios para poder coger su cuchilla de afeitar.

Aún estoy desperdigando mis cosas de la forma más molesta posible cuando Troy se marcha al estadio. No vamos juntos porque los jugadores llegan con horas de antelación, así que me va a tocar enfrentarme a la prensa sola. *Superb.*

Como algo, me ducho y me preparo para el partido. No tengo ni idea de lo que se espera de mí, así que me pongo unos vaqueros cortos, hoy la temperatura de Dallas y la del mismísimo infierno se parecen demasiado, suerte que anochecerá durante el encuentro, y la camiseta de Troy. Me calzo mis Converse blancas y me hago dos trenzas para recogerme el pelo. Me maquillo muy suave y... en fin... estoy ~~muerta de miedo~~ lista.

42

Maya

—Pero ¿qué demonios es eso? —murmuro con la cara pegada al cristal del autobús.

¿Se trata de que el aparcamiento del estadio está hasta los topes y hay miles de personas haciendo barbacoas, comiendo, charlando y riendo? No. Es lo guay del fútbol, el partido no es solo el partido. ¿Se trata de que el estadio con el ambiente previo se vea aún más alucinante? No, aunque, la verdad, es increíble. Entonces, ¿es la marabunta de periodistas apiñados en la puerta por la que entran las familias? ¡Bingo!

He cogido el autobús como siempre y, sí, es cierto que un par de chicas se me han quedado mirando en plan «Espera, ¿ella es...?», pero nada alarmante. Además, el bus estaba abarrotado de hinchas de los Cowboys, así que ha sido fácil hacerse una con la multitud.

Sin embargo, ahora, tengo que reconocer que, a unos pasos del AT&T, las piernas me tiemblan y conforme más me acerco a la entrada más creo que van a convertirse en plastilina y a deshacerse en cualquier momento. Es que lo del vídeo, incluso lo de lidiar con algún que otro *paparazzi*, es una cosa, pero esto, ¡ahí hay más de cien periodistas!

—¿Señorita Smith?

Reconozco que tardo un poco en levantar la vista de mi futuro ataque de pánico y centrarla en el grandullón que tengo delante.

—Sí.

Él sonríe profesional, una mezcla entre tratar de transmitirme seguridad y haber marcado el «conseguido» en una lista de tareas.

—Me llamo Frank. Me han enviado para garantizar su seguridad y que nadie la moleste de ninguna manera mientras esté en el estadio —me explica con un marcado acento sureño, juraría que de Luisiana. Troy tiene acento tejano, es decir, de chulo engreído; le viene que ni pintado.

—¿Un guardaespaldas? —concreto.

Él asiente.

—Sí, señorita.

El alivio me recorre de pies a cabeza. Ahora entiendo cómo debió de sentirse Whitney Houston.

—Pues nuestra primera misión es entrar, Frank —digo un pelín preocupada señalando la puerta a un centenar de metros.

El grandullón mira hacia atrás y evalúa la situación en cuestión de segundos.

—No se preocupe, señorita. Todo controlado. Sígame.

Empieza a andar y obedezco. Me saca tres cabezas, así que, básicamente, es como si caminara detrás del muro de Berlín... y aun así consiguen verme.

En cuanto uno da la voz de alarma, todos empiezan a gritar mi nombre pidiéndome que mire aquí o allí. Me hacen mil preguntas sin darme tiempo a contestar ninguna. Los flashes se ciernen sobre mí, «¿Lo único que te interesa de Troy es el dinero?» «¿Es cierto que su familia no quiere saber nada de ninguno de los dos?» «¿Estás dispuesta a perdonarle que se haya tirado a todo el estadio?» Las preguntas son incómodas, violentas. ¿Son cuántos, diez metros hasta el interior del estadio?, pues se me hacen eternos y muy agobiantes.

—¿Está bien, señorita? —me pregunta cuando ya estamos dentro, a salvo de la prensa.

—Sí, Frank. Muchas gracias. —Sin él abriéndonos paso, aún estaría allí atrapada.

—La llevaré hasta su palco privado.

Cruzamos varios pasillos y por fin llegamos al de los palcos. El partido aún no ha empezado, así que hay varias personas charlando tranquilamente en el pasillo. Intento que no se note lo poco que encajo aquí, pero es más que obvio. En una de las puertas, dos mujeres más o menos de mi edad se están haciendo un *selfie*. ¿Van vestidas para ver un partido de fútbol? Sí y no. A ver, llevan los colores del equipo, una de ellas incluso una beisbolera, pero los acompañan con unos pantalones de esos que sabes que son de diseño solo con verlos y con unos tacones de infarto, maquilladas y peinadas como si fueran a un estreno de cine y con muchísimas joyas.

Por inercia miro mi atuendo y cometo el peor error posible, dejar que todas las inseguridades hagan acto de presencia al compararme con ellas. Pero es que tendría que haberme arreglado más. Se supone que en mi parte del trato va incluido implícitamente ser algo así como la novia perfecta. Por Dios, qué desastre...

—Este es el suyo, señorita.

Frank me abre la puerta y al asomarme... UAU, ¡esto es increíble! Para empezar, ¡es enorme! A unos pasos de la puerta y recorriendo toda la pared hay una elegante cocina cuya barra está repleta de todo tipo de bebidas a una temperatura perfecta. En el centro hay una mesa de acero y cristal rodeada de sillas. A un lado de ella, una pantalla de plasma con más pulgadas de las que se pueden contar y, al otro, otra mesa alargada con bandejas llenas de aperitivos. La pared opuesta a la puerta es de cristal del suelo al techo, dejando ver el campo desde una posición privilegiada, y junto a ella dos hileras de butacones con pinta de ser los más cómodos del mundo. ¡Es una pasada!

—Señorita Smith, ella es Gabriela, su camarera —me presenta Frank a una chica vestida con una impecable camisa negra y pantalones a juego.

—Bienvenida, señorita Smith.

—Llamadme Maya, por favor —contesto un poco aturdida.

¿También tengo una camarera para mí sola? Aunque la verdad es que no me extraña. Esto es como el lujo del lujo edición *deluxe*.

—El partido empezará en quince minutos, ¿desea beber algo?

—Una cola, gracias —contesto distraída caminando hasta los sillones y asomándome a ver el interior del estadio. Una sonrisa llena de sorpresa y también muy feliz se me escapa. ¡Está hasta la bandera! Es casi mágico.

Un ruido junto a la puerta me distrae. Las mujeres que he visto haciéndose el *selfie* han pasado por delante camino de su palco privado. La obnubilación por lujo maravilloso se esfuma y vuelvo a pensar en lo que no debería. Decido hacer una llamada.

—Marlow al habla —contesta cuando su cara aparece en mi teléfono.

—Una pregunta rápida —anuncio—: ¿crees que he venido vestida de manera adecuada para ver el partido?

Levanto el móvil para que pueda verme. Marlow me observa.

—Estás genial —responde sin dudar.

—Es que hay unas chicas aquí... —comento bajando un poco la voz. Frank y Gabriela siguen en la *suite*—. Tendrías que verlas. Están increíbles, a la última moda y preparadas como para salir del estadio y arrasar en la mejor fiesta de la ciudad.

Marlow tuerce los labios.

—Quizá tú vas más como hincha de los Cowboys y ellas, como novias de jugadores de los Cowboys. Son dos estilos completamente diferentes —argumenta para animarme.

—¿Y yo cuál debería haber traído?

Mi amiga vuelve a torcer los labios y ya tengo mi respuesta.

—Dios... —me mortifico.

—La próxima vez fíjate en cómo se vestiría Olivia Culpo —la novia de uno de los jugadores de los 49ers—, ese es tu referente.

—No quiero tener como referente a Olivia Culpo.

A ver, es estupenda y guapísima, pero no es para nada mi estilo.

—Podrías conseguir uno de esos abrigos de diseño con el número de Troy y esas cosas.

—Y morirme si me lo pongo antes de que llegue el invierno —le recuerdo y ella asiente dándose cuenta de que vivimos donde Dios inventó el calor.

Vuelvo a mirar mis vaqueros cortos.

—Creo que he metido la pata hasta el fondo.

—Ey —me riñe Marlow—. Estás estupenda y le vas a encantar a todo el mundo y, a quien no le encantes, que se vaya al diablo.

Lo dice tan convencida que me hace sonreír.

—Gracias.

—Y al próximo partido pienso ir contigo —sentencia— y nos vestiremos a juego para dejarles claro quién manda aquí.

—Me parece una idea perfecta.

Cuelgo y dejo escapar todo el aire de mis pulmones. No pienso sentirme mal por algo que no está en mi mano poder arreglar. Además, ¿quién ha decidido que ese es el *look* oficial de novia de jugador? Respuesta: nadie. Así que pienso vestirme como me sienta más guapa, más cómoda y más yo.

—Aquí tiene su refresco, Maya —dice Gabriela dejando una Coca-Cola con mucho hielo en la bandejita del reposabrazos de mi butacón.

—Gracias.

El *speaker* anuncia que el partido está a punto de empezar, da la bienvenida a todos los espectadores, comienza a presentar a los jugadores y el AT&T se pone a vibrar.

De pronto caigo en la cuenta de algo.

—Frank —lo llamo levantándome y avanzando unos pasos—, ¿el señor Harlesson está por aquí? Me gustaría agradecerle que te enviara para ayudarme con todos esos periodistas.

—Y con el número once —anuncia el *speaker*—, nuestro quarterback...

—No ha sido el señor Harlesson quien me ha enviado.

—Nuestro capitán...

—¿Y quién ha sido?

—El señor Carson.

—¡Troy Carson!

¿Qué?

El estadio estalla en aplausos con la misma fuerza que una ristra de fuegos artificiales. Una canción suena a todo volumen y me giro justo a tiempo de verlo salir al campo. Troy se ha preocupado por mí.

Ha hecho esto.

Por mí.

43

Maya

El partido ha sido increíble. Los Cardinals han sido duros, pero los Cowboys lo han sido más y hemos ganado. Troy se ha salido del dibujo. La verdad es que, si me dijeran que hoy ha roto un puñado de estadísticas, lo creería sin dudar. Ha estado espectacular.

Y el ambiente... el ambiente ha sido un sueño. Cómo gritaban su nombre, cómo los animaban con todo lo que tenían. Dallas también ha puesto su granito de arena y, cuando ha empezado a ponerse el sol y, más tarde, cuando ya ha anochecido, no sé, parecía como si estuviésemos dentro de una película.

No creo que vaya a olvidar este día.

Y ahora estoy hecha un manojo de nervios. ¿Por qué? Fácil o, mejor dicho, muy difícil, porque ahora toca mi pequeño teatrito. Bajar hasta el pasillo de los vestuarios y correr hasta Troy, saludarlo como la novia enamoradísima que se supone que soy y dejar que la prensa dé buena cuenta de ello; cuantas más fotos, mejor.

La primera parte está hecha, estoy aquí, custodiada por Frank y escondida, un poco, aprovechando el recoveco que crea otra puerta enorme que la verdad no sé a dónde da. ¿Cómo es posible que haya incluso más prensa que antes? Parece que se multiplican como los gremlins.

Lo bueno es que después de esto podré marcharme por mi cuenta. Troy siempre vuelve a casa con East y con Nick. Es su tradición. Aunque yo creo que va más en la línea de la regla no escrita de estos páramos de que salir del estadio con una chica de la mano significa demasiado. Estúpidos jugadores de fútbol.

De pronto el suave murmullo de los periodistas se vuelve un alboroto en toda regla. Una puerta suena a lo lejos y enseguida el pasillo se llena con los gritos de los aficionados. Eso solo puede significar una cosa: el equipo ya está aquí. Mierda. Voy a tener que hacerlo. Va en serio. ¿Opciones? Ofrecerle los catorce pavos de mi cuenta a Frank para que sea él quien vaya a saludar a Troy. Tuerzo los labios. No creo que cuele.

Llegan los primeros uniformes de los Cowboys, el equipo técnico y, ahí está, flanqueado por East y Nick, como siempre, Troy.

Los flashes parecen formar una pequeña tormenta llena de relámpagos a su alrededor. Todos gritan su nombre buscando una declaración, un saludo, una mirada, lo que sea.

Yo doy una bocanada de aire sin dejar de darme cuenta de que solo estoy retrasando lo inevitable. Me toca. *It's my turn.* Así que, valor y al lío.

Echo a correr con mi mejor sonrisa.

—¡Troy! —lo llamo como si en este momento fuese todo mi mundo.

La prensa repara en mí de inmediato. Él se gira hacia mí confuso, pero, en cuanto me ve, me barre de arriba abajo con la mirada. Sus ojos se pierden un segundo de más en su camiseta que llevo puesta y justo entonces salto sobre él. Me la juego porque esto no estaba hablado para nada, pero algo me dice que me cogerá y lo hace. Rodeo su cintura con mis piernas y Troy me acomoda contra él con sus manos en mis caderas, en mi culo, y todo pasa con una familiaridad brutal, como si lo hubiésemos hecho hace cinco minutos, un millón de veces. Como si así fuese como tiene que ser.

—¡Troy! ¡Maya! —empiezan a gritarnos.

Quizá tendría que girarme hacia la prensa, sonreír, saludar, pero todo se me olvida porque he vuelto a quedarme enganchada a sus ojos azules.

Él también me mira a mí. Mi pecho se hincha y se desinfla nervioso chocando contra su uniforme de los Cowboys una y otra vez. El corazón me late muy deprisa. Hay muchas cosas que no había calculado: lo bien que le sienta el uniforme un poco sucio de hierba y tierra, lo mezquinamente atractivo que está con el pelo húmedo echado hacia atrás, con la mirada llena de satisfacción y arrogancia por haber ganado, por haberse dejado la piel en el campo, por ser parte de un equipo que lo daría todo por él.

Sonreír. Saludar. Pero si queremos que se lo crean de verdad hay algo que debemos hacer.

Pierdo mis manos en su pelo, en su nuca, me inclino sobre él y lo beso. Los fuegos artificiales estallan en ese instante. Me pierdo en el beso, me pierdo en él, en el deseo loco gritándome lo bien que me siento ahora mismo.

Troy solo tarda un segundo en reaccionar y tomar el control del beso. Sus manos se hacen más posesivas sobre mi cuerpo y me estrecha contra él mientras me devora despacio, mientras me derrito aún más lentamente.

Dios, es alucinante.

44

Troy

Nos separamos poco a poco y de inmediato busco sus ojos castaños. El deseo brilla en ellos entremezclado con un millón de cosas más como estoy seguro de que reflejan los míos. He tenido que obligarme a apartarme y ahora estoy obligándome a no volver a besarla, llevarla contra la pared y olvidarnos del puto mundo.

La prensa llamándonos, los flashes me devuelven de golpe a la realidad.

He estado demasiado cerca de hacer una tontería.

No puedo olvidar que somos un maldito error.

Deslizo mi mano por su pelo y mis labios buscan su oreja. Su olor me vuelve loco y todo mi cuerpo se revoluciona otra vez como si solo ella lo alimentara.

NO-PUEDE-SER. Y más me vale empezar a entenderlo.

—No vuelvas a ponerte mi camiseta —digo para que solo ella pueda oírme.

Esa puta camiseta ha tenido la culpa de todo. Me importa una mierda sonar posesivo: esa camiseta significaba que ella es mía y no he podido pensar en nada más.

Cuando nuestras miradas vuelven a conectar, me observa aturdida, confusa, tratando de leer en mí.

Maldita sea, haz lo que tienes que hacer. La dejo en el suelo despacio, llamándome gilipollas en todos los idiomas que conozco. De pronto estoy de un humor de perros. No quiero tener que soltarla y mi autocontrol está haciendo horas extra y la hostia de duras.

Antes de que no pueda contenerme más y acabe cogiéndola de la mano y llevándomela de aquí, entro en los vestuarios.

Los chicos me felicitan por el partido, pero yo solo puedo pensar en ese beso. Todavía tengo el cuerpo a mil y las putas ganas complicándome la vida.

Cojo el móvil de mi taquilla de un zarpazo, abro mi WhatsApp con Frank y le ordeno que lleve a Maya a casa.

Necesito alejarme de ella y pensar, así que tardo todo lo que puedo en ducharme, vestirme y salir del vestuario. Me presento voluntario para la rueda de prensa, lo que hace que Nick me mire como si me hubiesen salido dos cabezas y a East morirse de risa, como si supiese por qué lo hago.

Entro en el ático rezando todo lo que sé para que ya esté dormida, pero, por supuesto, no tengo esa suerte.

Dejo caer la bolsa junto al mueble del vestíbulo y echo a andar hacia el salón, donde el ruido de la tele se detiene de golpe cuando ella la apaga. Cuando por fin la tengo delante, dejo escapar todo el aire de mis pulmones porque es como si acabasen de darme justo lo que más quiero, que es justo lo que más odio.

Está sentada en el sofá, con las piernas cruzadas como en una clase de yoga. Sigue llevando esos pantalones cortos que no se me han ido de la cabeza en toda la maldita ducha, pero ya no lleva mi camiseta y otra puta dicotomía se desata en mi interior porque es lo que quería, pero también odio con todas mis fuerzas que ya no lleve ni mi número ni mi apellido.

Maya me estudia con la mirada tratando de leer en mí.

—Tenemos que hablar —dice.

No grita ni nada parecido, pero es obvio que está muy molesta.

—Maya...

No quiero hablar. No serviría de nada. Las cosas son como son.

—No me he puesto tu camiseta porque quisiese hacerlo, Troy. Ni siquiera fue idea mía.

—Créeme, eso lo tengo claro.

Soy consciente de que se cortaría un pie antes de ponerse mi camiseta por voluntad propia.

—Entonces, ¿por qué te has enfadado así? —pregunta levantándose y dando un paso hacia mí, incapaz de entenderlo—. Tenemos que fingir —me recuerda.

—Exacto —sentencio avanzando también hacia ella—. Esto va de hacer lo mínimo para que se lo crean y punto. No necesitamos ser tan realistas, ¿no te parece? —añado con una mezcla de rabia y sarcasmo imposible de domar.

Maya suelta un resoplido.

—¿Por qué siempre tienes que comportarte como un capullo?

—Genial. ¿Ahora es culpa mía?

—Siempre es culpa tuya.

Yo me humedezco el labio inferior tratando de controlar todo lo que me está sacudiendo ahora mismo. Dios santo, ¡va a volverme loco!

—Contéstame una cosa: ¿tú querías llevar mi camiseta?

—¿A qué viene eso? —contraataca a la defensiva.

—Contéstame.

Joder, ¿por qué quiero que diga que sí?

—¡No quería!

Ahí tienes tu respuesta.

—Pues, entonces, ¿dónde coño está el problema? —rujo esforzándome por no sonar dolido.

Me siento frustrado. Ni siquiera me entiendo a mí mismo. Me odia. La odio. No sentimos nada más. ¡No hay nada más! Entonces, ¡¿por qué demonios estoy dolido?!

Necesito salir de aquí. La esquivo y me dirijo hacia la terraza. Mi cuerpo protesta como cada vez que me alejo de ella y francamente empieza a cabrearme que no sepa captar el mensaje.

—Sé que me odias.

Su voz llega dulce, enfadada y triste. Una mezcla letal que me impide dar un paso más.

—Pero, nos guste o no, nos queda un año por delante, así que al menos deberíamos ser capaces de ser amables el uno con el otro.

No me lo está suplicando y no es por una estupidez de orgullo, todos suplicaríamos si sintiésemos que tenemos que hacerlo por algo que realmente merezca la pena. Ella lo haría por ella misma, por sus amigas, es lo suficientemente buena para hacerlo por cualquiera que lo necesite. Se trata de que jamás me suplicaría a mí.

Lo que está haciendo es poner las cartas sobre la mesa y tiene razón. Este ridículo trato que solo va a traerme problemas durará un año, deberíamos ser lo bastante listos para no convertirlo en un infierno.

Me giro hacia ella y le mantengo la mirada. Al ver que no digo nada, cabecea dándome por imposible y se marcha a la habitación.

45

Troy

No sé cuánto tiempo ha pasado desde que se ha encerrado en el dormitorio. Yo estoy en la terraza, sentado en una de las tumbonas sin tumbarme, con una pierna a cada lado, jugando con una baraja de cartas que he encontrado en uno de los cajones de la cocina —ni siquiera sé cómo llegó allí—, tratando de concentrarme en cualquier otra cosa sin ningún tipo de éxito, lo cual es una gran putada.

He pensado en beber, sería de idiotas negarlo, es mi manera de dejar de pensar por la vía exprés, pero no sé por qué no quiero hacerlo si ella está aquí. Sería genial poder saber los motivos, pero, por supuesto, eso no va a pasar.

La puerta suena. Giro la cabeza y observo el salón por encima de mi hombro. Maya sale de la habitación y va directa hasta la salida principal.

Espera.

¿Va a largarse?

De golpe todo mi cuerpo se pone en guardia y me levanto de un salto. ¿A dónde va? No quiero que se vaya.

Entro en el salón con el paso acelerado en el mismo segundo en el que ella alcanza el vestíbulo. Sé que hoy me he comportado como un capullo, pero eso no significa que quiera que se marche. No quiero, joder.

—Maya —la llamo.

Ella se vuelve y yo no tengo ni idea de cómo seguir.

—Tengo que salir un momento —se explica adelantándose a cualquier cosa que pensara decir—. He olvidado algo en mi apartamento.

El alivio me recorre de pies a cabeza como la manta más calentita del mundo cuando estás muerto de frío.

—¿Y no puede esperar a mañana?

—No, no puede —contesta sin dudar y también un poco enfadada porque no la deje en paz—. Déjame en paz —añade y yo me contengo para no poner los ojos en blanco. Tú no me conoces, Troy, ñiñiñiñi.

Camino hasta el mueble del vestíbulo, cojo las llaves de la camioneta y echo a andar hacia la puerta.

—¿Vas a llevarme? —pregunta confusa.

—Es tarde y tu apartamento está en algo que básicamente es el Bronx de los ochenta. No puedes ir sola.

—Te lo agradezco, pero no voy a dejar que me lleves...

—Has dicho que deberíamos ser capaces de ser amables el uno con el otro —la interrumpo—. Lo estoy siendo —sentencio encogiéndome de hombros.

Maya medita mis palabras, tratando de leer en mí de nuevo, puede que en toda la situación, y finalmente asiente.

—Entonces, acepto. Gracias.

Es verdad que estoy tratando de ser amable, pero hay una verdad aún mayor: no pensaba dejar que fuese allí sola. Es demasiado peligroso y algo dentro de mí solo quiere protegerla, parece que algunas sensaciones no se quedan en el infierno por mucho que las mandes allí.

—De nada —respondo.

Ninguno de los dos da un paso en ninguna dirección y nos quedamos frente a frente, mirándonos, hechizados. No es la primera vez que nos pasa y, como en todas, joder, siento el puto corazón latiéndome con fuerza, las ganas cegando el sentido común. Ella. Siempre es ella. Porque ninguna otra chica ha significado tanto como ella y me da igual que solo sea odio, es un odio más poderoso que cualquiera de las veces que he pensado que podía ser amor.

También noto su respiración acelerarse y quiero saber por qué.

Besarla aquí mismo. Follármela aquí mismo. Las putas mejores peores ideas de toda mi maldita vida.

—Será mejor que nos vayamos ya —susurra.

Tarda un segundo de más en apartar su mirada de la mía, pero finalmente lo hace, me esquiva y sale.

Yo me humedezco el labio inferior al tiempo que pierdo mi vista en el techo, tratando de poner en orden mis ideas. No creo que haya sido capaz.

Conforme más nos acercamos a su barrio, me pongo de peor humor. No debería vivir allí, pero es que, además, ¿qué puede ser tan importante para que hayamos tenido que venir a estas horas? Conociéndola, será una tontería que ella convertirá en un mundo y me acusará de ser un capullo por no ser capaz de verlo.

Maya pulsa los botones de la pantalla de mi camioneta buscando una canción que le guste. Prueba, no sé, doscientas diecisiete emisoras.

—¿Por qué estás tan callado? —pregunta de pronto.

—Tú también estás callada —respondo sin levantar los ojos de la carretera.

—Es diferente. Yo estoy callada porque tú estás callado.

La observo un segundo antes de devolver mi vista al frente. Ella enarca las cejas esperando una respuesta y yo sencillamente no me lo puedo creer.

—¿De verdad estamos manteniendo esta conversación? —replico con un poco de malicia y un poco exasperado—. Creía que antes iría eso del «cuelga tú», «no, cuelga tú».

—Eres lo peor —se queja fulminándome con la mirada justo antes de perderla en su ventanilla.

Una media sonrisa se cuela en mis labios. Da igual que esté de mal humor, fastidiarla siempre es una delicia.

—Además, ¿cuándo has estado tú callada por algo si no es lo que querías?

—Lo sabía —afirma—. Estás enfadado.

—Yo no he dicho que lo esté —me defiendo.

—No tenías que acompañarme si no querías —me recuerda y ahora la que claramente está enfadada es ella.

—Quería hacerlo.

—Se nota muchísimo.

Por Dios...

—Solo estaba pensando en qué puede ser eso tan increíblemente importante por lo que hemos tenido que venir a estas horas.

—No es ninguna tontería.

—¿Quién lo duda?

—Tú.

—Eres tan perspicaz. Por eso te pedí matrimonio —digo burlón.

Ella resopla fingiéndose aburridísima de mí.

—Ni siquiera sabes lo que es —me reta—. ¿Y si tengo una enfermedad rara y desesperanzadora y he olvidado las pastillas?

—Tú no estás enferma.

No lo está, ¿no? De repente siento que alguien me coge el estómago y me lo aprieta en un puño. No quiero que lo esté.

—Estás bien, ¿verdad?

Mi voz ya no suena burlona ni irónica, ni siquiera enfadada. Solo estoy muerto de miedo.

Maya me observa en silencio. Sus labios se curvan hacia abajo y de pronto tiene los ojos más tristes del mundo.

No, joder...

—Claro que sí —contesta sonriendo, encantada con su propia broma, la muy... ¡Ni siquiera es la primera vez que me lo hace! Encima finge toser—. Aunque, bueno, estoy encerrada en un coche contigo, eso anula cualquier posibilidad de que esté bien.

Yo suelto una carcajada falsa y malhumorada y ella rompe a reír.

Estoy pensando muchas formas de vengarme, pero ese sonido me pone las cosas complicadas.

—Enfermedad incurable descartada —vuelvo a la conversación—. ¿Qué puede ser tan terriblemente importante? Apuesto a que un peluche.

Maya vuelve a mirarme mal y yo saco a relucir mi media sonrisa más engreída.

—¿Sabes qué? —me espeta—. Por mí puedes seguir callado el resto del camino o el año entero si quieres.

—Eres muy dura para echar de menos un peluche —me burlo.

—Y tú, el que me está llevando a buscarlo.

—Qué bien se nos da ser amables.

—La culpa es tuya. Eres un capullo.

Pongo los ojos en blanco, sospechaba que me lo diría, pero no puedo evitar sonreír. Maya no vuelve a hablarme el resto del camino.

Por fin llegamos a su calle y detengo la camioneta frente a su edificio. Subimos hasta la tercera planta y espero con el hombro apoyado en la pared y los brazos cruzados a que abra la puerta.

—Recuerda desactivar la alarma antes —susurro inclinándome sobre ella.

Incluso en mitad del rellano en penumbra —por supuesto, la luz no funciona—, soy capaz de ver cómo me asesina con la mirada, lo que hace aparecer mi media sonrisa como un resorte.

—Te mataré y lo confesaré solo para poder alardear de ello —me advierte.

Mi sonrisa se ensancha mientras le mantengo la mirada. Ella aguanta un par de segundos observándome igual de mal, pero finalmente me da por imposible y entra en el apartamento.

—Será solo un segundo —me promete a voz en grito dirigiéndose a su habitación.

Yo la sigo con pies pesados contemplándolo todo y nada a la vez. Una suave sonrisa se cuela en mis labios, esta vez de las de verdad. Solo ella podría conseguir que un agujero como este parezca un hogar.

Doy una vuelta de trescientos sesenta grados prácticamente sobre mis pies y enfilo el pasillo.

—Maya —me quejo a unos pasos de su habitación—, ¿podríamos irnos ya, por favor?

Pero entonces entro.

Y la veo.

Está frente a su cómoda, con la estancia tenuemente iluminada por la pequeña lámpara de la mesita, con la foto de sus padres entre las manos. Eso es lo que ha venido a buscar. La contempla como si fuera el mayor tesoro del mundo, con esa sensación de felicidad y tristeza entremezcladas que solo puede provocar el recuerdo de alguien a quien querías con todo tu corazón pero ya no está.

Al darse cuenta de que estoy bajo el umbral, sacude ligeramente la cabeza saliendo de su ensoñación a la vez que una lágrima resbala por su mejilla.

—¿Qué decías? No te he oído —se disculpa forzando una sonrisa que no engaña a nadie y secándose la cara con el reverso de la mano.

Yo le devuelvo el inicio de una dulce sonrisa.

—Tómate todo el tiempo que necesites.

Podemos quedarnos toda la noche aquí.

46

Maya

Troy detiene la camioneta en el parking subterráneo del Endeavor.

—Muchas gracias —digo, porque por primera vez desde que volvimos a encontrarnos no quiero callarme palabras bonitas.

Él niega suavemente.

—No tienes nada que agradecerme —responde amable.

—Sé que puede parecer una tontería, pero esta foto de mis padres es...

Una de las pocas cosas que me quedan de ellos y no quería estar lejos de ella. Los perdí hace demasiado tiempo y esta foto, el abrigo de mi madre, son mi mapa para llegar hasta ellos, para recordar siempre sus caras, cómo olía mi madre y cómo sonaba su risa cuando mi padre la hacía reír. Todo el amor que sentía cada vez que ellos me miraban.

—... importante.

—Lo sé.

Y sé que es verdad.

—Ojalá las cosas fuesen diferentes.

Ojalá siguiesen aquí. Sin que pueda hacer nada por evitarlo, los ojos vuelven a llenárseme de lágrimas, pero antes de que pueda caer ninguna me los seco con el antebrazo. Hay días que los recuerdo y sonrío y otros que duele un poco más.

—Estoy seguro de que están muy orgullosos de ti, bicho raro.

Sonríe y yo también lo hago porque tengo claro que solo ha utilizado el «bicho raro» para hacerme sonreír a mí.

No sé cómo lo ha hecho, pero es justo lo que necesitaba oír.

A veces me siento tan cerca de él que duele, pero es que esta misma noche, después del partido, cuando la confusión y la tristeza dejaron el hueco para un monumental enfado, solo quería tirarle algo a la cabeza. Unas veces quiero que lo atropelle un autobús y otras no puedo parar de pensar en cómo sería dejarme llevar... y conducir yo misma ese autobús o besarlo o verlo encima de mí con sus brazos clavados en el colchón a ambos lados de mi cabeza sosteniendo el peso de su cuerpo. Sí, supongo que la palabra que busco es *complicado*.

De vuelta en el ático no queda más que irnos a dormir. La primera noche que pasaremos juntos... quiero decir, durmiendo bajo el mismo techo. La semántica es importante.

No sé muy bien qué hacer, así que me encierro en el baño, me pongo el pijama y, básicamente, cuando ya no me queda nada que fingir hacer, me obligo a volver ahí fuera.

—Perdón —me disculpo cuando nada más salir me doy de bruces con Troy.

Doy un paso atrás y por un momento tengo la sensación de que seríamos capaces de dibujar el cuerpo del otro a oscuras. Troy me barre con la mirada mientras a mí se me acelera el pulso.

La noche de hoy ha pasado de enfado monumental a momento de complicidad a la irrevocable verdad de que vamos a dormir en la misma casa. Y una mierda, la noche de hoy ha empezado con un beso alucinante junto a los vestuarios, que justo ahora mi mente se empeña en recordarme con todo lujo de detalles.

¿El uniforme o lo malditamente bien que ese pantalón le cuelga de las caderas? ¿La mirada de guerrero que acaba de conquistar el mundo o la del león hambriento contemplando a su presa? ¿El pelo húmedo echado hacia atrás con las manos o revuelto sobre la frente?

No tengo ni una respuesta porque, francamente, quiero todas las opciones.

Nos miramos a los ojos, las ganas empiezan a llamarnos bajito, despacio, a inundarlo todo como el vapor de agua. Troy traga saliva. Me fijo en sus puños cerrados casi con rabia y me doy cuenta de que se está conteniendo. Esa idea lo arrasa todo dentro de mí demasiado caliente como para manejarla sin quemarte. Hay tantas cosas que querría hacer ahora mismo, dar un paso más, levantar la mano... acariciar, besar, echar la cabeza hacia atrás mientras mi cuerpo se arquea bajo el peso del suyo.

—Buenas noches —me obligo a decir, esquivándolo y echando a andar en cualquier otra dirección porque cualquier otra cosa es una pésima idea.

—Buenas noches —responde con la voz ronca.

Maldita voz. Tengo que empezar a imaginarme que habla como un teleñeco, eso me daría muchísima más paz mental.

Con las luces apagadas, conmigo en la cama y con él en el sofá en la habitación contigua, con la puerta abierta aunque ni siquiera sé por qué no la he cerrado, en mi imaginación, *I wanna be yours*, de Arctic Monkeys, toma el ambiente.

Soy incapaz de dormir dándole vueltas a todo, al pasado y al más acuciante presente; un millón de vueltas. Jamás imaginé que estaríamos así, que yo me sentiría así. No debería importarme lo más mínimo. No tendría por qué pensar en él un solo segundo. No tendría por qué ser la noche más calurosa de todo el maldito verano.

Me obligo a cerrar los ojos y a intentar dormir. Se acabaron las canciones imaginadas. Se acabó pensar en Troy. Se acabó el estar despierta.

Lo que yo no sabía es que él estaba despierto también.

47

Maya

Escandalosamente temprano el timbre de la puerta comienza a sonar. Alguien abre y en ese mismo segundo oigo varios pares de pies caminar deprisa por el salón... ¿arrastrando algo?

Me incorporo en la cama, pero aún estoy tratando de abrir los ojos cuando todo ese ruido entra de golpe en la habitación.

—Buenos días, Maya —me saluda Leny—. Sentimos despertarte tan temprano un sábado, pero a cambio te traemos café y... —alarga esa única palabra para crear expectación— ¡todo esto! —anuncia entusiasmada señalando el burro lleno de vestidos a su espalda como si fuera la ayudante de un mago.

—¿Qué es?

Ahora mismo mi cerebro no da para más.

—Esta noche es la gala benéfica —me explica Ariana—. ¿No lo recuerdas?

¡Maldita sea, no! ¡La fiesta es esta noche!

—Tenemos que elegir vestido y zapatos y obviamente un bolso —hace recuento Leny revisando en su móvil el *timing* de hoy; le estoy empezando a coger un poco de manía a esa palabra—. Después vendrá el equipo de maquillaje y peluquería. Y también repasaremos todas las cosas que tienes que saber para impresionar al señor Johnston. Vas a ser la novia de pega más alucinante del mundo.

Las miro y con un resoplido me dejo caer de espaldas contra el colchón. Lo que va a ser es un día muy largo.

Troy es listo y casi tan pronto como aparecen las chicas de publicidad se larga a casa de Nick.

Tengo que reconocer que al final lo paso muy bien. Marlow y Andie se apuntan, Leny y Ariana deciden que me merezco una recompensa extra y lo convertimos en un día de chicas a gastos pagados: nos dan un masaje, nos hacen la manicura y pedicura, tomamos un almuerzo espectacular del restaurante mexicano donde trabaja la madre de Leny y acabamos peinadas y maquilladas de una manera espectacular, yo además con un vestido de ensueño (¡que me puedo quedar!). Mentiría si dijera que alguna vez me he visto más guapa.

Troy se prepara en casa de Nick, donde Ariana hace que le envíen un esmoquin a medida de Tommy Hilfiger.

Las chicas están recogiendo las últimas cosas cuando oímos la puerta principal abrirse. Marlow y yo nos miramos y tengo que reconocer que doy el suspiro más largo de la historia. Estoy nerviosa. Esta fiesta es muy importante. Conoceré al dueño del equipo, a quien, básicamente, le tiene que colar esta relación. No quiero meter la pata. ¡Qué demonios! No voy a meterla.

—Estás increíble —me dice Andie deteniéndose frente a mí mientras se pone su bolso cruzado, a lo que Marlow asiente con determinación.

Sonrío. No hay nada mejor que tus amigas para hacerte sentir bien.

Oímos cómo Leny y Ariana se despiden de Troy y se marchan. Marlow se inclina para asomarse al salón. Cuando vuelve a incorporarse sonríe de oreja a oreja. El efecto de Troy Carson en esmoquin. Voy a crear una asociación de damnificadas.

—Diviértete —me dice.

—Eso haré.

Las oigo intercambiar un par de frases con Troy y la puerta cerrarse. Oficialmente estamos solos y oficialmente también lo único que tengo que hacer para que esta noche comience es salir...

Sal.

Sal.

¡SAL!

Vale.

Me cojo el bajo del vestido rojo, lo alzo apenas unos centímetros y echo a andar.

No sé qué pasa primero.

Si me quedo absolutamente embobada con la imagen de Troy, sentado en el brazo del sofá, con el cuerpo echado ligeramente hacia delante y los codos apoyados en las piernas entreabiertas, con la mirada perdida en el suelo de parquet perfectamente acuchillado. Parece un anuncio de colonia de las que huelen tan bien que te hacen suspirar.

O que él levanta la cabeza, como si algo le dijera que lo hiciese, y me encuentra a mí. Se pone de pie despacio sin poder apartar sus ojos de mí y se pierde en cada detalle de mi vestido hasta el suelo con la espalda al descubierto.

Observa mi pelo castaño suelto peinado con ondas al agua como una actriz de Hollywood de los cincuenta, mi suave maquillaje pero con los labios rojos a juego con mi vestido.

Da un paso hacia mí y yo no me había sentido tan guapa, sexy ni atractiva en todos los días de mi vida.

—Estás preciosa —dice deteniéndose delante de mí.

Sonrío, pero lo disimulo justo a tiempo.

—Tú tampoco estás mal, Carson.

La atmósfera cambia despacio, como si alguien ahí fuera hubiese bajado la intensidad de las luces de la ciudad para que las estrellas brillasen más.

Nuestras miradas se encuentran y esa complicidad que estamos empeñados en apagar reaparece complicándonos un poquito más la vida.

—Será mejor que nos marchemos ya o llegaremos tarde —propone pero no se mueve y tampoco levanta sus ojos más azules que nunca de los míos.

—Claro —respondo, pero también me quedo muy quieta.

Troy da un paso más hacia mí, como si llevase algo dentro que ya no aguanta más. Mueve la mano y lentamente acaricia mi vestido a la altura de mi cadera, casi sin tocar mi piel, con su vista fija en el movimiento.

Como cada vez que ha hecho eso, se me corta la respiración y todo mi cuerpo se llena de una suave expectación.

Alza la cabeza y su mirada atrapa de inmediato la mía. Es el hechizo del vestido y nos tiene atrapados a los dos.

—Esto no es un vestido, bicho raro —susurra con la voz ronca, sexy, salvaje, perfecta—. Es un puto sueño.

Me muerdo el labio inferior tratando sin ningún éxito de ocultar una sonrisa o lo rápido que me late el corazón. Más de mirarnos a los ojos, de que el deseo haga que los músculos de mi vientre se tensen deliciosamente.

—Ahora ya podemos irnos —sentencia.

Troy se endereza, aparta su mano, me esquiva y se dirige hacia la entrada. Yo quiero moverme pero tengo que reconocer que necesito un segundo. Recojo mi bolso del mueble del vestíbulo donde lo ha dejado Leny y echo a andar hacia la puerta. Él la mantiene abierta. Sigue observándome, incendiando mi cuerpo donde sus ojos se posan.

Al pasar por su lado tengo que concentrarme muchísimo en no detenerme y aspirar su aroma directamente de su cuello.

Sigo andando y oigo cómo cierra y camina a mi espalda. Todo esto es demasiado intenso, como si el odio que sentimos el uno por el otro, por un momento, fuese capaz de transformarse en otra cosa.

48

Troy

No puedo quitarle los ojos de encima. Es como si, de pronto, alguien hubiese cogido todas mis fantasías y la hubiese creado a ella.

—Hay muchos periodistas —murmura con la mirada en la ventanilla tintada de la limusina que nos ha traído hasta aquí.

Es cierto, esta noche parecen haberse multiplicado por un puto millón.

El coche se detiene frente a la entrada principal y da igual que la puerta todavía esté cerrada, los flashes brillan sin cesar contra el cristal.

Sé que está nerviosa y sé que el hecho de que la prensa esté aquí se lo pone aún más difícil. No puedo conseguir que se larguen, pero sí pienso protegerla.

Alguien del *staff* nos abre la puerta. Los primeros fotógrafos empiezan a gritar nuestros nombres. Maya traga saliva.

La miro para llamar su atención hasta que ella me mira a mí y le dedico mi media sonrisa, que, sí, puede ser la hostia de engreída e irritante, pero que ahora mismo quiere decir «Mandémoslos al infierno. Tú y yo podemos con todo».

Ella lo entiende a la perfección, sonríe y una parte de toda la presión e inquietud que siente se esfuma.

Le tiendo mi mano y ella la acepta. Podemos con todo, nena.

Salgo de la limusina y con la mano que tengo libre me coloco bien la chaqueta, no pienso soltarla. Me llaman, me hacen preguntas, me piden que mire aquí o allí, pero ni siquiera los escucho. Entonces, cuando sale Maya, se vuelven completamente locos.

Yo entrelazo nuestros dedos y, como he hecho en el coche, la miro hasta que tengo su atención. Ella está completamente aturdida, como un animalillo delante de los faros de un camión. Este tipo de situaciones pueden sobrepasarte las primeras veces. Sin embargo, tras un par de segundos mueve su vista hacia mí y me deja atrapar sus increíbles ojos castaños.

Asiento para infundirle el valor que la situación le ha hecho perder y, otra vez como ha pasado en la limusina, la complicidad que hasta ayer mismo odiaba sale a relucir. Ella vuelve a sonreír y asiente y sé que acaba de entender que es lo suficientemente fuerte para controlar este momento.

Mi sonrisa más engreída, pero también más orgullosa, se ensancha y tirando suavemente de ella empezamos a caminar.

Al entrar en la enorme sala, Maya no puede evitar suspirar admirada y siento una punzada de ternura. La verdad es que han hecho un trabajo increíble. El edificio del Museo de Arte de Dallas es impresionante y esta noche parece serlo un poco más.

Entre el mar de personas frente a nosotros distingo perfectamente a Gaz caminar en nuestra dirección y sé por qué. El viejo quiere conocer a Maya.

—¿Preparada? —pregunto girando la cabeza hacia ella.

Maya me mantiene la mirada.

—Vamos a dejarlos alucinados —sentencia y no puedo evitar sonreír de nuevo.

—Chicos —nos llama Gaz y por la manera en la que lo hace me doy cuenta de que no es la primera vez.

Los dos nos volvemos hacia él. Yo, a regañadientes.

—El viejo está aquí. Ha preguntado por vosotros.

Nos hace un gesto para que lo sigamos. Supongo que esto es la prueba de fuego. Si el viejo cree que de verdad estamos juntos y que

Maya es lo que necesito para sentar la cabeza, habremos conseguido lo que queríamos.

Nos entremezclamos con las personas que inundan el centro de la sala, todas charlando, con trajes carísimos y copas de *champagne* en la mano.

Pero cuando ya hemos avanzado una decena de metros, tomándola por sorpresa, giro a la derecha y tiro de su mano para que lo haga conmigo.

—¿Qué te pasa? —pregunta entre risas.

Me vuelvo para ver si Gaz se ha dado cuenta de que le hemos dado esquinazo.

—La siguiente media hora de nuestras vidas tenía pinta de ser muy aburrida, así que he hecho algo para solucionarlo.

Su sonrisa se ensancha, pero trata de disimularla para poder reprenderme. No le funciona y el gesto acaba ganándole la partida.

—En tal caso deberíamos tomarnos una copa. Para compensar —puntualiza.

—Me pregunto si aquí tendrán Glenoack veinticinco años —finjo pensar en voz alta.

—Si quieres, puedo prepararte uno. La receta clásica —se ofrece fingidamente inocente apoyando los dos codos en la barra e inclinándose ligeramente sobre ella.

Me humedezco el labio inferior conteniendo mi sonrisa.

—Gracias, pero tomaré el que tienen aquí —contesto.

—Es tu decisión.

Voy a decirle que es una criminal, que qué demonios le echó a aquella copa y, ya puestos, que nos larguemos de aquí, a un sitio más divertido donde poder estar solos.

—Troy.

Reconozco la voz que me llama y me giro con el ceño fruncido hacia su dueña.

—¿Rowan? —saludo sorprendido.

Se suponía que tardaría aún dos semanas en volver.

49

Maya

¿Quién es? Es alta, morena y guapísima. Con el maquillaje perfecto y con esa actitud llena de seguridad con la que parece que se pasea con vestidos alucinantes como el que lleva en fiestas alucinantes como esta todos los días.

—No podía perderme este momento —responde ella y lo abraza. ¡Lo abraza!

No estoy celosa. Es que me parece raro que Troy le permita a una mujer ese grado de intimidad... En serio, ¿quién es?

—¿Cuándo has vuelto? —le pregunta él.

Hola, ¿alguien va a presentarme?

—Hoy mismo, directa para la fiesta.

Si queréis, puedo marcharme y dejaros intimidad.

—Me alegra que estés aquí.

¿Y ahora va a resultar que la gran superestrella de los Cowboys sabe ser amable?

—Tú debes de ser Maya —dice la mujer reparando POR FIN en mí.

—Sí —contesto con mi mejor sonrisa porque ya lo he dicho, no estoy celosa—. Encantada de conocerte.

—Es Rowan —la presenta Troy—, una estrella y una buena amiga.

Ella mueve suavemente la mano con una sonrisa.

—Eso me queda un poco grande —replica con ¿falsa? modestia—. Solo soy una creadora de contenido más.

Hago memoria. Uno los puntos. A, me suena su cara. B, me suena su nombre. Pienso en la cantidad de conversaciones absurdas sobre cosas *random* que Marlow y yo tenemos. ¡Es Rowan Valentine! Una de las *influencers* de estilo de vida más importantes de Estados Unidos. ¡Tiene más de cien millones de seguidores!

—Sé quién eres —explico—. Una amiga te sigue.

Ella asiente con una sonrisa.

—Bueno, ¿y cómo conociste a nuestro Troy?

Me contengo para no mirarla muy mal. Está fatal colocarles posesivos a las personas.

—Nos conocemos desde hace mucho. Fuimos juntos al instituto.

—Eso es muy romántico —apunta y me guiña un ojo con una sonrisa que le devuelvo, aunque, la verdad, no es que me muera por sonreírle.

—Troy —lo llama como si hubiese caído en la cuenta de algo—, tengo que hablarte de un tema muy importante. ¿Te importa si te lo robo, Maya?

Por un momento me quedo en blanco porque lo que quiero decir y lo que debo/voy a decir no son para nada la misma respuesta. Miro a Troy, ¿por qué?, Dios sabrá, y él está ahí con esa media sonrisa estúpidamente irritante en vez de estar diciendo o haciendo otra cosa y...

—Claro, sin problemas. Cuanto más lejos te lo lleves, mejor —me obligo a bromear.

Y los dos ríen ligeramente igual que yo, pero creo que yo soy la única que siente un pelín de ira homicida.

Ella empieza a decir algo y los dos se alejan y, mientras lo hacen, Rowan se cuelga de su brazo. En serio, creo que estoy viviendo una realidad paralela. Ni siquiera en el instituto habría dejado que una chica lo tocara así si no era porque pensaba tirársela... Mierda.

De pronto siento una punzada de algo que no sé identificar, pero sea lo que sea me duele y me enfada y también me deja un poco triste. ¿Es eso lo que quiere hacer? ¿Acostarse con ella? ¿Por eso es tan amable?

... [cerebro y corazón reseteando].

¡Pues que se divierta! Me importa menos que nada. Solo espero que ella se deje la cámara del móvil activada en mitad de un directo de Instagram y todo el mundo vea al quarterback de los Cowboys tener un gatillazo.

—¿Me pones un gin-tonic, por favor? —le pido al camarero volviéndome hacia la barra y dejando de mirarlos. Paso de ellos.

Le doy un sorbo a mi copa esperando que lo fresquita que está y los grados de la ginebra me ayuden a no estar tan enfadada, pero no funciona tan bien como pretendía.

—Hola —me saluda una voz que no conozco—, ¿puedo tomarme una copa contigo?

Un hombre bastante guapo entra en mi campo de visión. Me gustaría no ser superficial y decir que me cautiva su mundo interior, pero es que todavía no se lo he visto.

—Depende. ¿Qué bebes?

Él sonríe intrigado por mi pregunta.

—Ron.

—Buena respuesta. Temporalmente los bebedores de whisky están vetados.

—¿Y eso? —pregunta divertido apoyando un codo en la barra para girarse hacia mí.

Que soy idiota.

—Tengo mis motivos —murmuro enfurruñada porque la respuesta auténtica es la que me he dado a mí misma y para dejarlo claro disimuladamente miro por encima de mi hombro. Siguen hablando a unos metros, sonriendo de vez en cuando y sin levantar la vista del otro. Qué romántico.

50

Troy

¿Quién coño es ese tío? Maya sigue en la barra y hay un gilipollas a su lado hablando con ella y comiéndosela con los ojos cada vez que Maya no le presta atención.

A ver, antes ha sido divertido ponerla celosa. Por eso he tardado un poco más de lo necesario en presentarle a Rowan y por eso no le he explicado que dejo que se tome estas confianzas porque solo somos amigos. No soy idiota y tengo ojos en la cara. Sé que es guapísima, pero no me interesa lo más mínimo. Además, es la exnovia de Nick y para mí eso es sagrado.

Pero cuando ha aparecido, a Maya le ha cambiado la expresión y no he podido evitarlo. Solo quería fastidiarla un poco.

Sin embargo, lo de ahora no tiene ni puta gracia. En serio, ¿quién coño es ese desgraciado?

Rowan sigue hablando, pero la verdad es que no le estoy prestando demasiada atención. Las ganas de liarme a hostias me lo están poniendo complicado. Y, sí, me sé a la perfección la teoría, los celos solo sirven para demostrar tus propias inseguridades, y, no, nunca en mi maldita vida adulta he sido un tío celoso, pero estamos hablando de Maya.

Además, ¿por qué está hablando con él? ¿Le gusta? ¿Y qué pasa con nuestro trato? Ya sé que solo estamos fingiendo, pero parte de fingir es hacerlo en exclusiva, ¿no? ¿Va a fingir conmigo y va a irse a casa con otro? No puede hacerlo. Seguro que es ilegal, que va contra el contrato o... yo qué sé, pero no quiero que lo haga.

Él dice algo y ella sonríe, casi ríe. Suficiente. Esas sonrisas son para mí.

—Deberíamos volver —le digo lacónico a Rowan.

Ni siquiera espero su respuesta y me dirijo a la barra. Rowan me sigue y los diez segundos que tardo en llegar hasta ellos lo hago con la vista clavada en Maya. Aún estoy a unos pasos cuando ella mueve la mirada y nuestros ojos se encuentran.

—¿Ya habéis vuelto? Me alegro de que hayáis podido celebrar vuestra cumbre secreta sin problemas.

Con las palabras «cumbre secreta» entorna los ojos. Se esfuerza en sonar divertida y les saca una sonrisa a Rowan y a ese imbécil, pero yo la conozco lo suficiente para detectar el retintín con el que lo ha dicho.

—Perdóname —se disculpa Rowan—. Sé que no era el lugar, pero de verdad necesitaba hablar con Troy.

Francamente, ni siquiera recuerdo qué era eso tan importante que me estaba contando.

—No te preocupes —responde Maya y el tonito indetectable para oídos inexpertos sigue ahí.

—¿Y tú quién eres? —le pregunto al gilipollas.

Yo también tengo que esforzarme en no sonar como sonaría en realidad o en tumbarlo de un puñetazo, que es lo que de hecho me apetece hacer.

—Me llamo Sebastian. Hemos coincidido por pura casualidad. —Seguro—. Maya me estaba contando por qué ha vetado temporalmente a los hombres que beben whisky. —Me lo explica a mí pero no levanta sus ojos de ella y yo estoy empezando a cabrearme, mucho.

—Eso es —interviene Maya.

—¿Algún motivo en especial? —indago tratando de controlar el mal humor.

—La verdad es que no. Ha sido una decisión marcada por las circunstancias —replica ella tratando de mantener a raya el suyo.

—A lo mejor no eres la única a la que le molestan un pelín —contesto encogiéndome de hombros con esa palabra— las circunstancias.

—A lo mejor —contesta.

Rowan y el imbécil nos miran sin entender nada mientras nosotros estamos en mitad de un duelo en toda regla.

—Chicos, por fin os encuentro.

La voz de Gaz nos hace volver a la realidad, aunque los dos tardamos un segundo de más en apartar la mirada del otro.

—Joe, aquí tiene a Troy, y le presento a la señorita Maya Smith.

Todo pasa tan rápido que nos pilla por sorpresa. Maya me mira con cara de susto, nerviosa y preocupada otra vez, y yo doy un paso adelante para cogerla de la mano y sacarla de aquí. El viejo puede conocerla en otro momento. Pero, entonces, traga saliva y con una sonrisa un poco titubeante, pero sonrisa al fin y al cabo, lleva su vista hasta él.

—Encantada de conocerlo, señor Johnston —dice ofreciéndole la mano.

—Tonterías —responde él estrechándosela, sonriendo también—, puede llamarme Joe. Tenía muchas ganas de conocerla.

—Y yo a usted, señor... —el viejo la mira recordándole lo que acaba de decirle y ella rectifica enseguida—... Joe.

—¿Qué le parece si salimos a la terraza y hablamos un poco de mi chico?

Ella me mira, sonríe y asiente.

—Por supuesto —acepta.

El viejo le hace un gesto para que pase primero y los dos se marchan charlando hacia una de las terrazas. Yo la observo y doy una bocanada de aire aliviado. Me siento la hostia de orgulloso de ella.

—Pinta bien —comenta Gaz colocándose a mi lado.

No digo nada, pero tampoco dejo de mirar el lugar por el que se han ido con ese mismo deje de orgullo en la expresión.

51

Maya

—Gaz me ha contado que Troy y usted se conocieron en el instituto.

Caminamos hasta la balaustrada de piedra que rodea la terraza.

—Sí. —El señor Johnston se inclina sobre ella y yo apoyo las manos en la piedra—. Los dos crecimos en Dripping Springs. Su hermana era mi mejor amiga.

Tan pronto como pronuncio esa frase me siento mal. Así es, Tate era mi mejor amiga y la quería como a una hermana, pero todo acabó de la peor manera posible.

—¿Conoce a los Carson?

Asiento.

—Me sabía su casa de memoria —reconozco con una sonrisa triste.

—Nunca han venido a verlo jugar —comenta confuso y sorprendido, incapaz de entenderlo—. Llevo en el fútbol toda mi vida y jamás lo había visto. Esto es Texas, por Dios santo: si tu hijo es un Cowboy, te levantas de la tumba para verlo jugar.

—La relación con su familia es complicada.

Él asiente en silencio, pensativo. Supongo que ya había llegado a esa conclusión, aunque la verdad es que se queda injustamente corta.

—¿Sabe? Me alegra que Troy haya encontrado a alguien que se preocupe por él.

Lo miro sin saber qué decir. Mi yo combativo quiere jurar que no es cierto, pero no puedo evitar pensar en cómo me sentí cuando lo encontré borracho en los vestuarios. Además, el señor Johnston parece un buen hombre. No quiero mentirle más de lo necesario. Sí, recuerdo lo del matrimonio fingido.

—Soy muy bueno calando a las personas y usted se preocupa realmente por él —insiste.

Me hace sonreír.

—Parece que no soy la única.

El señor Johnston suelta un adorable suspiro.

—Son mis chicos y mi responsabilidad.

—Los Cowboys son lo más importante para Troy.

Quiero que lo sepa.

—Antes puede —responde cómplice—, pero me parece que alguien nos ha desbancado.

Tardo un segundo en comprender que se refiere a mí y, cuando lo hago, niego inmediatamente con la cabeza.

—No, señor Johnston, Joe, para Troy...

—Y así es como tiene que ser —me interrumpe dándome unos suaves golpecitos en el reverso de la mano que aún tengo apoyada en la balaustrada—. Querer cuidar y proteger a alguien es la razón más poderosa para que una persona cambie de verdad. Y él lo está haciendo por usted.

También quiero replicar a eso, pero ha vuelto a dejarme sin palabras.

—Deberíamos volver —me anima incorporándose—. No quiero que me acusen de estar acaparándola.

Regresamos desde la terraza y en cuestión de segundos estamos caminando entre el centenar de personas que llenan la sala. Todos miran con admiración al señor Johnston.

—Joe —lo llama una mujer con un elegantísimo traje violeta acercándose a nosotros—, Nancy ya ha llegado.

Él asiente y le pide un segundo antes de seguirla.

—Ha sido un placer conocerla, Maya —se despide—. Espero que volvamos a vernos pronto.

—Lo mismo digo.

En serio lo hago. Es un hombre muy amable y ha sido muy agradable charlar con él.

Observo un momento la enorme sala para orientarme y echo a andar hacia la barra. No he avanzado más de unos metros cuando distingo una cara familiar: Nick.

Sin dudarlo echo a andar hacia él. Desde que encontré a Troy borracho en los vestuarios me he estado preguntando si Nick tiene algún problema conmigo o son solo imaginaciones mías. Lo cierto es que tuvo un par de momentos «poco amables», pero uno de sus mejores amigos estaba a las puertas de meterse en un lío demasiado grande, es normal que estuviera nervioso. Ahora, en cambio, estamos en una fiesta. El mejor momento para socializar.

—Hola —lo saludo llegando hasta él—, ¿qué tal?

¿Y qué hace él? Me ve. Me oye. Se bebe la copa de *champagne* de un trago. Y da el primer paso para marcharse.

—Lo siento. He de irme.

¡¿A dónde?! ¡Eso ni siquiera es una excusa completa!

Definitivamente no eran imaginaciones mías.

Apenas me queda un metro que recorrer para llegar a la barra cuando ya puedo ver a Troy. Tiene la espalda apoyada en ella y acaba de darle un trago a su copa, en un vaso bajo y con mucho hielo, por supuesto.

Vale, ahora mismo no sé si estoy muy enfadada porque vaya por ahí dejando que las *influencers* de moda coqueteen con él o si tengo el corazón blandito por lo que he hablado con el señor Johnston. O, yo qué sé, quizá sean las dos cosas. ¿Es posible? Y ahondando un poco más en lo que claramente no me conviene... ¿por qué me importa tanto lo que haga o no con Rowan? No es mi prometido de verdad, no es un matrimonio de verdad y yo no puedo estar celosa, ¿verdad? Vamos, ¡es Troy! ¡Lo odio! ¡Llevo haciéndolo los últimos ocho años de mi vida! Haber fantaseado ocasionalmente con verlo desnudo no puede tumbar esa idea. Me niego.

Y de este maravilloso humor llego hasta él.

—¿Dónde está tu amiga? —pregunto (¿Beligerante? ¿Yo? Jamás).

Troy gira la cabeza para verme sin mover un ápice su cuerpo de esa postura de «Soy el rey de esta fiesta y de todo vuestro maldito mundo».

—Ha ido a saludar a alguien —contesta del mismo humor que yo. Entre «no beligerantes» nos reconocemos—. ¿No me preguntas por tu imbécil?

—Lo tengo delante.

Le dedico mi media sonrisa más falsa y tirante y él me la devuelve.

—Se ha marchado —dice—. Imagino que a intentar parecer interesante a otra chica.

—No todos podemos ser estrellas del fútbol o *influencers* de moda. —Sí, puedo sonar aún más malhumorada si quiero.

—Hay que saber elegir mejor, nena. —Exactamente igual que él.

—No se te ocurra llamarme «nena» —le advierto. ¡Dios, estoy tan cabreada!

—Me partes el corazón —se burla, el muy bastardo.

—No te preocupes, seguro que muy rápido encuentras quien te lo cure.

—Lo mismo digo.

¡Ah! Quiero estrangularlo y, extrañamente, también quiero que me diga que Rowan no significa nada para él. ¡Esto es frustrante!

—Preferiría irme a casa —gruño al fin.

—Por mí, genial.

Deja el vaso en la barra y avanza en mi dirección. Por inercia me coge de la mano y yo me dejo hacer hasta un segundo después, cuando los dos racionalizamos lo que acaba de pasar y nos soltamos de golpe.

Sin embargo, delante de la prensa, queramos o no, toca fingir. Gracias al cielo, ya quedan muchos menos periodistas.

Justo antes de atravesar la puerta y que reparen en nosotros, Troy me mira, no pidiéndome permiso, sino dándome la opción de que volvamos a ser un equipo, aunque sea de aquí al coche, y me ofrece su mano. Yo la miro, lo miro y acepto estrechándosela.

Empuja la puerta y salimos. Nuestros dedos, entrelazados. Tira suavemente de mí, que voy un par de pasos por detrás. Nos fotografían, pero es como si el poder de nuestras manos unidas creara nuestro propio cristal antibalas.

Llegamos a la limusina. Troy se adelanta al chico del *staff* y me abre la puerta.

Recuerdo las palabras del señor Johnston y, sí, me siento protegida.

52

Maya

—Si vamos a hablar, antes necesito uno de estos —digo sacando una botella de tequila de uno de los armarios de la cocina, un par de vasos de otro, colocándolos sobre la isla y sirviendo dos tragos.

Troy no ha insinuado que vayamos a hablar, pero cuando después de estar todo el camino en silencio y enfadados hemos llegado al ático y seguimos igual, he decidido ponerle una solución. Digamos que he interpretado a mi manera su estúpidamente atractiva cara de pocos amigos.

Me bebo los dos tragos. Sí, sé que uno era para él. De nuevo, una reinterpretación de *madame* Smith.

Todo bajo su atenta mirada.

—Vamos a jugar a un juego —anuncio rellenando los vasos como si fueran de chupito—. Vamos a preguntarnos lo que queramos —Troy camina hacia la isla de la cocina con cautela—, nuestro desastroso pasado incluido, y vamos a ser sinceros al contestar. Sin discusiones y puede que con algún que otro reproche que encajaremos con deportividad. —Llega hasta el otro lado del mueble. Yo cojo uno de los tragos y vuelvo a bebérmelo de un tirón—. ¿Te apuntas?

Contraigo el gesto por lo fuerte del alcohol y mi voz se evapora un poco.

Troy busca mi mirada tratando de leer en mí. Ese siempre ha sido nuestro *je ne sais quoi* como dúo, el ser capaces de ver en el otro, incluso antes de ser lo que quiera que fuésemos en el instituto.

Qué extraordinaria primera pregunta.

Finalmente coge el otro vaso y se lo bebe de un golpe aceptando el trato.

—¿Qué éramos en el instituto? —planteo.

—No lo sé —responde sincero—, pero me gustaba.

Lo dice observando su vaso vacío, pero entonces sube la mirada y atrapa directamente la mía, sin esconderse, sin mentiras, y yo lo miro exactamente igual. Bueno, de eso va este juego, ¿no? De ser sinceros hasta el final.

—A mí también me gustaba —confieso.

Relleno los vasos y los dos nos los bebemos de un trago.

Su turno.

—¿Por qué te quedaste en Dallas?

—¿Te refieres a por qué me quedé en Dallas sabiendo que tú estabas aquí?

—Sí.

Pierdo mi mirada en el pedacito de la ciudad que puede verse a esta distancia de los ventanales. Trato de recordar aquellos días, cómo me sentí la primera vez que puse los pies aquí.

—No lo hice por ti —contesto y no lo hago para hacerle daño—, pero fuiste uno de los motivos por los que no me marché.

No acepté la beca en la universidad por él, pero, cuando me gradué, ya era un secreto a voces que Troy ficharía por los Cowboys.

—¿Por qué?

—No lo sé. —Una sonrisita se me escapa mientras muevo el vaso. Es una sonrisa triste—. Era demasiado difícil.

Troy sirve dos nuevas copas por mí y yo apuro la mía muy rápido. Una lágrima cae por mi mejilla mientras lo hago y me la seco igual de veloz con la otra mano en cuanto separo el vaso de mis labios.

Podría haberme marchado, ser feliz en otro sitio, pero en aquel momento tenía dieciocho años y daba igual lo enfadada que estuviese, cuánto lo odiase o el daño que me hubiese hecho, tampoco cuánto le hubiese hecho yo, ni podía ni quería olvidarlo.

Sé que es difícil de entender, pero había perdido a mis padres, él no les importaba a los suyos, y poco a poco, sin darnos cuenta, nos convertimos en el vínculo del otro, la sonrisa en la que piensas cuando recuerdas que no estás solo.

Teníamos algo increíble.

—¿Por qué empezó así? —inquiero de pronto. El tequila está comenzando a hacer su trabajo en eso de desinhibir—. ¿Por qué te comportabas de esa manera?

Una sonrisa arrogante por fuera y triste por dentro se cuela en sus labios.

—Eras la mejor persona que conocía y me despreciabas solo a mí. Te veía en los pasillos del instituto ayudar a todos, ser amable incluso con los que no se lo merecían, pero entonces cruzabas una sola mirada conmigo y podía ver cuánto me odiabas y yo...

—Lo siento —lo interrumpo sin poder controlar las ganas de decirlo; la verdad, de correr a lanzarme en sus brazos, rodear su cuello con los míos y hundirme en ellos.

—En realidad, no importa.

—En realidad, sí importa porque no te merecías que te tratara así —respondo vehemente—. Vale, sí, eras un poco capullo y bastante engreído —dos suaves sonrisas—, pero también tenías un corazón enorme y yo dejé que el odio ciego de Tate me valiese a mí también y no me pregunté si ella tenía razón y yo veía cosas, sentía cosas y tendría que... —me paro en seco, pero sé lo que quiero decir—... tendría que haber sido más valiente para escuchar lo que estaba sintiendo.

¡Fui tan estúpida! Y nos hice perder tanto tiempo. Me da igual cómo acabara porque nunca debí dudar de mi instinto ni confiar ciegamente en ella.

—Bueno, al final lo hiciste.

Nos miramos a los ojos y volvemos a sonreír. Su camioneta, las escaleras del edificio donde vivía con mi tía, bajo las gradas del campo de fútbol. Todos esos recuerdos paseándose por mi mente una y otra vez, haciendo que el corazón me lata deprisa al ritmo de las canciones que nunca nos cansábamos de escuchar.

—Sí —sentencio recordando otras muchas cosas, sintiendo cómo duelen— y ojalá me lo hubieras puesto más fácil para no acabar como acabamos.

—Lo mismo digo.

Ninguno es capaz de añadir nada y simplemente bebemos.

—¿Por qué me compraste el anillo?

—Porque no soporté cuando Gaz me contó que había conseguido que te sintieras sola.

El corazón se me encoge por lo que ha dicho, por lo que hizo.

—¿Sabes? Creo que me he acostumbrado —respondo esforzándome en que mi voz no suene triste.

—No —contesta con la voz ronca y el azul de sus ojos salvaje, mirando directamente a los míos.

Y el corazón vuelve a hacérseme grande. No se trata de que haya sido capaz de ver que mentía, sino esa idea de que nunca permitirá que lo esté, que no merezco estarlo y no va a permitir que se quede en un triste «no es justo».

—Troy, ¿yo te importo?

—¿Te importo yo a ti?

El silencio se come a pedacitos esta cocina, este edificio, la ciudad, y yo lo miro a los ojos porque las corazas se están cayendo como si estuvieran hechas de papel mojado y estamos más y más cerca pero también da más y más miedo.

—Me gustaría poder responder que no y, sobre todo, me gustaría responder que sí y que hacerlo no me asustara así —contesto.

Troy me mantiene la mirada. «Juntos somos un error.» Él mismo lo dijo, no sé qué pretende que diga yo ahora.

Alza la mano dispuesto a coger uno de los vasos, pero pongo la mía sobre la suya impidiéndoselo. El contacto es brutal, como sentir un relámpago en la palma de la mano, haciendo que solo importe ese trocito de nuestros cuerpos.

—Troy, ¿por qué necesitas beber?

Vuelve a mantenerme la mirada. Los ojos se le llenan de lágrimas que jamás se permitirá llorar y el corazón me late como un loco en el centro del pecho por él y por mí.

—Porque tú no eres la única que tiene miedo —contesta tan sincero que duele.

—¿De qué?

—De que mi vida es un puto desastre y aun así no puedo dejar de pensar en los errores que cometí hace ocho malditos años.

Debería saber qué contestar, soltar algo inteligente o tenaz o simplemente mandarlo al infierno, pero no soy capaz y sé que él se siente igual pero tampoco puede hacer nada. Es nuestro castigo y condena, pero también donde una parte de nosotros siempre quiere estar.

—¿Alguna vez cuando recuerdas lo que pasó sientes que, a pesar de todo, mereció la pena? —pregunto, y mi voz suena diferente, triste, entregada, demasiadas cosas a la vez.

Las mismas que atraviesan sus ojos azules.

—Siempre.

Es nuestro castigo y condena, donde vamos a querer estar hasta el día que nos muramos y va a volver a hacernos daño.

—El juego se acabó —dice levantándose de golpe y alejándose de la isla de la cocina.

Clavo la mirada en los dos vasos todavía con tequila con la respiración acelerada y el corazón a mil por hora. Ha sido demasiado intenso. Nos hemos acercado demasiado.

—Maya —me llama.

Alzo la cabeza.

—Tú y yo solo somos dos desgraciados sin familia que no tienen a nadie más.

Es la pura verdad y la odio y me gustaría que fuera mentira pero no es algo que ni él ni yo podamos elegir. Annie conoce a Oliver Twist, esos somos nosotros.

Troy es el primero en apartar la mirada y, con el andar lento pero sin perder una pizca de esa seguridad, se marcha.

Yo cojo los vasos y la botella y con un resoplido los vacío en el fregadero.

Tengo que empezar a plantearme mejor los juegos que elijo.

53

Troy

Estoy muerto de miedo.

54

Maya

Ocho años antes

Los Esteban tenían muchas normas pero también nos trataban bien. Acogían a tres chicas más además de a mí. La más pequeña, Ellen, tenía solo cuatro años.

En otras circunstancias creo que incluso me hubiese gustado crecer allí, pero yo... no podía dejar de pensar que hacía una semana tenía a mi tía y que me abandonó y no podía dejar de pensar en mis padres y quería dejar de estar triste, pero es que no sabía cómo.

Troy, Tilly, incluso Billy Ray se encargaban de que en el instituto fuese todo perfecto para mí y yo se lo agradecía y lo disfrutaba, pero a las cinco me montaba en aquel autobús y era como si mi vida se apagara.

Los chicos llegaron a la final del estatal y ganaron. Troy hizo un partido increíble. Los Esteban vinieron a verlo, pero, cuando acabó, solo me dejaron acercarme a felicitarlo acompañada del señor Esteban y nada de besos o abrazos. La norma: siempre a dos pasos. Tampoco pude ir a la fiesta de celebración en casa de Steve.

Tampoco tenía permiso para ir al baile de graduación.

No sé qué les preocupaba más a los señores Esteban, que me escapara o que Troy me dejara embarazada. La señora Esteban me decía que todo tenía un proceso y que debíamos aprender a confiar, yo en ellos y ellos en mí, y que, cuando ese punto llegase y estuviesen seguros de que era lo suficientemente responsable, me darían más libertad.

—¿Qué tal en tu nueva casa?

La voz me era tan familiar que no necesité más que una décima de segundo para reconocerla. Sin embargo, también me resultó demasiado extraño. Tate llevaba más de un mes sin hablarme.

—Bien —contesté—. ¿Y a ti cómo te va?

—Genial. Como siempre —respondió encogiéndose de hombros, en plan «No ha habido cambios reseñables en mi vida». Supongo que la empatía nunca había sido su fuerte.

Asentí y los siguientes segundos nos quedamos en silencio. Me resultó muy triste. Aunque ella me odiase, una parte de mí la seguía considerando mi mejor amiga y esperaba que un día volviésemos a estar bien.

—Mira —dijo al fin—, solo he venido a decirte que, mientras sigas con Troy, todo va a ser un desastre.

Negué con la cabeza. Pasaba de esa conversación.

—Déjalo, Tate.

—Si él no se hubiese metido entre nosotras, tú estarías en mi casa, conmigo, en lugar de en el culo del mundo sin poder usar el móvil después de las siete. Y todo, ¿por qué? ¿Crees que va a cambiar, que no va a cansarse de ti?

—No sé por qué me estás diciendo todas estas cosas, pero Troy y yo...

—Troy y tú, ¿qué? —me presionó—. No sois novios. Solo estáis juntos —añadió despreciando esas palabras—. Te conozco —sonó a amenaza—: ni siquiera sabes qué sois.

Aparté la mirada porque, por mucho que me molestara, tenía razón.

—Pero de todas formas da igual —continuó— porque él irá a la A&M y tú, con suerte, al campus público de Dallas, y ¿qué crees que va a pasar entonces?

—No lo sé —respondí sin dudar sin ser la huerfanita debilucha y asustadiza que a veces tenía la sensación que Tate pretendía que fuese—, pero es que no necesito saberlo porque confío en Troy.

Algo sí era mentira. Sí quería saber qué éramos. Quería tener un maldito oráculo que me dijera «No te preocupes, salta al vacío, no vas a perderlo a él también».

Tate dio un paso hacia mí, otra cosa que también pareció una amenaza.

—Troy solo está contigo para hacerme daño, Maya. Quería quitarme a mi mejor amiga y tú me traicionaste por él.

Negué con la cabeza otra vez. No conocía a Troy y no me conocía a mí. Empezaba a pensar que Tate solo se conocía a sí misma.

—No es verdad.

Un amago de sonrisa se coló en sus labios, pero no fue un gesto feliz.

—Espero que tengas suerte. La vas a necesitar.

Me miró con una mezcla de compasión y condescendencia y se marchó.

De verdad que aquello era lo último que necesitaba.

Esa noche esperé a que todos se durmieran, me puse la sudadera encima del pijama y me asomé por la ventana. Justo debajo, Troy me guiñó un ojo. Yo respiré hondo, salí, me encaramé al saliente de la fachada y bajé con ~~un susto que te mueres~~ valentía por la tubería. Tengo que reconocer que me sentí bastante orgullosa cuando aterricé.

—Bien hecho, bicho raro —susurró con una sonrisa.

Entrelazó nuestras manos y cruzamos el jardín. Saltó la valla y, cogiéndome de la cintura, me pasó a mí al otro lado. Nos metimos en su camioneta y nos alejamos un par de calles hasta el parking del CostCo, donde podíamos aparcar detrás del edificio principal y evitar que los ayudantes del sheriff nos vieran al patrullar.

Ver su sonrisa iluminada solo por las luces de la ciudad era mi momento preferido del día.

No sé quién empezó a besar a quién, pero cuando Troy me cogió de las caderas y me sentó en su regazo fue como llegar al paraíso.

No sabía cuánto tiempo había pasado y debería importarme, pero no lo hacía. Las ventanas se llenaron de vaho y nos morimos de risa cuando el idiota que tenía debajo me preguntó si faltaba mucho para que se hundiera el barco.

—¿Tienes algo de beber? —pregunté con la respiración trabajosa de vuelta en mi asiento.

—En la guantera, creo —contestó mientras se abrochaba los vaqueros.

Abrí el pequeño compartimento y automáticamente fruncí el ceño.

—¿Vas a ir al baile? —pregunté.

Él miró el ramillete que tenía guardado en la guantera como si no recordara que estaba allí.

—Ah, sí —respondió todo normalidad—. Como tú no puedes ir, pensé que no te importaría que fuese con April. Le he comprado ese ramillete. ¿Te gusta?

Creo que nunca había mirado tan mal a nadie ni había estado más cabreada ¡ni nada!

—¿Va en serio, Troy?

Le di la oportunidad de que dijera «Es broma, bicho raro» y se riera, pero no.

—Sí —pronunció confuso—. ¿Dónde está el problema? Tú y yo solo somos amigos.

—¿De verdad me estás preguntando dónde está el problema?

¡Iba a matarlo!

Pero como si ya no pudiese más, Troy sonrió y dos segundos después rompió a reír, el muy maldito. Creo que nunca había estado más aliviada de que se estuviesen quedando conmigo.

Le di un puñetazo en el hombro, dos, que no le hicieron ni cosquillas, pero en contra de mi voluntad rompí a reír también.

—Eres idiota —lo increpé divertida cuando nuestras carcajadas se calmaron.

—Y tú, muy dura, bicho raro. Lo tendré en cuenta la próxima vez que compre un ramillete... o que le pida una cita a otra chica.

—¿Sabes? Cásate con April y vete a colonizar Marte con ella. Solucióname la vida.

—Me echarías de menos.

—No lo creo.

—¿Un poco? —preguntó torciendo los labios de una manera adorable.

—Quizá un poco, pequeño —cedí, pero no sonreí. Me merecí un trofeo gigante—, como a una mascota.

—O a una peli de los noventa.

—Más o menos.

Los dos sonreímos.

—Para que no queden dudas —dijo con un tono de voz diferente—, el ramillete es para ti. —Sonreí—. Sé que no puedes ir, pero, no sé, a lo mejor hay suerte.

—¿Tú vas a ir?

Troy asintió.

—El director quiere que estemos, como una manera de celebrar el estatal.

Tenía sentido.

—Me encantaría ir —dije torciendo los labios, pero lo tenía cerca, así que, aunque estaba un poco triste por perdérmelo, estaba muy feliz por tenerlo a él justo allí.

—Y a mí que fueras. En el próximo arrasaremos.

—Lo llaman baile de graduación por algo. Ya no habrá más.

Troy puso los ojos en blanco divertido.

—Digo yo que en la universidad organizarán alguno —aclaró— y, si no, podemos ir a esas cosas llamadas discotecas. El pastor Jenkins dice que son pecado, pero yo creo que exagera —se burló.

Los dos sonreímos, pero yo me quedé muy callada. Troy se dio cuenta de lo que él mismo había dicho y al final resopló.

—Troy...

—No quiero que esto se acabe, Maya.

El corazón empezó a darme saltitos en el centro del pecho. Yo tampoco quería, pero tan pronto como lo pensé un montón de ideas empezaron a martillearme los oídos.

—Somos demasiado diferentes —murmuré.

Tenía demasiado miedo de perderlo.

—¿Y qué más da? —contestó con mi sonrisa preferida en los labios, pero, cuando vio que yo no sonreía, la suya se esfumó.

—Troy, tú tienes el futuro asegurado. Irás a la A&M, te convertirás en una estrella y lo serás también de la NFL. Yo ni siquiera sé si tendré dónde vivir cuando cumpla los dieciocho.

—Pues déjame que cuide de los dos.

Negué con la cabeza.

—No voy a ser una carga para ti.

Esa frase solo fue una mentira para ocultar el miedo que sentía de verdad.

—No lo eres.

Volví a negar. Estaba nerviosa, triste, enfadada y frustrada con el maldito mundo. ¡No era justo!

—Tú tienes que concentrarte en jugar y en ser feliz porque te lo mereces. Te mereces largarte de este sitio y estar con gente que te quiera todos los días sin tener que pensar en trabajar o cómo pagar el alquiler.

—Todo eso son tonterías.

¿Por qué tenía que conocerme tan bien?

—No es cierto —respondí a la defensiva.

—¿Crees que me importaría tener que trabajar y estudiar o no poder vivir en el campus? —replicó molesto.

—Sé que no —estallé exasperada.

—Entonces, ¿qué coño pasa?

Tendría que haberle dicho la verdad. Tendría que haberle dicho que me daba demasiado miedo perderlo. Ojalá le hubiese dicho que lo quería, pero no hice nada de eso.

—Maya —susurró mi nombre y, por Dios, era como mi oxígeno.

—Pasa que tú y yo no puede ser y, cuanto antes lo entendamos, mejor.

Abrí la puerta de la camioneta y salí corriendo, ignorando todas las veces que me llamó. Volví a colarme por mi ventana. Me metí en la cama sin ni siquiera quitarme la sudadera y no dejé de llorar en toda la noche.

Soy consciente de que sonaba como una completa estupidez, pero realmente pensaba que no decidiendo nada podría tenerlo a mi lado para siempre, algo así como el gato de Schrödinger. En mi defensa diré que tenía diecisiete años, todo a mi alrededor estaba cambiando demasiado rápido y dolía demasiado. Todos los días echaba de menos a todos los que ya no tenía y yo... no podía soportar que él estuviese en esa lista.

Me desperté con los ojos hinchados y la nariz todavía roja, así que fue relativamente fácil colar la mentira de que estaba enferma y poder quedarme en casa.

No pude dejar de pensar en Troy un solo segundo.

Pero también comencé a pensar que no podía dejar que el miedo me paralizase, que no lo había hecho nunca, así que ¿por qué demonios iba a empezar con el chico del que estaba enamorada como una idiota? Saldría bien. Trabajaría, estudiaría; la Universidad de Texas en Dallas aún no había contestado, quizá había conseguido una beca.

Faltaba una hora para el baile.

Llamé a Tilly para que me ayudara a conseguir un vestido y le pedí que me recogiera a una calle de casa de los Esteban.

No podía esperar a que todos se quedaran dormidos, así que

tocó arriesgarse. Salió mal y crucé el jardín como una exhalación mientras el señor Esteban me miraba alucinado a través del ventanal del salón.

Nos arreglamos en casa de Tilly.

Estaba muy nerviosa, pero en el buen sentido; iba a saltar al vacío por Troy.

Llegamos tarde, pero no me importó. Eché un vistazo al gimnasio, pero algo me decía que Troy no estaba allí. Le pregunté a Billy Ray, ignorando la incómoda sensación de que todos me miraban y cuchicheaban.

Troy se había marchado ya a la fiesta postbaile en casa de Diane Lewis. No me costó encontrar a alguien que también fuera para allá y en quince minutos estaba cruzando el vestíbulo de los Lewis.

La fiesta estaba a rebosar. Saludé a un par de personas y al primer chico del equipo de fútbol con el que me encontré le pregunté por Troy. Él me miró con el ceño fruncido, pero al final acabó contestando «En la cocina». Estaba claro que mi interlocutor ya estaba un poco borracho.

Cuando me deslicé entre el centenar de personas que llenaban el salón y por fin llegué a la cocina, no sé qué vi antes: si a Troy besándose con April como si no le importara absolutamente nada o a ella, sentada en la isla de la cocina, con mi ramillete.

Quise gritar, pero fue como si de pronto no tuviese voz. Tampoco fui capaz de darme media vuelta y largarme. Dios, ¿por qué no era capaz de largarme?

Steve, uno de los compañeros de Troy, lo avisó dándole un golpe en el hombro. Él se apartó malhumorado con los ojos llenos de rabia, tristeza y el corazón roto y entonces me vio.

—Maya —pronunció en un susurro.

Mi nombre en sus labios siempre significaba algo y esa vez fue lo que me activó. Salí disparada y él salió detrás.

—Maya, para —me pidió cuando alcancé el jardín delantero, pero no lo hice. Lo único que quería era marcharme de allí.

—Maya, por favor.

Me cogió de la mano para hacer que me girara, pero en cuanto lo tuve delante me solté furiosa.

—No vuelvas a tocarme nunca —le advertí.

—Vale. Yo. Lo siento —dijo rápido y se calló un solo segundo—. Dime por qué has venido. Estás aquí. Tienes que estar aquí por algo.

Sonaba desesperado y dolido y cabreado y muy triste. Sonó hecho pedazos y lo reconocí porque así era exactamente cómo me sentía yo... Pero no teníamos nada que reprocharnos, ¿no? Él quiso que estuviésemos juntos y yo dije que no.

—¿Has venido por mí? —preguntó.

Era obvio que había bebido más de la cuenta.

Tenía los primeros botones de la camisa desabrochados, sin chaqueta ni pajarita.

—¿Has venido por mí? —repitió.

Pensé en el vestido y me sentí estúpida, en cómo me había escapado de la casa de los Esteban, en lo nerviosa que estaba en la de Tilly mientras me arreglaba.

—¿Y eso qué importa ahora? —casi grité.

¡Ya no importaba nada!

—¡Lo importa todo, maldita sea! Hoy ha sido el peor puto día de mi vida —sentenció con los ojos vidriosos señalándose, aún más enfadado—. Te he echado de menos. Te he odiado. Y he querido hacerte daño. Y he querido olvidarte. Y nada de eso ha valido de nada. ¡Así que, si estás aquí por mí, me merezco saberlo!

—¡¿Y qué hay de lo que merezco yo? Te dije que no podíamos estar juntos ayer y hoy ya estás con otra.

Troy tensó la mandíbula odiando lo que había hecho, odiándome a mí, odiándose a él.

—Le has dado mi ramillete —añadí destrozada a punto de romper a llorar.

—¿Estás aquí por mí? —repitió con el corazón hecho pedazos, con la rabia luchando por mantenerlos unidos y una lágrima resbaló por su mejilla.

Siempre me preguntaré qué habría pasado si hubiese sido sincera. Sí. Dos letras que quizá lo habrían cambiado todo. Pero estaba demasiado triste, demasiado dolida, me sentía demasiado estúpida por quererlo y haber pensado que él también me quería a mí.

Nunca me había sentido tan sola.

—¿De verdad crees que querría estar con alguien como tú? —Y permití que la rabia tomara el control para poder sobrevivir—. ¿Has olvidado cómo empezó todo? Tú me chantajeaste para que estuviésemos juntos. Eres la peor persona que he conocido en mi vida y nunca he dejado de odiarte.

Nos miramos a los ojos por última vez. El azul, el castaño y el millón de recuerdos que se quedaban atrapados en ellos. Ojalá alguien hubiese tirado ese maldito mensaje en una botella al mar.

—Genial, bicho raro —lo pronunció como nunca lo había hecho, lleno de odio—, porque yo te odio más que a nada.

Y la música dejó de sonar.

Nunca más volví a ver a Troy ni a ninguno de los Carson. Los señores Esteban dijeron que no podían confiar en mí y me trasladaron a otra casa de acogida. Estuve en cuatro hasta que por fin me fui a la universidad. A Dallas.

55

Maya

—¿Qué dice ese? —pregunto y empiezo a pensar que he perdido un poco el norte. Es el vigésimo post de sitio de cotilleos que leo sobre Troy y yo en la gala benéfica.

—No —responde Andie escondiéndose el móvil detrás de la espalda.

—Enséñamelo.

—Te he dicho que no.

Me abalanzo sobre ella en el sofá, forcejeamos pero me hace una llave a lo Jason Statham y me inmoviliza.

—Tienes que parar —me advierte, puede que me amenace, puede que tengamos una amistad un poco disfuncional.

Intento forcejear un poco más. No vale de nada.

—Vale —me rindo en un gimoteo—. ¿Por qué eres tan fuerte? —protesto cuando me suelta.

—Gimnasio, tres veces por semana.

Mierda, así que para eso vale no tener una forma física lamentable.

—Si quiero hacerle daño, tengo que pillarla desprevenida —interviene Marlow—, y nunca la pillo.

—Soy una ninja extrafuerte —se vanagloria.

Aprovecho precisamente que está ocupada queriéndose a sí misma e intento robarle el teléfono otra vez.

—¡Para! —me riñe Andie interceptándome a tiempo—. No leas más.

Resoplo exasperada. ¡A ver, sé que tiene razón, pero están hablando de mí! Hay posts de Insta, tiktoks, portales de Internet... y no me importaría, bueno, no me importaría tanto, si básicamente no estuviesen diciendo que soy lo peor.

—Es una putada —me lamento dejando caer mi espalda contra el tresillo.

Mis amigas me miran con empatía.

—Es prensa sensacionalista —trata de hacerme ver Andie—. Solo quieren crear morbo para tener más *likes*.

—En unos días nadie se acordará de esto —insiste Marlow.

Esa teoría también me la sé, pero ahora mismo no me ayuda demasiado. Me queda prácticamente un año de estar en manos de la prensa oficialmente. Habrá más eventos, más partidos, ¡la boda!... Estoy muy tentada de fugarme del país.

Después de un poco más de terapia con mis amigas vuelvo al ático. No me queda otra. Tengo turno en la cafetería esta noche y mi uniforme está allí.

No estoy de mi mejor humor.

Al entrar, un ruido en la cocina llama mi atención y, al llegar al salón, me encuentro a Troy. Lleva un pantalón corto de chándal y una camiseta. Su cuerpo está tenso y armónico al mismo tiempo, con los músculos suavemente marcados exactamente donde deben. Se ha echado el pelo húmedo hacia atrás con la mano. Y justo ahora se levanta el bajo de la camiseta para secarse la cara dejándome ver unos abdominales de escándalo y ese músculo que va desde las caderas hacia abajo, marcando mi línea de pensamientos actuales. ¿Me quedo embobada? Puede que un poco.

—Ey, hola —me saluda—. No sabía que estarías aquí. Acabo de subir de entrenar.

—¿Subir? —¿Tartamudeo? No. ¿Me quedo cerca? Pues sí.

—El edificio tiene gimnasio.

Por supuestísimo que sí. Como no está lo suficientemente bueno ya, necesita un gimnasio privado.

Los labios de Troy dibujan su media sonrisa, más engreída que nunca, y me doy cuenta de que me ha pescado mirándolo encandilada.

—¿Le gusta el espectáculo, señorita Smith? —pregunta, el muy desgraciado.

—¿Quieres ir a ducharte de una vez? —gruño echando a andar de nuevo.

Troy rompe a reír por mi reacción. El señor Carson es lo peor.

Lo esquivo y me tiro en plancha y bocabajo sobre el sofá.

Unos segundos después oigo sus pasos acercándose despacio hasta detenerse junto al tresillo.

—¿Qué ha pasado? —pregunta paciente.

—Nada —gimoteo.

—No lo parece.

—Es Internet —respondo incorporándome.

—¿Entero? —plantea burlón.

Yo lo miro mal y él sonríe. Se sienta en la mesita de centro, me acomodo en el sofá y nos quedamos frente a frente.

—Hay un montón de posts sobre mí —le cuento.

—Bueno, eso entraba dentro de lo que esperábamos.

—Claro que sí, pero es que todos son horribles.

Troy me mira esperando más detalles. Me saco el teléfono de mi bolsito cruzado y abro mi app de notas.

—Hasta que Andie me ha hecho una llave de yudo y me ha prohibido seguir leyendo —frunce el ceño ante semejante explicación. No lo culpo—, he visto cuarenta y cinco posts. En cuarenta y dos de ellos han mencionado que mis padres están muertos. —Troy frunce el ceño—. Sí, muy agradable. Treinta y nueve —continúo leyendo— han dejado muy claro que hacemos una pareja desastrosa porque no estoy para nada al nivel.

Abre la boca dispuesto a decir algo, pero lo interrumpo alzando suavemente la mano.

—También hay para ti. Treinta y seis piensan que eres idiota por no estar con una *top model*.

Él ladea la cabeza sin levantar sus ojos de los míos para recordarme que eso es una soberana estupidez.

—Y, ah, cuarenta y seis dicen que soy una cazafortunas.

—Creí que habías dicho cuarenta y cinco posts.

—Había un comentario de una señora muy enérgica que lo ha dejado muy claro.

—Maya —me llama y no continúa hasta que dejo de mirar a cualquier sitio dándole vueltas a todos esos posts y me centro en él—, no les hagas caso. Ellos no te conocen —sentencia sin dudar—. No saben cómo eres...

—Para ti es muy fácil decirlo —lo interrumpo.

Él es la superestrella aquí. Nadie cuestiona que no esté al nivel.

También sé que tiene razón, que no debería importarme lo que opine de mí gente que no conozco, pero la teoría es infinitamente más sencilla que la práctica.

—¿Sabes lo que tenemos que hacer? —plantea lleno de la misma seguridad—. Demostrarles lo poco que nos importa su opinión.

Se sienta a mi lado, saca su móvil y abre Instagram. Efectivamente, tiene más de cincuenta millones de seguidores y ni un solo post publicado. Activa la cámara y nos encuadra a los dos.

—¿Qué haces?

—Pon tu peor pose, bicho raro —me pide divertido.

Yo frunzo el ceño sin entender nada mientras Troy estira los labios, entrecierra los ojos y hace la foto.

—¿Se puede saber qué haces? —intento seguir seria, pero es imposible cuando no deja de hacer muecas y fotos.

—¿Esa es tu peor cara? —replica mirando una de las fotografías—. Creo que puedes hacerlo mucho mejor.

Lo miro un segundo más. Sonrío. ¡Al diablo!

Empiezo a hacer el tonto como él mientras Troy saca fotos; para la última ya estamos muertos de risa. Abre la galería, elige una en la que estamos hechos un desastre de muecas y sonrisas y la selecciona.

—Ahora solo necesitamos el mensaje más cursi del mundo —dice.

Lo pienso un instante.

—Juntos podremos con todo —anuncio moviendo las manos.

—Perfecto.

Troy lo escribe como pie de post y añade un corazón al final.

—No podía faltar —comento divertida.

La sube y en cuestión de segundos ahí está, la única foto de su *feed*: nosotros enseñándole a todo Internet lo poco que nos importa lo que digan.

56

Maya

Me paso el resto de la mañana en el centro, tomándome medidas para el vestido de novia y decidiendo cómo me gustaría que fuera. Yo creo que con un vestido de novia de cualquier tienda de Dallas habría sido más que suficiente, pero Leny insiste en que sería un error, ya que todos esperan que elija a un diseñador *top*.

De regreso al ático me desvío para dar una vuelta por Klyde Warren Park. Me vendrá bien el aire fresco, aprovechando que hoy no hace demasiado calor, y estar rodeada de árboles.

Como el tiempo acompaña, la entrada del parque está llena de gente que también ha venido a pasar el rato o, los más suertudos, a pasar el día.

El puesto de limonada llama inmediatamente mi atención. Pienso pillarme una tamaño gigante y, cuando termine, un helado, pero entonces lo veo claro. En vez de una, compro dos. Una llamada al señor Harlesson y cinco minutos después, por suerte está cerca, estoy delante del mostrador de un portero llamado Larry.

—Vengo a ver al señor Nick Carpenter. Soy Maya Smith.

El portero me estudia con la mirada tratando de averiguar si soy una fan loca/peligrosa. Estoy a punto de utilizar la carta de «novia de Troy Carson» pero me la guardo y menos mal, he sentido un escalofrío gigante recorrerme la espalda solo con pensarlo.

Finalmente avisa a Nick y él me da luz verde para subir. Sobra decir que es un sitio caro y con clase. No como el Endeavor, claro, pero casi.

—Hola —lo saludo cuando enfilo su rellano y lo veo junto a la puerta—. Estaba en Klyde Warren Park comprándome una limonada y me he acordado de ti, así que te he traído una.

Le enseño mi mejor sonrisa y pongo mi mejor cara de «soy taaaaaan simpática, seamos amigos».

—Maya... —responde cogiendo el vaso que le tiendo casi a regañadientes.

—Ya sé lo que vas a decirme —me adelanto— y también sé que es un poco raro que me presente aquí, pero de verdad que me gustaría que fuéramos amigos. Pareces un tío guay. Además, está Troy...

—¿Qué pasa con él? —pregunta inquieto.

Frunzo el ceño por su cambio de actitud.

—East y tú sois sus mejores amigos. Están los partidos, habrá eventos y estaría bien poder estar todos juntos.

Por favooooor.

Nick deja escapar todo el aire de sus pulmones.

—Maya, eres muy amable, en serio, y no se trata de ti...

—¿He hecho algo que te haya molestado? —vuelvo a interrumpirlo tratando de cubrir todos los frentes—. Porque, si es así, no ha sido intencionado.

—No has hecho nada, Maya —contesta un pelín exasperado—. Es por mí. Ahora estoy en un momento en el que necesito alejarme un poco.

Otra vez arrugo la frente.

—Eso no tiene mucho sentido.

—Para mí sí lo tiene, créeme.

—¿Y qué pasará cuando estemos todos juntos?

—Pues que será como hasta ahora. Tú estarás con Troy y yo... no. Fin. ¿Por qué te preocupas tanto? —plantea frustrado.

—Porque realmente me pareces un buen tío.

Si no, ¿qué demonios iba a hacer aquí con dos limonadas tratando de que seamos amigos?

Nick me mantiene la mirada y tras un par de segundos deja escapar todo el aire de sus pulmones.

—Mira, Maya, lo siento, en serio, pero no puede ser.

Me devuelve el vaso y cierra la puerta.

Me quedo mirando la madera con cara de idiota. ¿Qué acaba de pasar? Ha sido muy amable, justo como sospecho que es, pero también estaba frustrado. Eso debe de ser la combinación más rara del mundo. Además, tampoco me ha dado ningún motivo por el que no ser amigos.

Un poco triste, hundo los hombros. En fin, yo he hecho lo que he podido, pero no se puede obligar a alguien a ser tu amigo... aunque tenga la extraña sensación de que Nick necesita muchísimo uno ahora mismo.

Vuelvo al parque porque yo sigo necesitando ese paseo (y ese helado).

No he llegado a recorrerlo entero cuando una especie de puesto llama mi atención. Es de una protectora de animales y están animando a la gente a adoptar perros de su refugio.

Sonrío cuando veo a un niño morirse de risa mientras un perro grande con cara de bueno le da lametones en la mejilla entusiasmado. Parece que alguien ha encontrado un nuevo amigo.

Los animales me gustan muchísimo, así que me acerco, aunque solo sea para acariciarlos un poquito. Deben de llevar aquí toda la mañana porque solo quedan un par de perros... uno, en realidad, la familia acaba de adoptar al grandullón.

El último integrante del puesto me mira y, cuando yo hago lo mismo, ladea la cabeza. Lo imito divertida y no puedo evitar sonreír. Es uno de esos perros de raza indefinida que la gente suele llamar *chucho*. Es gris oscuro, ni grande ni pequeño y tiene una mancha marrón cerca del hocico.

—No creo que nadie lo adopte.

La voz del voluntario me sobresalta un poco.

—¿Por qué?

Parece un perro genial.

—Porque es sordo.

De pronto se me encoge el corazoncito.

—Él solo quiere que lo quieran, pero la gente solo ve en él una carga.

El perro sigue mirándome y, cuando sonrío, empieza a moverse veloz en círculos.

Creo que tenemos un problema.

57

Troy

Entro en el ático arrastrando un poco los pies, no voy a negarlo. El entrenamiento de hoy ha sido duro.

Dejo caer la bolsa junto al mueble del vestíbulo y el ruido se enreda con otro desde el salón, pero no he podido oír bien... ¿Ha sido un ladrido?

—Hola —me saluda Maya cuando llego a la sala principal con una mezcla de nerviosismo, simpatía fingida y encubrimiento.

—¿Qué está pasando? —pregunto poniéndome claramente en guardia. Viniendo de esta mujer me espero cualquier cosa.

—Nada —responde demasiado inocente.

Me doy cuenta de dos cosas: la puerta de la habitación está cerrada. Nunca la cierra. Y lo más preocupante, está escondiéndose algo a la espalda.

—Maya, ¿qué está pasando? —repito dando un paso hacia ella.

—Ya te he dicho que nada.

—Prueba otra vez. —Otro paso.

—¿No me crees? —replica haciéndose la indignada.

—No te va a gustar que te conteste a eso.

Estamos frente a frente. Ya es mía.

—Esto es el colmo —protesta.

Hace el ademán de marcharse, pero con el primer paso que da, muy rápido, por cierto, la acorralo contra la puerta.

—¿Qué está pasando?

Ella resopla y no voy a negar que esto tiene un punto que me está gustando. Tenerla aquí, a mi merced, con ella nerviosa. Entonces recuerdo que, con toda probabilidad, ha hecho alguna maldad y se me pasa un poco... o no. Soy un tío complicado.

—Nena —la reprendo.

Maya vuelve a resoplar exasperada, rindiéndose ante la evidencia de que la he pillado.

—Prométeme que no te enfadarás.

Frunzo el ceño. ¿Qué coño ha hecho? Pero entonces *algo-ladra-en-mi-habitación*.

Doy un paso atrás completamente perdido. Maya esboza la sonrisa más dulce y llena de culpabilidad que he visto en todos los días de mi vida y abre la puerta.

Y un chucho aparece al otro lado meneando la cola.

—Se llama *Rocket* —me explica.

Abro la boca dispuesto a decir algo pero vuelvo a cerrarla mientras mi mirada vuela de ella al perro.

—Pero ¿qué coño, Maya? —suelto al fin casi en un grito, alejándome para darme la vuelta inmediatamente después.

He tardado unos segundos en responder, pero en mi defensa diré que es que no me lo esperaba para nada.

—He ido al parque y había un puesto de un refugio de animales —me explica veloz caminando tras de mí—. Era el último que quedaba. Nadie iba a adoptarlo porque es sordo y yo no he podido dejarlo allí.

—Espera un momento, ¿es sordo?

Ella asiente muchas veces muy rápido.

—¿Y cómo vamos a comunicarnos con él?

—Contacto visual.

—Es una locura.

—¿Significa que puede quedarse?

—¡Claro que no!

Voy hacia la cocina.

—¡Troy!

Y, por supuesto, ella me sigue.

—No vamos a tener un perro. Es una gran responsabilidad —trato de hacerle entender—. Yo me paso el día entrenando y tú tienes dos trabajos.

—En realidad, tengo tres.

—¿Qué?

—Céntrate en lo importante —me riñe.

—Que necesites tres trabajos es importante.

—Por favor —me pide con esos enormes ojos castaños y la voz más adorable del condenado mundo juntando las manos delante de la barbilla—. Yo lo cuidaré y me encargaré de todo. Te prometo que ni te enterarás de que está aquí.

Resoplo. ¿Por qué demonios no sé decirle que no?

—Más te vale —le advierto apuntándola con el índice.

—¿En serio? —pregunta y toda su expresión se ilumina.

Asiento.

—Sí.

En cuanto me ve mover la cabeza, empieza a dar saltitos con una sonrisa de oreja a oreja y yo no puedo evitar sonreír... Aunque, que quede claro, sigo enfadadísimo.

Son casi las doce cuando cierro el libro de jugadas. Estoy hecho polvo y llevo desde después de cenar en la terraza estudiando. El siguiente partido es importante. Los Patriots siempre son duros de pelar.

—Bicho raro, más te vale que ese chucho no esté en mi sofá...

La última palabra se evapora de mis labios cuando la veo dormida precisamente en el sofá, abrazando al perro acurrucado contra su pecho.

Doy una bocanada de aire sin poder apartar mis ojos de ella. Mis pies deciden por sí mismos. Mando lo que sé que tendría que hacer al infierno y me siento en la mesita de centro. Juro que me encantaría saber por qué no puedo levantarme y largarme, pero es que ahora mismo, con ella aquí, es como si todo estuviera en paz, como si yo también pudiese estarlo.

—Solo tú podías adoptar un perro con todavía más problemas que tú —susurro.

Tiene un corazón enorme y es jodidamente generosa y va a volverme loco porque me desafía, me grita que me odia, pero también es dulce y divertida y a veces me mira como si creyese que podemos tener una oportunidad, me lo hace pensar a mí... el puto pódium de las malas ideas. Acabamos hechos pedazos cuando se suponía que saldría bien, ¿con qué posibilidades jugamos ahora?

Y, sin embargo, aquí estoy.

No sé cuánto tiempo ha pasado cuando me obligo a ponerme de pie. Deslizo mis brazos por detrás de su espalda y sus rodillas y la cojo para llevarla a la cama.

Odio la sensación de tenerla tan cerca y al mismo tiempo me marea. Su olor me hace pensar demasiadas cosas y ya sé que lo más difícil va a ser soltarla.

Me muevo hasta hacer contacto visual con el perro y le hago un gesto para que me siga. El chucho lo pilla al vuelo y enseguida se baja de un salto. Maya tenía razón, es un chico listo.

La dejo con cuidado sobre la cama, le quito los zapatos y la tapo con la fina colcha. Es de esas personas que tienen que taparse aunque haga más calor que en el infierno.

Rocket se sube y gira un par de veces sobre sí mismo hasta hacerse un ovillo a su lado.

Una suave sonrisa se cuela en mis labios y dejo que me huela la mano antes de acariciarle la cabeza.

—Tienes que ayudarme a cuidar de ella —le digo—. Es un poco rara, pero te va a encantar.

Eso te lo puedo asegurar.

Por fin hago lo que tengo que hacer y me marcho. Resoplo. Debería haberme negado a todo este rollo de fingir una relación desde el principio, aunque, francamente, si me dijeran que todo puede acabarse ahora, no querría parar. Quiero que esté aquí, aunque no entienda por qué, aunque sepa que no saldría bien. Quiero tenerla cerca.

58

Troy

—Buenos días, Diane —saludo sin detenerme.

—Buenos días, señor Carson. El señor Harlesson está al teléfono —me explica acelerada levantándose para tratar de impedirme el paso.

Como siempre, no le funciona. Llego a la puerta antes que ella y entro.

Gaz, al verme, se sobresalta y un segundo después frunce el ceño. Es verdad que está en mitad de una llamada. Cuando ve a su secretaria seguirme con cara de susto, se contiene para no poner los ojos en blanco y le hace un gesto para que se despreocupe y se marche.

Yo voy hasta la ventana y me siento en el alféizar.

—¿Qué haces aquí? —me pregunta tras colgar.

—Tú me pediste que viniera.

—Dentro de una hora.

—Dentro de una hora tengo cosas que hacer.

Mentira. Necesitaba salir de casa porque no podía estar ni un minuto más viendo cómo Maya se paseaba por el ático con *Rocket*. Estaba consiguiendo que pareciese un hogar.

—¿Qué querías? —reconduzco la conversación porque, por supuesto, aunque he sido yo quien ha decidido irse, estoy cabreado de la hostia por tener que haberlo hecho.

—Quería comentarte que ayer llamó tu madre.

Mi cuerpo se tensa como mecanismo de defensa.

—¿Por qué? —inquiero. Sueno arrogante, indiferente, pero solo es otra parte de la coraza.

—El departamento de relaciones públicas envió a tu familia las invitaciones de la boda por error.

No necesito preguntar qué contestaron porque tengo claro que no quieren saber nada de mí. Desde que me marché de Dripping Springs nunca ha habido llamadas para saber cómo estoy, ni siquiera mensajes de cumpleaños.

—¿Y? —Pero aun así lo pregunto porque soy imbécil y sigue doliendo.

Da una suave bocanada de aire antes de responder.

—Van a venir. —¿Qué?—. Tus padres, Tate y Anthony, su prometido.

Una sonrisa breve y llena de rabia se cuela en mis labios. Sabía que se habían prometido por Billy Ray, no debería sorprenderme, pero, joder, a veces me parece una puta broma. Y el hecho de que mi familia haya aceptado... Sé que solo lo hacen por mantener las apariencias, pero me hace estar un poco más en guardia. Jamás habría pensado que vendrían. Supongo que la familia siempre puede sorprenderte.

Gaz me estudia con la mirada.

—No parecían muy contentos, Troy.

—Ya, nunca lo están.

—¿Quieres hablar de ello?

—No —contesto tan rápido que prácticamente lo interrumpo.

Gaz asiente al tiempo que centra la atención en las carpetas sobre su escritorio y abre una de ellas, pero sé que no está de acuerdo en que me lo guarde para mí. Yo no soy ningún desagradecido de mierda y le agradezco que se preocupe por mí, pero hacer terapia hablando de mi familia no es una opción.

—En cuanto a Maya —cambia de tema. Eso también lo agradezco—, no hemos podido contactar con su tía...

—No —vuelvo a interrumpirlo—. No la aviséis.

No voy a ponerle en bandeja que vuelva a hacerle daño rechazando venir o, lo que es peor, aceptando y no presentándose después.

—Vivió con ella hasta los dieciocho, ¿no?

—Hasta los diecisiete.

Tengo un sabor amargo cuando lo digo. Aquellos días fueron horribles para Maya.

—Es cierto. Después estuvo en una casa de acogida. ¿Invitamos a esa familia?

—No y tampoco lo menciones.

Sé que ella no querrá recordarlo. No era un mal sitio para vivir, pero sí uno donde acabar cuando la única persona que te queda de tu familia te abandona.

—¿Y del resto?

Frunzo el ceño.

—¿Qué resto?

—De familias —continúa Gaz sin levantar la vista de la carpeta—. Maya estuvo en cuatro casas de acogida en total antes de marcharse a la universidad.

Aprieto los labios, pero ¿qué coño...?, mientras siento cómo me enfado más y más. Yo... ¿Estuvo en tres casas más? Ella... Cabeceo sintiendo cómo me duele el corazón. A Maya tuvo que dolerle cada puta vez, joder. De eso estoy seguro.

—Asegúrate de que vienen sus amigas Andie y Marlow —le digo tratando de controlar todo lo que me está arrasando por dentro ahora mismo; tengo claro que jamás dejarían a Maya en un día así— y también Tilly Lemon, fue al instituto con nosotros.

—Por supuesto.

Gaz se toma un momento más para observarme antes de cerrar la carpeta y con ella, el asunto. Sé que quiere preguntarme si estoy bien, pero también que no va a hacerlo porque, independientemente de cuál fuese la respuesta real, voy a decir que sí para evitar el tema.

—Siento decirte que os tenéis que ir de luna de miel... de nuevo para evitar sospechas, pero no te preocupes: organizaré algo discreto al sur del estado en un hotel de lujo en la playa.

—No, mejor en el extranjero. —Gaz frunce el ceño. Esa sí que no se la esperaba. El gesto me incomoda, así que me levanto y voy hacia la puerta—. Cualquier sitio donde te pongan un sello en el pasaporte —sentencio justo antes de marcharme.

59

Maya

—¿Estás nerviosa?

—Sí.

—Del uno al diez, ¿cuánto?

—Veintisiete.

¡Es que estoy muy nerviosa! Y ni siquiera entiendo por qué. Es una boda de pega... Bueno, en realidad, la boda en sí es real. Legalmente estaré unida a Troy durante un año... ¡¿Cómo no pude pensar antes en eso?!

Tranquilidad. Siempre puedo divorciarme o, si se comporta como un grandísimo capullo, asesinarlo. Entonces seré viuda. La viuda alegre. Lloraré en tu funeral, Troy.

La cosa es que esta mañana ya me he levantado un pelín inquieta. He pasado el finde en casa de Andie y Marlow a modo de despedida de soltera y para poder alejarme un poco de Troy porque, ejem, estaba pensando un poco demasiado en él y es porque claramente me estaba intoxicando con el olor de su champú o algo así. Lo que decía, aunque estaba nerviosa, tampoco he tenido tiempo de pensarlo porque desde el minuto uno de esta mañana todo ha sido correr de un lado a otro hasta que hemos llegado al rancho donde se celebrará la boda o, lo que es lo mismo, el lugar más maravilloso sobre la faz de la tierra. Parece un paraíso lleno de árboles y caballos con una delicada mansión cuidada hasta el último detalle.

—El vestido —me avisa emocionada Marlow.

Las tres vamos hasta el saloncito de la *suite* donde han instalado el cuartel general de la novia. Leny y Ariana están aquí con un portatrajes muy grande cuya zona transparente deja entrever un trozo de tela blanca.

—¿Preparadas? —inquiere Leny.

—Ya te digo que sí —responde Andie.

Abren la bolsa, sacan el traje y creo que las tres nos quedamos boquiabiertas a la vez. ¡Es precioso!

—Al final ganó Alexander McQueen —explica Ariana.

Asiento sin poder parar de sonreír. La parte superior, con unos finos tirantes, está cubierta con un delicado bordado con una suave y elegante pedrería. A partir de la cintura, empieza la falda con vuelo y sobre ella están desperdigadas pequeñas piezas del mismo bordado, como si fuesen diminutos diamantes repartidos que al mover el vestido parecen brillar. Me encanta.

—Vamos a ponértelo —me anima Leny—. Han enviado a la jefa del *atelier* por si necesitas algún arreglo de última hora.

—Estás genial —me dice Marlow colocándome bien un mechón de pelo.

—Lo mismo digo —contesto mirándola con su vestido de dama de honor.

—La verdad es que las tres estamos muy conseguidas —sentencia Andie asintiendo.

Lo dice tan convencida que no me queda otra que sonreír, casi reír.

—Ya estoy aquí —nos avisa una voz.

Las tres nos giramos confusas a tiempo de ver al señor Harlesson poniéndose bien la chaqueta.

Frunzo el ceño.

—¿Para qué?

—Para llevarte al altar —responde como si fuera obvio.

Y supongo que lo es, ¿no? ¿Quién iba a hacerlo si no? De pronto una idea cruza mi mente y pienso en mis padres. No están. Sé que no es una boda real, pero, cuando lo sea, tampoco estarán. El corazón se me parte un poquito. Los echo muchísimo de menos.

—Maya... —me llama Andie.

—Sí, claro —salgo de mi ensoñación—. Gracias por acompañarme —le digo al señor Harlesson.

Él sonríe a modo de «De nada» y me ofrece su brazo. Lo acepto y, tras la señal de Leny, la música suena, las puertas se abren y empezamos a caminar. Tomo aire antes de cruzar el umbral y salir al jardín. Hay mucha más gente de la que me esperaba, pero entonces llevo mi vista al frente y lo veo, a Troy. Otra obviedad, ¿no? Porque ya sabía que estaría ahí, pero es que decir que está rematadamente guapo es quedarse muy corto. *Espectacular*, esa palabra empieza a acercarse un poquito a lo que me espera en el altar. El pelo rubio oscuro peinado como un actor de Hollywood, el traje de tres piezas y esos ojos absolutamente alucinantes, mirándome a mí, derritiéndome despacio, haciendo que me lata así de deprisa el corazón.

60

Troy

—No te preocupes, aparecerá —bromea East colocándome bien la flor roja de la solapa.

Lo miro mal. ¿Por qué estoy tan nervioso, joder? Esta boda no es de verdad. Llevo recordándomelo toda la puta mañana.

Mi amigo sonríe encantado de estar tocándome los huevos.

—¿Sabes que ahora tiene perro? —le dice a Nick.

—Es el perro de Maya —aclaro yo.

—Vive en tu casa y estás a cinco minutos de casarte con ella, es tu perro.

Vuelvo a mirarlo mal y él rompe a reír. Está pasándoselo de cine a mi costa. Pero en ese mismo segundo caigo en la cuenta de algo.

—¿Tú no dices nada? —le pregunto a Nick. Me parece rarísimo que pierda la oportunidad. Soy consciente de que el tema de *Rocket* da para mucho.

—Nada, ¿de qué? —contesta y no inmediatamente.

—Ni siquiera nos estabas escuchando —protesta East divertido. Nick tartamudea una excusa baratísima.

—Tío, ¿estás bien? —indago.

—Parece que seas tú el que se casa —lo pica East.

Al oírlo, Nick al fin deja de mirar a todas partes y clava sus ojos en los míos. Yo frunzo el ceño. ¿Qué le ocurre? Somos amigos desde hace más de cuatro años. Sé cuándo necesita un respiro aunque no diga una palabra.

—Nick, tío —lo llamo acercándome más a él—, acompáñame un momento. Me he dejado algo en la habitación.

Él me mantiene la mirada, pero acaba asintiendo.

—Sí —contesta y por un instante recupera la seguridad.

Sin embargo, cuando apenas nos alejamos un paso, la música comienza a sonar y las puertas se abren.

—Creo que vais a tener que esperar —apunta sabiamente East.

—Lo siento —me disculpo con Nick—. Te prometo que después hablaremos.

Está claro que lo necesita, pero ahora debo estar donde tengo que estar.

—No te preocupes —responde cuando estamos situándonos de nuevo en el altar.

Primero aparecen sus amigas como damas de honor y apenas un minuto después... ella.

Y el puto corazón.

Nunca.

Me había latido tan jodidamente rápido.

Está preciosa. Más que eso, ella... ahora mismo... yo... Podría estar viéndola caminar hacia mí con las ganas por tenerla ya aquí arrasándolo todo el resto de nuestras vidas.

—Gracias —le susurra a Gaz cuando la deja a mi lado y mi director deportivo me guiña un ojo.

Busco la mirada de Maya como si fuera un oasis en mitad de un desierto. Soy vagamente consciente de que el reverendo empieza a hablar, pero me importa bastante poco.

Maldita sea, es una sensación brutal.

—Estamos aquí reunidos...

Supongo que todo va como tiene que ir. El padre sigue con su discurso. La gente murmura y sonríe.

—Tú, Troy, ¿tomas a Maya Allyson Smith como tu legítima esposa y prometes amarla, honrarla y serle fiel todos los días de tu vida?

No es una boda de verdad, entonces, ¿por qué coño me siento así?

—Sí, quiero.

—Y tú, Maya, ¿tomas a Troy Carson como tu legítimo esposo y prometes amarlo, honrarlo y serle fiel todos los días de tu vida?

Ella me mira, sonríe y por un momento tengo la sensación de que el jardín entero se ilumina.

—Sí, quiero.

—Pues por el poder que me ha sido otorgado y en presencia de estos testigos, yo os declaro marido y mujer. Puedes besar a la novia.

La mirada de Maya baila de mis ojos a mis labios antes de sonrojarse y bajar la cabeza y yo no puedo contenerme más. Pierdo mis manos en su cuello, levanto su cara y la beso con fuerza.

Ni siquiera necesito pensarlo. Es un impulso. El instinto. Pero es que, si lo hubiese pensado, lo habría hecho exactamente igual porque ahora mismo no me importa absolutamente nada que no sea ella.

61

Maya

Se separa despacio solo un centímetro y los dos abrimos los ojos buscándonos en esa distancia tan corta, con nuestras respiraciones hechas un caos y sus manos aún en mi cuello, apretando suavemente, lo justo para que todo mi cuerpo se encienda como si estuviese fabricado de luces de neón.

¿Por qué me ha besado? Y no me refiero a lo obvio. ¿Por qué me ha besado así? ¿Y por qué me ha encantado muchísimo?

Sé que el mundo sigue girando, pero nosotros nos hemos bajado aquí.

La gente empieza a aplaudir. East lo felicita poniéndole la mano en el hombro y alguien grita que es hora del convite. Troy y yo nos separamos para cumplir con lo que viene: dejar que las chicas me abracen, que los chicos hagan lo mismo con él, pero en el fondo seguimos ahí, a unos pasos, juntos, mirándonos. Nuestra conexión brilla y se hace más fuerte.

Nuestra conexión se vuelve indestructible.

62

Maya

El convite también es al aire libre. La comida está deliciosa y Leny tuvo la precaución, y el sentido común, de sentar a los padrinos y a las damas de honor en la mesa de los novios. East, Marlow y Andie básicamente nos han salvado porque Troy y yo no hemos vuelto a hablar desde que, bueno, nos hemos besado y ha sido increíblemente alucinante (me parecía un dato importante). Nick también ha estado muy callado y yo sigo teniendo clarísimo que necesita un amigo, así que me apunto lo de seguir insistiendo. Tengo que encontrar la manera de hacerlo sin parecer una loca acosadora.

—Chica, estás maravillosa —me dice Tilly cogiéndome de las manos y obligándome a extender los brazos hacia los lados para poder ver el vestido en toda su extensión.

—Muchas gracias. Me alegra un montón que hayas venido.

Tilly vive con su mujer en Houston, por lo que me aprovecho que por un día la tengo cerquita y vuelvo a darle un achuchón.

—Cuando me llamaron, ni lo dudé —responde divertida—. Oye —mueve la mirada hasta Troy. Aún está sentado a la mesa con los chicos, pero han cogido las sillas y las han recolocado para estar más cómodos—, sigue siendo un bombón.

Sonrío.

—Sí, esa es mi cruz —me lamento contagiada de su humor, aunque yo estoy hablando completamente en serio.

No aguantamos mucho y unos segundos después las dos nos echamos a reír.

—No pensaba que Tate fuese a venir —comenta Tilly en un susurro para ganar un poco de intimidad—. Después de cómo acabó todo, me extraña.

Tuerzo los labios. La verdad es que, cuando Troy me contó que vendrían, no supe cómo reaccionar. Durante años los Carson habían sido muy importantes para mí, pero después entendí lo que pasaba con Troy, Tate fue despiadada y yo... Supongo que decir que me sorprendió que aceptaran la invitación ni siquiera se queda cerca. Ninguno de ellos ha felicitado a Troy ni se ha acercado a él una sola vez.

—Yo tampoco me lo esperaba —confieso.

Pero tan pronto como lo hago pienso que todo ocurre por un motivo. Quizá esta sea la oportunidad que nos está poniendo en bandeja el destino para arreglar las cosas.

Sí, eso es. Puede que esta boda sea falsa, pero va a servir para solucionar cualquier problema. Nick, eso también va por ti.

—Ahora vengo —me despido de Tilly.

Serpenteo entre las mesas. A un par de metros de la de los Carson tengo que respirar hondo pero no me echo atrás.

—Encantada de volver a verlos —saludo a los padres de Troy deteniéndome frente a su mesa.

Tate y Anthony no están. Los señores Carson sonríen como respuesta, pero no es una sonrisa cien por cien auténtica.

—Hola, cielo, ¿cómo estás? —me pregunta Cynthia.

—Bien —respondo sonriendo de vuelta. Me da igual cómo haya sido la de ellos, la mía es sincera. Siempre he creído que las sonrisas pueden vencer cualquier barrera—. Me alegra mucho que hayan podido venir.

—Hay situaciones a las que unos padres no pueden faltar.

No sé cómo tomarme eso, así que opto por la opción positiva.

—¿Qué tal todo por Dripping Springs? —intento sacar un tema de conversación.

—Muy bien. —Pero no prospera.

Abro la boca dispuesta a decir algo, pero los señores Carson se me adelantan levantándose.

—Si nos disculpas, cielo —dice Cinthya y ella y Trevor se marchan.

—Vale —susurro para mí.

No desfallezcas. No tiene por qué salir bien a la primera.

Giro sobre mis pies para volver con las chicas.

—Hay que tener valor para acercarse a esta mesa.

Reconozco su voz al instante. Fue mi mejor amiga desde la escuela primaria. Esas cosas no se pueden olvidar.

—Solo quería saludaros, Tate —contesto volviéndome.

—¿Para qué? —replica avanzando con paso lento y medido hasta quedarse a unos pocos de mí—. Ya tienes lo que querías. Mi hermano se ha casado contigo. Poco te importa a quién hayas traicionado por el camino.

—Las cosas no son así.

No lo fueron nunca. Tampoco en el instituto. Sería genial que en algún momento Tate fuese capaz de verlo.

—De todas formas, al final todo es como siempre, ¿no? —pronuncia cruzándose de brazos con ese tono que ya sabes que, diga lo que diga, te hará daño—. Troy con sus amigos pasando de ti —por inercia lo miro, sentado con East y Nick, y Tate sonríe taimada— y tú aquí buscando la manera de ser una Carson. Lástima que eso nunca vaya a pasar. Ser una familia es más que casarte. Si tuvieras una, lo sabrías.

Automáticamente los ojos se me llenan de lágrimas. Pensar en mis padres duele los trescientos sesenta y cinco días del año, pero hoy duele mucho más.

—Será mejor que me vaya —murmuro completamente derrotada.

—Sí, será lo mejor, bicho raro —contesta sin un gramo de empatía deteniéndome cuando ya estaba volviéndome para marcharme, rebuscando distraídamente entre las copas de la mesa.

Me llama como Troy, pero suena completamente diferente. En su boca son dos palabras hirientes, llenas de maldad.

—Lo mejor será que vigiles lo que dices, Tate.

Es Troy.

63

Troy

Maya levanta la cabeza y busca mi mirada. Sigue con los ojos llenos de lágrimas, pero ahora también hay algo más, y el león se vuelve invencible cuando comprende que esa sensación de alivio es por mí.

—¿Y ahora tendría que importarme lo que digas? —contraataca Tate con maldad.

—Piensa lo que quieras, pero Maya es mi mujer, así que más te vale que empieces a tratarla con respeto o te las verás conmigo.

Mi hermana me observa cabreada y conmocionada al mismo tiempo, pero me importa una mierda. Conmigo pueden comportarse como quieran, pero no pienso permitir que ninguno de ellos haga daño a Maya.

—¿Estás bien? —le pregunto tomando su cara entre mis manos.

Ella asiente, pero es obvio que sigue nerviosa y triste.

—Vamos —le digo moviendo las manos hasta que una de ellas se entrelaza con la suya. Tiro suavemente para que empecemos a caminar.

Nos alejo de la zona de las mesas y pasamos al otro lado de la casa. Estoy demasiado cabreado. Llegamos a un cenador. Subimos las escaleras y solos por fin puedo respirar.

Maya se suelta de mi mano y da unos pasos hasta apoyarse en la barandilla.

—¿Estás bien? —vuelvo a preguntarle colocándome a su lado.

Ella perfila algo parecido a una sonrisa.

—La verdad es que he estado mejor.

—No escuches a Tate —prácticamente la interrumpo—. Solo sabe hacer daño.

Ya era así cuando éramos unos críos y no ha cambiado. Es egoísta y manipuladora.

—Pensaba que, quizá, podría conseguir arreglarlo —susurra.

—Creo que ya no tiene arreglo, bicho raro —contesto y mi voz suena dulce. En realidad, es un reflejo de la dulzura que ella desprende.

—Tate también me ha llamado así, pero no ha sonado igual.

Otra vez esboza una suave sonrisa y la imito. La llamo «bicho raro» porque entre los dos siempre ha tenido otro significado. La traducción de ser especial, no extraña.

—Lo siento, Maya.

—Tú no tienes la culpa —casi me interrumpe ahora ella a mí, y la vehemencia con la que lo dice nos hace quedarnos enganchados a los ojos del otro. Esas palabras son como un puto bálsamo. Alivio. Y Maya también lo sabe.

Cuando ninguno de los dos podría decir cuánto tiempo llevamos mirándonos, los dos nos obligamos a desunir nuestras miradas y llevarlas al frente. Los caballos que corren en el cercado llaman inmediatamente nuestra atención. Son preciosos.

—¿Por qué nunca me has preguntado por qué no los he mandado definitivamente al infierno? —inquiero con la vista aún al frente.

Al oírme, mueve la vista hacia mí. Cuando la siento, hago lo mismo.

—Porque te entiendo. —Doy una bocanada de aire. Otra vez tres palabras que marcan una especie de diferencia—. A pesar de todo son tu familia. No es fácil poner punto final con ellos y, paradójicamente, lo es mucho más para ti de lo que lo sería para Tate porque tú llevas echando de menos a tus padres desde que tienes quince años.

Sentirse solo o romper con lo que te hace sentirte solo. Parece una elección clara y obvia, pero es jodidamente difícil porque ella tiene razón, llevo echando de menos a mis padres desde hace muchísimo tiempo.

—Es complicado —sentencio.

Maya asiente.

—Muy complicado. No dejo de pensar en mis padres, en si les habría gustado la boda, en qué habrían dicho.

—Tu madre era muy guapa.

Maya frunce el ceño y se gira hacia mí confusa y sorprendida a partes iguales.

—Y parecía muy simpática —continúo haciendo memoria y su mirada se va iluminando—. Siempre llevaba pañuelos en la cabeza como si fueran diademas. Tenía pinta de ser una madre genial.

—Sí —contesta con una sonrisa—. Decía que le encantaba la moda de los ochenta.

—Tu padre parecía más serio, pero siempre que os veía a ti o a tu madre sonreía.

—Ella siempre acababa convenciéndolo para hacer tonterías, como bailar en la cocina o montar un fuerte con almohadas en el salón para ver una peli los tres juntos. Esas noches eran mis preferidas.

Una lágrima resbala por su mejilla y llega hasta su sonrisa, que se apaga deprisa.

—Ey —la llamo cogiendo otra vez su cara entre mis manos—. Ellos no querrían que te pusieras triste al recordarlos. —Con ternura le limpio una nueva lágrima con el pulgar—. Seguro que tu madre querría que pensaras en ella con una canción de Cyndi Lauper —consigo que Maya sonría. Perfecto— o haciendo un fuerte en el salón.

Maya rompe a reír. El sonido me calienta por dentro por más motivos de los que puedo explicar y rompo a reír con ella.

—Seguro que sí.

—Y le encantaría *Rocket* —añado.

—Sería su fan número uno.

Los dos volvemos a sonreír. El alivio vuelve a bañarlo todo, solo que ahora es porque ella se siente mejor.

Ninguno lo planea, pero otra vez nos quedamos mirándonos a los ojos. Todo parece mucho más fácil cuando estamos así, incluso los errores.

—Deberíamos volver —digo.

Es lo mejor para los dos, aunque empiezo a no tenerlo nada claro.

Ella tarda un segundo de más en asentir, pero lo hace.

—Sí.

Le doy la mano para ayudarla a bajar del cenador, pero una vez que está en tierra firme ninguno de los dos se suelta.

64

Maya

—Chicos, ¿dónde os habíais metido? —inquiere alarmada Leny acercándose con paso ligero hasta nosotros, aunque sin dejar de sonreír para no levantar sospechas entre los invitados, en cuanto ponemos un pie en el cuidado jardín—. Tenéis que abrir el baile. Todos están esperándoos. Nadie puede bailar si antes no lo hacéis vosotros.

—Pero ¿esa tradición todavía existe? —pregunta Troy.

—¿Una tradición? ¿En Texas? —replica irónica Leny—. Sí, creo que sí.

Nos guía hasta un extremo del jardín donde hay colocada una enorme tarima de madera casi blanca. La misma orquesta que ha amenizado la cena, ahora con dos músicos más, se prepara para tocar mientras los invitados que aún estaban sentados se van levantando y acercando para presenciar el momento. No hay rastro de los Carson y creo que lo prefiero.

—No tendremos que bailar un vals o algo por el estilo, ¿no? —planteo—. Porque no tengo ni idea.

—Si la música la ha elegido Leny, será algo de Frank Sinatra, tranquila.

Sonrío, pero rápidamente se me pasa cuando recuerdo que todos nos están mirando.

Nos colocamos en el centro de la tarima. Miro a Troy sin saber muy bien qué hacer. Lo sé, es un baile y ya, pero es que nunca me había encontrado en esta situación. En mi casa, en la disco, me vengo arriba sin problemas, pero con un chico, siendo el centro de atención de todos los demás...

La orquesta empieza a tocar.

Troy toma el control de la situación, coloca una de sus manos en mi cintura y me atrae hacia él despacio. Su mirada enseguida encuentra la mía y no me doy cuenta de que mi respiración está acelerada hasta que noto la de él.

Pongo una de mis manos en su hombro y le doy la otra y Troy empieza a movernos suavemente. No reconozco la canción, pero tampoco me importa. Poco a poco nos vamos sumiendo en la melodía sin nombre, fabricando estrellas para que solo nos iluminen a nosotros.

No sé con exactitud en qué momento pasa, pero mi mano deja la suya y busca la mía en su nuca. Las de Troy se encuentran en la parte baja de mi espalda y seguimos meciéndonos lentamente, saboreando el aire, el ambiente y la canción.

Recuerdo la terraza del ático, la voz de Dean Martin, y me siento igual pero mejor. Quiero estar aquí. Quiero estar aquí. Quiero estar aquí.

Troy deja caer su frente en la mía. Yo ladeo la cabeza y mis labios buscan los suyos. No paramos de mecernos. ¿Qué pasaría si nos besáramos ahora? ¿Qué pasaría si los errores se convirtiesen en aciertos? ¿Si cuando la música termine de sonar, el mundo no deja de girar así de rápido?

No quiero que deje de girar.

Los aplausos suenan a nuestro alrededor. Abro los ojos aturdida y también un poco asustada y me encuentro con los suyos que ya me esperaban. ¿Qué hemos estado a punto de hacer? ¿Por qué todo...?

—Chicos, ha sido memorable —nos saluda el señor Johnston,

el dueño de los Cowboys, como siempre acompañado del señor Harlesson.

—Muchas gracias, Joe —respondo devolviéndole la sonrisa.

—Muchas gracias, señor —dice Troy.

—No os voy a robar mucho tiempo porque seguro que en una fiesta como esta tenéis mejores cosas que hacer que hablar con un viejo. —Los dos abrimos la boca dispuestos a replicar que no, pero el señor Johnston nos acalla levantando ligeramente las manos—. Solo quiero daros esto.

Le ofrece un sobre dorado a Troy. Yo lo observo frunciendo el ceño de pura curiosidad.

—Mi regalo es la luna de miel —nos explica—, pero en el club hay una pequeña tradición y no quería dejar de cumplirla con vosotros.

Troy abre el sobre.

—Para vuestra primera noche oficial como marido y mujer tenéis a vuestra disposición la mejor *suite* de hotel de la ciudad —anuncia el señor Johnston.

Al oírlo, me da un ataque de tos. ¿Un hotel de lujo? ¿Con Troy? ¿Los dos solos? ¿Y qué más? ¿También piensan desnudarlo y embadurnarlo de chocolate fundido para terminar de ponerme las cosas complicadas?

—Muchas gracias, Joe —digo cuando consigo dejar de toser como si fuera a morirme.

—Muchas gracias.

—Os lo merecéis —contesta dándole una cariñosa palmadita en el hombro a Troy.

—No hay manera de que nos escaqueemos, ¿verdad? —doy por hecho en un susurro cuando nos quedamos solos.

Troy niega con la cabeza.

—¿Y a que no adivinas dónde es? —plantea enseñándome la tarjeta que contenía el sobre.

—No puede ser —me quejo poniendo los ojos en blanco.

65

Maya

—Le Meridien es el hotel más lujoso e importante de Dallas y, si se me permite, de todo el estado.

El director del hotel, que ha salido a recibirnos, va contándonos las bondades del establecimiento mientras subimos en el ascensor. Destino: la última planta.

Estoy tentada de decirle que ya he trabajado aquí un par de veces, pero no descarto que sea un robot con apariencia humana y explote al no poder procesar el binomio chica del *catering* pluriempleada del montón y superestrella de los Cowboys. Hacen falta demasiados unos y ceros para explicar eso.

—El último piso de nuestro hotel es muy especial —continúa hablando mientras camina unos pasos por delante de nosotros.

Troy y yo lo hacemos agarrados de la mano. Hemos tenido que salir así para saludar a la prensa, que esperaba junto a las puertas del rancho, y también al llegar al hotel por si había más *paparazzi* y, yo qué sé, ya nos hemos acostumbrado.

Él ya se ha quitado la corbata y el chaleco y desabrochado los primeros botones de la camisa blanca, aunque conserva la chaqueta, y yo ya no llevo zapatos, los pies me estaban matando.

—Las mejores *suites* están aquí. Son maravillosas.

Por fin llegamos a la última puerta, lo que, nos ha explicado, nos garantiza las mejores vistas.

La boda, al final, ha sido todo un acontecimiento y lo hemos pasado alucinantemente bien. Supongo que lo único que necesitábamos era que empezara la música. East, Marlow, Andie, Tilly... ha sido genial tenerlos a todos juntos.

—Bienvenidos —dice por fin el director abriendo las puertas dobles de la *suite*.

Y...

UAU.

Lo primero que se ve es la pared frontal, un ventanal del suelo al techo a través del cual se dibuja una piscina con borde infinito y, francamente, las mejores vistas de toda Dallas.

La luz es tenue y está estratégicamente colocada.

El director se despide y se marcha, cerrando la puerta a su paso.

—Creo que nunca había estado en un lugar tan bonito —confieso admirada girando sobre mí misma.

Troy sonríe por mi reacción, deja mis zapatos sobre una elegante mesa y camina hasta las vistas.

—El viejo es un buen tipo —sentencia.

Comienzo a curiosear; admitámoslo, es lo que todo el mundo hace cuando llega a su habitación de hotel. El baño es una pasada, enormérrimo, con una bañera en el centro para dos y a un lado una de esas duchas donde el agua sale a modo de cascada.

De vuelta a la habitación, los colores, las luces de nuevo, cada mueble, cada elemento decorativo, todo está en perfecta armonía para que la *suite* sencillamente parezca un sueño.

—Ostras... —murmuro y ya no estoy admirada, ahora estoy flipando.

La cama es... es... ¡gigantesca!, eso para empezar. ¡Y preciosa! Y debe de tener algo así como un millón de cojines.

A una se le ocurren muchas cosas que hacer en una cama así.

—Tenemos un problema —oigo decir a Troy desde el salón.

Salgo con el ceño fruncido y lo encuentro delante de lo que parecen unos sillones de diseño.

—Esto es lo más parecido que hay a un sofá.

—Esto no se parece en nada a un sofá, Troy.

Él resopla con las manos en las caderas.

—Dormiré en el suelo —decide.

Me quedo callada. Es lo mejor. Pero entonces esa cosita llamada culpabilidad empieza a hacerse más y más grande porque hoy ha sido un día agotador y él también necesita descansar. Además, pasado mañana tiene un partido de los duros.

—Podemos dormir los dos en la cama.

Yo misma me asombro cuando oigo las palabras salir de mi boca. Troy frunce el ceño confuso, sorprendido y un poco perdido, aunque de inmediato oculta ese pequeño gesto en toda su arrogancia.

—Maya... —comienza a decir, pero se frena como si hubiese comprendido que no es una buena idea seguir mientras sus ojos azules se vuelven más y más salvajes.

—¿Qué? —planteo con voz trémula.

Dos palabras, su mirada y el ambiente cambia despacio y rápido a la vez, llenándose de una suave intensidad y tensando los músculos de mi cuerpo.

—¿Estás segura? —pregunta.

Asiento, pero ese gesto no me vale y sé que a él tampoco.

—Sí —respondo alto y claro—. Es solo una cama. No tiene por qué pasar nada.

La frase es genérica. Podría referirme a que no va a abrirse el suelo bajo nuestros pies o a que no vamos a acabar matándonos, pero sé que ninguno de los dos lo hemos entendido así.

—Voy a quitarme el vestido —explico señalando vagamente el dormitorio a mi espalda—, ehhh... y a darme una ducha.

No dejo que diga nada, giro sobre mis pies descalzos y voy a la habitación sintiendo cómo me arden las mejillas. ¿Por qué de pronto hace tanto calor? Ah, sí, porque tengo el chichi en llamas.

Me detengo a los pies de la cama y doy una bocanada de aire tratando de controlar mi respiración. Vale. Cálmate. Tienes algo que hacer, así que hazlo.

Antes, cuando estaba curioseando, he encontrado unos pijamas de cortesía con pinta de ser muy cómodos en el vestidor. Menos mal, porque no hemos traído absolutamente nada. Pero antes tengo un problema, deshacerme del vestido. Lo observo tratando de averiguar cómo quitármelo.

—No va a ser una tarea fácil —gruño para mí.

Después de diez minutos me rindo ante la evidencia de que no voy a ser capaz de hacerlo sola y camino hasta la puerta.

Troy está sentado en la mesita de centro, con las piernas entreabiertas, los codos apoyados en los muslos y el cuerpo ligeramente echado hacia delante, con la vista distraída sobre la ciudad. No es la primera vez que lo veo así, pero es que resulta hipnótico; es como un maldito imán, algo que me atrae hacia él una y otra vez, aunque haya paredes, edificios, entre los dos.

—Ey —lo llamo.

Él alza la mirada sin cambiar la postura y la sensación de que es peligroso se alía con todo lo demás para crear la imagen perfecta. Arrogante, salvaje, peligroso; claramente un error. De verdad que creo que las mujeres que han superado esto están más evolucionadas. Os admiro mogollón.

—¿Podrías ayudarme con el vestido? —Mi frase le hace recorrerme de arriba abajo consiguiendo que mi respiración vuelva a ser un caos—. Es más difícil de lo que parece.

Troy asiente y se levanta despacio, como el huracán rodeándote hasta dejarte en el centro de la tormenta.

Yo no puedo apartar mis ojos de él. Lo de hipnótico se queda corto. Creo que podría pasarme horas contemplándolo.

Me activo y regreso al interior del dormitorio sintiendo sus pasos lentos y cadenciosos muy cerca. No sé por qué me late tan deprisa el corazón pero me gusta. Es deseo y ganas y la sensación de que podría derretirme poco a poco si él me tocara.

—Tienes que desabrocharme el vestido por la espalda —le indico.

Mi voz suena diferente. El calor no deja de subir. Soy Río en carnavales. Nueva Orleans. Roma en pleno mes de agosto.

Troy sube las manos y lentamente comienza a desabrocharme el vestido, intensificándolo todo dentro de mí.

—¿Por qué les pondrán tantos botones a los vestidos de novia? —planteo solo para llenar el aire con palabras. Estoy demasiado nerviosa.

Un segundo de silencio lleno de demasiadas cosas. Otro botón pasando por su ojal.

—Para que el novio se los quite —contesta con voz ronca.

El último botón.

El vestido se abre delante de él. Troy mueve la mano y el reverso de sus dedos acaricia mi piel desnuda. Dios. Siento cómo los músculos de mi vientre se tensan, la poderosa necesidad de apretar los muslos.

Troy se inclina sobre mí. Su cálido aliento calienta la piel bajo mi oreja. Maldita sea, todo está a punto de comenzar a girar.

—Ya está —me susurra al oído.

Pero no suena a que esté, suena a que es el principio de un millón de cosas más.

—Date la vuelta —me ordena.

Obedezco. El azul más increíble del mundo es mi recompensa. Mis ojos bailan de los suyos a su boca. Troy vuelve a mover la mano y acaricia mi cadera con la punta de los dedos. Una tortura perfecta que quiero volver a sentir una y otra vez.

—Eres preciosa —murmura.

Los dos tenemos clavada la mirada en su mano. Mi respiración se evapora cuando lo efímero se vuelve posesión y agarra ese pedazo de mi piel.

—Troy.

—¿Qué?

Por Dios, estamos tan cerca que duele.

—Será mejor...

—Sé lo que sería mejor, bicho raro —me interrumpe tomando mi cara entre sus manos—, pero me importa una mierda —sentencia contra mi boca.

Me besa con fuerza y, maldita sea, por fin puedo volver a respirar, por fin puedo sentir, por fin puedo dejar de echarlo de menos. Llevo ocho años echándolo de menos.

Los besos se transforman en fuego y el fuego alcanza una mecha que se prende rápido y llega absolutamente a todos los rincones de mi cuerpo.

Me estrecha contra él, acercándome más. A sus manos no les vale la tela entre los dos y busca mi piel bajo el vestido.

Mi respiración se acelera.

Mi corazón se vuelve loco.

Desliza sus manos. Llega a mi culo. Aprieta con fuerza. Gimo.

Troy nos deja caer contra la cama sin dejar de besarnos. Las ganas que nos tenemos son demasiado grandes como para desperdiciar un solo segundo. Es como firmar un trato con el mundo: por favor, deja de girar, apaga las luces, olvídate de nosotros. Te prometo que estaremos mejor que bien.

Se incorpora lo justo para poder bajar los tirantes de mi vestido. Un vestido de boda no es precisamente lo más cómodo para quitarse tumbada, pero aquí el deseo manda y salgo por arriba deslizándome por la cama hacia el cabecero.

—¿A dónde crees que vas? —me advierte con esa media sonrisa, sexy y arrogante, jodidamente sexy y arrogante, mientras me persigue a través del colchón, cercándome, atrapándome, dejándome a su merced.

Su brazo rodea mi cintura mientras vuelve a besarme y a dejarme debajo de él. El único lugar en el que quiero estar.

Más besos. Más gemidos. Mi lencería blanca encontrándose una y otra vez con sus pantalones a medida con la camisa blanca remangada que me hace tener diez fantasías nuevas por segundo.

Acomoda su mano en mi cuello.

Vuelvo a gemir.

Aprieta suavemente manteniéndome donde quiere.

Alto. Claro. Fuerte.

Sus caderas encajan en las mías. Se mueve. Me vuelve loca. De cien a mil en un segundo.

Se aparta para poder atrapar mis ojos con los suyos, con sus manos clavadas en el colchón a ambos lados de mi cabeza y sus brazos sosteniendo el peso de su cuerpo. El flequillo cayéndole desordenado sobre la frente, los ojos oscurecidos, las luces de la ciudad haciéndolo parecer más salvaje, más peligroso, más deliciosamente sexy.

—No te muevas —me ordena sin liberar mi mirada.

Mi cuerpo se llena de anticipación, de excitación, de deseo húmedo y caliente.

Me acaricia el labio inferior con el pulgar y su mano empieza a bajar, mi mandíbula, mi cuello. Sus ojos siguen el movimiento mientras sus dedos me acarician, suaves y efímeros, torturándome.

Llega a mis pechos.

Ya no respiro. Solo jadeo.

Me acaricia por encima de la tela de encaje. Juega con mi pezón, que se endurece al instante. Su boca sigue el mismo camino. Se pierde en mi cuello. Me besa. Me chupa. Me muerde.

Gimo.

Y vuelve a empezar calmando la piel que él mismo ha incendiado. Y baja. Aparta las copas de mi sujetador y su boca me vuelve loca.

—Troy —gimo.

Mi cuerpo se arquea contra el suyo.

Baja un poco más. La piel bajo mis costillas, mi estómago, mi vientre. Quiero mover las manos. Quiero perderlas en su pelo. Estoy a punto de hacerlo, pero Troy lleva la mirada a mis manos y después a mis ojos. Una orden, una amenaza y una promesa en una sola mirada.

Sensual. Dominante. Lleno de control.

El último beso en mi ombligo. El primero sobre la tela de mis bragas. Se deshace de ellas, de mi sujetador y pierde la boca entre mis muslos.

—Dios —jadeo.

Me besa, me chupa, juega con sus dedos y en el maldito momento perfecto me enseña los dientes suavemente.

Es demasiado bueno. Es demasiado intenso. Me agarro a la sábana, la retuerzo entre mis manos tratando de controlar el placer para no salir volando.

—¡Troy! —grito.

Se mueve. Más. ¡Mejor!

Y un orgasmo me atraviesa incendiándome de pies a cabeza, volviendo la noche, día; la oscuridad, colores brillantes; la luna, el mismísimo sol; haciendo que cada una de esas cosas y todas las estrellas del universo sepan a placer.

Troy sube por mi cuerpo triunfal, se limpia la boca con el antebrazo en el gesto más sensual que he visto nunca y vuelve a estar encima de mí.

Mi cuerpo despierta solo con esa promesa. No puedo más y estrello mi boca contra la suya mientras le quito la camisa con dedos torpes y rápidos y se la bajo por los hombros para que él termine de quitársela.

Y... maldita sea... Dios bendiga el fútbol.

Recorro sus abdominales con la punta de los dedos mientras él me come con ganas, mientras entre los dos desabrochamos sus pantalones.

—Pienso hacerte de todo —ruge contra mis labios.

Me obliga a tumbarme. Toda su ropa al diablo. Solos él y yo. Un condón. Y un millón de ganas.

La primera embestida es brutal. Escondo la cara en su cuello con un gemido y todo mi cuerpo se arquea contra su cuerpo. Me llena entera dejándome al borde de la locura, abriéndome para él. Me siento completa, más que eso, Dios, me siento viva, sexy, libre. Ahora mismo me siento capaz de cualquier cosa porque, si Le Meridien no tuviera techo, podría volar.

—Joder —gruñe Troy y sacude la cabeza para recuperar el control sobre sí mismo.

Nos miramos a los ojos. Mi respiración es un condenado caos pero no me importa. Igual que la suya. El corazón me va a mil por hora y tampoco, solo es más gasolina para todo el placer, el deseo y la excitación, para todo lo que estoy sintiendo ahora mismo, para él, para mí y para este cuerpo en llamas que solo puede pedir más.

Troy empieza a moverse. Fuerte. Al maldito ritmo perfecto. Hasta el fondo.

Cada envite es un sueño, es adrenalina y calor y el mundo girando rápido y las guitarras eléctricas de mi canción favorita.

Se mueve más deprisa.

Gimo más fuerte.

Su mano en mi cadera, en mi culo. La otra en mis pechos, en mi cuello. Su boca contra la mía derritiéndome.

—Eres todo lo que está bien en mi vida, Maya —dice contra mis labios—. Joder, eres lo único que necesito para que todo lo que duele se vaya al infierno.

El corazón se me hace más grande y brilla.

—Contigo ya no duele nada —susurro.

Contigo sé ser feliz.

Mis palabras prenden algo dentro él. Sus ojos se vuelven de un millón de azules. Y comienza a moverse todavía mejor. Aún más lejos. Es demasiado increíble. Es demasiado bueno. ¡Es demasiado TODO!

—¡Troy! —grito.

Y me corro de un modo alucinante mientras él sigue moviéndose, alargando el placer, convirtiendo los rescoldos en llamas, las llamas en una maldita hoguera, la hoguera en resurrección del puto ave Fénix. ¡Joder!

—¡Dios!

Vuelvo a correrme. Troy se agarra con fuerza a mis caderas y, con mi nombre en sus labios, se vacía dentro de mí, llevándonos a los dos al paraíso.

66

Maya

Me despierto. Todo está a oscuras. Me incorporo en la cama vacía y miro por el enorme ventanal. Dallas descansa tranquila sin tener ni idea de lo que acaba de pasar aquí. Hemos vuelto a estar juntos. Sonrío y me froto suavemente el antebrazo. Ha sido increíble. Mala noticia para mí: ya no podré seguir consolándome con el rollo de que el estar con él fue una pasada porque solo tenía diecisiete años y nunca había sentido algo así. Aquí estoy ocho años después para confirmarlo: jamás me he sentido con nadie como me siento con Troy.

Resoplo. Me siento como si estuviera en una especie de limbo de nuevo. Esto podría ser la mayor estupidez que he hecho en mi vida o simplemente no. Quizá tropezamos dos veces con la misma piedra para que por fin bajemos la mirada y la veamos, nos demos cuenta de que está ahí. Todo eso de que lo importante no es la meta, sino el camino.

Así que, ¿opciones? Salgo y hablamos. Me quedo aquí sin abrir la caja.

Es como tener diecisiete años otra vez.

—Maldito Schrödinger —murmuro bajándome de la cama.

Delante de la puerta, envuelta en la sábana, doy una bocanada de aire antes de agarrar el pomo. El mundo es de los valientes... aunque siempre he pensado que, si compitiese en *Los juegos del hambre*, los ganaría escondiéndome entre la maleza y matando al penúltimo superviviente. La última, *moi*. Y, hala, a vivir en Panem feliz el resto de mis días.

Salgo y solo tardo unos segundos en encontrarlo. Está sentado en el suelo junto a los enormes ventanales solo con los pantalones puestos, con el pelo revuelto y la mirada perdida en Dallas.

Con el primer paso que doy en el salón, gira la cabeza como si algo le dijera que debe hacerlo. Hola, conexión imposible de apagar. Aquí el extremo llamado Maya.

Observa cómo camino despacio hasta él y, con mi mirada en la ciudad, me siento a su lado.

Tiene una de las rodillas levantada y el codo apoyado en ella.

—No podías dormir, ¿eh, Carson? —me burlo un poquito y Troy baja la cabeza para ocultar una sonrisa—. ¿Algún acontecimiento reciente que te quite el sueño?

Troy vuelve a levantarla mordiéndose el labio inferior para esconder una nueva sonrisa, devolviendo su vista a los rascacielos frente a nosotros.

—Digamos que ha sido una noche interesante.

—Inesperada —añado.

—Sorprendente.

Yo lo observo un segundo, calibrando si de verdad voy a tener el valor de ser adulta y hablar. Ser adulto es mucho más difícil de lo que parece.

—Ha sido increíble.

Troy vuelve a mirarme.

—Ha sido una puta pasada.

El silencio vuelve a tomar la habitación lentamente, pero no es algo incómodo ni violento, suena a paz y a intimidad y a estar justo donde quieres estar.

Hace ocho años me quedé con muchas preguntas sin respuesta. Mentiría si dijera que nunca pensé en plantarme delante de él y gritárselas a la cara. Las cosas han cambiado mucho, pero esas preguntas siguen ahí y, quizá, ya va siendo hora de responderlas.

—¿Somos sinceros?

—¿Tengo que buscar una botella de tequila?

Los dos sonreímos.

—Hay algo que tengo que preguntarte.

Troy suelta todo el aire de sus pulmones observando cómo los dedos de su mano derecha juguetean unos con otros.

—Dispara.

Dudas. Preguntas. Respuestas. Ocho años.

—¿Por qué le diste mi ramillete a April?

Creo que eso fue lo que más me entristeció, como si se hubiese rendido con nosotros.

—Porque quería hacerte daño —contesta sincero—. Estaba tan dolido que no podía respirar y solo quería que tú te sintieses igual.

—Lo conseguiste.

Dolió demasiado. Sigue doliendo.

—Yo estaba enamorada de ti —otra ronda de sinceridad, por favor—, pero tenía tanto miedo de perderte que pensé que, si no me arriesgaba, no podría salir mal y nunca se acabaría.

Una sonrisa triste se cuela en mis labios. Me equivoqué. Tendría que haber sido valiente, haberle dicho que me marchaba con él, haber sido feliz con él.

Los ojos de Troy se llenan de tristeza, de rabia, brillan más salvajes. Quien diga que el pasado siempre se queda enterrado es un maldito mentiroso.

—Yo también estaba enamorado de ti.

Los ojos se me llenan de lágrimas y suelto un resoplido para calmarlas. Pienso en los Troy y Maya del instituto, cómo siempre se buscaban con la mirada y sonreían, lo rápido que me latía el corazón cuando salía del dormitorio de Tate en mitad de la noche, intentando no despertar a nadie, él abría la puerta del suyo, de una zancada me cogía de la mano y me llevaba hasta su habitación sin que ninguno de los dos dejara de sonreír porque sabíamos que la noche era para nosotros.

—Estábamos juntos, nos queríamos y mira cómo acabamos. —Troy niega con la cabeza—. Teníamos dieciocho años y casi no sobrevivimos, imagínate qué pasaría ahora. Nos queda un año de contrato por delante y, si no somos capaces de cumplirlo, tú no podrás alcanzar tus sueños y yo perderé lo único que tengo. Creo que deberíamos ponernos las cosas más fáciles y dejar esto que ha pasado en esta noche.

Miro a la ciudad. Trato de pensar, dejando a un lado el corazón y siendo objetiva. Nos queda un año, que sabe a poco cuando no dejas de reír, pero que sería un infierno si solo puedes llorar. Y, sí, podríamos intentarlo y podría largarme si sale mal, pero le di mi palabra al señor Harlesson, a Troy, el señor Johnston confía en nosotros, así que, no, no puedo irme sin más. Tenemos que hacer que funcione. Cumplir el año.

Haz lo que tienes que hacer, Maya Smith.

Asiento para darme valor y me levanto.

Por Dios, ser adulto es la hostia de difícil.

—Tienes razón —respondo—. Creo que estamos arriesgando demasiado.

Mi corazón protesta, grita, patalea, y yo asiento otra vez intentando hacerle entender que es lo mejor.

Rezo para que las piernas me obedezcan y giro sobre mis talones para empezar a caminar. Es lo mejor. Es lo mejor. Un recuerdo perfecto de cómo me sentí la primera vez que estuvimos juntos en su cama, la segunda bajo las gradas, en su camioneta, se entremezcla con esta cama, con esta *suite* de hotel y las ganas y el corazón se alían.

—Maya —me llama Troy poniéndose de pie, con la voz ronca, y no necesito oírlo para saber que con el corazón latiéndole a un millón de golpes por segundo—, todavía es de noche.

Una sonrisa se me escapa a trompicones.

—Todavía es de noche.

Me devuelve la sonrisa y corre hasta mí, lo recibo con los brazos abiertos y me besa con fuerza, levantándome a pulso sin dejar de caminar para llevarme de vuelta a esa cama, con todo lo que siento yo, sintiéndolo él.

Con las ganas de que esta noche durara toda la vida.

67

Troy

«Creo que deberíamos ponernos las cosas más fáciles.» No usé esas palabras por casualidad. Son una versión de las que me dijo la asistente social cuando tuve que dejar a Maya en aquella casa de acogida. Sin duda alguna, lo más difícil que he tenido que hacer en mi vida. Pensé que me vendría bien para convencerme de la otra puta cosa que me ha costado más: renunciar a ella.

El estadio ruge a mi alrededor, lleno de luces, de calor, de gritos y aplausos.

No podemos empezar algo porque no saldría bien. Ni siquiera lo logramos cuando éramos unos críos, ¿qué posibilidades íbamos a tener ahora? Soy un puto desastre: mi familia, el alcohol y la lista sigue y sigue. Y ella, aunque consiga seguir siendo dulce y valiente y no se haya cansado de luchar por ser feliz, está igual de destrozada que yo. Solo somos dos niños tristes y solos. ¿De verdad tenemos que volver a pasar por eso? ¿Necesitarnos cada vez más y más, querernos más y más y volver a sufrir al final? Ahora ni siquiera creo que sobreviviese.

El entrenador nos llama. Me levanto del banquillo y doy un paso al frente. El estadio se convierte en una locura.

Entonces, ¿por qué no soy capaz de parar de pensar en ella?

Porque que tenga claro que no puede ser no significa que deje de quererlo.

Me coloco el casco.

Ya no lleva el anillo del pájaro y es lo mejor, aunque odio con todas mis fuerzas que haya tomado esa decisión.

—Ey —me llama East dándome un golpe en el pecho—, mira allí.

Me señala un punto en las gradas y yo frunzo el ceño cuando veo la *suite* de Maya abierta. Me pongo en guardia y las ganas de protegerla crecen hasta cegarlo todo. La busco entre la multitud y la encuentro con los hinchas en las gradas, con Frank al lado.

Sonrío. Tenías que volver a demostrarme que eres la cosa más especial del mundo, ¿verdad, bicho raro? Sus ojos castaños se encuentran con los míos y ella me devuelve el gesto.

Tiro de la defensa delantera, me encajo el casco y echo a correr hacia el centro del campo acompañado de East y Nick.

No significa que deje de quererlo para nada.

68

Maya

El estadio está a rebosar. Me asomo y es imposible no contagiarse de toda esa pasión e ilusión cuando ves a sesenta y cinco mil personas con los colores de los Cowboys animándolos sin parar.

Los hinchas rugen cuando los jugadores saltan al campo y se vuelven locos cuando lo hace Troy.

Hace dos días que nos acostamos y, aunque intento no darle muchas vueltas, a veces es un poco complicado. Sé que hicimos lo mejor dejándolo solo en esa noche. Troy es una colección de motivos por los que no colgarse de él, así que sé que estoy haciendo lo más inteligente. Voy a probar eso de ser madura por una vez, lo mismo me dan un premio o algo.

Centrándonos en el día de hoy, la entrada al estadio ha sido tan horrible como siempre, con la prensa sin cortarse un pelo en preguntar todo lo que les ha dado la gana, íntimo o no, claramente mentira o no. Con las mujeres o novias de los otros jugadores me encantaría decir que ha habido un cambio, nos hemos hecho todas amigas y vamos a fundar nuestra propia empresa de macarrones ecológicos que sepan a chicle y tengan dibujada la cara de Glen Powell, en cada macarrón, por supuesto, pero nada más lejos de la realidad. No encajo, pero tengo claro que no quiero tener que cambiar y disfrazarme de alguien que no soy para conseguirlo.

Sé que algunas de ellas se reúnen en una de las *suites*, pero, de nuevo, no es mi ambiente. Ni siquiera ven el partido.

Los hinchas bajo los *boxes* privados me llaman la atención. Parecen estar pasándoselo muy bien. Ellos sí que saben vivir el partido de verdad.

—¿Quiere algo de beber, Maya? —me ofrece Gabriela.

—¿Te gusta el fútbol? —le pregunto girándome en su dirección.

Ella arruga la frente. Está claro que no se lo esperaba.

—Sí, me gusta.

—¿Y eres hincha de los Cowboys?

—Por supuesto —contesta con una sonrisa.

—¿Y tú, Frank? —me dirijo a mi guardaespaldas, plantado junto a la puerta.

—Hincha de los Cowboys desde el momento en el que llegué a este mundo, señora.

Esbozo una sonrisa enorme.

—Entonces, nos vamos a ver el partido donde hay que verlo.

Camino hasta el cristal e intento abrirlo pero no soy capaz.

—Ayúdame, Frank —le pido—. Sé que estos chismes se abren porque recuerdo a Jason Kelce celebrar con los fans la victoria de su hermano con los Chiefs.

Frank viene raudo y empieza a tocar el cristal buscando algún tipo de mecanismo. Ahora que lo pienso, quizá los palcos privados no sean iguales en todos los estadios, pero entonces se oye una especie de «clic» y una puerta completamente integrada en la cristalera se abre. El partido aún no ha comenzado, así que, básicamente, llamamos la atención de todos a nuestro alrededor.

—Vamos —animo a Gabriela y Frank para que me acompañen mientras salto a las gradas.

—Maya, no sé si esto es una buena idea —me avisa Frank.

—Quiero ver el partido como se debe y sé que vosotros también. Hacedme compañía.

Los dos dudan, pero finalmente saltan conmigo.

—¿Tú eres la mujer de Troy Carson? —pregunta uno de los seguidores en los que me he fijado antes.

Frank se coloca a mi lado dispuesto a intervenir y protegerme si es necesario.

—Sí. ¿Nos hacéis un hueco a mis amigos y a mí? Ver los partidos desde allí arriba es un rollo.

El chico lo piensa un instante, pero acaba sonriendo y asintiendo.

—Claro, venga. ¡Tíos! —llama a los demás, chicos y chicas—. Es la señora Carson.

—Maya —les digo— y ellos son Frank y Gabriela.

Todos me saludan. La mayoría de ellos lo flipan un montón.

—Nunca imaginé que vería a la mujer de un jugador fuera de una de sus peceras —comenta una de las chicas.

—Pues a mí me gusta —replica otro—. Es una de los nuestros.

Todos rompen a reír y yo lo hago encantada con ellos.

Ya han tirado la moneda y el partido va a comenzar. Atacamos.

Troy va a colocarse el casco, pero East le da un golpe en el pecho con el reverso de la mano y una sonrisa y le pide que mire en nuestra dirección.

Al ver la puerta del palco abierta y a mí rodeada de hinchas frunce el ceño e incluso se preocupa, pero entonces distingue a Frank y, sobre todo, me conoce y sabe que esto ha sido idea mía y sonríe.

Cuando nuestras miradas se encuentran, yo también lo hago. Él tira de la defensa delantera del casco y se lo baja justo antes de echar a correr hacia el centro del campo flanqueado por East y Nick.

Sin darnos cuenta, acabamos de crear nuestro propio ritual. En cada partido, antes de bajarse el casco para saltar al terreno de juego, los ojos de Troy, azules y salvajes, buscan los míos en las gradas.

69

Maya

El partido ha terminado. Hemos ganado a los Patriots y ahora estoy esperándolo en el túnel de vestuarios. Es el momento de nuestro teatro, aunque ya no tengo tan claro que lo sea, maldita sea. ¿Cuánto tarda el cerebro en olvidar una noche de maratón de sexo alucinante? Las relaciones son tres meses por cada año juntos. Siguiendo esa regla... Como sean tres meses por orgasmo, lo llevo claro. Voy a morirme a los noventa años pidiendo morfina y el pene de Troy Carson.

Le doy una patadita a la pared que tengo detrás, enfurruñada. Me habría gustado marcarme una patada a lo Cobra Kai para que se equiparara a la frustración que siento, pero ganaría la pared.

Una puerta suena al fondo, el griterío y los aplausos de los miles de hinchas de los Cowboys viajan veloces hasta aquí. La prensa se vuelve loca porque sabe que los chicos están a punto de llegar.

El equipo técnico, un montón de jugadores, Nick, East y, como siempre, entre ellos, Troy. Se está echando el pelo hacia atrás con la mano en el instante en que nuestros ojos se encuentran. No sé si pasa en un segundo o en diez, pero su mirada cambia, como si hubiese tenido muy claro lo que tenía que hacer hasta que nos hemos encontrado justo aquí y ahora mismo pensase mandarlo todo al diablo. ¿Por qué lo entiendo tan bien? Porque yo me siento exactamente igual.

Troy le pasa su casco a East sin levantar los ojos de mí para tener las manos libres y camina en mi dirección. Los flashes se multiplican sobre nosotros pero no nos importa absolutamente nada.

Sus manos rodean mi cintura y me abraza fuerte, obligándome a ponerme de puntillas. Yo rodeo su cuello con los brazos y hundo la cara en ellos. Me estrecha contra él. Me gusta. Me pierdo en este abrazo.

Recuerdo las luces de la ciudad iluminando la cama de Le Meridien y esa imagen perfecta se mezcla con las burbujitas que siento en la boca del estómago, con cómo me late el corazón, con mi respiración.

Estamos tan cerca que es difícil recordar eso de ponérnoslo fácil, de dejar de buscarnos, de que fuese una noche y nada más. Troy ladea la cabeza. Siento su aliento en mi pelo. Por Dios, creo que podría quedarme a vivir en este momento.

Nos separamos, me zambullo en sus ojos pintados de un millón de azules que viajan de los míos a mis labios. Su mano acaricia mi cadera. Las malditas ganas me sacuden como un huracán.

—Joder —gruñe.

Y no somos capaces de contenernos más.

Nos besamos con fuerza, con hambre. Troy nos mueve y nos lleva contra la pared porque ninguno de los dos puede pensar.

Me estrecha de nuevo contra él y juro que puedo volver a respirar.

Cuando nos separamos otra vez volvemos a buscar nuestras miradas, una especie de puerto seguro en mitad de esta locura. No podemos. No debemos.

—Nos vemos en casa —dice rápido, obligándose a apartarse de mí, pero su mano se vuelve más posesiva sobre mi cadera un segundo antes de soltarme.

Aturdido, puede que incluso cabreado y seguro que con la cabeza funcionándole a toda velocidad, camina hasta los vestuarios. East lo espera con la típica sonrisa de amigo tocapelotas y los dos desaparecen detrás de las enormes puertas de metal azul.

Mientras, yo miro a mi alrededor tratando de que mi respiración deje de ser un mar de jadeos, mis piernas, plastilina, y largarme de aquí.

70

Maya

Un ruido me despierta.

—Si es otro *paparazzi*, juro que lo mato —murmuro malhumorada sin abrir los ojos ni salir de la cama.

Otro ruido. Esta vez CLARAMENTE dentro de la casa. Me incorporo de golpe. ¿Quién es? ¿Qué ha pasado? ¿Voy a morir? No quiero morir.

Me levanto y camino sigilosa hasta la puerta. Son las tres de la madrugada. Troy está con East, como todas las noches desde que nos besamos al final del partido contra los Patriots hace cuatro días. Supongo que eso también es lo mejor. Mantener la tentación lejos hasta que podamos domar las ganas.

Abro la puerta despacio y, bueno, tengo que reconocer que necesito respirar hondo antes de salir. ¿Por qué no tengo un bate o un paraguas?

—Si existe la posibilidad de que te transformes en un gran danés de cien kilos este es el momento —le susurro a *Rocket*.

Él mueve la cola mirándome. Supongo que esa es mi respuesta.

Salgo.

—Siento haberte despertado, bicho raro —dice Troy trabándose absolutamente con todas las palabras mientras recoge el cuenco donde dejamos las llaves que ha tirado del mueble del vestíbulo.

Está borracho.

Doy una bocanada de aire observándolo, pensando qué debería hacer cuando deja el cuenco y se gira hacia mí.

—¡Por Dios, Troy! —digo corriendo hacia él.

Tiene la cara hecha polvo, varios cortes, uno de ellos sobre la ceja que no deja de sangrar, el pómulo amoratado...

—¿Qué ha pasado? —pregunto cogiéndole la cara con cuidado, fijándome en si tiene alguna herida que necesite que vayamos al hospital.

—He estado en un bar y la cosa no ha acabado muy bien.

Se le escapa una risita cuando lo dice y yo ladeo la cabeza en un claro «No es gracioso, Troy».

—Ven, te curaré.

—No hace falta —protesta.

—Sí que la hace —respondo cogiéndolo de la mano.

Avanzo un paso tirando de él para que me siga, pero entonces es Troy quien tira de mí y me hace girarme, dejándonos frente a frente. La complicidad se come rápido el silencio, como si prendieras una mecha. Lo miro a los ojos. Maldita sea, cómo lo echo de menos.

Me encantaría que todo fuera más fácil, que los dos lo hubiéramos tenido así en la vida y que ahora no hubiera mochila, ni pasado, ni errores que temer cometer otra vez.

—Vamos —pronuncio tirando suavemente de su mano.

Mi voz suena más dulce sin ni siquiera proponérmelo.

Él no dice nada, solo camina dejándose llevar. Ojalá mi corazón pudiese conformarse con esto: unos minutos con los dedos entrelazados, la sensación de que, si se lo pidiera, iríamos juntos al fin del mundo.

Lo dejo en el sofá y voy al baño a buscar lo que necesito. Cuando me siento de nuevo a su lado, tiene la cabeza en el tresillo y los ojos cerrados. Con cuidado, llevo la toalla mojada a la herida sobre la ceja. Troy aprieta los dientes y resopla.

—No te quejes y la próxima vez no te metas en una pelea.

—En realidad, la pelea la he empezado yo. He buscado al tío más grande del bar y me he asegurado de que me dejaba la cara hecha polvo.

¿Qué?

Al notar que me detengo en seco y que tampoco digo nada, Troy abre los ojos y gira la cabeza hacia mí.

—¿Por qué?

El inicio de una sonrisa demasiado triste se cuela en sus labios.

—Para no verla —contesta señalándose vagamente la ceja donde está la única cicatriz que le dejó el accidente en el que murió Simon.

Mi corazón pierde un latido mientras lo observo con la mirada perdida en el techo.

—A veces no puedo dejar de pensar que ojalá no nos hubiésemos montado en ese coche porque entonces Simon seguiría vivo y yo podría seguir creyendo que mi familia me quiere.

—Troy, tú no hiciste nada malo. Solo intentaste ayudar a Anthony.

Quiso salvarlo de su padre y, aunque no sabía lo que acabaría pasando cuando dijo que conducía, mantuvo la mentira para proteger a su amigo.

—Sí, y él nunca ha intentado ayudarme a mí —contesta girando de nuevo la cara hacia mí.

¿Qué puedo responder a eso? Tiene razón. Puedo entender que el miedo hiciera que Anthony guardara silencio cuando estábamos en el instituto, pero ¿y después? Ya es un hombre adulto. ¿De verdad no se ha sentido ni un poco culpable cada vez que ha visto cómo la familia de Troy lo desprecia?

Le acaricio el pelo con ternura tratando de reconfortarlo. Sé que es una estupidez de gesto, pero necesito que recuerde que no está solo. Al notar el contacto, cierra los ojos necesitándolo y el corazón se me encoge un poco más.

—Siento haberle dado el ramillete a April, bicho raro —dice con la voz ronca, abriendo los ojos, buscando los míos, que se me llenan de lágrimas—. Ojalá pudiera hablar con el imbécil de mi yo de dieciocho años y decirle que no la jodiera —continúa siendo sincero hasta las últimas consecuencias—. Se va a pasar ocho años recordando tu voz antes de dormirse.

Me muerdo el interior de las mejillas para no llorar. Cada palabra es demasiado en demasiados sentidos porque me curan, pero también me enfadan por lo que pudimos ser y me recuerdan lo que ya no somos, lo que quiero que seamos. Lo que ya no podemos ser.

—Voy a preparar café —anuncio levantándome solo para escapar de él.

Cuando vuelvo con dos tazas diez minutos después, Troy está dormido en el sofá.

Yo respiro hondo con la mirada sobre él y empiezo a pensar un millón de cosas diferentes a la vez. Me he pasado ocho años de mi vida odiándolo y todo eso se ha quedado chiquitito hasta ni siquiera importar. Se pelea para olvidar en qué momento empezó a sentirse así de solo, bebe para dejar de pensar. ¿Es que de verdad no sé ver que no me conviene ni un poco?

Lo mejor sería que cancelara el contrato, me olvidara de él y siguiera adelante con mi vida, pero no lo hago.

Lo que sí hago es sentarme a su lado, levantar su brazo y acurrucarme junto a él porque necesito cerrar los ojos y, aunque solo sea por un segundo, creer que podemos tener una oportunidad. Lo sé, es patético, pero mi corazón necesita un respiro.

Suelto todo el aire de mis pulmones, aguantándome las lágrimas, y me muevo para levantarme, pero, entonces, Troy hace más posesivo su agarre.

71

Troy

Ninguno dice nada porque los dos estamos cansados de luchar contra lo que sentimos. Me inclino poco a poco y pierdo mi boca en su cuello mientras sigo abrazándola, tratando de llevarme todos los malditos recuerdos tristes.

Gira la cabeza buscando mis labios. Muevo mi mano hasta amoldarla a su cuello. Cuando nos besamos, el alivio es inmediato. Nuestro bálsamo.

No puedo dejar de besarla. No puedo separarme de ella. No quiero.

Maya hace un sonido casi imperceptible, me separo lentamente y veo su preciosa cara llena de lágrimas.

La noche le ha ganado la partida porque ha sido una putada, como las tres anteriores, porque todo se está complicando incluso si no queremos.

—Por favor, no llores —susurro limpiándole las lágrimas con los pulgares—. Se me parte el puto corazón cuando lloras.

Ella niega con la cabeza, dulce, valiente, todo lo que adoro que sea desde que éramos unos críos.

—Ya no quiero llorar más.

Nos miramos a los ojos. El león ruge. Haría cualquier cosa por ella.

—Te lo prometo.

Ella me cree y yo la necesito. Mi corazón la necesita. La beso con los labios mojados por las lágrimas porque haré lo que tenga que hacer para que sean las últimas.

Nos dejo caer contra el sofá. No paramos de besarnos ni un solo segundo. Pierdo mis manos bajo su pijama, ella dibuja mis hombros, mi espalda con sus dedos.

Nos desnudamos el uno al otro. Es como una puta canción recorriéndote despacio, grabándosete en las venas. El ritmo te atrapa suavemente y empiezas a mover la cabeza, a sentirla, a dejarte llevar, y piensas que tienes el control, pero es solo una puta mentira, y salta el estribillo y tú saltas con él y sientes, joder, sientes de verdad hasta quedarte sin aliento.

—Cada vez que te toco siento que he llegado a casa —susurro sin poder guardármelo para mí.

Lo sentí con dieciocho años la primera vez que me dejó tocarla.

Lo entendí la primera vez que la tuve debajo de mí.

Lo siento ahora.

No he podido olvidarlo jamás.

Entro en ella y los dos gemimos. Me abraza la cintura con las piernas y cada movimiento nos acerca más, nos mete más en el otro. Me vuelve más loco por ella.

—Troy —gime.

Me muevo más rápido. Nos besamos. No me paro. No lo haría por nada del mundo.

Y se corre debajo de mí, gimiendo contra mis labios con los ojos cerrados, el pelo revuelto por mi sofá, con sus brazos en mi cuello. Ese es mi puto estribillo.

Me pierdo en ella sin poder dejar de mirarla.

¿Cuál fue el puto error de mi vida? Preguntarle si iba a salvarme, porque, joder, lo hizo.

72

Maya

Las cosas con la prensa no paran de empeorar. Cada vez hay más posts, más fotos, más enlaces. «¿De verdad Troy Carson necesitaba casarse con una chica con tres trabajos? La que está claro que lo necesitaba era ella.» «Ser tan normal debería ser pecado.» «Troy Carson debió darse un golpe sin casco. Por eso eligió a esa chica en vez de a Rowan Valentine.»

Sí, quiero conservar mis tres trabajos porque es mi decisión y nadie va a decirme lo que tengo que hacer y todo esto solo durará un año y después tendré que seguir comiendo y me da igual el estúpido millón de dólares porque empieza a darme demasiado miedo que se termine... Resoplo. Intento que la prensa no me afecte, pero a veces es un poco complicado.

Hago contacto visual con *Rocket* y muevo la cabeza para que me siga hacia la puerta principal. Está lloviendo, pero no tiene pinta de parar próximamente y necesita salir.

Troy está sentado en la isla de la cocina estudiando el libro de jugadas.

Cuando salgo del ascensor y los veo en la puerta, bufo. ¿Nunca van a cansarse? Mínimo siempre hay dos o tres *paparazzi* haciendo guardia en la entrada del edificio, pero, cuando Troy juega en casa, se multiplican por veinte, esperando a que salga y me engañe o se emborrache y me engañe o me engañe y me eche del ático. Son unos cabrones.

—Maya, ¿quiere que los eche? —me ofrece Ronnie cuando paso junto a su mostrador.

Niego con la cabeza.

—Gracias, pero no te preocupes.

Ya ha intentado hacerlo un par de veces y no ha servido más que para que se gane un buen cabreo. Están en la vía pública.

—Tenga cuidado —me pide abriendo la puerta.

Me agacho para coger a *Rocket* para atravesar lo antes posible el enjambre de cámaras. Le pondré la correa cuando estemos a salvo.

—Lo tendré —respondo con una sonrisa.

Soy consciente de que lo más fácil sería pedirle a Ronnie que sacara al perro, pero ni es su trabajo ni pienso dejar que ellos decidan qué puedo o no puedo hacer. No van a cambiar mi vida.

—Maya, mira aquí —me piden treinta voces a la vez.

—¿Son ciertos los rumores que dicen que os vais a divorciar? —pregunta uno.

—¿Lo perseguiste en el instituto por sus posibilidades de acabar en la NFL? —otro.

—Dicen que cuando jugó en Nueva York cenó con Rowan Valentine. —Sé que es mentira y ellos también, pero no dejan de mencionarlo.

—¿Perdiste la virginidad con Troy? ¿Lo consideraste una inversión?

Más flashes. Más preguntas. No me dejan avanzar a pesar de que lo intento una y otra vez. *Rocket* empieza a ponerse nervioso y se revuelve en mis brazos.

—¿Podéis dejarme pasar? —les pido, pero no vale de nada.

No deja de llover. El flash de una de las cámaras salta demasiado cerca. Me ciega y a *Rocket*, que salta aterrorizado de mis brazos y sale corriendo.

—¡No! *¡Rocket!* —grito, pero ni siquiera me dejan ver por dónde se ha ido.

No. No. No.

—Dejadme pasar —exijo—. Mi perro se ha escapado.

—¿Qué es lo que más te gusta de Troy, su físico o su dinero? —pregunta uno de los *paparazzi* plantándose delante de mí.

Trato de esquivarlo, pero no me da opción.

—Quítate de delante.

Tengo que encontrar a *Rocket*. Tiene que estar muy asustado.

—¿Troy es tan bueno en la cama como dicen? ¿Y tú?

—¡Apártate! —grito.

Pero no lo hace y todo lo que veo es su falsa sonrisa antes de que Troy lo tumbe de un puñetazo. Por un momento todo se queda en silencio. Troy aprovecha para cogerme de la mano y salvarme de ellos.

—*Rocket* se ha asustado y se ha escapado —le explico nerviosa.

Troy mira a ambos lados de la calle, tratando de averiguar por dónde ha podido marcharse el perro.

Los fotógrafos vuelven a contraatacar, relamiéndose por lo que acaban de presenciar.

—Sube a casa —me dice Troy—. Yo buscaré a *Rocket*.

—No.

—Maya, es lo mejor.

—No voy a abandonarlo.

Troy atrapa mis ojos con los suyos. No necesito decir nada más. Él ya sabe todo lo que significan esas palabras aunque haya sido de manera inconsciente. Soy lo único que tiene. No voy a hacerle a él lo mismo que me hicieron a mí.

—Tú ve hacia allí —me indica y asiento veloz—. Yo iré al callejón.

Salgo corriendo, esquivo a la prensa. Varios *paparazzi* me siguen. Escudriño cada rincón. De reojo veo cómo una patrulla de policía se detiene delante de la puerta del Endeavor.

—Tienen que desalojar la acera —les ordena uno de los agentes a los fotógrafos.

Ellos le recuerdan que están en la vía pública, pero el policía lo tiene claro.

—Hemos sido informados de una situación de acoso, así que, para evitar problemas, por favor, márchense.

La prensa sigue protestando, el tipo al que Troy ha pegado el puñetazo pretende denunciarlo, pero los agentes, que ya lo conocen como uno de los *paparazzi* más desagradables y problemáticos de la ciudad, le responden que, si quiere hacerlo, reúna pruebas y vaya a comisaría.

Troy y yo seguimos buscando a *Rocket*. Miro por todos lados. Muevo unas cajas apiladas junto a la basura, el contenedor de una tienda. ¡Nada! ¡No está!

Troy les explica lo que ha pasado y los policías nos ayudan a buscar. Sigue lloviendo.

—Por favor, ¿dónde estás? —suplico.

—¡Aquí! —grita uno de los agentes.

Salgo corriendo en su dirección. *Rocket* está escondido en la esquina que forma la calle principal con otras dos más abajo, junto a un paquete de Amazon abierto que alguien ha dejado tirado allí.

Está temblando.

Rápido, me agacho y lo cojo en brazos, pegándomelo al pecho, tratando de que entre en calor. Troy llega corriendo, se quita la chaqueta y lo envuelve con ella. Me pasa un brazo por los hombros y me guía hasta nuestro edificio.

—Muchas gracias, agentes.

—De nada, señor Carson.

—Gracias por avisar a la policía —le agradece Troy a Ronnie cuando entramos.

—De nada. ¿Está bien, Maya?

Asiento sin detenerme y voy deprisa hasta los ascensores.

Ni siquiera me quito las zapatillas empapadas y voy hasta el baño.

—Creo que podría entrar en calor con un baño —le digo a Troy.

Sin perder un segundo camina hasta la bañera y comienza a prepararlo mientras yo me siento con la espalda apoyada en ella, con *Rocket* aún en brazos.

—Lo siento, chico —le digo dándole un beso en la cabeza—. Siento mucho que te hayas asustado.

Le muevo la cabecita para que hagamos contacto visual. Quiero que sepa que no va a volver a pasar, que siempre cuidaré de él.

—Esto ya está —me avisa Troy.

Me arrodillo, le quito la chaqueta con cuidado y lo meto en el agua. *Rocket* protesta un poco, pero tiene tanto frío que se deja hacer.

—Lo siento mucho —repito esforzándome en que me vea mientras lo sujeto para que Troy pueda enjabonarlo.

Los ojos se me llenan de lágrimas. No sé qué habría hecho si lo hubiese perdido.

—Ey, bicho raro —me llama Troy con la voz más dulce del mundo, colocando su mano sobre la mía—, está bien, ¿vale? Es un perro muy valiente.

Trago saliva intentando hacer lo mismo con las lágrimas y asiento.

Lo dejamos en una toalla en el suelo y lo secamos con otra y el secador.

—Tú también deberías cambiarte de ropa —dice Troy. Miro hacia abajo y, sí, toda mi ropa está empapada, incluidos los zapatos, que suenan como si pisara un charco cada vez que camino—. Yo me ocupo de él.

Me seco un poco, me cambio y regreso al salón. Apenas he dado un par de pasos en la sala cuando no puedo evitar sonreír. Troy está en el sofá, con *Rocket* en su regazo, jugando. Cuando me ve, una sonrisa se cuela en sus labios. Nuestra conexión otra vez hace de las suyas y por un segundo volvemos a quedarnos un poco enganchados. Lo echo de menos. Troy da una bocanada de aire y baja la mirada hasta el perro, que lo observa expectante. Me señala con el índice y tras un par de «Mira ahí, chico» y mover la mano, el animal se gira. Al verme, se baja de un salto y sale corriendo hacia mí.

Yo me arrodillo para recibirlo y lo acaricio una y otra vez mientras no deja de moverse y agitar la cola feliz. Sonrío encantada. Incluso me echo a reír cuando me lame la cara.

Troy se levanta y pasa junto a nosotros para ir al baño, imagino que a secarse y cambiarse también.

—Gracias —le digo levantándome.

Él se detiene y se vuelve. Estamos tan solo a unos metros. No solo le estoy agradeciendo que me haya ayudado a cuidar de *Rocket*, sino que le haya dado su merecido a ese *paparazzi*, que haya entendido cuando simplemente no he podido subir a casa y ahora, todo esto, también lo ha entendido.

—De nada —responde.

Nos miramos, con lo que eso significa para nosotros, pero en algún momento tenemos que empezar a ser consecuentes con las cosas que hablamos en Le Meridien, así que me doy media vuelta para marcharme a la habitación.

—Maya —me llama cuando solo me he alejado unos pasos. Me vuelvo de nuevo—, lo que pasó no tuvo nada que ver contigo.

No necesita especificar que ya no estamos hablando de *Rocket* y sí de cuando, literalmente, de la noche a la mañana, acabé en Servicios Sociales.

Respiro hondo y sin quererlo pierdo la mirada al frente. Mi tía era mi única familia y me daba igual que no fuese perfecta porque yo la quería.

—Y, entonces, ¿por qué lo hizo? —pregunto mirándolo de nuevo a él.

—No lo sé —contesta sincero—. Quizá la muerte de tus padres le afectó más de lo que creía, o no se quería una mierda, o fue una cobarde, pero no tuvo nada que ver contigo —repite lleno de esa seguridad que puede cegar cualquier cosa—. Eres increíble ahora y lo eras entonces.

Hay heridas que se quedan con nosotros toda la vida por mucho que dejemos de pensar en ellas, incluso si las superamos. Lo que se me grabó en el corazón cuando le pedí a mi tía que no se marchara y ella siguió caminando sin mirar atrás se queda conmigo para siempre.

Pero, justo aquí, justo ahora, con Troy, esa herida se ha hecho un poco más pequeña porque, aunque fue una obviedad, ha sido el primero que ha dicho «Ey, Maya, el problema nunca fuiste tú».

—Será mejor que te cambies de ropa —le digo señalándolo suavemente.

«Será mejor que dejemos de mirarnos a los ojos o volveremos a caer», pienso.

—Será lo mejor.

«Será lo mejor porque solo puedo pensar en pedirte que nos encerremos en mi habitación y no salgamos hasta que sea invierno de nuevo», piensa.

73

Troy

No quiero tener que contenerme. No quiero tener que recordarme cada segundo que lo mejor es no tocarla. Lo que ya nos pasó, tomo nota. No querer volver a sufrir cuando vuelva a salir mal, tomo nota. Soy un puto desastre, toma nota, joder. Pero es que nada de eso significa que pueda mirarla y no sentir nada, porque, maldita sea, lo siento todo.

Sacudo la cabeza. En realidad, por mucho que me cabree, esto es la prueba de que tenemos razón al querer mantenernos alejados. Si ya estamos así con las veces que hemos cruzado la línea, ¿cómo estaríamos si estuviésemos juntos de verdad?

Y después, cuando todo estallase por los aires, tendríamos que seguir juntos por ese estúpido contrato.

—Troy, comprendo lo que pasó, pero no puedes pegarle a un fotógrafo —trata de hacerme entender Gaz.

—No la dejaban en paz.

Puedo arrepentirme de muchas cosas en mi vida, pero jamás de haber protegido a Maya. Ese imbécil debería estar agradecido de que solo le diese un puñetazo.

—Sé que no está siendo fácil, pero no es la solución.

—No existe ni una sola posibilidad de que permita que le hagan daño a Maya —le advierto.

—Va a demandarte.

Tuerzo los labios en señal de lo poco que me importa.

—Me pagáis bien. Puedo permitirme un abogado.

Gaz cabecea. Sé que está preocupado y que no es fácil para él tener que lidiar con toda la atención mediática de su quarterback golpeando a un *paparazzi*, pero estamos hablando de Maya, así que no hay nada más que hablar.

—Troy, tienes que pensar las cosas.

—Troy hizo lo que tenía que hacer.

La entrada del viejo en el despacho nos roba la atención a los dos.

El señor Johnston, seguido de su asistente, se detiene junto a mí.

—Proteger a los que nos importan es la cualidad más importante de un ser humano —añade—. La prensa no está siendo correcta con esa pobre chica. Haremos un comunicado.

Gaz sonríe encantado.

—Por supuesto, Joe.

Su trabajo es hacerme entrar en razón por mi bien, pero sé que me entiende.

—Deja bien claro que los Cowboys de Dallas apoyan a su capitán y a su esposa y que condenan el comportamiento de la prensa sensacionalista.

—Gracias, señor.

El viejo me da un apretón en el hombro. Me mira y yo asiento.

Cuando se marcha seguido de su asistente, Gaz, con una sonrisa de oreja a oreja, descuelga el teléfono de su mesa y comienza a dar órdenes para que el comunicado salga lo antes posible y llegue absolutamente a todas partes.

Yo lo observo, pienso en él, en el viejo, en mis compañeros y lo único que sé es que no quiero perderlos por nada del mundo. No puedo.

74

Maya

—¿Maya Carson? —pregunta un chico apoyándose en la barra del *diner*—. Mensajero.

Yo tuerzo los labios estudiándolo para asegurarme de que no es un *paparazzi* fingiendo; desgraciadamente, no sería la primera vez. Mochila ergonómica y pinta de saber hacer *parkour* en bicicleta. Me convence.

Cojo la hamburguesa con queso de la ventana de la cocina y la dejo frente al señor Miller.

—Gracias, Maya —me dice.

—Buen provecho —respondo—. Ten cuidado con la salsa picante —le recuerdo señalándolo—. Soy yo —aviso al mensajero caminando hacia él.

Asiente, se saca un sobre de color sepia de la mochila y, tras hacerme firmar un albarán de entrega en su móvil, me lo da y se marcha.

—¿Qué es? —murmuro curiosa.

—¿Qué es? —pregunta Marlow saliendo de la cocina y colocándose a mi lado.

El remitente es la oficina del señor Harlesson.

Rasgo la parte superior del sobre y saco varios folios además de un folleto de... ¿Corea del Sur? No entiendo nada. Frunzo el ceño. Reviso los documentos. ¡¿Qué?!

—¡Es la luna de miel! —grito pletórica—. ¡Nos vamos a Corea!

—¡Qué pasada!

Marlow y yo nos abrazamos y empezamos a dar saltitos mientras los clientes nos miran alucinados (los nuevos, los habituales ya nos conocen).

—¿Sabes lo que significa eso? —planteo feliz cuando nos separamos—. ¡Tendré un sello en mi pasaporte!

¡Por fin! ¡Estoy feliz! Más que eso, estoy nivel ganadora de los Oscar hasta arriba de pastillas de la felicidad después de que Ryan Gosling se le haya declarado cantando *I'm just «your» Ken*.

—Tengo que llamar al señor Harlesson para darle las gracias —digo cogiendo mi móvil—. ¿Me cubres? —le pido a Marlow saliendo de detrás de la barra.

—Sin problemas.

Empujo la puerta del *diner* y el sonido de la campanita se entremezcla con el de los tonos de llamada.

—Señor Harlesson —digo en cuanto descuelga—, solo quería darle las gracias por lo de la luna de miel. Acabo de recibir el sobre. ¡Es muy emocionante!

Él ríe al otro lado.

—De nada, Maya. Me alegra haber acertado con el lugar. Troy no nos dio muchas indicaciones.

Arrugo la frente.

—¿A qué se refiere?

—A que solo nos dijo que tenía que ser fuera del país, a un lugar donde te pusieran un sello en el pasaporte.

¿Qué? Lo recordó. La sonrisa más boba del mundo se cuela en mis labios.

—¿Maya?

—Sí, sigo aquí. Es que todavía no puedo creerlo. —Quiero dejar de sonreír, pero no soy capaz—. Gracias otra vez.

Nos despedimos y cuelgo mientras el corazón no podría latirme más deprisa. ¡Ha sido cosa de Troy! De pronto todos los recuerdos de todas las charlas que tuvimos en su camioneta, en las escaleras del bloque de apartamentos donde vivía, en cualquier lugar hace ocho años, se hacen un hueco.

Él también las recuerda.

75

Maya

Hoy jugamos contra los Chargers y, como cada vez, el estadio es un sueño.

Además, hoy estamos todos: Frank, Gabriela, Marlow y Andie. Como siempre, hemos pasado de la *suite* privada y hemos bajado a las gradas. A la prensa tampoco le parece «normal» que haga esto, pero nuevamente que les den. Nadie va a cambiar mi forma de ser.

Me lo paso genial.

Ganamos.

Y como cada vez también, bajo a hacer mi papel y espero a que Troy salga de los vestuarios. No hemos vuelto a besarnos ni a acostarnos y creo que es lo mejor, también es un poco tortuoso rollo poeta del XIX pobre enamorado de cortesana del Moulin Rouge, pero mientras nadie muera de tuberculosis creo que lo llevaremos bien.

Lo de la prensa esta noche es una auténtica locura. Frank necesita la ayuda de dos guardias de seguridad para mantenerla a raya.

Por suerte, las puertas del vestuario no tardan en abrirse. Por desgracia, eso agita todavía más a los fotógrafos.

Troy sale del vestuario. Por Dios, parece salido de una fantasía. Los vaqueros, la camiseta, la beisbolera de los Cowboys, blanca y azul, el pelo echado hacia atrás con las manos y sus ojos marcando toda esa seguridad con la que se mueve.

La prensa empieza a gritar su nombre, el mío. «¿Sabes dónde irá Troy esta noche?», «Rowan está en la ciudad», «¿Qué les dices a todos los que opinan que objetivamente vales menos que Rowan Valentine?».

Bajo la cabeza, aunque es lo último que quiero, pero es que a veces... esta situación me supera.

Entonces noto su mano acomodarse en mi cuello, la punta de sus dedos esconderse en mi pelo y me levanta la cabeza y me mira y me promete que va a protegerme del mundo aunque no use una sola palabra y me besa.

Lo hace lleno de esa familiaridad con la que haces lo que tienes claro que vas a seguir haciendo el resto de tu vida. Yo me estiro hacia él tratando de disfrutar de cada segundo, perdiéndome en él. Me agarro a su beisbolera y lo siento y lo vivo y vuelo.

Nos separamos despacio, notando todos los flashes cernirse sobre nosotros, todas esas voces llamándonos.

Tengo claro lo que viene, despedirnos y marcharnos cada uno por su lado. Estoy a punto de pronunciar un «Nos vemos después, Troy» cuando una sonrisa engreída, la misma que sabía tan bien en el instituto, la misma que puso antes de subir la única foto que tiene su Insta, se dibuja en sus labios. Es el «Podemos con todo, nena» más increíble de la historia. Me coge de la mano, entrelaza nuestros dedos y sin dudarlo tira de mí para que empecemos a caminar, para que nos vayamos de aquí juntos.

Los flashes comienzan a multiplicarse. Troy camina unos pasos por delante de mí, con su bolsa colgada del hombro, guiándome. Estamos enviando un mensaje. Troy acaba de construir el escudo más perfecto contra lo que cualquiera de ellos tenga que decir.

Llegamos a casa cuarenta minutos después. *Rocket* está dormido en su camita y todo está en silencio. Por inercia caminamos hasta el salón, es como si algo nos impidiese separarnos.

—Tengo una cosa para ti —dice Troy.

Abre su bolsa, que ha dejado sobre la isla de la cocina, y saca algo. No veo lo que es hasta que vuelve a detenerse frente a mí, y creo que estoy a punto de salir volando de lo rápido que me late el corazón.

—Es tu camiseta —susurro.

—Fui un estúpido por pedirte que no la llevaras. Quiero que la lleves, Maya. Siempre.

La respiración se me acelera como si cada una de las células de mi cuerpo estuviesen respondiendo por mí. Hoy nos hemos marchado de la mano del estadio. Me está dando su camiseta. Debemos mantener las distancias. No tengo ni idea de cómo encajar esas tres frases, pero no me importa porque no me movería de aquí por nada ni nadie.

Cojo la camiseta y nuestros dedos se encuentran sobre la tela de los Cowboys. Acaricia los míos y este segundo de mi vida sabe a fuego y a canciones de Ariana Grande.

—Quiero ponérmela... ahora —susurro y mi voz suena dulce, trémula, expectante y valiente, todo a la vez.

Troy me mira a los ojos y me zambullo en el azul más alucinante del mundo.

—Ahora —repite y pretende que sea una pregunta, pero suena como una suave orden que me enciende todavía más.

Me quito la chaqueta y la dejo caer a mis pies. El sonido de la tela vaquera contra el suelo recorta este ático del mapa y lo hace subir, subir y subir hasta donde solo importamos nosotros.

Sus ojos se oscurecen llenos de deseo, de las malditas ganas que van a volvernos locos a los dos.

Coge el bajo de mi camiseta y despacio empieza a sacármela. El corazón me late tan rápido, maldición, nunca me había sentido así.

Otra prenda que cae al suelo. Sus dedos me acarician furtivos el borde de las costillas, muy cerca de mi sujetador blanco de algodón.

Ganas locas.

Ganas kamikazes.

Ganas. Ganas. Ganas.

Coge su camiseta de mis manos. Levanto los brazos. La prenda va cayendo sobre mi piel hipersensibilizada y mi mente me susurra que no es la tela, que son sus manos acariciándome por todas partes. Bendita imaginación.

Mis manos toman vida y agarran el bajo de la camiseta que lleva él. Nos acercamos más. Sus manos se anclan posesivas en mis caderas.

—Nena —gruñe.

Deja caer su frente sobre la mía, me pierdo en este momento. Subimos más alto. Llegamos más lejos. Dejamos la tierra atrás.

Busca mis labios con los suyos.

—No podemos —susurra contra ellos.

Su cálido aliento impacta en mis labios y todo mi cuerpo arde. Su voz suena más ronca que nunca, más arrogante, más necesitada.

Yo niego suavemente con la cabeza.

—Decidimos que esto no podía ser —le recuerdo en un murmullo.

Pero ninguno de los dos se mueve. Ninguno renuncia al otro.

—Maya, joder, vas a volverme loco.

Su cuerpo contra el mío. Sus dedos que sé que me dejarán marcas que me muero por ver.

Pero en mitad de esta locura perfecta, su móvil comienza a sonar y es como la alarma de peligro para los dos. Nos separamos de golpe. Sus manos se alejan de mis caderas y yo siento el frío glacial.

Troy se pasa las manos por el pelo tratando de recuperar el control de la situación.

—Me voy a la cama —digo dando un paso hacia atrás, hacia la habitación.

No sé cómo suena, pero sí sé cómo lo siento yo, «Ven tú también a esa cama», y no sé si es mi imaginación, pero juraría que él lo siente igual.

Me alejo un paso más y me obligo a darme la vuelta para marcharme. Justo antes de hacerlo, veo su móvil sobre la isla de la cocina. La llamada es de Rowan Valentine.

76

Maya

—Tú lo que necesitas es salir de marcha —dice Andie convencidísima mientras nos pintamos las uñas sentadas en el suelo de su salón.

Anoche con Troy fue demasiado porque se supone que decidimos que no estaríamos juntos pero yo tengo demasiadas ganas de verlo desnudo, así que, claro, todo es un pelín frustrante. Además, no ayuda EN NADA que sea tan asquerosamente guapo ni que tenga ese cuerpo esculpido por el fútbol.

—Grandísima idea —sentencia Marlow—. La tensión sexual no te está dejando pensar. Te pueden salir bultos.

La miro mal, pero también me aguanto la risa, así que no vale de mucho.

—Está bien —decido de pronto—. Esta noche vamos a quemar Dallas.

Bailar + Reírte con tus amigas = La mejor ecuación para olvidarte de cualquier problema.

Nos ponemos los vestidos más chulos del armario de Andie, nuestra «boutique» preferida, nos peinamos y nos maquillamos para la ocasión y a la hora indicada estamos a unas calles de la disco más de moda y alucinante de toda la ciudad.

—Hay una cola enorme —digo deteniéndome.

Sé que lo es porque aún estamos a tres manzanas del local y la fila llega hasta aquí.

—Tardaremos horas en entrar —añade Marlow resoplando, parándose a mi lado.

—No, no, no —nos chista Andie sin dejar de caminar—. Nosotras no haremos cola porque la señora Carson no hace cola.

—¿Qué? ¡No! —protesto.

—La prensa te está puteando porque eres la mujer del rey de Dallas —desanda sus pasos hasta llegar de nuevo hasta nosotras—. Ya va siendo hora de que saques algún provecho.

—Eso suena... lógico —respondo titubeante, dándole vueltas todavía— y creo que me haría sentir un poco mejor.

Contraprestaciones contractuales de la parte contratante de la primera parte.

—¿Entonces? —plantea Andie enarcando una ceja.

Las miro. Sonrío. Sonríen.

—La señora Carson no hace cola —sentencio divertida encogiéndome de hombros.

Mis amigas me vitorean y las tres rompemos a reír.

El portero, sin embargo, me mira desconfiado mientras Andie le explica que soy la mujer de Troy Carson, pero entonces otro de los grandullones se acerca, me reconoce por los tiktoks de un horrible periodista y nos deja pasar. Ese pequeño detalle hace que también nos parezca bien utilizar lo de esposa de quarterback estrella para que nos inviten a la zona vip y a una botella de *champagne*

—¡Esto es una pasada! —grita Marlow para hacerse oír por encima de la música.

—Total —sentencio sin dejar de bailar con un gin-tonic en la mano.

El *champagne* ha volado hace mucho.

—Chicas, chicas, chicas —nos llama Andie—. Ahí está Rowan Valentine.

¿En serio? Dallas tiene muchísimos clubes, tenía que venir precisamente a este.

¿Al que está de moda? Sí.

Analicemos la situación. ¿Me importa encontrarme con ella? No debería, pero sí, quiero decir, ayer Troy y yo... fue superintenso y fue su llamada la que nos interrumpió, y sé que Troy respondió y que nunca vino a la habitación. No le estoy echando la culpa a ella, pero en la fiesta resultó obvio que Troy le gusta y la prensa no para de insinuar que están/estarán juntos. No sé... es como tener mi propio fantasma de las Navidades futuras.

—Hola, Maya —me saluda con una sonrisa—. Qué raro encontrarte por aquí.

Pero ¿voy a demostrarle algo de eso?

—Hoy tocaba noche de chicas —respondo más feliz que una perdiz.

Por supuesto que no.

—Son Marlow y Andie —las presento—. Chicas, ella es Rowan.

—Hola —responde Marlow—. ¿Trabajas con Maya en la empaquetadora?

Andie y yo nos aguantamos el ataque de risa mientras los humos de Rowan se bajan del millón («Todos me adoran») al cero («Oh, Dios, oh, Dios, alguien que no me conoce»).

—Yo... —empieza a decir Rowan sin saber qué contestar—. Soy Rowan Valentine.

Marlow la mira como si no hubiese oído ese nombre en la vida. Es la mejor.

—Soy una gran *influencer*.

Me pregunto dónde habrá ido a parar toda esa «humildad» de la fiesta cuando nos conocimos.

—Pues qué raro porque me encanta TikTok y creo que no he visto un vídeo tuyo nunca, pero, no te preocupes, te buscaré —le asegura con una sonrisa.

Rowan la quiere asesinar. Andie y yo, morirnos de risa. Y yo darle un abrazo por ser tan buena amiga.

—Nos vamos a por otra copa —me dice Andie para dejarnos un poco de intimidad.

Asiento.

—Me alegro de que tengas tan buenas amigas —comenta Rowan observando cómo se alejan.

Yo también lo hago.

—Son las mejores —respondo con una sonrisa.

Ella asiente y la conversación se agota. Ha sido rápido.

—Me alegra haberte visto —se despide.

—Igualmente.

Cada una gira en una dirección, pero apenas he iniciado el movimiento cuando Rowan me toma del brazo para que me vuelva hacia ella de nuevo.

La miro confusa.

—Mira, no sé cómo decirte esto, y sé que, en realidad, no debería meterme, pero es que ya estoy muy metida —suelta y su voz se evapora con la última palabra.

—¿De qué estás hablando?

—No nos conocemos, pero me da la sensación de que eres buena persona y yo me siento culpable, pero es que estoy enamorada.

—¿Qué pasa, Rowan?

De pronto estoy demasiado nerviosa.

—Troy y yo nos estamos acostando.

—¿Qué?

77

Maya

—Solo tendría que haber pasado una vez porque él se sentía demasiado mal porque soy la ex de Nick, que por cierto lo está pasando fatal con todo esto —acabo de averiguar por qué está raro—, y yo me sentía horriblemente mal por él, porque sigue siendo una persona muy importante en mi vida, pero sobre todo por ti. Pero es que no hemos podido evitarlo.

Todo me da vueltas y no en el buen sentido. Está liado con ella. Todos tenían razón todo este tiempo. Pero ¿por qué no me lo ha contado? ¿Por qué me sacó ayer de la mano del estadio?

Porque le importas y quiso protegerte delante de la prensa y tú te has imaginado todo lo demás.

Pero anoche... con la camiseta.

Un desliz que se acabó cuando lo llamó la chica con la que SÍ está.

Nos hemos acostado.

Os habéis equivocado.

Maldita sea.

Los ojos se me llenan de lágrimas, pero me niego a derramar ninguna ni aquí ni delante de ella ni ahora ni nunca.

—Gracias por contármelo, pero no tenías por qué —le dejo claro, esperando sonar indiferente—. Diviértete con Troy.

Me vuelvo y regreso con las chicas, que están bailando a unos metros, aunque lo que de verdad quiero es largarme corriendo de aquí. Está liando con ella. Yo... sé que no somos nada, pero yo... yo... Joder, siento cómo se me está rompiendo el corazón en pedacitos.

—¿Qué te pasa? —me pregunta Andie en cuanto me ve. Marlow solo necesita mirarme un segundo para dejar de bailar y acercarse a mí muy preocupada.

—Están juntos —digo con un gesto de mano abatido y desesperado. Gran combinación.

—¿Quiénes? —indaga Andie arrugando la frente.

—Rowan y Troy.

—La hostia —suelta Marlow llevándose la palma de la mano a la boca con los ojos como platos.

—¿Y tú cómo estás? —pregunta Andie.

—Fatal —me desahogo porque son ellas y a ellas puedo contarles cualquier cosa—. Sé que no estamos casados de verdad y todo eso, pero... —Ni siquiera sé cómo seguir.

—Estás enamorada de Troy —termina la frase Andie por mí.

Yo asiento y, aunque trato de evitarlo, las lágrimas comienzan a caer y mis amigas me abrazan con fuerza.

Mi corazón se parte en trozos aún más pequeños. Tendría que haber huido de él cuando volvimos a encontrarnos porque estaba claro que acabaría doliendo.

—¿Sabes lo que necesitas? —plantea Andie—. Porque yo sí: gin-tonics, muchos, y conseguir que el DJ ponga tu canción favorita.

—Y bailar —añade Marlow con una sonrisa para transmitirme todo su optimismo—. Eres maravillosa, ¿me oyes? —me dice mirándome a los ojos sin dudar ni siquiera un poquito—, y quien no sea capaz de verlo es un imbécil de primera.

Aunque es lo último que quiero, sonrío. De verdad que son las mejores.

—Tenéis razón —contesto secándome las lágrimas—. Música, gin-tonics y bailar. No se me ocurre un plan mejor.

Y lo sigo a la perfección. Una hora después estoy muy borracha pero feliz, o era muy feliz pero borracha. Borracha. Feliz. Borracha. Feliz. Borracha. Feliz.

—¡Es un gilipollas! —digo a voz en grito y mis amigas asienten—. Ya lo era cuando estábamos en el instituto. Un gilipollas total. Un millón de pavos no me compensa aguantarlo. Tendría que haber pedido dos.

—¡Tres! —me corrige Andie.

Marlow niega con la cabeza tantas veces que parece que se le va a desatornillar. Es un récord Guinness seguro.

—Cuatro —contesta al fin— y que lo jodan.

—¡Que lo jodan! —gritamos las tres, por supuestísimo, yo la que más.

Somos tres feliz-borrachas.

—No quiero estar cerca de él —añado apurando mi copa—, pero, claro, vinieron los Cowboys y me dijeron «Hazlo por él, Maya. Te necesitamos, Maya». Y me dio pena y acepté y no tendría que haber aceptado y, después, follamos y claramente no ayudó porque fue aún más alucinante que en el instituto.

—Espera —me pide Marlow—. ¿Habéis follado?

La miro para crear expectación.

—Cantidad —respondo justo antes de echarme a reír—, pero ya no podemos porque él está con otra. El señor Harlesson tendría que haberse informado mejor para colársela al viejo. ¡Otro gin-tonic! —grito.

Las chicas me vitorean y yo chillo otra vez y rompo a reír otra vez también.

Pero, por un momento, lo recuerdo absolutamente todo, su olor, cómo me siento cuando me abraza, el sonido de su risa... y me duele el corazón.

Solo quiero olvidarme de él.

78

Maya

—Maya.

Tuerzo los labios. Maya no está.

—Maya.

Sea quien sea, me zarandea, y yo gruño en total desacuerdo. Quiero dormir.

—Maya, va en serio, despierta.

Abro los ojos. Enfoco. Me cuesta. Es Andie. Tengo la boca pastosa y la cabeza me está matando. Miro a mi alrededor, aunque no necesito esforzarme mucho para saber dónde estoy. Es la habitación de Marlow.

—Tienes que ver esto —dice mi amiga y no está en el modo Andie resacosa, está en el modo Andie publicista, así que me esfuerzo en prestar toda mi atención.

—¿Qué pasa?

No dice nada, trastea en su móvil unos segundos y lo gira hacia mí con un vídeo de Insta.

—Lo siento, Maya.

Frunzo el ceño confusa. Tardo un segundo en reconocerla, pero es la disco donde estuvimos anoche, y el mundo se me cae a los pies cuando me veo a mí. Ayer me grabaron borracha en el club hablando de Troy, de los Cowboys y de mí.

—No-No puede se-ser —tartamudeo incorporándome de golpe.

—Alguien en la zona vip te grabó.

Y de pronto tengo una especie de iluminación: alguien no, ¡Rowan! ¡Fue todo una trampa desde el principio! Me dijo que se acostaba con Troy para hacerme reaccionar, que hiciera algo como lo que hice y ella pudiera tirarme a los pies de los caballos.

—Soy imbécil —me riño llevándome las palmas de las manos a los ojos.

Dios, ¿qué va a pensar Troy cuando vea esto?, ¿y el señor Harlesson?, ¿y el señor Johnston? ¡Seguramente ya lo hayan visto!

—Tengo que irme —salgo disparada.

—Pero Maya...

—Prometo llamaros y contároslo todo.

Mientras corro escaleras abajo, reactivo el móvil. Tengo llamadas perdidas de Troy y del señor Harlesson, incluso de Tilly. Es que... ¡¿cómo he podido ser tan tonta y caer así en la trampa para osos de una arpía manipuladora?!

También tengo mensajes.

Troy: Estás bien? 7.05

Troy: Dónde te has metido? 7.22

Troy: En serio, dónde estás?, estás bien? 9.06

Troy: Por favor, coge el teléfono. 9.48

Troy: Joder, Maya. 10.34

Resoplo sintiéndome horriblemente mal. No solo no confié en él, sino que creí a la primera mala persona que me contó cosas sobre

Troy. Y después, borracha y demasiado dolida, dije un montón de estupideces que ni siquiera pienso.

También tengo un audio del señor Harlesson pidiéndome que vaya a su oficina.

—Al estadio de los Cowboys —le pido al taxista.

La verdad es que me veo más capaz de enfrentarme al señor Harlesson que a Troy. Sumen cobarde a la lista, por favor.

Atravieso los laberínticos pasillos hasta que por fin llego al que lleva al despacho del director deportivo. Resumen: voy hecha un adefesio con una mezcla de la ropa de ayer, un vestido negro de lentejuelas, y la que le he robado a Andie del armario esta mañana, una camisa de rayas. Resultado: no combinan ni de coña, pero a lo mejor creo un nuevo estilo. Por lo menos el sentimiento de «Dios, cómo la he cagado» ha anulado la resaca. Podría ser peor, aun podría estar borracha.

Tomo aire por vez #174512219 y entro en la oficina. Diane, su secretaria, no está, así que voy directa hasta su despacho. Valor. Muchos «Lo siento» y admitir haber metido la pata hasta el fondo. También echarle la culpa a la perra de Rowan. Esa es mi mejor estrategia.

La puerta está entreabierta. Estoy armándome precisamente de valor para llamar cuando reconozco una voz dentro.

—Claro que he visto el puto vídeo. —Es Troy y está muy cabreado.

—¿Entonces? —replica el señor Harlesson y yo sé que debería marcharme, pero me quedo paralizada. Sí, lo pillo, otra cosa más por la que disculparme—, ¿Cómo pretendes que arreglemos esto? Habló mal de ti, del equipo...

—La conozco —lo interrumpe Troy—. Tenía que tener un buen motivo.

Una sonrisa boba y llena de sentimiento de culpa se cuela en mis labios. Me está defendiendo, a pesar del vídeo y todo lo que dije.

El señor Harlesson niega con la cabeza.

—¿Qué motivo, Troy? —plantea exasperado.

—No lo sé, joder, pero Maya no es así. —Los pedacitos de mi

corazón se juntan y brillan otra vez—. Y de todos modos, me da igual. Incluso si no lo tuviera, tenía todo el derecho a estallar. Se metió en esto a ciegas, la prensa la está martirizando todos los putos días y aun así ha venido a cada partido, a cada evento, todo lo que le hemos pedido. Yo estoy acostumbrado a lo que dicen de mí y me lo merezco, pero ella no.

Bajo la cabeza sobrepasada. El corazón me late a mil por hora. Otra vez ha conseguido que me sienta protegida y especial.

El señor Harlesson se queda callado estudiando a Troy.

—Mira —pronuncia finalmente y su tono cambia—, sé que lo está pasando mal y que no es fácil para ella, pero las cosas se han ido de madre. Involucró a los Cowboys.

El estúpido vídeo se repite en mi mente sin que nadie le haya dado permiso. Tuerzo los labios porque el señor Harlesson tiene razón. Metí al equipo en todo este lío.

—Lo siento, Troy —continúa—, pero tenemos que acabar con el trato. Tienes que divorciarte de ella.

¡No!

—No lo haré —contesta Troy con una seguridad absoluta y siento que puedo volver a respirar.

—Troy, Maya me cae bien, lo sabes, pero no es algo que ya esté en mi mano o en la tuya.

El señor Harlesson guarda silencio odiando y doliéndole lo que está a punto de decir.

—Si te quedas con Maya, tendrás que renunciar al equipo.

No. No. No. Mi cuerpo protesta. Me llama idiota. Voy a perderlo.

—Bien, entonces, he terminado con los Cowboys, porque, si tengo que elegir entre el equipo y mi mujer, la elijo a ella.

¿Qué?

Miro la puerta. Quiero entrar ahí, tirarme en sus brazos, abrazarlo, pero mi cuerpo está en *shock*.

—Y esta puta conversación se acabó —sentencia Troy justo antes de echar a andar hacia la salida.

—Chico... —trata de detenerlo el señor Harlesson.

—¿De verdad vas a elegirme a mí? —pregunto tras empujar la madera sin poder contener más esa pregunta en mis labios, a punto de salir volando por la felicidad arrollándolo todo en mi interior.

Lo primero que veo en sus ojos es la sorpresa y el alivio; lo segundo, un millón de emociones más corriendo veloces sin dejarme atrapar ninguna, las ganas de sentirnos más cerca pudiendo con todo lo demás.

—Siempre te elegiré a ti.

Sonrío y una lágrima se pierde en la comisura de mis labios y no puedo dejar de mirarlo, de sentir.

Troy camina deprisa hasta mí con esa misma seguridad llenando sus pasos, toma mi cara entre sus manos y me besa con fuerza.

Mi canción preferida empieza a sonar a todo volumen. Nunca me había sentido tan jodidamente bien, tan jodidamente completa. FELIZ.

79

Maya

Troy cierra la puerta de los vestuarios de una patada y me lleva contra la pared sin dejar de besarme un solo segundo.

—Iba a volverme loco si no te tocaba —susurra contra mis labios con mi sonrisa preferida que me hace sonreír a mí también, perderme en este beso a un millón de grados de temperatura por segundo.

Su mano se acopla a mi cuello, colocándome exactamente donde quiere mientras nos pegamos más y más, sin dejar un mísero centímetro de aire entre los dos.

Todo es calor y sentir.

Sus manos hábiles se deshacen de mi camisa, de mi vestido. Mi respiración se entrecorta mientras sus dedos descienden por mis costados, encendiéndome, incendiándome, destruyendo cualquier rastro de estabilidad.

Me acaricia derritiéndome tan lentamente que duele, torturándome, demostrándome que en este juego, como en el fútbol, cada vez que pisa el césped es para ganar.

Me besa el cuello hasta hacerme gemir y baja, provocando que todas mis sinopsis nerviosas despierten y supliquen.

Se deshace de mi sujetador. Su boca en mis pechos, mis pezones, sus dedos bajo mis costillas, su aliento en mi estómago. Su beso en mi ombligo.

Se arrodilla frente a mí, pierde sus dedos entre mi piel y la cintura de mis bragas y me las quita despacio, arañando suavemente, dominándome con sus ojos azules y la sensación de que pase lo que pase, sea como sea, cuando se trata de placer y gemir el control le pertenece a él.

Vuelve a ponerse de pie. Él, vestido. Yo, desnuda. Y la excitación comiéndome poco a poco.

—¿Sabes cuánto tiempo llevo pensando en tenerte aquí exactamente así? —susurra con la voz ronca, peligrosa, mientras me mira desde arriba, mientras la punta de sus dedos acaricia mi cadera—. Se me pone dura solo con mirarte, nena. Eso es todo lo que necesitas para que pierda el puto sentido común. Solo ser tú.

Cada palabra me excita y me alimenta.

Se inclina para besarme, entreabro los labios, pero cuando ya casi puedo sentirlo se aparta. Vuelve a acercarse, el deseo me impacienta, pero otra vez me deja con las ganas. Resoplo frustrada y él sonríe encantado.

—Troy, eres...

Pero acalla todas mis protestas besándome, mezclando su sonrisa con mis ganas.

Más besos. Su mano se abre posesiva sobre la piel de mi estómago y baja lentamente marcando el mejor de los caminos, electrificando mi cuerpo, llenándolo de expectación.

Niego con la cabeza.

—No puedo más, Troy.

Y me da mi recompensa. Sus dedos se deslizan en mi sexo húmedo y caliente.

Gimo con fuerza.

Y él sonríe orgulloso contra mi boca.

—Cada vez que gimes haces que se me ocurran demasiadas cosas, nena —me tortura.

Yo quiero contestar pero no puedo porque está conquistando mi cuerpo sin concesiones mientras ya no respiro, jadeo, mientras el corazón me late tan rápido que temo que vaya a escapárseme del pecho.

Dedos perfectos. Círculos perfectos. Caricias perfectas.

Me agarro desesperada a su camiseta. Troy se deja caer mitad sobre mi cuerpo, mitad sobre la pared sin parar de mirarme, sin parar de moverse.

Nuestras respiraciones, un caos. Lo que sentimos, multiplicándose por un millón una y otra vez.

El placer me está ganando la partida, cierro los ojos, pero Troy me da un suave azote en mi sexo que me hace abrirlos de golpe mientras un leve hilo de dolor se sumerge en una ola de placer que revoluciona todo mi cuerpo y el azul más increíble del mundo disfruta de mi reacción.

Una sonrisa provocadora se cuela en sus labios.

Un gemido inundado de excitación se escapa de los míos.

Vuelve a embestirme con los dedos, a acariciarme, y el placer me vuelve loca.

—¡Troy! —me corro con su nombre en mis labios.

Y él lo alarga, haciendo el placer imposible de contener, consiguiendo que se cuele en mi piel, que me pinte entera, que me atraviese lleno de luz y calor.

¡Joder! ¡Que explote dentro de mí!

Ralentiza los movimientos mientras yo regreso con las endorfinas a mil y una sonrisa. Retira su mano y con sus increíbles ojos perdidos en el movimiento, despacio, moja mis labios, convirtiendo este momento en el más sexy y sensual de mi vida.

Todo mi cuerpo vuelve a encenderse. Troy se inclina sobre mí. Mi respiración, que nunca se ha calmado, vuelve a ser un caos, y me besa.

—Sabes demasiado bien —susurra separándose.

Y yo estoy, literalmente, a punto de desmayarme.

Doy un paso adelante y vuelvo a agarrar su camiseta. Estoy nerviosa, pero no en el sentido normal. Son nervios especiales, que me envalentonan, que me hacen vivir lo que quiera vivir como quiera vivirlo.

Tiro de la prenda y se la saco por la cabeza. La visión me deja sin aire y calienta el ambiente aún más.

Acaricio sus abdominales fuertes y duros. Muevo la mano lentamente y mis dedos dibujan el músculo que nace en las caderas y sigue bajo sus vaqueros. Ese músculo es excitación pura y sueños húmedos y las ganas nublándolo absolutamente todo.

Muevo la mano un poco más, alcanzo los botones de sus pantalones, pero, cuando estoy a punto de desabrocharlos, Troy me agarra de la muñeca, da un paso hacia delante, haciendo que yo lo dé hacia atrás, y vuelve a llevarme contra la pared.

La sorpresa me sacude. El deseo. La expectación. Mis jadeos solapándose.

—Suplícame que te bese —me ordena contra mis labios.

Calor. Mucho calor.

—Bésame —le pido.

Esboza una media sonrisa, sexy y arrogante.

—Suplícame que te toque.

Mueve las caderas. El roce perfecto. La promesa más alucinante de todos los tiempos.

Contengo milagrosamente un gemido.

—Tócame.

Traga saliva.

Cada vez más cerca. Cada vez más locos. Cada vez más ganas.

—Suplícame que te folle.

Sus ojos azules. Sus labios. Sus manos.

—Por favor —murmuro con la voz entrecortada por el placer.

Y Troy me besa con fuerza, aprisionándome contra la pared, levantándome a pulso, haciendo que mis piernas rodeen su cintura. Se desabrocha los vaqueros. Se coge la polla grande y dura. Un condón. Un segundo. Y me embiste hasta dejarme sin aliento.

Necesito un momento, pero no me lo da. No lo quiero.

—Acostúmbrate porque pienso follarte todos los putos días hasta que nos muramos.

Se mueve potente, duro, a un tempo jodidamente perfecto.

Lleva mis manos por encima de mi cabeza, contra la pared. Tira. Mi cuerpo se estira. Gimo. Y me agarra las muñecas con una de sus manos.

—No pienso tener piedad de ti, nena —susurra en mi oído.

Todo se hace más poderoso. Vuelo más alto. Soy deseo húmedo, resbaladizo y caliente y nada más.

—Troy —gimo.

Me coge de la barbilla, me deja muy cerca de sus labios y yo me muero por que vuelva a besarme.

—¿Qué? —pregunta castigador sin dejar de moverse.

No lo sé. No puedo pensar. Solo sentir.

—No te pares nunca —le pido.

Troy sonríe con malicia, dejando asomar la punta de la lengua entre sus dientes.

—No pienso parar jamás.

Deseo. Sueños. Promesas.

Llega hasta el fondo, hasta donde nadie salvo él había llegado antes. Me lo roba todo y mi piel se queda vacía esperando su próxima dosis. Y regresa y todo mi cuerpo lo siente. El deseo me vuelve loca. Toma mis sentidos. Me domina. Oigo, veo, huelo, toco y saboreo a Troy, al placer, al morirme de gusto cada vez que entra dentro de mí.

—¡Dios! —grito.

Más embestidas salvajes. Su mano sujetando mis muñecas. Mi cuerpo resbalando por la pared. Su otra mano jugando con mis pezones. ¡Dios! ¡Dios! ¡Dios!

Y me corro otra vez con fuerza, tatuándome su nombre en mi piel, destruyéndome, reconstruyéndome un millón de veces. Creciendo. Volando. Sintiendo. Placer. Placer. Placer.

El paraíso es el estadio de los Cowboys de Dallas.

Suelta mis muñecas despacio y me desliza contra su cuerpo hasta que mis pies tocan de nuevo el suelo, encontrándonos centímetro a centímetro, haciendo que el vínculo entre los dos se vuelva inquebrantable.

—Eres mía —me dice.

Sus ojos me hechizan. Mi cuerpo se ilumina de nuevo, como si estuviese fabricado de una mecha infinita que le pertenece a él.

—Soy tuya.

Un millón de emociones recorren su mirada. El león que lleva dentro ruge con fuerza y yo me siento poderosa, sexy, libre. Acaban de entregarme las llaves del reino.

—Genial —me advierte— porque aún no he acabado contigo.

Me gira entre sus brazos.

—Las manos en la pared, nena —me ordena, pero estoy tan excitada que no puedo mover un solo músculo—. Ya —susurra en mi oído.

Su voz es lo mejor de todo.

Troy me separa las piernas con una de las suyas. Todo se acelera dentro de mí. Me agarra de las caderas. Me dejará marcas. Lo sé y me gusta.

Un beso en la nuca.

Gimo.

El corazón a mil.

Y me embiste. Otra vez sin piedad. ¡Otra vez no la quiero!

Me folla duro, llevándome al límite y recompensándome con un placer infinito.

—Troy, Troy, Troy —murmuro sin darme cuenta, bajito, con los ojos cerrados y la piel perlada de sudor, perdida en el paraíso, disfrutando de cada centímetro cuadrado de él.

Baja la mano. Encuentra mi sexo.

—¡Joder! —grito cuando una punzada de placer me atraviesa.

Recuerdo vagamente dónde estamos. Recuerdo que no debería gritar. Me muerdo el labio con fuerza para intentar controlarlo, pero es que todo es demasiado.

Necesito separar las manos de la pared, agarrarme a algo para no salir volando. Troy lee mis intenciones y me da un azote en el culo intensificando sus embestidas.

—Las manos en la puta pared, nena —ruge.

¡Maldita sea! ¿Por qué esa orden acaba de ponerme aún más?

Placer en mayúsculas, en letras gigantes de colores, con putos fuegos artificiales. ¡DIOS!

Y justo en ese momento Troy vuelve a girarme y me levanta a pulso de nuevo. Instintivamente rodeo su cintura con mis piernas. Estrella su boca contra la mía. Mi cuerpo hiperestimulado. Comienzo a temblar suavemente.

Troy se sienta en el banco, me recoloca en su regazo. Mis brazos rodeando su cuello, los suyos en mi cintura. Nuestras frentes juntas, mirándonos a los ojos. Un segundo de silencio lleno de respiraciones entrecortadas...

Y vuelve a empezar.

Me inserta en su polla y guía el movimiento de mis caderas con sus manos. En esta postura todo es aún más brutal. No puedo gritar. No puedo gritar. ¡Y lo necesito! Mi cuerpo se acelera. Subo y bajo cada vez más rápido, pero él me detiene con sus grandes manos.

—Disfrútalo, nena —me tortura marcando un delirante círculo con las caderas.

¡Por Dios!

Gimo.

—No puedo pensar en otra cosa que no seas tú —susurra en mi oído mientras acelera el ritmo—. Tu sonrisa, la forma en la que me miras. Tú haciendo cualquier puta cosa. —Más rápido. Más fuerte. Me muerdo el labio—. Porque lo único que me importa es que seas tú.

Vuelve el ritmo una locura. Me agarro a sus hombros. Noto el sabor metálico de la sangre en la boca y me corro con él entre mis piernas, con su boca en mi oreja y sus palabras en mi corazón.

Troy no se detiene. Sigue. Sigue. ¡Sigue! ¡Y tiemblo!

—¡Joder! —grito de nuevo.

Y nos corremos a la vez mientras el mundo, donde quiera que esté, deja de girar.

Troy sale de mí con cuidado, haciendo que mi cuerpo se estremezca y, con la misma habilidad que antes, se levanta conmigo en brazos. Uso las pocas fuerzas que me quedan para rodear su cintura con mis piernas y su cuello con mis brazos, hundiendo mi cara en ellos.

Soy un revoltijo somnoliento y lleno de placer que solo quiere cerrar los ojos y sonreír.

Troy entra en una de las duchas individuales y me deja con cuidado en el suelo. Abre el grifo y regula la temperatura hasta que el agua sale agradablemente caliente.

Me mueve para dejarme bajo el chorro y con mimo me enjabona y me lava el pelo mientras yo me dejo hacer como si estuviera en la sesión de spa más relajante que se puede imaginar.

Nos besamos sin preocuparnos del tiempo, perdiéndonos en el otro una y otra vez. He vuelto al paraíso y no pienso salir de él jamás.

80

Maya

—Lo siento —digo envuelta en una toalla suave y calentita, sentada en uno de los bancos del vestuario.

Troy, con otra toalla también blanca pero más pequeña a las caderas, sonríe mientras busca ropa para los dos en su taquilla.

—¿Y exactamente qué sientes?

Es una trampa, lo sé, pero ahora mismo estoy demasiado relajada para hacer otra cosa que no sea ser sincera.

—Lo del vídeo, dejar que Rowan me engañara.

Troy asiente pero no dice nada y automáticamente frunzo el ceño.

—¿No te sorprende que fuera ella?

—Rowan me ha enviado el vídeo esta mañana diciéndome que lo hacía por mi bien y ofreciéndome que nos largáramos los dos de aquí hasta que las cosas se calmaran.

Aprieto los dientes. ¡Qué bruja!

—Desde luego no estaba dispuesta a perder su oportunidad —mascullo malhumorada.

—¿Qué fue lo que te dijo? —pregunta Troy sentándose a mi lado, ladeando el cuerpo para que quedemos de frente.

Lo miro. Pienso que la creí sin dudar y me siento ridícula.

—Que os estabais acostando. —Un resoplido breve y cabreado

entremezclado con una sonrisa aún más fugaz se cuela en sus labios al tiempo que niega con la cabeza—. Que lo habíais intentado evitar por Nick, pero que no habíais sido capaces.

—Eso es una gilipollez. Nunca estaría con ella por muchos motivos y precisamente Nick es la razón por la que estábamos en contacto. Últimamente está muy raro y me tiene preocupado. Pensé que quizá ella conseguiría que le contara qué le pasa.

—La creí y me enfadé —sigo explicándole, la verdad, avergonzada. Fui una estúpida— y bebí demasiado porque quería mandar al mundo al diablo y yo no pienso esas cosas que dije —suelto de carrerilla desesperada—. Es que estaba tan dolida.

—Nena... —trata de calmarme.

—Lo siento muchísimo y lo siento también por el señor Harlesson y el señor Johnston. Siempre han sido muy buenos conmigo.

—Nena... —Coge mi cara entre sus manos para que pare, pero no puedo.

—Sé lo importante que es el equipo para ti.

—Nena, lo sé. Sé que lo sientes.

—Dime que podemos arreglarlo.

Sé cuánto le importan los Cowboys. No quiero que los pierda por mí. Troy da una bocanada de aire.

—La verdad es que no lo sé —contesta tranquilo—, pero me da igual.

—No, no te da. Son tus compañeros. Tu equipo. Y si a ti te da igual, a mí no, así que vamos a vestirnos y a hablar con el viejo.

Troy sonríe.

—Estás muy integrada —me pica.

—Eres idiota —me quejo levantándome y él rompe a reír por mi reacción.

De pronto caigo en la cuenta de algo y entiendo que ese vídeo, para bien o para mal, ha marcado la diferencia y, francamente, no pienso cometer los mismos errores que cuando tenía diecisiete años.

—Troy —lo llamo girándome, para qué negarlo, nerviosa—, ¿qué pasa con nosotros?

—Nosotros, ¿como unidad? —se burla levantándose y dando un paso hacia mí. Maldita sea, qué sexy está con esa toalla. Debería haber esperado a que nos vistiésemos. Si discutimos, claramente va a salirse con la suya. Yo no puedo pensar—. Eso es muy poco *woke*, señora Carson.

—Y yo me remito a mi comentario anterior: eres idiota, señor Carson —sentencio.

Él da un paso más, me enseña su media sonrisa encantado con la situación y yo estoy a punto de poner los ojos en blanco, ¿en serio se puede ser tan chulo?

—Nosotros —repite con retintín; en serio, voy a tener que matarlo—, cuando estemos en casa, tranquilos y solos, vamos a tener una conversación muy interesante.

Se queda frente a mí, tan cerquita que casi casi nos tocamos. Levanta la mano y sus dedos acarician furtivos mi cadera con sus ojos fijos en el movimiento. Dios, adoro que haga eso.

—Podría ser una conversación con cena —propongo rodeando su cuello con mis brazos.

—Una conversación con cena y contigo atada al cabecero de mi cama —replica mirándome a los ojos de nuevo.

Todo mi cuerpo se funde despacio.

—Eso depende de lo bien que se te dé hablar —respondo enarcando las cejas.

—O de lo bien que se te dé a ti —me pica el muy desgraciado sin arrepentirse ni un poco—. Lo mismo tienes que convencerme.

Le doy un empujón aguantándome una sonrisa y echo a andar en dirección opuesta. Troy rompe a reír por mi reacción, sale tras de mí y me abraza por detrás.

—Muy idiota —me quejo pero ya estoy sonriendo. Imposible contenerla más.

—Espérame en casa —me pide cuando salimos de los vestuarios, ya adecuadamente vestidos.

—No —contesto sin dudar—. Quiero ir contigo.

Yo lo estropeé y yo tengo que arreglarlo.

—Maya, si quieres que tenga alguna posibilidad de solucionarlo, tienes que dejarme a mí.

—Pero...

—¿Confías en mí?

Lo miro a los ojos. Sé qué contestar y por primera vez en mucho tiempo no me asusta.

—Sí —respondo con una sonrisa.

Troy sonríe, da un paso hacia mí y, colocando su mano en mi cuello, me besa.

—Entonces, no tenemos nada más que hablar.

—Está bien —cedo, ¿como si tuviera otra posibilidad después de ese beso? Maldita sea, se le da demasiado bien—. Dejaré que te encargues por esta vez.

Su sonrisa se ensancha y vuelve a quedarse peligrosamente cerca de mí.

—Cuando vuelva, tú y yo vamos a tener la conversación que hemos dejado pendiente —me advierte contra mis labios.

¿Qué somos? ¿Qué tenemos? ¿Cómo vamos a hacerlo?

—Te advierto que va a ser una conversación muy larga.

—No me asusta lo más mínimo —contesta.

—Te lo tienes demasiado creído —lo pico.

Troy sonríe, precisamente su sonrisa engreída, odiosa y jodidamente sexy, y ese gesto se contagia a mis labios.

—Deséame suerte.

—Suerte.

Un beso más y se marcha.

81

Maya

El camino hasta el ático se me hace larguísimo y he de contenerme para no llamar a Troy y preguntarle cómo va unas diez veces.

Sin embargo, cuando solo estoy a un par de calles, caigo en algo que automáticamente se lleva toda mi atención: la prensa. Si ya estaban imposibles, después de mi vídeo, que está absolutamente en todos lados, va a ser una locura.

No me equivoco. La parada del autobús está a dos manzanas y ya desde allí puede verse el enjambre de *paparazzi* en la puerta del Endeavor.

Respiro hondo y echo a andar. No me queda otra y ellos no van a rendirse. Solo tengo que concentrarme en llegar a la puerta rápido y, sobre todo, no escucharlos.

—¡Ahí está! —comienzan a gritar cuando aún me quedan unos metros.

Flashes. Preguntas llenas de malicia. Intento avanzar pero en cuestión de segundos me tienen acorralada.

—¿Podéis dejarme pasar, por favor?

Empiezo a agobiarme.

—Dejadme pasar —insisto.

Más preguntas. Más fotos. ¿Es que nunca van a tener suficiente?

—Maya.

Ni siquiera estoy segura de haber oído bien, pero miro en esa dirección y veo a Frank llegar hasta mí, protegerme con su brazo sobre mis hombros y apartar a los periodistas con la mano que tiene libre para que podamos alcanzar la puerta.

Nunca había estado tan agradecida de verlo.

—Buenos días, Maya —me saluda Ronnie cuando conseguimos entrar.

—Buenos días. Y buenos días a ti también, Frank —digo girándome hacia él—. Y muchas gracias. ¿Cómo has sabido que estaba aquí?

—El señor Carson me ha pedido que viniera. Ha pensado que podría serle de ayuda.

Lo ha sido. Muchísimo.

—Me quedaré aquí para tenerlos controlados —me avisa.

—Gracias.

Me giro para ir hacia los ascensores, pero con el primer paso caigo en la cuenta de algo.

—Chicos —los llamo regresando hasta ellos. Los dos me miran—, respecto al vídeo —sería estúpido pensar que no lo han visto—, solo quiero que sepáis que lo siento mucho, yo...

—No tiene que explicarnos nada —me interrumpe Frank—. Quienes la conocemos sabemos que no piensa de verdad ninguna de esas cosas. Así que para nosotros es como si ese vídeo ni siquiera hubiese existido.

Ronnie asiente.

—Muchas gracias.

De verdad.

Subo al ático y básicamente espero a Troy mordiéndome las uñas, los dedos y casi los codos.

Han pasado más de tres horas cuando oigo la puerta principal abrirse.

Salgo disparada y me freno al final del pasillo que comunica el vestíbulo con el salón. Troy cierra la puerta tras él y levanta la mirada. Está serio. Demasiado.

—Hola —dice.

¿Está triste? Maldita sea, ha perdido a los Cowboys por mi culpa.

—Troy —pronuncio avanzando hacia él—, no voy a rendirme. Voy a encontrar la manera de...

—Sigo dentro del equipo —me interrumpe con una sonrisa enorme.

—...: arreglarlo —murmuro por inercia.

Sigue dentro del equipo. Todo está bien. ¡Todo está bien!

—¡Sí! —grito saliendo disparada hacia él y saltando a sus brazos.

Troy me levanta del suelo y rompe a reír por mi efusividad, pero, sobre todo, feliz como yo.

Cuando me deja de nuevo en tierra firme, automáticamente me pierdo en los ojos más bonitos del mundo.

—Me alegro mucho por ti, capitán.

No lo duda, rápido, me agarra de las caderas y me carga sobre su hombro. Yo suelto un gritito por la sorpresa y rompo a reír mientras empieza a caminar.

—Vamos a celebrarlo —sentencia macarra, sexy y sensual.

82

Maya

En los dos días siguientes no hablamos ni contestamos las preguntas pendientes y solo salimos de la cama para probar la resistencia del sofá, si la encimera era tan fría como parecía o cómo tenía que ser montárselo en la ducha, cuestiones también muy importantes.

—¿Hay mucha prensa en la puerta? —pregunto sentada en la cama con las piernas cruzadas y la camiseta de Troy puesta.

Él acaba de ducharse y vestirse y ahora está anudándose las deportivas sentado en el borde del colchón. Antes ha bajado a *Rocket*.

—Un poco como siempre —contesta para hacerme sentir mejor.

Tuerzo el gesto. ¿Cuándo se cansarán?

Troy solo necesita observarme un segundo para darse cuenta de lo que me pasa. Gira el cuerpo hacia mí y me coge de la barbilla para que lo mire y deje de darle vueltas a todo.

—No lo pienses más —me pide lleno de empatía—. Se acabarán cansando.

—Eso espero.

Troy sonríe para que haga lo mismo.

—¿Vendrás al partido?

Asiento feliz. Esta noche los Cowboys y los Houstons, el otro equipo de Texas, juegan un partido benéfico. Todo lo que recauden será repartido entre las asociaciones sin ánimo de lucro del estado.

—Le diré a Frank que te espere en la puerta.

—Ya he hablado con él —replico en plan «Llegas tarde, chaval», pero al estilo pandillero de los ochenta o de Mark Wahlberg en los noventa—. Frank y yo somos colegas de partido.

—Y Gabriela.

Sonrío. No sé por qué me hace feliz que sepa quién es.

—Y Marlow y Andie.

Troy se levanta, pero, antes de irse, clava la rodilla en la cama y se inclina sobre mí.

—Que sepas que esta noche tú y yo vamos a hablar.

Sonrío.

—¿Vestidos?

—Me temo que sí.

Tuerzo los labios fingiéndome decepcionada, puede que lo esté un poco de verdad, no me gusta nada que esté vestido, pero tardo un segundo en volver a sonreír, imposible controlarla, y Troy me besa haciéndome tocar las estrellas.

—Machácalos —le digo a modo de despedida.

Solo se ha separado un par de centímetros y lo odio.

—No lo dudes.

Troy me da otro beso y se marcha. A solas, no puedo evitar volver a sonreír. Creo que va a estar bien tener esa charla. No me importan las etiquetas y no las necesito, pero ya tenemos una llamada «matrimonio», así que estaría bien saber qué somos. Además, se lo debo a mi yo de diecisiete años.

Me visto, con la camiseta de los Cowboys de Troy, *of course*, y unos vaqueros, y me voy al estadio.

Frank me salva de la prensa y yo paso de cada pregunta que oigo. Por mí pueden irse todos al diablo y llevarse a Rowan Valentine con ellos.

Para cuando llegamos al pasillo de los *boxes* privados, la prensa ya es lo que menos me preocupa. Todos parecen haber visto ese vídeo y me odian por haberme atrevido a pisar el corazón de los Cowboys.

Marlow y Andie me esperan en la puerta. Sonrío al verlas, son mis lugartenientes. Con ellas, está Gabriela, que me mira con empatía. Imagino que ya la han puesto al día de cómo ocurrieron las cosas.

Las esposas y las novias de los otros jugadores cuchichean a mi costa más que nunca, pero eso es lo que menos importa. Los hinchas me recibieron con los brazos abiertos y me trataron como a una de ellos desde el principio. Pensar que he podido decepcionarlos me parte el corazón.

—Hola —los saludo al llegar a las gradas con las chicas, Frank y Gabriela.

Todos me miran. Ninguno me habla.

—Vale —digo con algo parecido a un resoplido—. Imagino que habéis visto el vídeo.

Miro a Andie, que sonríe y me guiña un ojo animándome a hacer lo que tengo que hacer, pero cuando voy a hablar uno de ellos se me adelanta:

—¿Por qué lo hiciste? —Y lo hace precisamente como más odiaba pensar que pudieran estar, decepcionados.

—Estaba muy enfadada —me sincero—. Sé que no es excusa, pero alguien me dijo algo que al final resultó ser mentira, pero yo la creí y me dolió tanto que bebí y me comporté como una idiota.

Más miradas. Más silencio. Supongo que una cosa es que te perdonen tus amigos y otra muy distinta todos los demás... Pero no pienso rendirme.

—Troy me importa y los Cowboys también. Jamás haría nada que pudiera perjudicarlos.

Más silencio.

Abro la boca dispuesta a decir algo, aunque no tengo ni la más remota idea de qué, para convencerlos cuando una voz me interrumpe.

—Ella se queda con nosotros —dice una de las chicas—. ¿Cuándo habéis visto a la novia o a la esposa de otro jugador hacerlo? Eso es porque el equipo le importa.

Sonrío y asiento muchas veces. Gracias. Gracias. Gracias.

—Tampoco tiene que ser fácil estar en su situación —interviene un grandullón con una gruesa barba castaña—. Esos fotógrafos no la dejan en paz nunca. Todos hemos metido la pata alguna vez. Suerte que nadie nos grabó.

—Sobre todo a ti, Pete —comenta una voz al fondo y todos rompen a reír.

—Entonces, ¿puedo quedarme? —pregunto con una sonrisa de puro alivio.

Todos dicen que sí de una u otra manera y la primera mujer que ha hablado me hace un gesto para que coja una cerveza.

—Quien vaya por ahí comportándose como si nunca hubiese cometido un error o es ciego o un gilipollas —sentencia encogiéndose de hombros.

Asiento y alzo mi vaso de cartón rojo a modo de brindis.

—Bien dicho.

83

Maya

Vamos ganando por más de veinte puntos. Troy está jugando mejor que nunca. El público está ilusionado, disfrutando de cada segundo.

Está siendo un partido increíble.

—Ahora les toca atacar —anuncia Marlow emocionada.

Yo sonrío y, antes de que el pensamiento cristalice en mi mente, busco a Troy en el campo. Como cada vez, justo antes de bajarse el casco y saltar al césped, él hace lo mismo, nuestras miradas se encuentran y los dos sonreímos. Troy se baja el casco tirándose de la defensa delantera y echa a correr al terreno de juego mientras a mí me late más deprisa que nunca el corazón. Estoy feliz, con el orgullo recorriendo cada célula de mi cuerpo a toda velocidad.

El estadio enmudece. Troy canta la jugada. «Hault.» Y las líneas de jugadores chocan creando un ruido brutal, haciendo enloquecer al AT&T mientras la pelota vuela, vuela y vuela y aterriza en las manos de East.

Lo derriban, pero no la suelta y avanzamos veinticinco yardas.

Los equipos vuelven a colocarse en posición. Solo silencio. Troy se humedece el índice y el corazón mientras camina hacia sus compañeros. Siempre ha sido muy atractivo, pero así, en el campo, todo parece multiplicarse por un millón.

Canta la jugada.

Choque de guerreros. Unos contra otros.

Troy conserva la pelota, esquiva a un defensa, a dos, echa a correr. El público estallamos en vítores y contenemos el aliento al mismo tiempo sin poder apartar la vista de él. Está solo a diez yardas de la zona de touchdown. ¡Sí! ¡Sí! ¡Sí!

Pero entonces un defensa lo placa con una fuerza desmedida y Troy rueda por el suelo.

Abre el brazo, el balón cae y lo recuperan los Houstons.

Los jugadores del otro equipo empiezan a felicitarse.

Yo, en las gradas, y Nick, en el campo, somos los primeros en darnos cuenta de que Troy no se levanta.

84

Maya

Por favor. Por favor. Por favor.

Creo que nunca había corrido tan rápido y aun así no es suficientemente.

Alcanzo el acceso al campo pero un guardia de seguridad no me deja pasar.

—Tengo que ir allí. Tengo que estar con él —sollozo con la cara llena de lágrimas más angustiada, preocupada, nerviosa y desesperada que en todos los días de mi vida—. Soy la mujer de Troy.

El hombre me mira con compasión y eso me acojona aún más. No miras a alguien así a no ser que sepas que va a pasarlo mal.

—Sé quién es, señora Carson, pero de verdad no puedo dejarla pasar.

Me llevo las manos a la cabeza y empiezo el giro sobre mí misma para frenarme en seco y volver a mirar a la salida del campo ¡y solo quiero que esté bien!

No se oye un solo grito en el interior del estadio. Eso tampoco es buena señal. Si Troy se hubiese levantado, el AT&T se habría venido abajo a base de aplausos.

Por favor, que esté bien. Por favor. Por favor. Por favor.

Oigo suaves aplausos. Mi corazón también sabe identificar por qué y se parte en pedazos cuando veo a Troy inconsciente en la camilla. Lo están sacando para llevarlo al hospital.

—Maya —me llama el señor Harlesson.

—Quiero ir con él —digo saliendo disparada hacia Troy.

El director deportivo asiente.

El viaje en ambulancia se me hace eterno aunque no dura más de cinco minutos. Ya hay gente del hospital esperándolo en la puerta e inmediatamente se lo llevan a hacerle un TAC.

No me dejan pasar.

—¿Por qué no se despierta? —murmuro sin poder dejar de llorar bajito, casi sin hacer ruido, sin ser capaz de sentarme en una de las sillas de la sala de espera.

Marlow, Andie y Frank llegan tan solo unos minutos después que yo.

—¿Hay noticias? —pregunta East irrumpiendo en la sala de espera con el paso acelerado.

Está con Nick. Los dos llevan aún el uniforme de los Cowboys, solo se han quitado las protecciones.

Niego con la cabeza.

—Aún le están haciendo pruebas —les explico.

El señor Harlesson y el señor Johnston también están aquí. Todos estamos demasiado preocupados por Troy.

—¿Familiares de Troy Carson? —inquiere un médico.

—Soy su mujer —digo casi corriendo hasta él.

El doctor me mira y asiente y yo quiero zarandearlo para que hable ya.

—Le hemos hecho diferentes pruebas diagnósticas y ninguna de ellas ha revelado ninguna hemorragia interna o fractura craneoencefálica leve o severa. —Respiro aliviada. Todos los hacemos—. Sin embargo, el señor Carson no despierta.

¿Qué?

—¿Por qué?

—No lo sabemos. Quizá solo necesite tiempo, pero también existe la posibilidad de que la lesión todavía no sea detectable. Si no se despierta, repetiremos las pruebas en veinticuatro horas. Eso es todo lo que puedo decirle por ahora.

Asiento y sin poder controlarlo los ojos vuelven a llenárseme de lágrimas. El señor Harlesson me llama, me dice que no me preocupe, que estamos en el mejor hospital y todo irá bien, pero yo no escucho una palabra. Ya sé todo eso y no me vale para nada.

—Quiero verlo —le pido al doctor.

—Claro, sígame.

El médico me conduce a través de un entramado de pasillos y finalmente llegamos a una habitación. Es grande, luminosa y de diseño, pero yo solo puedo fijarme en Troy en la cama, rodeado de máquinas.

Camino hasta él y me siento en el borde del butacón para estar lo más cerca posible. Resoplo. No voy a llorar una lágrima más. Troy va a salir de esta. Solo necesita un poco de tiempo.

—Hola —digo con la voz tomada, pero también con una sonrisa, cogiéndole la mano—. Espero que estés cómodo y no te haya tocado esa enfermera tan guapa que he visto antes o voy a tener que poner una queja en el hospital. —Sonrío esperando a que haga lo mismo pero no funciona—. Te has dado un buen golpe, ¿sabes? Es normal que estés cansado, así que descansa. Yo no voy a moverme de aquí porque tenemos una conversación pendiente, ¿recuerdas?

Mi voz se resquebraja, pero vuelvo a resoplar para mantener las lágrimas a raya, donde van a quedarse. Va a recuperarse. Va a estar bien. No hay motivos para llorar.

Me paso el resto del día junto a su cama. También la noche. East, Nick, Marlow y Andie no se mueven de la sala de espera. Tampoco el señor Harlesson.

—¿Por qué no vamos a comer algo? —me propone Marlow.

El doctor se ha llevado a Troy para repetirle las pruebas.

—No. —Niego también con la cabeza—. No quiero moverme de aquí.

Me fijo en Nick. Está sentado con la mirada perdida al frente y una de sus manos juguetea nerviosa con la otra. East también está hecho polvo, pero creo que Nick lo está de una manera diferente.

—Al menos un café —insiste mi amiga—. Hay una máquina a un minuto. Te traeré uno.

Sonríe para contagiarme el gesto y, aunque solo sea un poquito, le funciona.

—Gracias.

—A mandar —responde con cariño.

No sé qué hacer. Quiero estar con Troy, pero es imposible hasta que terminen con las pruebas. Camino con pies perezosos hasta los asientos para quedarme con East.

—Maya —me llama el señor Harlesson viniendo por el pasillo.

Me vuelvo hacia él. Parece muy cabreado. Un par de segundos después aparecen los padres de Troy con Tate y Anthony.

—Hola —los saludo yendo hasta ellos.

—Hola, cielo —responde fría la madre de Troy. Ella y Anthony son los únicos que lo hacen; Anthony, el único que parece sincero.

—Acaban de llevarse a Troy para repetirle las pruebas. Ayer no encontraron nada, pero sigue sin...

—El señor Harlesson ya nos ha puesto al día —me interrumpe ella.

Asiento. A lo mejor me equivoco, seguro que sí, pero no parecen preocupados, no como los chicos, como mis amigas, como la gente de los Cowboys, como yo. He necesitado mirar a Nick un segundo para darme cuenta de que lo estaba. Su familia parece... molesta, hastiada.

—No parecéis preocupados —lo suelto sin pensar. Creo que porque necesito oír que me equivoco o quizá... porque empiezo a tener demasiado claro que no.

—Bueno —replica Tate—, puede que haya un poco de karma en todo esto.

—¿Qué?

No puede ser verdad que haya dicho eso.

—Él mató a Simon por comportarse como un gilipollas.

Niego con la cabeza y la respiración se me entrecorta con una mezcla de sorpresa y un «¡pero ¿qué coño estás diciendo?!».

—Simon murió en un accidente —aclaro con la voz firme y busco la mirada de Anthony.

—Los accidentes tienen responsables —me recuerda Tate—. Puede que a ti dejara de interesarte esa obviedad en el instituto, pero, a mi familia, no.

Le mantengo la mirada, pero, en lugar de bajar la cabeza como ella pretende, reconozco que como habría hecho en otro momento de mi vida, esbozo una sonrisa triste y condescendiente.

—Ni siquiera sabéis lo que pasó.

Mi frase desconcierta a Tate, que frunce el ceño, aunque lo disimula rápido.

—Y quizá ya va siendo hora de que lo sepan, ¿no, Anthony?

Lo miro a él y, francamente, lo desprecio. Ha permitido que Troy pague por sus errores de la peor manera posible.

—¿De qué estás hablando? —pregunta Cynthia.

—De que Troy no conducía aquella noche.

La expresión de los señores Carson cambia en un solo segundo.

—¿Y quién se supone que lo hacía? —me atosiga Tate.

—Anthony.

No dudo. No me arrepiento.

—¿Qué? —articula la señora Carson mientras todos clavan sus ojos en él.

—Troy sabía que, si el padre de Anthony se enteraba de que había estrellado el coche conduciendo borracho, lo mataría, y quiso protegerlo. Cuando Simon murió al día siguiente, Anthony le suplicó que siguieran con la mentira. Troy no quería perderlo a él también y aceptó. —Miro directamente a Anthony—. Ojalá te hubieras preocupado alguna vez por él como él se preocupó por ti.

Anthony baja la cabeza avergonzado. Sabe que no hay nada que pueda decir. Debió parar esto hace mucho tiempo.

—A vosotros intentó contaros la verdad desde el principio —continúo refiriéndome a los señores Carson—, pero ni siquiera le disteis la oportunidad. ¿Qué clase de padres tratan a su hijo así?

—No sabíamos nada —intenta disculparse Trevor.

—Pero es que, aunque hubiese sido cierto que él conducía, fue un accidente, un error horrible —trato de hacerles entender desesperada. ¡No tienen excusa!—. Solo tenía quince años.

Me miran arrepentidos, pero ¿a quién le importa? ¿Alguna vez a ellos les ha importado el daño que le han hecho a Troy, lo solo que han hecho sentir a su hijo?

—Tendríais que haberlo ayudado a superarlo, no hundirlo más y más hasta conseguir que se sintiese completamente solo. ¿Y todo por qué? ¿Por esa estúpida exigencia de que vuestros hijos tenían que ser perfectos o por proteger a Tate, que siempre se ha comportado como si sus sentimientos fuesen los únicos que importan? Sois unos padres despreciables.

Ninguno de los dos dice nada. Siempre tan preocupados en ser perfectos, en lo que los demás digan de ellos, creyéndose moralmente superiores, ¿para qué? No tienen ni idea de lo que significa ser realmente una familia.

Doy un paso hacia la que durante mucho tiempo consideré mi hermana, aunque ahora me doy cuenta de lo equivocada que estuve siempre porque jamás fue algo recíproco. Ella me mantiene la mirada, comportándose todavía como si no tuviese nada de que arrepentirse, aunque las dos sabemos que sabe que sí; otra cosa es que, por una vez en su vida, dé valor a los sentimientos de otra persona y elija responsabilizarse de sus actos.

—Ojalá me hubiese dado cuenta de la persona tan horrible que eres cuando nos conocimos en la escuela primaria —le digo y otra vez ni dudo ni me arrepiento. Es la pura verdad.

Ella tampoco contesta, aunque sigue mirándome como si siguiese subida en su estúpido pedestal. ¿Quiere quedarse ahí? Por mí, perfecto. Yo paso página y no pienso volver a pensar en ella jamás.

—Maya —me llama Cynthia y su voz suena completamente diferente—, nos gustaría ver a Troy.

—No —contesto y sé que estoy haciendo lo correcto—. Puede que Troy no fuese capaz de echaros de su vida, pero yo sí. No os lo merecéis y no pienso permitir que le hagáis daño nunca más.

—Pero...

—Frank, por favor. —Un segundo y está a mi lado—. La familia de Troy ya se va. Acompáñalos a la salida.

Los Carson me miran como han mirado a Troy durante años, como si les enfadara y les decepcionara solo con estar aquí. Hasta no hace mucho me habría dolido demasiado que me miraran así, pero yo también he abierto los ojos. Ahora, me importa una mierda.

—Asegúrate de que no vuelvan a poner un pie aquí —sentencio.

—Por supuesto, Maya —contesta Frank mirándolos fijamente para que empiecen a caminar.

Cuando los veo desaparecer pasillo arriba, sin poder controlarlo suelto un enorme suspiro. El momentazo ha pasado y tengo que admitir que me tiemblan un poco las piernas. Siento como si nos hubiésemos quitado un peso de encima.

—Bien hecho —me dice el señor Harlesson caminando a mi lado de vuelta a las sillas, ofreciéndome el puño para chocarlo.

Quiere muchísimo a Troy y sin duda alguna sabía todo el dolor que su familia le causaba.

—Gracias —respondo chocándoselo.

85

Maya

Les he pedido a las chicas que cuiden de *Rocket* y explicado en mis tres trabajos lo que ocurre. Todos mis jefes vieron el partido, así que tampoco ha habido muchas preguntas.

Ya han pasado dos días desde que Troy tuvo el accidente. Todos insisten en que debería salir y tomar un poco el aire, pero no quiero. No pienso moverme de aquí.

Tengo los brazos cruzados sobre la cama y la mejilla apoyada en ellos mientras jugueteo haciendo dibujitos con el índice sobre el dorso de la mano de Troy.

—Bicho raro —oigo en un murmullo entrecortado.

¿Qué?

El corazón me da un brinco y me incorporo de golpe. Troy mueve la cabeza suavemente.

—No te haces una idea de lo molesto que es.

Con el final de la frase abre los ojos y sonríe con torpeza. Yo miro hacia su mano. Se refiere a los dibujitos y rompo a reír aliviada y feliz, sobre todo, feliz. ¡Está despierto!

—¡Troy!

Lo abrazo con fuerza. ¡Está despierto! ¡Está despierto! ¡Está despierto!

—Espera, ¿estás bien? —pregunto incorporándome de pronto de nuevo y mirándolo fijamente preparada para captar cualquier tipo de información. Esta tendría que haber sido mi primera reacción.

Troy rompe a reír, aunque no tiene demasiadas fuerzas.

—Sí.

—Avisaré al médico —anuncio con una sonrisa pulsando el llamador.

El doctor revisa a Troy. Esta vez me dejan quedarme por expreso deseo de la estrella de los Cowboys. No puedo dejar de sonreír y mi gesto se ensancha cada vez que da signos de encontrarse bien, como recordar el golpe.

—Todos han estado muy preocupados —digo arrodillándome en el butacón—. No se han movido de la sala de espera.

El médico acaba de marcharse.

—Espero que tú fueras la que más preocupada estaba —me pica mientras tira de mi mano para que me tumbe en la cama con él.

—¿A qué viene eso? —me quejo apoyando mi cabeza en su pecho.

—Me gusta saber que estoy molestándote —contesta como si fuera lo más natural del mundo mientras me rodea con su brazo y los dos terminamos de acomodarnos.

Oficialmente acurrucados.

—Entonces, que sepas que me has molestado un montón —le certifico.

—Genial —sentencia satisfecho, y ya ninguno de los dos puede más y rompemos a reír.

Pasan los minutos. Estoy escuchando el sonido de su corazón y me encanta. Es otra versión del paraíso.

—Creo que tú y yo tenemos una charla pendiente —me recuerda.

Sonrío pero lo disimulo rápido.

—Pensaba que habías dicho que teníamos que estar vestidos. No sé si esa bata tan sexy cuenta como vestido —lo pico yo.

—¿Bromeas? Pienso ir a entrenar así a partir de ahora. Es comodísima.

—Eres idiota.

—Soy como el inventor de la corbata de teclas de piano, un visionario.

—Deberías comprarte una de esas corbatas —propongo.

—Sí —contesta entusiasmado— y ponérmela con la bata.

Otra vez tratamos de aguantar la risa para alargar el juego pero es imposible y estallamos en carcajadas.

—Siento que lo hayas pasado mal.

Niego con la cabeza.

—Lo importante es que ya estés bien.

No sé qué habría hecho si lo hubiese perdido.

—Llevas el anillo —susurra fijándose en mi mano.

Yo también miro el pequeño y precioso pájaro de mi dedo anular.

—Me lo quité porque no verlo me hacía más fácil pensar que habíamos tomado la decisión correcta no estando juntos, pero, después de lo del vídeo y, sobre todo, lo de los vestuarios —confieso con una sonrisita—, quería volver a ponérmelo. Aunque, siendo sincera al cien por cien, todavía no sé qué somos.

—¿A ti qué te gustaría que fuéramos?

Vuelvo a negar con la cabeza.

—No quiero que seamos amigos.

Maya Smith, cobarde sentimental profesional.

—Me parece bien. Digamos lo que no queremos hasta quedarnos con lo que sí queremos.

—Vale.

El corazón comienza a latirme muy fuerte de pura expectación...

—No quiero volver a separarme de ti —dice con una seguridad infinita.

...como cuando oyes el inicio de tu canción favorita...

—No quiero volver a perderte —continúa.

...porque sabes que vas a ser feliz el resto de tu vida...

—No quiero que mi ropa deje de oler a ti un solo día.

...porque él está cerca.

Ya no puedo esperar más, levanto la cabeza y busco el azul más espectacular, salvaje y bonito del mundo. Mi azul favorito.

—Te quiero a ti, bicho raro.

Sonrío una vez más. Un millón.

—Te quiero, idiota.

Troy se incorpora rápido y me besa con fuerza. Yo sonrío contra sus labios, pero tan solo un segundo después un gemido se me escapa.

—En cuanto me desenganchen de este estúpido trasto —el gotero—, pienso destrozarte —gruñe contra mi boca.

Mi cuerpo se enciende y también maldigo el gotero.

—¿Aviso a una enfermera? —plantea.

—¿A dos para que sea más rápido?

Debería haber sonado a broma, pero nos tenemos tantas ganas que acabamos asintiendo y, al darnos cuenta, sonreímos como dos tontos.

—Tienes que descansar —digo recuperando el sentido común.

Troy refunfuña, pero acaba aceptando y volvemos a acomodarnos en la cama.

86

Troy

—Señor Carson, la cama es para los pacientes —me riñe una enfermera al entrar en la habitación, mirando con desaprobación cómo Maya está dormida, acurrucada a mi lado.

—Debe descansar —insiste.

—Si quiere que descanse, esta es la mejor manera, créame.

Ella me mira mal, yo le pongo mi mejor sonrisa y funciona porque protesta un poco más, pero deja que Maya se quede.

La verdad, tampoco hubiese permitido que la despertase. Tengo que protegerla. Es una necesidad que nunca se apaga. Quiero que esté a salvo, que tenga todo lo que desee. Que sea feliz.

No sé por qué volvimos a encontrarnos, no sé si nos estuvimos buscando inconscientemente y por eso ella nunca se marchó de Dallas y yo me negué a escuchar cualquier oferta de cualquier otro equipo que no fueran los Cowboys. No sé si estábamos predestinados o qué, pero sí sé que Maya es la persona de mi vida y pienso luchar por ella siempre.

87

Maya

—Ey, ¿vuelves a estar vestido de persona normal? —bromeo al entrar en la habitación y verlo de pie, recogiendo sus cosas en vaqueros, camiseta y deportivas.

Troy pone los ojos en blanco fingiéndose hastiado y yo sonrío mientras le paso uno de los cafés y le doy un sorbo al mío.

—Tengo algo que contarte. —Lo miro sintiéndome un poco culpable—. Es importante.

—Claro —contesta sin dudar.

Los dos nos sentamos en la cama y yo respiro hondo, dos veces.

—¿Qué pasa, bicho raro?

Como quitarse una tirita.

—Tus padres estuvieron aquí —su mirada cambia y puedo ver cómo todo su cuerpo se tensa. Eso me confirma que tomé la decisión correcta—, pero, Troy, no estaban preocupados por ti, vinieron solo para seguir con esa estúpida fachada de familia perfecta. Tate incluso insinuó que era cosa del karma por lo que pasó con Simon.

Troy pierde su mirada al frente, al suelo, y deja escapar un resoplido a medio camino entre estar muy cabreado, muy sorprendido y demasiado triste.

—Y yo les conté la verdad de todo lo que pasó y los eché —suelto de un tirón.

Su mirada vuelve a cambiar y clava de nuevo sus ojos en los míos.

—Lo siento —añado a toda velocidad—... bueno, en realidad no lo siento —confieso—. Son unas personas horribles y no soportaba la idea de tenerlos aquí, comportándose como si ni siquiera te merecieras que se preocupen por ti.

—Nena... —trata de interrumpirme.

—Y cuando Tate mencionó a Simon, por Dios, Anthony estaba ahí mismo —digo con vehemencia moviendo las manos.

—Nena...

—Y les solté todo lo que pensaba, y pretendían verte, pero fue como si algo saliese de dentro de mí, no sé, una mezcla entre Jason Statham y Liam Neeson, con un poco de Jennifer López cuando se pone en plan «No vas a tocar a mi marido». —Troy sonríe—. No, mejor como Denzel Washington en esa peli que es el guardaespaldas de una niña pequeña. El caso es que no quiero que nadie te haga daño nunca más.

Bajo la cabeza nerviosa. No sé si he metido la pata hasta el fondo.

—Nena.

Doy una bocanada de aire levantando la cabeza, armándome de valor para afrontar las consecuencias.

—¿Qué?

—Gracias —dice con una sonrisa preciosa en los labios.

En cuanto la veo, sonrío también y el alivio me recorre de pies a cabeza.

—¿No estás enfadado?

—No. Estoy aliviado —contesta sorprendido por sentirse así, pero también feliz—. De que por fin lo sepan... y de que estén fuera de mi vida. No quiero más cosas que hagan daño, Maya. Se acabó.

Mi sonrisa se hace más grande y me lanzo a abrazarlo con fuerza.

—Nada que haga daño —repito.

Troy me estrecha contra él.

—Nada que haga daño, nena.

Parece muy pensativo.

—¿Todo bien?

—¿Nick se ha marchado? —inquiere. Suena muy preocupado.

—¿Por qué lo preguntas?

—Antes ha entrado con East y, no sé, a lo mejor ya son imaginaciones mías, pero estaba aún más raro. He intentado hablar con él, pero no quiere. Joder —se lamenta—, tengo la sensación de que me está rehuyendo.

Doy una bocanada de aire detrás de mi café, observando a Troy.

—Nick está enamorado de ti.

—¿Qué? —Con toda probabilidad, el «qué» más alucinado de la historia de las partículas interrogativas.

—Mira, sé que suena un poco raro, pero también que no me equivoco. No comprendía por qué no quería que fuéramos amigos, así que puede que lo acosara un poco, pero de buen rollo, con limonadas y eso. —Troy frunce el ceño. Puede que ahora mismo esté pensando seriamente que se ha casado con una chalada—. Él me dijo que lo sentía, pero que no podía ser. Fue muy amable y parecía triste. No eres amable ni te pones triste por una persona que no quieres en tu vida si realmente no la quieres en tu vida, y cuando tuviste el accidente lo entendí.

—¿Qué?

—Lo preocupado que estaba. No se sentía como East o como el señor Harlesson. Nick se sentía como yo, y entonces recordé algo de nuestra boda.

—¿El qué?

—¿Recuerdas cómo el tío de *The walking dead* miraba a la novia de su amigo mientras los grababa en el convite de su boda en *Love actually*? Pues así te miraba Nick a ti, pero sin cámara. El pobre tiene que estar pasándolo fatal.

Troy frunce el ceño sin entender nada.

—Pero él... —empieza a decir—, él...

—¿Ha tenido muchas novias?

—Sí, muchas.

—No tiene nada que ver.

—Pero él e East son mis mejores amigos.

—Eso tampoco.

Troy abre la boca, pero la cierra. Vuelve a abrirla y vuelve a cerrarla sin saber qué decir.

—¿Y qué hago? —pregunta al fin—. Lo último que quiero es hacerle daño. Es uno de mis mejores amigos y un tío increíble. No se merece que le rompan el corazón.

Sonrío. Creo que ahora lo quiero todavía más que hace cinco minutos.

—Habla con él. Sé sincero y amable, exactamente como eres. Todo irá bien —le aseguro.

—Eso espero.

88

Troy

Saludo a Ronnie y salgo del Endeavor. Desde el accidente la prensa está más amable, así que me es relativamente fácil esquivarla y llegar al coche de Nick. Espero que dure o que por fin comprendan que aquí ya no van a encontrar más noticias. No pienso volver a cagarla, ni fiestas, ni alcohol, ni, por supuesto, más chicas. Sencillamente ya no lo necesito. Y pueden tenerlo claro porque voy a luchar porque Maya quiera estar a mi lado el resto de nuestras vidas.

—Gracias por recogerme, tío —le digo al montarme.

—No es nada —contesta incorporándose al tráfico—. ¿Tú estás bien? ¿Qué tal la cabeza?

—Todo bien.

—¿Y estás seguro de que estás en condiciones para ir a ver al viejo?

Asiento.

Puede que le haya dicho a Nick que el viejo quería verme en el estadio (mentira), que yo temporalmente no puedo conducir por prescripción médica (verdad) y que Maya estaba con las chicas (verdad) recogiendo a *Rocket* (mentira). *Rocket* está en casa comiéndose mis calcetines.

En el camino intento sacarle temas de conversación, pero no está muy hablador. La excusa: está cansado.

—¿Pasamos un momento por los vestuarios? Necesito algo de mi taquilla.

Y, sí, eso también es mentira.

Nick asiente y vamos en un extraño silencio hasta allí. Sin embargo, en cuanto las puertas se cierran, creo que los dos nos relajamos un poco. Para un jugador, el vestuario tiene un poco de sagrado. Sé que suena exagerado, pero así es. Es como llegar a casa, un lugar donde sentirte seguro. Aquí respiras y piensas cómo arreglarlo cuando un partido va mal. Aquí lo celebras con tu equipo cuando has ganado. Pero, más que nada, el vestuario es el sitio donde puedes compartir cualquier cosa con un compañero.

—¿Podemos hablar?

Nick frunce el ceño.

—Deberías darte prisa. Sabes que al viejo no le gusta que nos retrasemos.

—No hay ninguna reunión. Me lo he inventado para que aceptaras que nos viéramos y hablásemos.

—No necesitas montar historias para que hablemos —se queja a la defensiva.

—¿Seguro? —replico—. Porque últimamente nunca quieres hablar conmigo.

Nick niega con la cabeza.

—Necesito espacio.

—¿Por qué?

—Porque sí.

Doy una bocanada de aire. Odio pensar que se siente incómodo conmigo.

—Nick... —No tengo ni la más remota idea de cómo enfocar esto. Miro a mi alrededor. Pienso... Sincero y amable—. Eres uno de mis mejores amigos y me importas muchísimo. Lo último que quiero es hacerte daño.

La expresión de Nick cambia en un solo segundo. Nos conocemos demasiado bien.

—¿Quién te lo ha dicho?

—Maya.

Suelta algo parecido a una sonrisa triste y niega con la cabeza.

—Es una chica muy lista.

No sé cómo pero los dos conseguimos relajarnos un poco más.

—Quiero que sepas que eres un tío increíble, con un corazón enorme y, la verdad, estás la hostia de bueno —aunque estoy seguro de que es lo último que quiere ahora mismo, sonríe—, pero no siento lo mismo.

—Lo sé —contesta triste y, joder, me siento horriblemente mal—. Ya sabía que esto siempre sería algo unilateral.

—Entonces, ¿por qué de pronto querías alejarte?

—Porque me había acostumbrado a verte tontear con chicas, que te las llevaras a casa, pero nunca habías mirado a ninguna como miras a Maya. Cuando os vi juntos en la fiesta de Le Meridien donde ella trabajó como camarera, supe que era diferente.

Una suave sonrisa se cuela en mis labios al pensar en aquella noche. Tiene razón. Con Maya siempre ha sido diferente.

—Me hubiera gustado que me lo contaras —sigo sincerándome.

—Como se cuenta esto: somos amigos, pero me he enamorado de ti. Ni siquiera podía decirte que soy bisexual.

—¿Por qué? ¿Crees que iba a importarme lo más mínimo?

Es mi amigo. Me importa lo que tiene dentro y nuestra relación, no a quién se tire o de quién se enamore.

—Sé que a ti no, pero el fútbol...

—El fútbol tiene que aprender —contesto sin asomo de dudas—. Que seas bisexual, gay, hetero, lo que quieras, no te resta ni un ápice de valor como deportista. Eras uno de los mejores receptores de la NFL hace cinco minutos y lo sigues siendo ahora, y a quien no lo vea así, que lo jodan.

Nick me mira con un deje de alivio y su sonrisa ya es un poco más feliz.

—No es tan fácil... —me recuerda.

—Pues hagamos que lo sea. Yo siempre voy a estar a tu lado y los dos sabemos que East también. Y de todas formas, si no quieres contarlo, no lo hagas, es tu decisión, pero no la tomes por miedo. Joder, nadie se merece tener que decidir quién es por miedo.

Nick asiente, camina hasta mí y por fin nos abrazamos. Lo había echado mucho de menos.

—Gracias.

—Ni se te ocurra dármelas —contesto—. Voy a estar a tu lado siempre.

Cuando oigo la puerta del ático, miro a *Rocket* y le hago un gesto para que se coloque a mi lado, delante de lo que llevo preparando desde que he vuelto de estar con Nick. Puede que esté un poco nervioso.

—Hola —me saluda Maya al entrar.

—En el salón —la aviso.

—¿Qué tal ha ido todo con Nick?

—Genial.

—Eres un marido horrible —se queja divertida—. No has venido a recibirme a la puerta con un Martini y las zapatillas...

La última palabra se diluye en sus labios cuando llega al salón y lo ve.

—He pensado que te gustaría —digo con una sonrisa, sí, la odiosa y engreída. La ocasión bien lo merece.

89

Maya

No puedo creer que haya hecho algo así. Sonrío feliz.

—¿Has montado un fuerte en el salón? —pregunto ilusionada y emocionada y alegre y feliz.

—He pensado que también podía ser nuestra tradición.

Como la de mi madre.

—Me parece una idea increíble.

Voy hasta él, me cuelgo de su cuello y lo beso porque de entre todas las cosas que puedo hacer esas son las que me muero de ganas de sentir ahora mismo.

—Ahora ya no puedo decir que eres un marido horrible. Tengo que retirarlo.

—Menos mal porque habías herido mis sentimientos.

—Ah, pero ¿tú tienes de eso? —pregunto frunciendo exageradamente el ceño.

—Ahora que soy copropietario de un fuerte, sí.

No quiero, es un chiste malísimo, pero no soy capaz de aguantarme y rompo a reír. Troy sonríe encantado por mi reacción. Soy un público demasiado fácil.

Nos metemos dentro y nos acomodamos en los cojines. Troy reactiva la pantalla del portátil y el logo de Netflix se ilumina en ella. También hay palomitas y refrescos y *Rocket* se acurruca entre los dos.

Puede que perdiese a mis padres demasiado pronto y todo lo que pasó después, pero encontré a mi persona favorita. El universo sabía que aún no se habían acabado los fuertes en el salón para mí.

—Te quiero.

Troy me mira y me dedica una sonrisa y me da igual cuál sea porque todas son mis favoritas.

—Te quiero, nena.

Epílogo

Troy

Me encanta este lugar. Me gusta la suave paz que se respira, el dorado y el verde inundándolo todo, los caballos galopando a lo lejos. Es el mismo rancho donde nos casamos la primera vez, pero ahora es diferente, mejor. No vamos a hacerlo por un acuerdo, vamos a hacerlo por nosotros.

Solo están nuestros amigos, la gente que nos importa y a la que le importamos de verdad. Y no estamos en la zona perfectamente preparada que no significa nada especial, estamos en el cenador.

—Y tú, Troy, ¿aceptas a Maya como tu esposa?

La miro y sonrío y ella me devuelve el gesto con sus increíbles ojos marrones mirándome solo a mí, con sus labios que no me dejan pensar en otra cosa que no sea ella y su precioso pelo castaño, lleno de pequeñas florecitas, cayéndole hasta que las puntas rozan el abrigo de su madre. Quería llevarlo para estar cerca de ella. La mejor idea del mundo.

—Sí, quiero.

—Y tú, Maya, ¿aceptas a Troy como tu esposo?

Rocket, junto a East, que lleva su correa, suelta un ladrido y todos rompemos a reír. Espero que eso no signifique que se opone. No quiero empezar este matrimonio con nuestra mascota en contra.

—Sí, quiero.

Su voz vuelve a llevarse toda mi atención. A veces me pregunto si siempre será así, conectados, enganchados al otro, con las ganas a mil y la seguridad de que podría hacer cualquier cosa para protegerla, por hacerla sonreír. Maya es lo primero de mi lista y voy a luchar por ella, con ella y para ella todos los días de mi vida.

Me alejo un poco más, me giro y me agacho. Sonrío, le hago carantoñas y le rasco detrás de las orejas; también le hago rabiar un poco, es nuestro rollo. Entonces le señalo a Maya. El perro la ve y enseguida empieza a mover la cola contento. Ella extiende los brazos y *Rocket* sale disparado. No puedo culparlo. Yo también lo haría.

Maya lo acaricia. Rompe a reír cuando el perro le lame la cara lleno de energía y creo que va a explotarme el puto corazón. Ni siquiera sabía que podía latirme así de rápido. Ella me señala. Yo le hago un gesto a *Rocket* para que venga y sale corriendo hacia mí.

Puede que esté sordo, pero no vamos a dejar que se pierda el correr por un parque a toda velocidad.

Una media hora después llegan Marlow, Andie, Tilly y su familia, East y Nick y su chico, un tío muy simpático con una librería en el West Village. Nos sentamos en una de las mesas de madera con bancos y empezamos a sacar toda la comida y las bebidas que hemos traído. Alguien pone música desde un móvil y no sé quién cuenta el primer chiste malo, casi seguro Tilly, pero no dejamos de reírnos.

—¿Te lo estás pasando bien, estrella de los Cowboys? —me pica Maya con una sonrisa al otro lado de la mesa.

Yo sigo con la mirada fija en mi mano acariciando la cabecita de *Rocket* apoyada en mi muslo unos segundos más. Versión oficial: para hacerme el interesante. La verdad: porque, sí, joder, me lo estoy pasando realmente bien.

—No está mal, señora Carson —respondo fingiéndome hastiado—. La próxima vez podrías esforzarte un poco más. No sé, unos fuegos artificiales, pintar mi nombre en el cielo con una avioneta. Estoy acostumbrado a que me vitoreen, ¿sabes?

Maya pone los ojos en blanco para disimular que está a punto de sonreír y yo lo hago satisfecho por haberla fastidiado. Es un trabajo muy duro pero alguien tiene que hacerlo.

—Eres lo peor —me increpa divertida.

Yo me inclino sobre la mesa para crear expectación y, francamente, porque no aguanto más sin estar más cerca de ella.

—Lo tengo clarísimo —sentencio.

Sonríe y ya me siento mejor que cada vez que he ganado la Super Bowl. Maya es la suerte de mi vida.

Por un segundo me quedo pensando en esa frase y entiendo algo a la perfección: puede que mi familia ya no forme parte de mi vida, que se pasaran los últimos once años haciéndome daño, pero, al final, he encontrado el lugar donde quiero estar y la persona con la que quiero compartirlo. Mi yo de dieciocho años tenía razón. Siempre fue Maya.

—¿Sabes, bicho raro? Tú y yo siempre vamos a tenernos el uno al otro. Somos nuestra propia familia.

Maya me mantiene la mirada y sonríe y, joder, se ilumina el maldito mundo.

—Yo no lo habría expresado mejor.

Somos nosotros.

Banda sonora

Ain't that a kick in the head?, un lanzamiento de Capitol Records; esta compilación ℗ 1996 Capitol Records, LLC, interpretada por Dean Martin.

Another love, ℗ 2013 Sony Music Entertainment UK Limited, interpretada por Tom Odell.

Beautiful things, Night Street Records/Warner Records, ℗ 2024 Warner Records Inc., interpretada por Benson Boone.

End game, ℗ 2018 Apollo A-1 LLC, interpretada por Taylor Swift, con la colaboración de Ed Sheeran y Future.

Exile, ℗ 2020 Taylor Swift, interpretada por Taylor Swift, con la colaboración de Bon Iver.

Girls just want to have fun, ℗ 1983 Sony Music Entertainment Inc., interpretada por Cyndi Lauper.

Greedy, ℗ 2023 RCA Records, una división de Sony Music Entertainment, interpretada por Tate McRae.

Hands to myself, ℗ 2015 Interscope Records, interpretada por Selena Gomez.

Here's to us, esta compilación ℗ 2016 Interscope Records, interpretada por Ellie Goulding.

Hurtless, ℗ 2022 Universal Music Australia Pty Ltd., interpretada por Dean Lewis.

I ain't worried, ℗ 2022 Interscope Records, interpretada por OneRepublic.

I'm just Ken, ℗ 2023 Atlantic Recording Corporation, Warner Bros. Entertainment, Inc. y Mattel, Inc., interpretada por Ryan Gosling.

In the stars, ℗ 2022 Warner Records Inc., interpretada por Benson Boone.

Into you, ℗ 2016 Republic Records, una división de UMG Recordings, Inc., interpretada por Ariana Grande.

I wanna be yours, ℗ 2013 Domino Recording Co Ltd, interpretada por Artic Monkeys.

Let's make a night to remember, ℗ 1996 Badman Ltd. / A&M Records, interpretada por Bryan Adams.

Motivation, ℗ 2019 Keep Cool / RCA Records, interpretada por Normani.

Runaway, ℗ 2023 Mosley Music / Interscope Records, interpretada por OneRepublic.

Say yes to heaven, un lanzamiento de Interscope Records en Estados Unidos; ℗ 2023 Lana Del Rey, bajo licencia exclusiva para Universal Music Operations Limited, interpretada por Lana del Rey.

Something to remember, ℗ 2023 Matt Hansen, interpretada por Matt Hansen.

The heart wants what it wants, ℗ 2014 Hollywood Records, Inc., interpretada por Selena Gomez.

Unstoppable, ℗ 2015 RCA Records, una división de Sony Music Entertainment, interpretada por Sia.

Use somebody, ℗ 2008 RCA Records, una división de Sony Music Entertainment, interpretada por Kings of Leon.

You broke me first, ℗ 2020 RCA Records, una división de Sony Music Entertainment, interpretada por Tate McRae.

Matchstories